외딴섬 기약없는 이별

외딴섬
기약없는 이별

저 자 진현석
발행인 고본화
발 행 반석북스
교재공급처 반석출판사
2025년 7월 15일 초판 1쇄 인쇄
2025년 7월 20일 초판 1쇄 발행
반석출판사 | www.bansok.co.kr
이메일 | bansok@bansok.co.kr
블로그 | blog.naver.com/bansokbooks

07547 서울시 강서구 양천로 583. B동 1007호
(서울시 강서구 염창동 240-21번지 우림블루나인 비즈니스센터 B동 1007호)
대표전화 02) 2093-3399   팩 스 02) 2093-3393
출 판 부 02) 2093-3395   영업부 02) 2093-3396
등록번호 제315-2008-000033호

Copyright ⓒ 진현석

ISBN 978-89-7172-114-8 (03810)

- 도서 관련 문의 : bansok@bansok.co.kr을 이용해 주시기 바랍니다.
- 이 책에 게재된 내용의 일부 또는 전체를 무단으로 복제 및 발췌하는 것을 금합니다.
- 파본 및 잘못된 제품은 구입처에서 교환해 드립니다.

현장 취재와 인터뷰를 바탕으로
생동감있게 되살아난 논픽션 장편소설

외딴섬 기약없는 이별

진현석 장편소설

차례

1장　바람이 일으킨 먼지가 폭풍이 되다 _11

2장　바로 앞의 일은 운명도 모르는 일이다 _65

3장　그놈의 조선인 _91

4장　서쪽으로 서쪽으로 _139

5장　외딴 섬, 그리고 조선인 _187

6장　탄광일 _219

7장　마를 날 없는 눈물, 미동도 없는 운명 _241

8장　살아야지, 살아야지…… 살고 싶다 _289

9장　기약 없는 이별 _349

10장　엇갈리고 뒤틀려 안타까운 인연 _373

에필로그 _383

작가의 말

저는 일본에 살면서 한일관계에 관한 수많은 소식을 접하고 있습니다. 그중 몇 가지 역사적 사실에는 복잡한 한일관계의 특수성 때문이라고 생각하기에 한국인으로서 받아들이기 어렵거나 설명이 부족해 보이는 부분들이 존재했습니다.

그러던 어느 날 문득 저는 단 한 번도 이러한 역사적인 사실에 정면으로 마주해 본 적이 없다는 것을 깨달았습니다. 이는 마치 심신을 유기하는 것과 같다는 생각이 들어 부끄러웠습니다.

그렇게 무작정 녹음기 하나 들고 도쿄에서 나가사키로, 강제 동원의 피해를 직접 겪으신 생존자분들을 만나기 위해 떠났습니다. 조심스러울 수 있는 주제라 걱정이 많았는데 흔쾌히 많은 분들의 도움을 받을 수 있었습니다.

나가사키에서 여러 가지 이야기를 전해 듣던 중 군함도 바로 옆에 위치한 '다카시마'라는 섬에 관해 알게 되면서 관심이 가기 시작했습니다. 한국에서 여러 차례 유네스코 등재 문제로 떠들썩했던 군함도와 대조적으로 그 바로 옆에 있지만, 너무도 조용하게 그 실상을 아주 조금만 드러내고 있는 다카시마를 보며 오히려 많은 부분을 감추고 있는 것은 아닌가 싶었습니다.

　이상했습니다. 서로 마주 보면 너무도 가까운 바로 앞 동네인 것 같은데 바다를 사이에 두고 한쪽은 잠잠했다는 것이 말입니다.

　이렇게 다카시마는 저에게 필연 같은 방문이었고 숙명 같은 시작이었습니다.

　저는 첫 방문 이후 몇 번의 계절을 건너보내며 다카시마를 방문하고 또 방문했습니다. 지금은 다카시마 전체 섬을 둘러볼 수 있습니다만, 이것이 언제 또 바뀌고 변화될지 아무도 모릅니다. 이 책이 여러분들에게 한 번쯤은 다카시마에 직접 방문해서 역사를 마주할 수 있는 동기 부여가 되길 바랍니다.

　마지막으로 나가사키 재일조선인의 인권을 지키는 모임, 오카 마사하루 기념 나가사키 평화자료관, 재일본대한민국민단 나가사키현 지방본부, 한국 일제강제동원피해자지원재단, 한일 사학자 및 여러 도움을 주신 선생님들께 감사드립니다.

들어가며

   꿈을 꾸었다. 꿈에서 나는 한참을 울었다.
   어두운 날에 정글과도 같은 깊은 수풀과 나무가 우거진 어딘가 속에서 거의 머리끝까지 가득 찬 물을 헤치고 내가 가야 할 목적지로 나아갔다.
   그러다 문득 가득 찬 물속에서 허우적대는 사람을 보았다.
   나는 다급해 보이는 그 사람에게로 다가가 앞이 보이지 않는 흐릿한 물의 길을 터 주며 나아갈 수 있게 먼저 앞장서 시범을 보였다.
   나는 그에게 안심하라고 말했다. 아니 그렇게 말한 것 같았다.
   그렇게 한참을 물길을 헤치고 육지의 길로 나와 다시 어디론가 빠르게 걸었다.
   그리고 허름하고도 무질서한 듯 보이는 시장이 모습을 드러냈다. 나는 목적지를 마치 미리 알고 있기라도 한 양 빠르게 다시 걸어 나아갔다. 주변 상인들의 모습이나 시장의 풍경을 바라보지도 않은 채 말이다.
   그렇게 어느 가게 앞에 도착해 주변을 둘러보니 근처 가게에서는 흑백 TV가 켜져 있었고 거기서 할아버지 한 분이 나오고 있었다. 가만 들어보니 그의 생전 이야기가 흘러나오고 있는 것을 직감적으로 알 수 있었다.

  나는 내가 서 있던 가게에서 팔고 있는 작은 장난감 같은 손바닥만 한 액자와 초콜릿 두 개를 집었다. 고르는 데만 삼십 분이나 걸린 것 같았다.

  쭈뼛대며 가게 아주머니에게 고른 물건을 내밀고 계산을 하는데 옆에 딸인 듯한 작은 아이가 나를 신기하게 바라보았다.

  나는 아이에게 살짝 미소를 지으며 내가 집어 들었던 초콜릿을 하나 내밀며 '자! 네 거야.' 하고 말했다. 그런데 아이가 그 초콜릿을 받으려 손을 뻗자 아주머니는 손을 흔들며 극구 사양을 했다.

  봉지에 담아가며 물건을 계산하던 아주머니께 나는 조심스럽게 말했다.

  "죄송합니다……. 안타깝게 선생님을 잃으셔서……. 저는 선생님 같은 분들에게 그렇게 많이 도와드리지 못한 것 같습니다. 한다고 했는데…… 너무 부족해서 죄송합니다."

  한참을 서럽게 울며 아주머니께 이 말을 꺼냈다.

  그런데 아주머니는 나를 한번 쓱 보다가 고개를 떨궈 다시 물건을 담으며 부드럽고 자상한 목소리로 말했다.

  "괜찮아요. 운명을 어찌할 수는 없었잖아요. 우리 아저씨 같은 양반들 많아요……. 힘내요. 괜찮으니까."
 아주머니의 이야기에 다시 한참을 아이처럼 꺼이꺼이 울었다. 그리고 순간 정말 거짓말처럼 나는 잠에서 깼고 한참을 멍하니 꿈을 곱씹으며 생각에 잠겼다.
 '뭘까 이 꿈은…… 이 꿈의 의미는……?'
 이상하도록 생생했다.
 원고 작성을 마치고 한참 날이 지난 후 불쑥 찾아온 잠시간의 낮잠 속에서 나타난 꿈이었다.
 집필을 하며 매일 나는 그 시대, 그곳에 들어가 있었다.
 낯선 사람, 낯선 배경, 낯선 환경 그리고 낯선 언어.
 일제강점기의 참담함과 어지러움이 서려 있는 조선인들의 삶, 강제노역과 그 중에서도 악명 높기로 소문난 탄광.
 나는 여러 번의 계절을 그들과 함께 이곳에서 살았다.
 그들의 감정을 나도 느끼려고 애써 본다는 것은 어찌 보면 크나큰 오만이자 무례일 수 있다. 하지만 그래도 나는 그 안에서 수십, 수백 번의 해를 보길 원했다. 그들과 같이…….

1장
바람이 일으킨 먼지가 폭풍이 되다

 꽃을 꺾다가 간지러운 바람에 재채기를 크게 해버린 소년은 소리에 놀라 번쩍이며 달려드는 샛노란 벌에게 볼을 쏘였다.
 어찌나 크게 놀랐는지 뒤로 자빠져 엉덩방아를 찧은 소년은 튀어나온 돌멩이를 간신히 피해 손을 짚었다.
 "어이쿠!"
 손에는 흙바닥에서 묻은 뽀얀 흙먼지가 짓눌러져 소년을 바라보고 있었다.
 금방이라도 울음을 터뜨릴 것 같이 울상을 한 얼굴로 벌이 쏘고 간 볼을 매만지려고 하자 언제 왔는지 옆에 쪼르르 달려 나와 쭈그리고 앉아 소년을 보며 소년보다 더 작은 소녀가 호기심 가득한 얼굴을 띄우며 소년에게 물었다.

"오빠! 아파?"

"그럼! 아프지. 너무 아파. 된장이라도 발라야겠는데……."

소년의 말이 끝나기 무섭게 소녀는 벌떡 일어나 씩 웃으며 마을 입구 쪽으로 뛰어갔다.

"엄마! 기영이 오빠가 또 벌에 쏘였대."

어처구니가 없이 뛰어가는 여동생 정순이를 보며 기영은 억울한 표정으로 멍하니 그저 바라보고만 있었다. 한두 번 있는 일은 아니었지만 그래도 오빠가 다쳤는데 저리 신난 표정을 지으며 엄마에게 이르러 갈 수가 있다는 것이 썩 기분이 좋지 않았다.

그리 많은 사람이 살지는 않았지만 그래도 족히 50가구는 될 법한 마을의 어귀에서부터 벌써 밥을 짓는 내음이 풍겨왔다.

어느 집에서 흘러나오는지 알 수는 없었지만 냄새 하나만으로도 그 동네 사람들은 모두 같은 반찬을 먹는 것이나 다름이 없었다.

기영이네도 마찬가지였다.

"이제 날씨도 추워지는데 땔감이 부족해서 어쩐단 말이오……."

쪽 찐 머리에 하얀 치마저고리를 입고 선 거칠어진 손등을 문지르며 양금이 남편 중식의 말에 어쩔 줄 몰라 했다.

중식은 누운 자리에서 꼼짝도 못 하고 미안한 눈빛으로 양금을 올려다보았다.

"괜찮아요. 그래도 아이들이 건강한 편이라 조금은 아껴도 문제는 없을 거예요."

"그래도 이번 겨울은 굉장히 추울 것 같다고 풍수 할아버님이 그랬는데……."

괜찮다는 양금의 말에도 중식은 걱정이 태산이었다.

두 달 전, 좋지 않았던 허리가 마당에서의 도끼질 한 번으로 완전히 맛이 가버렸다. 그래도 점점 시간이 지나 나아지나 싶었는데 이상한 돌팔이 의사놈에게 침을 한 번 맞고는 이제는 아예 움직일 수조차 없게 되어버렸다.

중식은 어디서 만나 알게 된 의사인지는 생각이 나질 않았지만 행여 다시 만난다면 꼭 죽여버리리라 다짐을 했다.

"엄마! 엄마! 오빠가……."

어디서 나타났는지 해진 고무신을 질질 끌며 정순이가 우렁찬 목소리로 한 칸짜리 방문을 벌컥 열고는 양금과 중식에게 소리쳤다. 그 모습을 본 양금은 환장하겠다는 표정으로 금세 무서운 표정을 지으며 정순을 노려보았다.

"쓰읍. 정순이 너 조용히 안 하니?"

양금의 무서운 얼굴에 정순은 순간 얼어버렸다. 고개만 겨우 돌려 정순을 바라보던 중식은 그런 정순이 귀여워 죽겠는지 방금 전 시름을 까맣게 잊고는 함박 미소를 지어 보였다.

"그게 아니고……, 오빠가 또 벌에 쏘였단 말야……."

"그게 도대체 어쨌단 말이니?"

정순의 이름에 양금은 이골이 났는지 손으로 이마를 감싸쥐며 고개를 절레절레 저었다.

"그만 그만."

중식은 또 한바탕 난리가 벌어질 것을 감지라도 한 듯 좋은 미소를 띠며 정순과 양금에게 말했다.

"엄마! 엄마! 엄마!"

어느새 달려왔는지 기영이가 다급히 양금을 불렀다.

열린 방문 사이로 반쯤 눈이 감기다시피 한 기영이 통통 부은 얼굴로 옆집 순덕이 아버지의 손에 이끌려 서 있었다.

"아이고, 순덕 아버지! 우리 기영이 얼굴이 왜 이래요?"

정순에 이어 기영이까지 기괴한 모습에 양금은 정신이 사나워졌다.

"아따 나가 저짝에서 걸어오는디 기영이 요놈 얼굴이 통통부어서 눈물만 찔끔찔끔 짜고 있는게 아니오. 물어본께 벌에 쏘였다 안하요. 우리집은 된장도 떨어져갖꼬 줄 수도 없지라. 아이고 이 머스마 증말 깝깝시럽소잉."

순덕이 아버지는 기가 차다는 듯 피식 웃고는 기영이의 등을 툭툭 쳤다.

기영은 양금에게 괜스레 미안해서 뭐라 말도 못하고 안절부절 못한 채 발만 땅에 비비고 있었다. 그런 기영을 본 정순은 고소하다는 듯 킥킥대며 웃었다.

"아이고! 감사합니다. 워낙 쓸데없는 장난만 치고 다니니 폐가 이만저만이 아니네요."

양금은 연신 고개를 숙이며 순덕이 아버지에게 감사를 표했다. 중식은 고개를 숙이고 있는 기영을 무섭게 노려보았다. 정순이와는 사뭇 다른 태도로 기영을 대하는 중식의 눈치를 살피던 양금은 얼른 방 밖으로 나가 기영의 손목을 잡아 끌고는 부엌이 있는 뒤편으로 끌고 갔다.

그 모습을 보던 순덕 아비가 걱정스런 얼굴로 중식과 기영의 뒷모습을 번갈아 쳐다보고는 입을 열었다.

"아니 자네는 왜 그렇게 못 잡아먹어서 안달이당가? 기영이 저놈이 그래도 우리 마을에서는 아덜 중에 가장 힘도 좋고 야무진 놈인디."

그러자 가만히 듣고 있던 중식은 걱정스런 얼굴로 순덕 아비를 쳐다보며 말했다.

"아니 그러니까 그러는거 아닌가? 그러니까 거시기 저놈은 삐뚤어지면 안 되는 거야!"

혀를 끌끌 차던 중식의 말이 이해가 되지 않은 순덕 아비가 고개를 갸우뚱했다.

"삐뚤어지는 게 뭐가? 뭐가 삐뚤당가? 저놈만치 착하믄 됐제잉. 참 매정하요."

"내 말은 튀어나온 못처럼 눈에 띄면 안 좋다는 뜻이지!"

"못? 무슨 못? 당최 무슨 말인지 모르겠네잉."

어이없다는 듯 순덕 아비는 눈을 흘기며 중식을 보며 뒷짐을 지었다.

"아 쓸데없는 소리 말고 얼른 들어가 밥이나 먹게!"

귀찮다는 듯 중식은 낮고 힘 빠진 소리로 순덕 아비에게 고갯짓했다. 그 모습을 보던 순덕 아비는 이내 다시 혀를 끌끌 차며 그대로 돌아 팔자걸음으로 중식의 집 앞 마당을 가로질러 나갔다.

사실 앞마당이랄 것도 없었다. 그냥 다 같이 사용하던 공터 귀퉁이에 집을 짓고 살던 기영이네 가족들은 처음에는 이방인이었다.

충남 논산에 거주했던 1894년 봄이 막 한창일 무렵 나라 안이 어수선했다. 생업이 농사일이라 남들 같이 어려운 시절을 보내고 있을 때 아산만에 청나라 군대가 상륙했다는 이야기를 전해 듣고는 흉흉한 소문에 휩쓸리기 시작한 중식은 연이어 들려온 일본 군의 상륙 소식에 깜짝 놀랐다.

때마침 전봉준 선생이 농민군을 철군하고 해산시키는 일마저 생겨 고래 싸움에 새우 등 터질까 봐 그나마 집결력이 좋은 동네로 이사를 온다는 것이 지금의 장성군 북이면 백암리에 자리를 잡은 것이었다.

중식이 이사를 오고 얼마 안 있어 여름부터 농민군이 다시 활발히 움직이기 시작하면서 논산 일대에도 100여 명이 넘게 농민군들이 관아를 습격해 무기고나 그 밖의 돈, 말 등을 탈취했었다. 하지만 겨울이 오자 중식이 예상한 대로 논산지역의 분위기는 그야말로 암울했다. 관군과 연합한 일본군과의 치열한 전투 속에 지역 농민들만 눈치를 보며 죽어 나갔고 동학농민군들은 아래로 점점 피신하면서 옮겨 다니다 황화대를 마지막으로 전라도 전주로 퇴각하였다.

가족 하나라도 잃을까 중식은 양금과 아버지, 어머니 그리고 두 동생을 데리고 이곳 장성에 자리를 잡았는데 그것은 어찌보면 탁월한 선택이 아니었을까 싶었다. 그로부터 일 년쯤 뒤 믿을 수 없는 소식을 전해 들었다. 바로 조선의 왕비가 시해당했다는 소식이었다.

큼지막한 사건들을 온몸으로 느끼며 삶을 보낸 중식은 어렵게 작은 땅을 빌려 농사를 작게 지으며 그나마 조금 괜찮아질까 했는데 이게 무슨 망할 꼴인지 1910년 그해 8월을 끝으로 일본에 강제 합병마저 당해 나라를 잃어버리고 말았다. 그리고 중식이 빌린 땅 주인이 시게오라는 일본인으로 바뀌자마자 얼마 안 가 허리마저 다쳐 버린 것이었다.

땅 주인 시게오는 힘이 남달랐던 중식을 눈여겨보았고 종종 일본 군인이 되는 게 어떻겠냐고 묻곤 했었다. 시게오의 밑 종놈들의 감언이설에 속아 하마터면 일본으로 건너갈 뻔했지만, 다행히도 주변 마을 사람의 도움으로 가족들과 계속 머물 수 있었다. 그리고 와중에 둘째 기영이가 태어난 것이었다.

첫째 수영이 녀석은 연도마저 잘 기억이 나질 않았다. 워낙 정신이 없이 지냈던 탓에 그리고 어지러운 정세 속에서 버티고 살아남으려 물불 가리지 않고 일했던 때라 중식은 지금도 한없이 미안함을 느꼈다. 중식의 기억으로는 아마 1905년쯤인 것 같았다.

순덕 아비가 돌아가고 하늘이 흐려지더니 빗방울이 떨어지기 시작했다. 초겨울의 비는 무척이나 차가웠다. 헝겊 이불을 몇 겹이나 덮고 있어도 칼로 살을 에는 듯한 추위는 도무지 수 해가 지나도록 적응이 되질 않았다.

중식은 가만히 천장을 바라보며 나오는 입김 사이로 지난날 시게오가 자신에게 했던 말을 얼핏 떠올렸다.

'자네를 보니까 얼마를 낳을지 모르겠지만 아들 녀석들이 꽤 힘이 좋겠어. 자네 마누라도 곱상하고 다른 여자들 같지 않게 몸이 탄탄하니 말이야. 하하하.'

역겨운 소리였다. 남의 여자의 그것도 결혼한 부녀자의 몸을 훑어보았다는 생각에 소름이 끼쳤지만, 지금은 그것보다 기영이 저 녀석이 문제였다.

시게오는 어느샌가 땅을 다른 이에게 넘겨주고 떠났지만 다른 일본인들의 눈에 기영이가 띈다면 분명 시게오 녀석처럼 눈독을 들일 것이 뻔했다. 따라서 기영이 녀석이 사고를 치지 않고 그저 조용히 있는 듯 없는 듯 지냈으면 좋겠다는 바람이 있었다. 하지만 지금 저 녀석의 태도를 보아하니 안심이 되지 않을 수밖에 없는 지경이다.

"너 무슨 짓거리를 자꾸 하고 다니는 거니? 아버지가 그러지 말라고 하지 않았니! 제발 부탁이니 아버지 일을 거들라고 하진 않을 테니 사고만 좀 치고 다니지 말거라."

양금은 거친 손으로 기영의 등을 찰싹 때리며 다그쳤다. 이제 곧 13살이 되어가는데 엄마에게 맞는 등짝이 벌써 아프지 않았다. 다른 아이들보다 머리 하나는 더 있었던 기영이는 몰래 숨어 숨죽이고 자신이 혼나는 상황을 지켜보는 정순이를 째려보았다. 어찌나 고소하게 쳐다보는지 깨 기름이 줄줄 눈에서 떨어지는 것 같은 정순이 얄미웠다.

"된장도 얼마 없는데 네놈이 다 퍼가 버리면 아버지 밥은 어째 먹일래? 이놈아······."

한창 꾸지람을 듣고 있을 때, 멀리서 중식의 목소리가 들려왔다.
"기영아, 와서 문 좀 닫거라."
기영이는 아버지의 목소리에 화들짝 놀라며 아까 열려 있던 방문이 생각났다. 그와 동시에 양금도 깜짝 놀라며 헐레벌떡 기영이의 손목을 놓고는 부리나케 중식에게로 달려 나갔다.

부엌문 밖을 보니 빗방울이 떨어지기 시작했다.

기영은 통통 부은 얼굴을 어루만지며 맨발로 서 있는 자신을 그리고 그 모습을 재밌다는 듯이 지켜보는 정순을 보니 오늘따라 왠지 형 수영이 많이 생각이 났다.

가마솥에서 새어 나오는 연기에서 보리죽임을 알 수 있었다. 여느 때와 마찬가지로 냄새가 그러했다.

"아버지!"

간신히 몸을 반쯤 일으켜 등에 빈 쌀가마를 겹겹이 포개어 대고 등받이로 지탱해 앉아 밥숟갈을 들고 이제 막 한술 뜨려는 중식에게 기영은 겁에 질린 얼굴을 하며 불렀다.

모두 어리둥절해 기영의 입만을 바라보았다.

"아버지…… 저……"

쉽사리 말을 하지 못하고 우물쭈물하는 기영을 빤히 바라보던 중식과 양금 그리고 여동생 정순이는 순간 흐른 정적에 침을 꼴딱 삼켰다.

양금은 이놈이 또 무슨 말 못할 망나니짓을 저질렀나 하고 잔뜩 겁에 질리기 시작했다.

"너…… 뭘 또 잘못했니?"

며칠 전 동네 어귀에서 뒷집 노총각 성규 아재의 강아지 꼬리털을 잘라 불에 붙여 건넛마을 아이들과 장난을 치고 놀다 잡혀 크게 혼났던 일이 새삼 떠오른 양금은 중식의 눈치를 번갈아 살폈다.

그 일은 차마 중식에게 말을 하지 못했다. 아니 만약 말을 했다면 기영이는 벌써 다리도 움직이지 못할 만큼 엄청나게 맞아 지금쯤 피멍이 들었을 것이다. 아무리 허리 병신이 되어 몸져누워 있을지라도 중식은 초인적인 힘을 발휘해 일어나 기영을 혼냈을 것이다.

"말하거라."

중식은 멈췄던 숟가락질을 애써 다시 이어가며 무심하게 말을 던졌다.

"저는 수영이 형아 있는 데로 가고 싶어요. 수영이 형아가 보고 싶다고요. 여긴 이제 싫어요."

기영의 말이 끝나기 무섭게 중식은 숟가락을 내던졌다. 어찌나 강하게 던졌는지 방바닥을 튕겨 이불이 개어져 있는 사이로 파고들기까지 했다.

"지랄하고 있네! 이놈 자식이!"

버럭 화를 내는 중식의 옆에서 맹물로 가만히 입을 적시던 양금은 기절할 것만 같은지 손바닥을 이마에 감싸 쥐고는 앓는 소리를 내는 듯했다.

"안 돼! 절대! 두 번 다시 그런 말을 입밖으로 꺼낸다면 다리몽둥이를 부러뜨려 놓을 테니 그런 줄 알아라!"

중식은 입맛을 버렸는지 씩씩거리며 숨을 들이쉬고는 양금이 적셨던 맹물을 벌컥벌컥 들이마셨다.

"와! 오빠, 큰오빠 만나러 가는 거야?"

눈치 없는 정순이는 흥미롭다는 듯 기영을 바라보며 말했다. 그리고 그 모습을 지켜보던 양금이 한마디 거들었다.
"아버지 말씀대로 절대 안 된다. 너마저 가면 우리는 다 죽는다."
아직 결정이 난 것은 아니라 흐느껴 울지는 않았지만 이미 표정과 몸짓은 그러해 보였다.
한바탕 폭풍이 휩쓸고 간 듯 차가운 방 안은 더욱 차가워졌고 이미 밥풀과 김치에 묻어 있어야 할 고춧가루는 상 주변 사방으로 튀어 나뒹굴었다. 물은 중식이 덮고 있는 이불 위로 흥건히 적셔져 있었고 그야말로 말 한 번 잘못했다가 풍비박산이 난다는 것이 이런 것이지 않을까 싶을 정도였다.
화가 난 중식은 기영이의 얼굴을 노려보듯 쳐다보았다.
기영의 눈동자는 그 어느 때보다 장난기 없는 진지하고 굳건한 뭔가를 내뿜고 있었다. 큰일이라고 중식은 판단이 들기 시작했다. 몸이 성했다면 힘으로라도 어찌 해봤을 텐데 그러지도 못하는 이 상황이 너무나 두려웠다.
"하지 마라……."
다시금 재차 단속시킨 중식은 고개를 들어 천장을 바라보았다. 다 해진 천장은 곳곳에 구멍이 보였다. 파란빛을 뿜어내는 동그랗고 조그만 두 알이 중식을 바라보는 것이 오늘따라 섬뜩해 보였다. 지붕 위에 사는 쥐들이 오늘따라 매서워 보이긴 처음이었다.

이른 아침부터 소 울음소리가 귀찮게 들렸다. 보통 닭이 울고 한두시진쯤 뒤에도 아침을 챙겨 먹는 이는 웬만해서는 없었다. 마을에 농작물을 캐거나 모를 심는 일을 해야 할 때를 제외하곤 부산스럽게 움직이는 일은 여간해선 일어나지 않았다.

넉넉한 굽이의 산을 등지고 옆 마을 신평리 엄 영감의 제사에 지을 밥과 반찬들을 준비하느라 그날은 동네 사람들이 거의 일어나다시피 했다.

건너편 세 번째 반쯤 부서진 낮은 목문을 가진 옥순이네 집에서는 떡 짓기가 한창이었다. 양금은 그곳에서 새벽닭이 울기 시작할 때부터 일손을 돕기 시작했다.

옥순이네는 그래도 꽤 넉넉한 집안이었다. 증조 할아버지 때부터 나라 관리직을 줄곧 도맡아 왔기에 어수선한 시국에도 어느 정도 여분의 재산을 가질 수 있었다. 옥순이 아비는 공부가 싫어 장사를 시작한 경우로 주막이나 인기가 있는 신식 술집이 아닌 방앗간을 차리기로 마음먹고는 있는 돈을 털어 곳간을 사들여 꽤 폼이 나게 꾸렸다. 옥순이 아비의 말로는 사람이 태어나거나 죽을 때나 떡은 항상 필요하다고 생각해서라고 한다.

"워매! 아 뭔일을 이렇게 열심히 한당가? 쉬엄쉬엄 햐!"

옥순이 엄마는 양금이의 등짝을 찰싹 치며 배시시 웃어 보였다. 놀랄 법도 한데 양금은 고개조차 돌리지 않고 나오는 떡을 손으로 치대어 가지런히 펴면서 말했다.

"땔감이 부족하니까요. 돈 벌어 아이들 옷이라도 한 벌 사주려고요."

흐르는 땀방울을 거친 손등으로 한 번 쓱 닦고는 다시 열중하기 시작했다.

"으······으 응. 그라제. 열심히 혀."

옥순 엄마는 영 반응이 신통치 않은 양금을 재미없다는 듯 흘겨보고는 대충 맞장구를 쳤다.

"그나저나 비가 그칠줄을 모르는디 어디 운반이나 하겠는가……."

옥순 엄마 옆에서 한창 설거지하다 말고 봉식이 엄마가 하늘을 바라보더니 한숨을 내쉬었다.

"아따 뭔 걱정인가. 여기 일 열심히 하는 기영이네한테 돈 좀 쥐어주면 운반도 해줄 기센디."

"그럴 일은 없죠."

양금의 짤막한 대답에 입꼬리를 살짝 올린 옥순 엄마는 오죽하겠냐는 얼굴을 하며 두툼한 손으로 쪼그리고 앉은 양금의 엉덩이를 찰싹 때렸다.

"아이고, 샌님. 샌님."

내리던 빗방울이 조금은 약해지기 시작했지만 어쩐지 구름은 더욱더 꾸물거리며 낯선 어둠을 담아 마을 위를 드리우고 있었다. 영 그치질 않을 것 같은 하루이다.

양금이 일을 나가 있는 동안 중식과 정순은 세상모르고 잠이 들어 있었다. 기영이만 빼고 말이다.

어제 잠이 들기 전 기영이는 형 수영의 생각을 곰곰이 했다. 수영은 삼 년 전에 일본으로 건너갔다. 무얼 하려는지 정확히 알 수는 없었지만 비장한 표정에 형의 모습에 기영이는 감명받았었다.

아직도 기영의 머릿속에는 그날의 일들이 생생히 기억이 났다. 그땐 고작 아홉 살이었지만 말이다.

3년 전 여름

"아버지. 저는 내일 윤길이하고 일본으로 건너가요."

수영의 당당한 목소리에 중식은 화들짝 놀라 잡고 있던 손수레를 놓쳤다.

"뭐? 그게 무슨 말이니?"

"일본으로 간다고요. 돈 많이 벌어서 올 테니까 어머니하고 애들 좀 잘 챙겨주세요."

그때까지만 해도 중식은 일본에 간다는 것을 그리 나쁘게 생각하지 않았다. 여기보다 나은 곳에서 그래도 사람답게 먹고 일하면서 기술을 배워 온다면 그리 나쁘지 않을 거라 생각했기 때문이다. 차별이야 당연히 있겠지만 그래도 벌이와 배움은 무시할 수 없었다.

"아이고……. 괜찮겠냐? 그래 어디로 가느냐?"

중식의 물음에 수영은 콧대를 높이며 양반다리로 문지방에 앉아 자신감에 찬 얼굴로 답했다.

"오사카요. 한국 사람도 제법 있으니 크게 문제는 없을 거예요."

"음……. 그래. 그렇구나. 언제 돌아올 예정이냐?"

"잘 모르겠지만 한 이년 정도면 충분할 것 같아요. 윤길이 하고 이야기는 마쳤으니 너무 걱정하지 마세요. 그리고 오사카에 윤길이 선배가 장사하고 있으니까 숙박 걱정은 없을 거예요."

자신만만한 표정에 수영의 이야기를 옆에 있던 기영은 호기심어린 눈으로 수영과 중식을 번갈아 보며 귀를 쫑긋이 세우고 들었다.

"형아! 일본이 어디 있는 거야?"

기영의 모습이 귀여웠는지 수영은 기영의 까까머리를 거칠게 쓰다듬었다.

"저어어어기, 바다 건너에 있는 곳이지. 그렇게 멀지 않아. 기차 타고 배 타면 금방 가. 그러니까 형아가 금방 갔다 올게. 하하하."

중식은 목에 건 수건으로 땀을 닦으며 허리춤에 손을 올려놓고 걱정스러운 눈빛으로 수영을 보았다.

"다른 건 모르겠고 어쨌든 건강 조심하거라. 쓸데없는 폐를 끼치는 짓은 하지 말고 말이다."

"그럼요. 내일 아침 일찍 나가니까 마중 나오실 필요는 없어요."

당차게 말하는 수영은 아직 열네 살의 소년의 나이었지만 벌써 어른티가 물씬 풍기었다.

다음날, 수영은 닭이 울기도 전에 훌쩍 떠나버렸고 양금은 알고는 있었지만, 내색하지 못한 채 두 손만 꼭 모아 한 칸짜리 방안에서 이불을 뒤집어쓰고 기도만 했다.

수영이 자리에서 일어나 움직이는 소리에 마음이 찢어질 듯 아렸다.

혹시라도 양금 자신이 일어나면 수영의 마음을 좋지 않게 할까 봐 나오는 숨소리도 꾹 참았다. 눈물이야 말할 것도 없었다.

보잘것없었던 1919년의 여름은 그렇게 바람이 일으킨 먼지처럼 조용히 흩어져 지나갔다.

하지만 지금 그 바람이 폭풍이 되어 구들장을 뜯어버릴 기세로 되돌아온 것이다.

1987년 5월 어느 평화로운 오후.

짙은 갈색의 조금은 펑퍼짐한 코르덴 재킷과 구겨진 남색 양복바지를 입은 이마가 훤히 드러난 할아버지 한 분이 그리 높지 않은 건물 정문 앞에서 가만히 고개를 들어 3층 유리창을 올려다보았다. 아예 머리가 벗겨진 것은 아니라 살랑거리며 불어오는 봄바람에 윗머리가 자유롭게 흩날렸다.

꾀죄죄한 차림이라고 하기엔 갖춰 입은 티가 역력했다. 그리 새 옷은 아니지만, 세월에 때 묻은 옷이라고 하기엔 깔끔했다.

이리저리 지나다니는 사람들은 바쁜 걸음을 방해하는 할아버지의 멈춤에도 짜증 한번 내지 않고 요리조리 피해 제 갈 길을 간다.

올려다보던 3층에서 시선을 떼고 빌딩의 옆 건물 일 층에 자리 잡고 있는 편의점으로 가만히 문을 열고 들어간 할아버지는 생전 처음 보는 물건들도 아닐 텐데 수백 가지의 물건에 정신이 아찔한 듯 이리저리 둘러만 보고 있었다.

"어서 오세요!"

종업원의 목소리가 우렁차게 들리자 할아버지는 깜짝 놀라며 고개를 살짝 숙여 인사를 받았다.

민망했는지 할아버지는 편의점의 이곳저곳을 둘러보다가 음료가 있는 코너로 가 수십 종의 캔 앞에서 눈을 떼지 못했다.

"음······."

한참을 눈을 떼지 못하고 이것저것 둘러보다가 한참 만에 겨우 음료 칸의 문을 열고는 녹차를 하나 집어 들었다.

계산대로 향하며 주머니 속 동전을 열심히 만지작거렸다.

"봉지에 담아드릴까요?"

계산대에 점원이 할아버지에게 물었다.

"아 네. 그렇게 해주세요."

안절부절못하는 할아버지를 종업원은 이상한 눈으로 한번 흘기고는 대수롭지 않게 봉투에 녹차를 담아 건네주었다.

편의점에서 나와 할아버지는 봉투에서 녹차를 꺼내 길게 한 모금 마셨다. 따사로운 햇볕이 할아버지의 얼굴을 매만지니 긴장이 조금 풀리고 한결 기분이 나아지는 듯 보였다.

편의점 앞 도로에는 마침 전차 여러 대가 교차하며 지나다녔다. 기차에서 흘러나오는 딸랑거리는 소리에 정신이 든 것 같은 할아버지는 다시 처음 자신이 올려다본 건물의 입구를 향해 조금씩 발걸음을 옮겼다.

조금 구석진 안쪽으로 들어가 엘리베이터를 타고 3층에 도착한 할아버지는 어둡게 이어진 통로를 살짝 지나 한 사무실 앞에 서서 심호흡했다.

[똑똑]

어렵게 용기를 내 사무실 문을 두드린 할아버지의 왼손에는 녹차가 담긴 봉투가 있었고, 그 봉투는 살짝 떨렸다.

잠시의 침묵을 깨고 사무실의 문이 열렸다.

"안녕하세요. 어떻게 오셨나요?"

두꺼운 테 안경을 쓴 삼십대쯤 되어 보이는 남자가 흰 와이셔츠의 두 팔을 걷어 올린 채 할아버지를 보며 물었다.

할아버지는 남자를 쳐다보다가 잠시 입이 안 떨어져 말을 하지 못했다. 그러자 남자는 재차 물었다.

"한국…… 분이세요?"

남자의 입에서 한국어가 흘러나왔다. 그와 동시에 할아버지의 눈은 미세하게 떨렸다.

"한국…… 사람입니다."

"아이고! 들어오세요."

남자는 멋쩍게 웃으며 문을 좀 더 활짝 열어 할아버지의 길을 터 주며 손바닥으로 사무실의 안쪽을 가리켰다.

천천히 들어가는 할아버지의 걸음걸이가 아까 편의점에서 보다 훨씬 힘이 있어 보였다.

닫힌 사무실 문 옆에 조금은 낡아 보이는 현판.

[재일본대한민국 민단 지방본부]

"어디?"

"일본!"

일본이라는 단어에 졸려 반쯤 감겼던 눈이 동그랗게 떠졌다. 근태는 기영이가 하는 말을 도무지 알아들을 수 없었다.

"왜? 일본 어디?"

근태 녀석은 일본이 한참 먼 옆 동네 어디쯤이라고 생각을 하는 모양인지 놀라면서도 덤덤하게 물었다.

"몰라. 오사……키? 코? 아마 그런 이름이었던 것 같아."

마지막 글자가 생각이 잘 나지 않았던 기영이는 근태에게 조용히 하라는 듯 검지 손가락을 제 입에 가져다 대고는 조용한 목소리로 말했다.

꼭두새벽부터 근처 사는 근태네 집으로 달려가 항상 새벽녘에 오줌을 갈기러 나오던 근태를 몰래 기다렸다가 비몽사몽 나오는 근태를 달려가 붙잡고 이야기했다.

종종 기영이가 자신을 담 너머 기다리다가 골탕을 먹일 것을 알고 있었던 근태는 이날도 어김없이 기영이 녀석이 골탕이나 먹이려고 하는 줄 알았는데 일본으로 간다는 기영이의 말에 얼떨떨해졌다.

"그러니까 왜 가냐고?"

참을 수 없었는지 오줌을 담벼락에 갈기면서 한 손으로는 눈을 비비며 근태가 다시 물었다.

"형 만나러 갈 거야. 여기는 이제 지겨워."

기영이는 거침없이 이유를 대었다.

"형? 정순이는 어떡하고?"

"몰라! 그놈의 기지배 재수 없어. 맨날 정순이 때문에 엄마 아버지한테 혼나기만 한단 말이야."

기영의 말에 근태는 뭔가를 곰곰이 생각하더니 오줌 묻은 손을 쓱 엉덩이에 닦고는 다시 물었다.

"근데 어떻게 가? 아버지가 허락하신 거야?"

아버지라는 말에 기영은 침을 꼴깍 삼키고 긴장했다.

"그러니까 이렇게 너한테 알리러 온 거야. 내가 나가거든 이틀이 지나고 우리 엄마한테 말 좀 전해줘."

"뭐?"

놀란 근태는 어이가 없다는 듯 기영을 뚫어지게 쳐다보았다. 그도 그럴 것이 엄연히 가출이나 다름없는 짓거리를 하는 것이 이번이 세 번째였다. 보통의 아이들이 가출한다는 것은 상식적으로 생각을 할 수가 없었다. 그리고 아직 누구도 장성 밖으로 떠나본 적이 없었기 때문에 이번 기영이의 가출은 근태가 짊어지기엔 상당히 부담스러웠다. 앞에 두 번 다 옆 동네나 뒷산으로 하루 정도 집으로 들어오지 않았던 기영이였지만 그마저도 약초나 죽은 나무 구하러 오는 마을 아저씨들 덕분에 다시 끌려 들어오곤 했었기 때문이다.

"너 진짜로 장성 밖으로 나가려고?"

"응. 가서 형만 만나고 다시 올 거야. 수영이 형아가 그랬어. 기차 타고 배 타면 금방 간다고."

"아……, 그렇구나……."

"약속해! 알았지?"

기영의 재촉에 여전히 피곤함을 물리치지 못한 근태는 수영이가 그렇다는 말에 믿음이 가는지 천천히 고개를 끄덕였다.

"그래……. 근데 이따가 낮에 봉식이랑 제기차기하는 거는 어떻게 해?"

"아! 맞다. 아이씨……. 그냥 네가 다른 애들 데리고 가서 해!"

낮에 제기차기 약속을 까맣게 잊어버린 기영은 난감한 표정을 지었지만 일단 굳게 먹은 마음을 제기차기 따위에 휘둘리고 싶지 않았다.

근태는 알았다는 듯 고개를 끄덕였다.

꾸물거리는 구름과 점점 더 내리기 시작한 굵은 빗방울에 몸이 점점 차가워진 기영과 근태는 손을 맞잡으며 약속을 다시 한번 다짐했다.

"근데 너 어떻게 가는 거야? 돈도 없으면서."

막 뒤돌아 뛰어가려던 기영이를 불러세우고 근태가 물었다. 그러자 기영이는 손을 까딱거리며 문제없다는 표정을 지으며 말했다.

"걱정 말어! 부산까지만 가면 아는 사람이 있으니까!"

말을 마친 기영이는 내리는 비를 피해 부리나케 어디론가 달려갔다. 그런 기영이의 뒷모습을 바라보던 근태는 크게 뭐라 외치고 싶었지만, 조용히 하라는 아까 전 기영의 당부에 차마 큰 소리를 내지 못하고 멀어져가는 기영의 등 뒤에다 대고 작게 중얼거렸다.

"근데 부산은 어떻게 가겠다는 거야……?"

오전 일을 마치고 비에 흠뻑 젖은 모습으로 양금이 집 안으로 들어왔다. 누워서 눈만 끔뻑거리던 중식은 옆에서 퍼질러 자는 정순을 가만히 손으로 토닥이고 있었다.

물기를 털고 젖은 버선을 벗고 앉아 잠시 숨을 고르던 양금이 걱정이 가득한 중식의 얼굴을 보며 슬그머니 말을 꺼냈다.

"당신……, 또 수영이 생각하는 거예요?"

"비가 오지 않소……. 그러니……."

"걱정하지 말아요……. 워낙 똑똑하고 야무지니 잘 있을 거예요."

양금은 중식을 달랬다. 가뜩이나 아무것도 하지 못하고 몸져누워있는 남편 중식이 수영이 생각 때문에 병을 더 얻게 될까 걱정이었다.

수영이 떠나던 날 역시 비가 내렸다.

중식은 이리저리 방을 둘러보다가 양금에게 물었다.

"그나저나 기영이 이놈은 비도 오는데 또 나가서 돌아다니고 있소?"

"기영이요? 근처에 없는 것 보니까 어디서 아이들하고 놀고 있겠지요."

양금은 차가워진 손을 이불 안에 살며시 밀어 넣으며 말했다.

"그놈은 간신히 학교를 보내도 진득하니 있지를 못하니 나중에 커서 뭐가 될지 참……."

사실 수영이 떠나고 난 뒤 돌아오기로 한 날짜가 지나고 한 참 후에야 편지 한통이 달랑 도착했었다. 사정이 생겨 일본에서 조금 더 머물러야 할 것 같다는 말과 함께 70원을 동봉해 부쳐서 말이다.

70원이라면 적은 돈이 아니었다. 그래도 네 식구가 오래간 먹고 살기에는 빠듯했으니 하루라도 빨리 수영이 돌아와 어디 취직하거나 농사를 지었으면 하는 바람이었다. 그런데 시간이 흐를수록 그 바람이 기영에게로 옮겨 갔다.

한참 전 시게오가 떠나면서 중식에게 한 말이 아직까지 머리에서 지워지지 않았기 때문이다.

"일본? 너희가 거기 간들 잘 살 수 있을 것 같냐? 그냥 힘 좋은 개노릇이나 하면 다행이지. 하하하. 그러니까 수영이 놈은 군인을 시키는 게 맞다!"

허리가 안 좋은 중식을 대신해 수영이를 눈독 들이던 시게오는 갑자기 일본으로 떠났다는 수영이의 소식에 어느 날 찾아와 아쉽다는 투로 중식에게 말했었다.

기영이가 학교에 다니면 그나마 정신을 차릴 것으로 생각한 중식은 수영에게 받은 돈으로 조금씩 동네 반대 어귀에 있는 학당 같은 곳에 보냈었다. 하지만 공부에는 흥미가 없는지 빼먹기가 일쑤였고 결국에는 나가는 날보다 안 나가는 날이 더 많았다.

수영의 일본 생활이 생각보다 더 녹록지 않을 거로 생각하고 있던 중식은 어제 기영의 선전포고에 둘 다 일본으로 고생길 문을 열어주고 싶지 않았다. 더군다나 시게오 같은 일본인이 도처에 깔렸다면 대우는 그야말로 개만도 못할 것이 뻔해 보였기 때문이다.

특히 몸집이 좋은 기영은 누군가의 눈에라도 띈다면 틀림없이 군대에 끌려갈지도 몰랐다. 기영을 학교에 보낸 것도 그런 눈독을 피하기 위해서였다.

어느새 마을에도 일본인의 거주가 점점 늘어나기 시작했다. 새로 집을 짓고 터를 만드는 작업을 한다고 건너편 사는 만석이 아비에게 들었다. 일본인이 늘어날수록 중식은 말썽만 부리는 기영이 불안했다. 일본인 집 아이들과 싸움이라도 붙었다가는 영락없이 머슴살이를 해야 할 수도 있었다.

기영은 한참을 달리고 걷고를 반복하다가 아주 작은 장터에 점심이 지날 무렵 도착을 했다. 처음 보는 마을이었고 너무 작아 겁이 났지만, 마음속에 당당함만은 잃지를 않았다.

꾀죄죄하고 낡은 바지 주머니에서 종이를 꺼내어 들여다보았다.

기영은 다시 종이를 집어넣고는 약간은 두툼한 외투를 꽁꽁 동여매고 사방을 두리번거렸다.

한참을 비를 맞고 두리번거리다가 이내 무언가를 발견했는지 서둘러 발걸음을 옮겼다.

[성 주막]

간판에 써진 한글이 맞는다면 잘 찾아온 것일 것이다.

가만히 문을 밀고 들어가 보니 비가 오는지라 역시나 손님은 한 명도 보이질 않았다. 그래도 방 안에 불이 켜져 있는 것을 보니 사람이 있음이 분명했다.

"저기요."

기영은 조그맣게 주인을 불렀다. 하지만 아무런 반응이 없었다.

"저…… 저기요!"

조금 더 큰 목소리로 부르자 잠시 후 방문이 열리고 안에서 아주 새하얀 불빛이 흘러나왔다.

저런 밝은 불빛은 태어나 생전 처음 보는 빛이었다.

"누구요?"

걸걸한 목소리의 남자가 양복바지에 위에는 두툼한 헝겊으로 짜인 옷을 입고 사방을 둘러보며 외쳤다.

주인인 듯한 남자의 모습이 그다지 위협적이진 않았지만 워낙 걸걸한 목소리 때문인지 한 성깔 하지 않을까 싶어 보였다.

기영은 움츠렸던 고개를 살짝 올려들고 남자를 보았다.

"저기요……, 여기가 가네무라 씨 댁이 맞나요?"

평소 같으면 해가 내리쬐는 한낮이었을 시간이지만 내리는 비 때문인지 꾸물거리는 구름 때문인지 어두컴컴한 사방에 남자는 겨우 기영을 알아보았다.

"네 놈은 누구냐?"

"저는 김기영이라고 합니다. 백암에서 왔어요."

비를 한참 맞고 서 있는 기영이 갑자기 안쓰러워 보였는지 남자는 혀를 차며 손짓으로 기영을 불렀다.

"이리 오너라."

남자의 손짓에 기영은 나오는 입김을 더욱 세차게 뿜어내며 얼른 방문 앞으로 달려갔다.

"그래. 내가 가네무라인데 무슨 일로 왔냐?"

"저기……, 여기 주소가 맞나요?"

기영은 주머니에서 종이를 꺼내어 얼른 비에 맞지 않게 남자에게 내밀었다. 기영이 내민 종이를 받아 든 가네무라는 천천히 종이를 살피더니 기영에게 방 안으로 들어오라고 신호를 주었다.

가네무라를 따라 들어간 방 안에는 이상한 작은 유리 안에 눈이 아플 정도의 누르스름한 빛이 나오고 있었다. 그리고 방 안은 적당히 따뜻했다.

가네무라는 잠시 몸을 일으켜 밖으로 나가더니 잠시 뒤 다시 깨죽 한 그릇과 함께 돌아와 그릇을 기영에게 내밀었다.

"먹거라. 그래 무슨 일인데 나를 찾아왔느냐? 백암이면 그리 멀진 않은 곳이구나."

"네? 아직도 장성인가요?"

한참을 걸었고 굉장히 많이 떠났다고 생각했는데 그리 멀지 않은 곳이라는 가네무라의 말에 진이 다 빠졌다.

"이놈이……. 쯧. 네 발걸음으로는 보름은 족히 꼬박 걸어야 벗어나지 않을까 싶다. 그것도 산만 피한다면 말이다."

"그렇게나 멀어요?"

풀이 죽은 기영은 가네무라가 건넨 죽을 쉬지 않고 단번에 퍼먹었다. 그 모습을 지켜보던 가네무라는 멋들어진 종이에 타바코라는 일본어가 적혀있는 하얀 봉투에서 담배를 하나 꺼내어 물고 성냥으로 불을 붙였다.

방 안에 온통 하얀 연기가 가득 찼다. 담배 내음이 기영이에게 좋게 느껴졌다.

"말해봐라. 뭐 땜에 왔느냐?"

죽 그릇을 내려놓은 기영이 입을 다시 열었다.

"시게오 씨의 집으로 가려고 해요. 시게오 아저씨가 여기로 찾아가면 자기가 있는 부산으로 안내해 줄 거라고 했어요. 아저씨하고 친구라면서요."

몸이 추운지 콧물을 흘리는 기영을 물끄러미 바라보던 가네무라는 말없이 담배만 뻐끔뻐끔 피워댔다.

담배를 다 피울 때까지 아무런 말 없이 기영을 쳐다보던 가네무라는 옆에 놓여있던 물 잔에 물을 벌컥 마시고 천천히 입을 움직였다.

"부모님은 아시냐?"

"아……, 네……."

눈치를 보아하니 여차하면 돌려보낼 심산인 듯 보이는 가네무라에게 기영은 차마 부모님이 모른다고 말할 수 없어 거짓말을 해버렸다. 만약 돌아가게 된다면 그리고 가네무라가 아버지와 엄마에게 말해 알게 된다면 그날로 기영은 죽은 목숨이나 다름이 없게 된다.

"그래… 뭐. 알았다. 오늘은 여기서 쉬고 내일 나가자꾸나."

성 주막.

작은 마을의 주막 주인인 가네무라는 동네에 유명한 연결책이다. 보통은 돈을 받고 조선의 여자들을 일본으로 넘기는 일을 한다. 남자들의 경우에도 여자들보다는 돈이 안 되지만 값싼 노동력을 제공할 수 있기에 꽤나 수입이 짭짤했다.

근처 마을을 합해 봐도 가장 먼저 일본식 이름으로 바꾼 인물이다. 돈 좀 벌기 위해선 일본에 가서 일하면 좋다고 선동하고 다니는 가네무라의 본이름은 김탁식이다. 고아로 자라 땅꾼인 양아버지 밑에서 그래도 무탈하게 잘 자랐지만 그의 나이 열두 살, 급작스러운 양아버지의 죽음에 갈 곳 잃고 방황하다 먹여주고 재워 준 일본인 두 번째 양아버지 덕분에 전보다 더 편안한 인생을 살게 되었다. 그때부터 김탁식은 일본의 위대함을 몸소 느꼈고 완벽한 일본인이 되고 싶어 발버둥을 쳤다.

　순사나 헌병이 되고 싶었던 탁식은 오른 다리에 장애가 있어 잘 걷지 못해 그 꿈을 버리고 대신에 다른 길로 일본에 충성을 맹세하는 중이었다. 그렇게 알게 된 일본인들 사이에 장성지역 지주였던 시게오가 있었던 것이다.

　탁식은 시게오뿐만 아니라 다른 일본인에게 조선 사람을 넘겨주고 대가로 돈을 받는다. 지금 찾아온 기영이가 가장 어렸다. 혼자 온 사람 중에서는 말이다.

　방 안이 따뜻하니, 일찍부터 걸었던 다리가 아프고 저려오기 시작했다. 노곤해져서 그런 건지 긴장이 풀려서 근육이 이제서야 정신을 차린 건지 알 수는 없었지만, 어찌 됐건 졸음이 몰려오는 것은 사실이었다.

　옆에 붙어있는 다른 방으로 옮기며 자리를 내어준 가네무라는 서둘러 옷을 챙겨입고 집 밖으로 나가 어디론가 바쁘게 걸음을 옮겼다. 그 사이 기영이는 세상모르고 젖은 옷 그대로인 채 까끌까끌한 이불을 덮고 잠이 들었다.

　달그락 소리에 한두 번은 깼지만, 그동안의 장난질에 혹사당한 육체가 아주 피곤했는지 이상하게도 이날따라 미친 듯이 잠이 쏟아져 쉬지 않고 내리 열 시진은 잔 것 같았다. 그동안 못 잔 잠을 한꺼번에 자는 것인 양 어마어마한 수면량에 새벽 일찍 일어난 가네무라는 코까지 골고 있는 기영이를 어이없다는 듯 내려 바라보았다.

　"일어나거라."

가네무라는 발로 무심하게 툭툭 차 기영을 깨웠다.

"응…… 예? 네?"

"어서 일어나거라. 밖에 자전거 타고 너를 운송차가 있는 곳까지 태워다 주마. 그 운송차를 타고 정읍으로 가면 된다. 역에 기차가 있을 테니 기차를 타고 경성에서 내려 부산행으로 갈아타면 된다."

천천히 설명하는데도 기영은 무슨 말인지 알아들을 수가 없었다.

"그럼 부산에 도착하면 시게오 아저씨를 만날 수 있나요?"

"부산에 내려가면 그곳에서 누구에게라도 물어보거든 쉽게 찾을 수 있을 게야."

기영은 가네무라의 말을 철석같이 믿었다. 일단은 시게오를 만나러 가야 했다. 그래야 수영이 있는 오사카로 가는 방법을 알아낼 수 있을 거라고 생각했다.

몸은 피곤했지만 수영을 만나러 갈 수 있다는 생각에 기대감에 부풀어 있던 기영은 얼른 일어나 비에 젖어 무거워진 외투를 힘겹게 걸치고 가네무라를 따라 나갔다.

아직 어둡기만 한 새벽의 공기를 들이마시니 정신이 한결 나아지는 것 같았다. 비는 어느샌가 그쳐 땅바닥이 질퍽해져 있었다.

가네무라의 손짓에 낡은 자전거 뒤에 앉은 기영은 운전 솜씨가 일품이라 느끼고는 쉴새 없이 울퉁불퉁한 길을 가네무라와 함께 내달렸다. 가끔 흙탕물에 빠질 때도 있었지만 그래도 어떻게든 앞으로 나아가는 바퀴가 무척이나 신기했다.

얼마나 달렸을까, 날씨가 좋을런지 조금은 푸르스름하고 청량해 보이는 아침 하늘에 배가 고파지기 시작할 무렵 자전거의 바퀴가 멈추고 앞에서 헉헉대며 페달을 밟던 가네무라의 발이 멈췄다.

"내리거라."

"여긴……가요?"

주변의 큰 산에 둘러싸인 널찍한 집 마당이 보였고 주변으로는 논과 밭이 끝도 없이 펼쳐져 있는 어느 지점에서 둘은 자전거에서 내렸다.

"그래. 잠깐 여기서 기다려라."

짧게 답을 하고 가네무라는 큰 집 마당 담벼락 옆쪽 작은 문이 나 있는 곳으로 발을 옮겨 걸어갔다.

바로 앞에 큰 대문이 있었지만, 웬일인지 작은 쪽문으로 다가가는 가네무라의 모습에 기영은 의아했다. 마치 저 큰 대문은 자신들 같은 조선인은 들어갈 수가 없는 미지의 문이라 생각이 들었다.

날이 점점 밝아짐과 동시에 참새 떼가 시끄럽게 지저귀며 요리조리 날아 혹시나 땅에 떨어진 곡류가 없나 수소문하고 다니기 시작했다.

기영은 잠시 주변을 둘러보다가 나라만큼 넓어 보이는 논과 밭의 위용에 점점 넋을 잃어가기 시작했다.

"김기영!"

한참 정신이 팔릴 만할 때, 등 뒤에서 가네무라의 큰 목소리가 멀찍이서부터 들렸다. 기영은 깜짝 놀라 뒤를 돌아봤다.

가네무라는 어떤 남자와 같이 서서는 기영이를 오라고 손짓했다.

무겁고 차가워진 바깥 외투를 여며 쥐고 기영은 얼른 둘에게로 달려갔다.

"인사해라. 미쓰오 씨이다. 이 분이 너를 안내해 줄 것이다."

멀리서 보았을 때 한복인가 싶었던 옷은 그렇지 않았다. 하얀 셔츠에 검은 양복바지를 멋들어지게 입은 남자는 생김새로 보아 일본인 같아 보였다.

"안녕하세요. 김기영입니다. 저는 부산에 시게오 아저씨를 만나러 가야 해요."

남자는 흥미롭다는 듯 기영의 생김새를 훑었고 기영의 몸 이곳 저곳을 훑어보았다.

"응 그래. 건장하구나. 요런 녀석들이 난리를 치니 골치가 아플 수밖에…… 헛."

조선어가 서툰 것을 보고 단번에 일본인이라는 것을 확신했다.

"아이고! 그러니 시게오 선생님이 요긴하게 가져다 쓸려고 하시는 것이겠지요. 하하하."

남자의 비아냥에 가네무라는 비위를 맞추느라 진땀을 뺐다.

"만세 한다고 여기저기 나라 안팎으로 난리를 치니 이거야 원…… 쯧. 잠시 기다려라."

짜증 섞인 말투로 가네무라에게 날카로운 눈빛을 쏘며 다시 툭 말을 내뱉고는 뒷짐을 지고 잠시 집 안으로 들어갔다.

"녀석아, 지금부터 저 미쓰오 씨 말을 잘 듣거라. 그래야 무사히 부산에 도착할 수가 있다. 알겠냐?"

"네……."

올 때 몇 번이고 흙탕물에 빠져 더러워진 바지 밑단을 손으로 털어내며 가네무라는 기영에게 조심 또 조심시켰다.

"근데 너! 정말 부모님이 알고 계시지?"

미심쩍은 얼굴로 가네무라는 기영에게 다시 물었다.

"그렇다니까요! 그런데 그건 왜 자꾸 물어보세요?"

"이놈아! 너 같은 놈은 처음이거니와 신원이 확실하지 않으면 후에 골치 아픈 일이 생긴다고! 마을에 미치광이들이 한둘인 줄 아느냐?"

집 안까지 소리가 들릴까 봐 크게는 목소리를 올릴 수 없어 작지만 최대한 화를 내는 억양으로 기영을 몰아세웠다.

그때, 다시 문이 열리고 이상한 모자를 쓰고 미쓰오가 다시 나왔다.

"어이! 이리 따라오너라."

귀찮다는 듯 손짓도 생략한 채 어눌한 조선말로 기영을 불렀다.

"네!"

기영은 가네무라를 한번 쓰윽 흘겨보고는 혀를 쭉 빼 내밀고 약을 올리더니 미쓰오를 따라 집 마당 담벼락 뒤쪽으로 사라졌다.

"얼씨구? 저 미친놈이 뭘 잘못 처먹었나……. 지 고생하러 가는 줄도 모르고……."

멀어져 가는 기영의 뒷모습을 보다가 무심결에 나온 가네무라의 중얼거림에서는 세차게 어느 지점부터 일렁이는 파도의 시작점이 어렴풋이 보이기 시작했다.

떨리는 손으로 어렵게 작성한 인적사항 종이 한 장. 그것이 지금껏 살아오고 겪어 왔던 것의 모든 것이었다.

볼펜 한 자루와 별 볼 일 없는 종이 한 장에 듬성듬성 써 내려간 자신의 기록이 만족스러울 리 없어 보이는 할아버지는 끄적거리면서도 연신 고개를 절레절레 흔들었다.

"이 정도…… 쓰면 될까요?"

사무국장인 박철홍 씨는 조금 흘러 내려간 안경을 다시 올려 고쳐 쓰고는 할아버지가 내민 종이를 들어 보았다.

자신의 이름만 한글로 기재를 한 할아버지의 인적사항의 나머지 공란은 빈칸이 많아 보이는 사이로 한자가 깊게 나열되어 있었다.

"음…… 주소는 현재 주소인가요?"

"네. 그렇습니다."

박철홍의 물음에 할아버지는 짧게 답했다.

"그럼 지금 가족분들은 이곳에 아무도 없는 것일까요?"

종이의 가족란에는 분명 아내의 이름이 기록되어 있었다. 하지만 비고란에는 행방불명이라고 적어놓은 할아버지는 쉽게 고개를 들지 못하고 종이 속에 기재된 아내의 이름만 물끄러미 바라보며 고개를 끄덕였다.

"저…… 이것 좀 마시세요."

옆에 사무보조를 보던 앳돼 보이는 여직원이 할아버지 앞에 따듯하게 김이 나오는 녹차를 한 잔 놓고는 말했다.

"감사합니다. 잘 마시겠습니다."

할아버지는 어딘지 모르게 위축된 모습으로 놓인 녹차 컵을 들어 아주 조금 홀짝이며 입술만 적셨다. 아무래도 조금 전 편의점에서 마셨던 녹차 덕분인지 목이 그다지 마르지 않았지만, 예의상 어쩔 수 없어 취한 행동으로 보였다.

"란영씨 할아버지 정보 하나 복사해서 가져다주고 원본은 서류철에 잘 꽂아 넣어주세요."

철홍은 종이를 여직원 란영에게 건넨 후 셔츠 윗주머니에서 담배를 꺼내어 할아버지에게 내밀었다.

"담배 좀 태우시겠어요?"

철홍이 내민 새하얀 담뱃갑에 눈길을 돌리던 할아버지는 고맙다는 듯 고개를 살짝 끄덕이며 받아서 담배를 꺼내어 물어 피웠다.

"지금은 어떤 일을 하고 계신가요?"

내뿜어진 담배 연기가 순식간에 사무실 안을 덮어버리고 있었다. 거친 입술을 힘겹게 벌린 할아버지는 다른 손으로 머리를 한 번 긁었다.

"지금은 일을 할 수가 없어요. 몸이 많이 상했거든요. 나이가 많고 특별한 증명서 같은 것이 없어 일을 구하기도 쉽지 않네요…"

조금은 떨리는 손으로 담배를 쥔 할아버지를 철홍은 가만히 바라보았다. 기록된 나이보다 적어도 십 년은 나이가 많아 보이는 할아버지의 몸 상태는 겉으로 봐도 꽤 상해 보였다. 깊게 팬 주름은 말할 것도 없으며 키는 컸지만, 살이 쪽 빠진 모습이 대조되어 가엾은 모습이 더 했다. 대충 봐도 많아 봐야 60킬로를 조금 넘길 것으로 보였다.

"그래도 옛날 분 같지 않게 할아버님 키가 크시네요."

"아…… 저도 그렇게 생각합니다. 형님이 컸어요."

쑥스러운 듯 할아버지는 연신 담배만 뻐끔거리며 피워댔다.

"시간이 괜찮으시면 저 앞에서 식사라도 대접해드리고 싶은데 괜찮으세요?"

손목에 널찍하게 걸쳐진 시계를 보며 철홍이 물었다.

"아닙니다. 괜찮습니다. 신세를 지는 건 이제 그만하고 싶습니다."

할아버지는 손을 저으며 피우던 담배를 내려놓고 담배가 타들어 간 가장 앞부분만 손톱으로 잘라 불씨를 껐다. 그리고 잘려져 삼분의 일쯤 남은 담배를 재킷 주머니에 쑤셔서 넣었다. 그 모습을 유심히 지켜보던 철홍은 탁자에 올려져 있던 담뱃갑을 할아버지께 슬쩍 밀었다.

"할아버지, 이거 가지고 가세요."

"아이고! 아닙니다. 제가 왜……."

"괜찮습니다. 어차피 저는 담배를 끊을 생각이었거든요. 그냥 놔두면 아까운 담배만 버릴 것 같으니까 그냥 할아버지가 가져가세요."

거절하는 할아버지의 고집을 단번에 꺾을 기세로 단호하고 빠르게 말하고는 담배를 할아버지의 손에 쥐여 주었다.

"아니……, 이것 참…… 아이고……."

쥐여 주면서 만진 할아버지의 손은 심하게 거칠었고 손톱을 깎았음에도 손톱과 손끝 안쪽에 오랜 세월 동안 뭔가에 묻어 색이 바랜 검은 피부 덩어리가 거칠게 자리 잡고 있었다. 심지어 뼈처럼 보이는 것이 중지 가운데 위로 툭 튀어나와 보기가 흉했다.

　철홍은 잠시 생각하더니 결심을 한 듯 할아버지에게 다시 말했다.

　"여기서 이야기하는 것보다 저녁을 먹으면서 이야기 나누는 게 더 좋을 것 같습니다. 어차피 조금 후면 일이 끝나니 조금 일찍 마치고 같이 가서 저녁을 먹읍시다."

　담배를 권할 때보다 조금 더 단호했다. 할아버지의 답변은 듣지 않은 채 철홍은 소파에서 일어나 얼른 자기 책상으로 가 의자에서 양복 재킷을 걸쳐 입고 슬리퍼를 구두로 갈아 신었다.

　어리둥절해하던 할아버지는 철홍의 모습에 당황했지만, 철홍이 왜 그런지는 아마 조금은 알 것 같았다.

　"아이고……."

　할아버지의 눈에 눈물이 맺힌 것을 잠시 고개를 돌리다 본 철홍은 할 말이 없었다.

　"고생하셨습니다. 어르신."

　이 말 밖에는 말이다.

　처음 '차'를 봤고 처음 그 '차'를 타봤다.

　도대체 어느 정도 부자이길래 이런 것이 있을까 생각하고 있던 기영은 한동안 가던 차가 멈추고 나서야 양옆을 두리번거렸다.

　위에는 이상한 천 같은 것으로 덮여 있고 좌우로 휑하게 많이 뚫린 것이 마치 완전히 큰 자전거 같았다. 그런데 그 속도는 자전거와는 비교가 안 될 정도로 빨랐다. 그리고 자전거보다 편하게 앉아서 갈 수 있다는 것이 신기했다.

멈췄던 곳에서 미쓰오는 잠시 내리더니 어디로 걸어갔다. 기영은 미쓰오는 이미 안중에도 없었다. 그저 자동차가 신기했다.

한참을 두리번거리며 차와 밖을 번갈아 보던 기영의 앞에 한 명의 젊은 청년이 미쓰오와 같이 섰다.

"같이 앉아 타거라."

미쓰오의 말이 끝나기 무섭게 청년은 엉거주춤하며 천천히 차에 올라탔다. 아마도 이 청년 역시 이런 것을 처음 타보는 게 아닌가 기영은 생각했다.

"얼마 안 남았으니 도착할 때까지 조용히 있어라!"

앙칼진 목소리로 엄포를 놓으며 미쓰오의 차는 다시 굴러가기 시작했다.

앞만 보고 있던 청년에게 호기심 많은 기영이 미쓰오의 당부를 까맣게 잊고는 먼저 말을 걸었다.

"형은 어디에 가요?"

일본인인지 조선인인지 알지도 못했지만 다짜고짜 말을 건 기영은 이미 얼굴에 호기심이 가득했다.

청년은 기영을 잠시 힐끗 바라보다가 다시 바깥을 본 후 미쓰오의 눈치를 살폈다.

대답이 없는 청년을 보다가 기영은 아차 하고 알겠다 싶었는지 손가락으로 자신의 입을 가리켰다.

"형은 말을 못하는 구나?"

그런 기영의 모습을 보던 청년은 어이가 없었는지 헛웃음을 지었다.

"나는 인마, 말도 잘하고 글도 너보다 잘 읽는 학생이다! 쪼끄만 게 넉살은 좋구나."

갑작스러운 청년의 훈계에 기영은 살짝 놀랐다. 다 커 보였는데 학생이라니 무슨 일인가 싶었다.

"오? 미안해요. 학생이구나……. 그런데 어른인데 아직도 학생이에요?"

청년이 입고 있는 옷이 어쩐지 이상해 보였다.

검은색 바지에 검은색 겹옷 같은 것을 걸친 청년의 머리는 짧게 잘려 나가 있었고 한쪽 손에는 검은 모자를 꼭 쥐고 있었다. 자신의 거지 같은 차림새보다 훨씬 좋아 보이고 멋져 보였다.

그리고 무엇보다도 이상한 망토 같은 것을 둘러매고 있는 모습이 이제껏 한 번도 보지 못한 사람의 모습이었다.

"하하. 그래 인마! 그런데 너는 못 보던 아인데 이 동네 아이냐? 어디를 가는 거냐? 미쓰오 아저씨와는 무슨 사이냐?"

청년 역시 호기심 가득한 얼굴로 기영에게 물었다.

"아! 나는 우리 형아 만나러 일본으로 가는 중인데 부산에서 먼저 시게오 아저씨를 만나러 가요."

둘은 미쓰오의 말을 까맣게 잊어버리고선 점점 소리를 높여 대화를 이어 나갔다.

"이놈들! 조용히 하라니까!"

화가 난 미쓰오가 크게 한마디 했다.

"어이쿠!"

청년의 머리 위로 미쓰오의 손이 크게 한 번 쏟아졌다.

기영은 그 모습을 보고는 입을 틀어막고 새어 나오는 웃음을 감추며 급히 조용해졌다.

"내려라!"

미쓰오의 내리라는 소리에 기영과 청년은 조심스럽게 차에서 내렸다. 해가 짧아진 탓인지 해가 기울고 점점 어둠이 내리깔리려는 역의 풍경은 조금은 낯설면서도 무서웠다.

미쓰오는 두 사람을 데리고 역 앞 작은 간이 의자에 앉아있는 순사복을 입은 남자에게 다가갔다.

"수고하십니다."

순사는 미쓰오를 잠시 보다가 얼른 일어나 인사를 받았다.

"아! 미쓰오 중령님! 이 시간에 어쩐 일이십니까?"

"허 참! 중령이라니요. 그만둔 지 벌써 두 해나 지났는데요. 하하하."

미쓰오는 퇴역한 중령이었다. 특별한 이유는 아니었고 그저 근무하다가 알게 된 상인을 만나 장사에 뜻을 품어 미련 없이 군복을 벗어 던지고 사업을 시작했던 것이다. 처음 하는 사업이었지만 꽤 쏠쏠하게 잘 됐다. 그도 그럴 것이 조선팔도에서 나온 유물들이나 가치가 있는 물품들을 거의 강제로 빼앗다시피 사들여 일본 정부에 되팔고 있었기 때문이다.

"그나저나 오늘 밤 기차는 언제 오는 겁니까?"

"일곱 시 정각에 옵니다. 오늘 보내실 인력이 있으신가요?"

순사의 물음에 미쓰오는 뒤돌 돌아보며 청년을 가리켰다.

"저 녀석은 경성으로 갈 겁니다."

"아! 네 알겠습니다. 얼른 통행증을 발급해 주도록 하겠습니다. 그런데…… 저 옆에 있는 녀석까지 말입니까?"

고개를 갸우뚱거리는 순사의 의아한 눈빛에서 청년과는 같은 부류가 될 수 없다는 것이 뻔해 보이는 기영이 이상해 보였다.

"아니요. 저 녀석은 시게오 씨 댁으로 갈 겁니다."

"시게오 선생님 댁으로요?"

미쓰오의 말에 순사는 화들짝 놀라며 되물었다.

뭐가 다들 어디 저린 놈처럼 시게오의 이름만 나오면 벌벌 기는 것이 도대체 시게오는 어떤 인물일까 기영은 궁금해졌다. 기영에게는 그냥 예전 자기동네의 아저씨일 뿐이었는데 말이다.

"그렇습니다. 일단 뭐 좀 먹이고 있을 테니 내가 떠나더라도 기차가 오면 늦어 애먹지 않게 제시간에 들여보내 주시오."

"아 그럼요. 알겠습니다."

미쓰오는 주머니에서 얼마간의 돈을 순사에게 쥐여주고는 기차표와 자신의 이름이 새겨 넣어진 통행증을 받아서 들고는 청년과 기영에게 다가가 건넸다.

"너 돈은 있냐?"

기영에게 표를 건네주며 통행증을 곱게 접어 주머니에 넣어주고는 물었다.

"아니요……. 돈이 얼마나 있어야 되나요?"

걱정스러운 얼굴을 한 기영이 미쓰오를 올려다보았다. 그러자 미쓰오는 쓴웃음을 지으며 기영의 어깨를 툭툭 쳤다.

"걱정하지 마라. 네 주머니에 있는 종이를 보여주면 외상으로 음식을 먹을 수 있을 게다. 그리고 나중에 천천히 갚게 될 거다."

종이만 보여주면 공짜로 음식을 먹을 수 있다는 말에 기영은 고개를 숙여 인사를 했다.

인사를 받는 둥 마는 둥 미쓰오는 차로 돌아가 빳빳한 종이봉투에 싸 온 큼지막한 고구마 두 덩이씩을 청년과 기영에게 주었다.

"길주는 여비 넉넉히 있느냐?"

미쓰오가 이번에는 청년에게 물었다. 청년은 기영과는 다르게 눈치 보지 않고 당당하게 답했다.

"넉넉히 있습니다. 경성에서는 누나가 나오기로 했습니다. 걱정 없습니다."

"그래 알았다. 먹고 기차가 오면 타고 가거라. 나는 먼저 간다."

가볍게 손을 들고 살짝 올렸다 내린 미쓰오는 거침없이 뒤로 돌아 차를 타고 다시 떠나버렸다. 이제 역에는 청년과 기영 그리고 역무원으로 보이는 할아버지 한 분만 남았다. 일본인인 할아버지와는 별말을 섞지 않고 싶어 하는 눈치의 청년과 기영은 가만히 거리를 조금 두고 떨어져 선로에 앉았다.

기영은 배가 고팠는지 허겁지겁 고구마를 하나 꺼내어 먹었다. 식었지만 여전히 따뜻했다.

"너 일본으로 간다고? 일본 어디?"

청년은 입을 오므렸다 벌리기를 반복하며 고구마를 미친 듯이 씹어먹고 있는 기영에게 물었다.

"모르겠는데 아마 오사코."

기영은 고구마에 집중하느라 청년은 쳐다보지도 않은 채 웅얼거리는 소리로 답했다.

그 모습이 귀여워 보였는지 청년은 씩 웃으며 자신의 봉투에 든 고구마 하나를 꺼내어 기영에게 내밀었다.

"오사카? 이것도 먹어라."

청년이 건넨 고구마에 순간 넋을 잃어버린 기영이 눈치를 살피다가 마음을 바꿀까 봐 급히 청년의 손에서 고구마를 낚아채듯 집어 자신의 봉투 속에 넣었다.

"고마워요, 형. 근데 형은 어디로 가?"

"나는 경성으로 간다. 거기서 누나 집에 며칠 있을 거다."

한참 이야기 중에 갑자기 선로 뒤쪽이 시끌시끌해졌다. 그러더니 아까 그 순사의 호루라기 소리가 거칠게 들려왔다.

"어이! 내일 동트기 전까지 다 끝내라! 알겠냐 조센징놈들아!"

순사의 말이 끝나고 잠시 조용해지나 싶더니 어느샌가 부스럭부스럭 아저씨 대여섯 명이 청년과 기영의 등 뒤로 다가왔다.

"어따 씨불! 저 새끼는 뒤지지도 않는갑소."

"음마! 저 새끼 뒤져불믄 뭐 경사라도 나는가? 다른 놈 들어오믄 그게 더 골치 아프제잉."

어두컴컴한 선로에 앉아 있던 기영의 몸이 구수한 사투리를 쓰는 아저씨들의 발에 걸렸다.

"옴마! 뭐다냐?"

얼른 먹던 고구마를 뒤로 숨긴 기영이 벌떡 일어났다.

"죄송합니다."

기영이 청년의 손을 잡아 이끌고 다른 곳으로 자리를 옮기려고 하자 갑자기 아저씨 한 명이 기영을 불러세웠다.

"깜짝이야! 야이 씨불 것아! 놀라 뒤지는지 알았네. 잠깐만! 거 뭔 냄새냐?"

걸걸한 목소리의 아저씨의 부름에 놀란 기영은 뒤를 돌고는 얼어붙었다.

"어이! 이루와 봐. 일루 오랑께."

기차가 정차하는 곳에서 새어 나오는 아주 작은 불빛에 희미하게 보이는 아저씨들의 덩치는 꽤 딴딴해 보였다. 기영이는 주먹을 불끈 쥐었다.

"저리 가요! 이거 내꺼란 말이에요!"

기영의 소심한 외침에 옆에 서 있던 청년이 기영을 바라보며 알 수 없는 미소를 지었다.

"음마! 요 쬐꼬만 거시기가 아따 죽고잡어 환장혔냐? 이리 가지고 오랑께!"

가장 대장인 듯한 남자가 서서히 기영의 앞으로 다가가며 겁을 주었다. 그러자 뒤따라오던 다른 아저씨가 거들었다.

"소리 지르면 바로 죽여 불라니까 조용히 해라."

낮은 목소리로 겁을 주는 아저씨들을 당해낼 재간은 없었다. 기영은 안 되겠다 싶었는지 철로에 깔려 있는 돌 중에 가장 단단한 놈을 집어 들었다.

"가까이 오면 이거 던질 거예요! 형 어서 도망가!"

기영의 단호한 외침에 청년은 눈을 동그랗게 뜨고는 놀랍다는 듯 쳐다보았다.

하지만 기영의 거센 저항과는 무관하게 인생 썩을 대로 썩은 아저씨들은 아랑곳하지 않았다.

"지랄하네. 너 잡히면 뒤진다. 흐흐흐."

먹을 것이 부족한 시골에서 고구마는 큰 횡재가 아닐 수 없었다. 더군다나 일본놈들의 눈에만 띄지 않는다면 폭행도 용인되는 것이 현실이었다. 어쩌면 같은 조선인끼리 죽이고 죽여도 크게 걸리지만 않는다면 문제될 것은 없었다. 하지만 조선인 중 누구 하나라도 일본인과 관련이 있는 사람이라면 얘기가 달랐다. 치안을 걱정하는 일본인에게 위협을 준다는 이유로 조선인끼리 폭행에 있어서 싸운 조선인 중에 일본인과 아는 또는 관계가 있는 사람이 있더라도 이유를 묻지 않고 서로 처벌이 되었다. 물론 지위 좀 있다는 일본인과 관계가 있는 조선인은 벌을 조금 덜 받거나 어떨 때는 아예 받지 않기도 했다.

기영은 바지에 오줌을 쌀 것 같았다.

점점 가까워지는 아저씨들의 손에는 낫과 돌망치가 들려있었다.

"잠깐만!"

청년이 기영의 앞에 섰다.

"뭐냐 시방? 너 뭐여?"

어처구니가 없다는 듯 대장인 듯한 아저씨가 코웃음을 쳤다.

"저는 저기 산마을 꺾쇠다리 이장님 댁 옆에 사는 방윤근의 증

손자입니다."

또박한 발음으로 청년이 아저씨들에게 말했다. 그러자 잠시 발걸음을 멈췄던 남자들이 자기들끼리 이야기를 나누더니 깜짝 놀라며 손에 든 낫과 망치를 내려놓고는 고개를 숙여 인사를 했다.

"워매! 방도련님 아닌교! 워매! 어짜쓰까……. 참말로 죄송스럽구만요."

"워매! 이놈이 미쳐가지고……. 참말로 죽을죄를 지었지라……."

저마다 청년의 신분을 듣고는 고개를 떨구고는 어쩔 줄을 몰라 했다. 그때, 저 멀리서부터 점점 가까이 다가오는 순사의 외침이 들렸다.

"이 조센징 새끼들! 내가 이럴 줄 알았다. 말 안 듣나!!"

아저씨들은 저마다 연신 고개를 숙이며 뒷머리를 긁적이다가 하나둘씩 순사의 눈을 피해 반대편으로 뛰어갔다.

마침 멀리서 작은 불빛이 보이며 기차가 들어오는 기적소리가 들렸다.

기영이 부모를 떠나 맞은 첫 책임이었다.

"너 대단하던데?"

청년은 손을 들어 기영의 머리를 쓰다듬었다.

"내가? 아닌데. 형아 진짜 멋있었어!"

기영은 쑥스럽게 웃으며 청년에게 대꾸했다.

화물선이라 마땅히 앉을 자리가 없었지만 청년과 기영은 그래도 승무원의 도움으로 꽤 괜찮은 자리에 몸을 뉘일 수 있었다. 옆에는 꺼먼 석탄이 가득 차 놓여 있었지만 그래도 몇 사람 앉을 자리를 마련해 준 듯 살며시 비켜나 있었다.

완전히 까만 밤이 되자 조금 열린 기차 지붕 위로 샛노란 달이 흘러 지나갔다. 기차와 역행하는 차가운 바람이 거침없이 들어와 기영이와 청년의 이불이 되어주었다. 그리 달갑지 않았다.

기영과 청년은 서로 이런저런 이야기를 나누다가 불시 점검을 온 승무원의 잔소리에 입만 삐쭉 내밀다가 자신들도 모르게 잠이 들었다.

그날 밤까지 양금과 중식은 기영이 또 친구 녀석 집이나 어디 자빠져 자고 있을 거라 생각했다. 걱정은 됐지만 한두 번 있는 일도 아니고 또 엊그제 너무 혼을 낸 것 같아 미안해서 그냥 조금 더 놔두기로 했었다.

그런데 새벽이 지나고 아침이 밝아 오는데 아무 소식이 없자 그제야 가슴이 덜컥 내려앉기 시작했다.

"이놈 자식이! 도대체 어디를 간 거야……."

중식보다 양금이 더 난리였다. 중식은 머리를 싸매고 부글부글 끓어오르는 속을 애써 달래고 있었다.

"여보, 제가 동네 좀 뒤져 볼 테니 혹시라도 기영이 들어오거든 제발 성내지 말고 잘 달래서 잡고 계세요."

양금이 중식에게 신신당부하며 부리나케 밖으로 나갔다.

이 상황을 아는지 모르는지 정순이는 세상모르고 잠만 부둥켜

안고 놓지를 않고 있었다.

밖으로 달려 나간 양금은 시린 손과 코도 쉬게 할 새 없이 큰 소리로 기영의 이름을 부르고 다녔다. 봉식이네, 순덕이네, 성규 아재 그리고 만성이네까지 여기저기 아침부터 헐레벌떡 돌아다녔다.

"이놈 자식 어디를 간 거야……?"

양금이 여기저기 수소문해 다니고 있을 때, 중식은 화가 머리끝까지 나 분을 못 이겨 혼자 중얼거리고 있었다.

"이놈 자식이! 누굴 닮아서 이렇게 속을 썩이는지……. 후…… 들어오면 어떻게든 내 일어나 다리 몽둥이를 부러뜨리고 말리라!"

화가 나니 허리는 더 아픈 듯했다.

아직 완전히 마르지 않은 땅을 거침없이 뛰어다니다 근태네 집까지 찾아 들어간 양금은 근태 엄마의 걱정 섞인 목소리와 함께 한창 자고 있던 근태를 흔들어 깨웠다.

"야! 근태야! 언능 일어나봐야잉."

흔들어 깨우는 엄마의 목소리에 눈을 부비며 간신히 일어난 근태는 엄마 옆에 서 있는 기영이 엄마를 보고는 화들짝 놀랐다. 마치 무슨 귀신을 본 것인 양 너무 놀라 딸꾹질까지 나오기 시작했다.

"웜마! 뭘 그렇게 놀라고 그라냐? 너 그 뭐냐? 거시기…… 기영이 봤냐?"

근태는 엄마와 기영이 엄마를 번갈아 쳐다보았다.

"우리 기영이 못 봤니?"

양금은 걱정스러운 얼굴로 재촉하듯 근태에게 물었다.

"아…… 저…… 그게……."

"얼레? 잠이 덜 깼나. 왜 어버버 거리고 그라냐."

근태는 엄마의 목소리에 다시 정신을 차렸다.

"저기…… 기영이 엊그저께 아침에 찾아와서는 일본 간다고 나갔는데요……."

근태의 잠긴 목소리 사이로 일본이란 단어가 나오자마자 양금은 정신을 잃고 쓰러져 버렸다.

"아이고! 기영 엄마! 엄마야! 뭔일이당가!"

근태 엄마의 비명에 가까운 소리지름이 어찌나 크게 났던지 주변 집들 문이 하나둘씩 열리기 시작했다.

정신을 잃고 쓰러진 양금을 업고 한걸음에 달려 중식의 집으로 가 눕혀놓은 근태 아비는 불과 십오분 전만 해도 세상모르고 자다가 아닌 밤중에 홍두깨라더니 정신없이 깨우던 근태 엄마의 매운 손맛에 급작스럽게 눈을 떴고 언제 도착했는지 양금의 집 앞에 가쁜 숨을 몰아쉬고는 어리둥절 서 있었다.

"아니 시방 뭔 일이당가! 헉헉……."

흐르는 침을 닦고 중식을 쳐다보며 묻는 근태 아비의 저만치 뒤로 뒤뚱거리며 근태의 손을 잡고 느리게 달려오는 근태 엄마가 보였다.

"무…… 무슨 일인가? 기영이 엄마가 왜 정신을 잃은 거야?"

황당하고 놀랍기는 중식이 더 했다.

"뭐라고? 아따 자네도 모른당가? 워매 그라믄 근태 엄마한테 물어봐야 쓰겠네……. 휴."

여전히 힘에 부친 지 가쁜 숨을 몰아쉬고는 뒤에 따라오는 근태 엄마를 향해 고개를 돌렸다.

"아니! 시방 뭔 일인디 사람이 정신을 잃는가?"

근태 아비가 큰 소리로 외치듯 근태 엄마에게 소리쳤다.

어느새 중식의 집 앞에 도착한 근태와 근태 엄마 역시 숨을 몰아 내쉬었다.

"아이고⋯⋯ 헉⋯⋯ 헉⋯⋯ 그니께⋯⋯ 고것이 거시기⋯⋯ 헉⋯⋯ 헉⋯⋯, 워매."

"도대체 무슨 일입니까? 말 좀 해보세요, 근태 어머니!"

중식은 몸을 일으키고 싶었지만 쉽지 않았다. 특히 아침에는 몸이 더욱 말을 듣지 않았다. 옆에 누워 숨만 간신히 내쉬는 양금과 근태네 가족들을 번갈아 보며 물었다.

"근태야! 아이고. 네가 언능 말해 보랑께!"

근태 엄마는 두려움에 벌벌 떨고만 있는 근태의 옆구리를 꼬집으며 근태가 입을 열기만을 재촉했다. 분위기를 봐서 얼른 이야기를 하는 것이 좋을 듯 싶겠다 생각한 근태는 천천히 입을 열었다.

"그게⋯⋯ 그러니까⋯⋯, 기영이가 엊그제 새벽에 갑자기 찾아와서는 자기는 일본에⋯⋯ 간다고 했어요."

중식은 놀라 기절할 것 같았지만 정신을 똑바로 차리려고 애썼다.

이틀 전 했던 말이 허튼 말이 아니었음을 직감적으로 알았었지만 이렇게 갑자기 훌쩍 준비도 안 된 채로 떠나버릴 줄은 몰랐다.

"그걸 왜 이제야 이야기하니?"

중식은 답답했다. 근태의 책임은 아니었지만 바로 말하지 않은 녀석이 원망스러웠다.

"기영이가…… 말하지 말라고……, 이틀이 지나고 말해달라고 해서요……. 죄송해요, 아저씨. 잘못했어요."

어찌나 겁을 잔뜩 집어먹었는지 근태는 눈물도 나오지 않았다. 그저 손발만 벌벌 떨고 있었다.

"워매! 이 정신 나간 자슥이! 감쌀걸 감싸야제잉! 아이고, 어쩐다요?"

근태 아비는 심란한 표정으로 근태를 매섭게 노려보았다. 하지만 어쩌겠는가? 이미 떠나버린 기영의 잘잘못만 그리고 그것을 숨겨준 근태 녀석의 잘잘못만 따지고 앉아 있을 순 없었다.

소문이랄 것도 없었다.

시끄러워진 기영의 집 주변으로 마을 사람들이 하나둘 모이기 시작했다. 마침 지나가던 뒷집 노총각 성규 아재가 모든 이야기를 듣다가 조심스럽게 중식의 앞으로 나섰다.

"잠깐만. 그 거시기 여기서 일본 갈라믄 바로는 못 갈 텐디."

끼어드는 성규 아재를 근태 아비가 어이없다는 듯 쳐다보았다.

"아따, 이 사람아. 그 어린놈이 설마 진짜로 일본에 간다고 가겠능가?"

"음마! 왜 못간디요? 나가 어릴 때 우리 옆집 사는 필봉이도 열두 살에 일본으로 갔는디! 고거시 가는 방법이 있대니께. 그라고 그런 일본에 보낼라고 아주 용을 쓰는 놈덜이 있다 안하요."

어른들의 목소리와 분위기가 더욱 심상치 않아지자 근태의 얼굴은 금방이라도 울음이 터질 듯 일그러졌다. 그 모습을 눈치챈 중식은 근태 엄마를 보더니 말했다.

"저기, 근태는 이제 그만 집으로 보내지 그럽니까?"

"아이고! 이놈 새끼가 뭘 잘했다고 울라고······. 워매, 진짜 미안해서 어쩐다요······."

근태 아비도 상황을 눈치 챘는지 두툼한 왼손으로 근태 엄마의 등짝을 살짝 밀며 얼른 집으로 돌아가라는 신호를 보냈다.

맑은 하늘에 날벼락이라도 떨어진 듯 중식의 집 안팎의 분위기는 걸레짝처럼 너덜너덜해졌다. 눈치 없는 참새들은 지금쯤 기영이 어디로 가고 있는지 알고 있겠지만 모른척하고 자기들 입 속을 채우기 바쁘게 울어대고 있었다.

차가운 바람이 어제보다 더 불어왔다. 넉넉한 산내음이 저 윗산에서부터 바람을 타고 내려와 청량한 하늘에서부터 흩뿌려져 마을을 물들이고 있었다. 기영이네만 빼고 말이다.

"진짜 간다고 갔으면 끄나풀부터 찾아야 안하요?"

성규 아재가 심드렁하게 말했다.

"진짜? 시방, 진짜 갔다고?"

아직도 못 믿겠다는 근태 아비의 의심스러운 눈총을 단번에 무시하며 성규 아재는 대꾸했다.

"허 참. 기영이 고거슨 한다믄 진짜루 해분다니까 그라요. 헛."

어찌 보면 성규 아재가 기영을 가장 잘 알 수도 있었다. 마을에서 치는 장난이란 장난은 이미 여러 번 걸린 적이 있던 기영이였다.

"워매······, 이번에는 단단히 사고 쳐부렸네······. 어짜쓰까."

아무 말도 못하고 어두운 표정으로 여기저기 시선을 주고 있던 중식을 보며 언제 다가왔는지 순덕 아비가 혀를 끌끌차며 나지막이 중얼거렸다.
"나가 생각나는 곳이 있긴 한디……."
성규 아재의 말에 중식은 눈빛이 번쩍 빛났다.
"어딥니까?"
"수영이도 백발 그놈이 꼬셨지라……."
성규 아재요. 성규 아재요. 제발 말 좀 해보랑께…….

2장

바로 앞의 일은 운명도 모르는 일이다

　네온 사인이 줄줄이 늘어선 골목길을 따라 시장 안쪽으로 들어가니 허름한 이자카야와 세련돼 보이는 약국 그리고 음식점들이 여기저기 마구 뒤섞여 있었다. 이런 게 바로 신구 조화라고 하는구나 싶어 보일 정도로 몇 세대를 집약해 놓은 것 같은 공간들이 정신을 사납게 했다.
　"어서 오세요."
　낡아 보였지만 나름대로 정리가 잘된, 때묻은 투명 유리문을 밀고 박철홍이 가게 안으로 들어섰다. 그 뒤로는 할아버지가 쭈뼛대며 따라 들어갔다.
　"아! 오랜만에 오셨네요. 편한 곳으로 앉으세요."
　주인인 듯한 아주머니는 마침 딸의 숙제를 봐주다가 들어선 철홍을 보고 반갑게 맞이했다.

"아이고! 장사는 좀 어떠세요?"

철홍은 넉살 좋게 미소를 띠며 안부를 물었다.

"요즘도 뭐 그럭저럭하네요. 그나마 단골손님들이 꾸준히 와 주셔서 크게 걱정은 없어요."

"할머님은 잘 계시지요?"

여자 주인이 내민 물수건을 펼쳐 손을 닦으며 철홍은 조심스럽게 물었다.

"네. 아주 잘 계세요. 요즘은 운동도 조금씩 하고 계셔서 좋네요."

"다행이네요."

할아버지는 낯선 분위기의 환대에 어리둥절하며 가게 내부를 빙 둘러보았다.

"우선 할머님 김치하고 고기 괜찮은 부위로 좀 부탁합니다."

철홍은 주문한 후 조심스럽게 할아버지에게 물었다.

"혹시 술은 좀 어떠세요?"

철홍의 질문에 할아버지는 잠시 당황했는지 멈칫하다가 이내 답했다.

"간단하게 좋습니다."

할아버지의 대답이 끝나자마자 철홍은 가게 안쪽 부엌으로 들어간 여자 주인에게 외쳤다.

"소주도 부탁합니다. 고구마로요."

잘 정돈된 가게는 가정집 같은 구조로 되어있었다. 한쪽은 좌식으로 앉아 먹을 수 있는 테이블이 놓여져 있었고 다른 한쪽은 서양식 의자와 테이블로 꾸며져 있었다. 가게의 내부는 텔레비전과 환풍기가 갖춰져 있고 집에서 쓰는 옷걸이가 놓여져 있어 가게와 집의 경계를 교묘하게 넘나들었다.

이층으로 올라가는 계단이 계산대 맞은편에 아주 작게 나 있었지만 어두컴컴한 것이 손님이 올라가는 목적은 아닌 듯했다.

이제 막 해가 저물기 시작하고 퇴근 시간에 맞춰 사람들이 하나 둘씩 거리로 활보하기 시작했다.

조금 일찍 시작한 저녁이지만 그것도 좋지 아니한가.

전차의 울림소리가 멀리서부터 들려왔다.

"할아버지는 혼자 여기에 건너오셨나요?"

"혼자……요?"

"네. 친구나 아는 사람 없이 말이에요."

철홍의 물음이 조금 이상했지만, 그 시대의 사람이 아니라면 이해는 갔다. 할아버지는 철홍이 따라준 물을 조금 마시고 목을 적셨다.

"그렇죠. 누가 여길 같이 오겠어요. 그것도 나가사키에……."

고기보다 김치가 먼저 나왔다. 시뻘건게 우리의 김치와 같았다.

아침 찬 바람이 하루가 다르게 날카롭게 느껴졌다. 먼저 눈을 뜬 것은 청년이었다.

"일어나."

어찌나 추웠는지 콧물이 그대로 굳은 채 며칠간 씻지도 않은 꾀죄죄한 얼굴의 기영이 눈을 비비며 일어나 청년을 보았다.

"벌써 일어났네 형아는."

"그럼! 이제 내려야 해."

기차 밖에는 웅성웅성 사람들의 소리가 들렸고 밤새 흔들리던 기차의 진동은 더 이상 느낄 수가 없었다.

기영과 청년이 탄 칸의 문이 열렸고 환한 아침 햇살이 강렬하게 잠자리를 비췄다.

청년은 아무렇지 않게 금세 자리를 털고 일어나 기차 밖으로 훌쩍 뛰어내렸다. 하지만 기영은 생전 처음 보는 낯선 환경에 어리둥절해 쉽게 몸을 움직일 수가 없었다.

문밖에는 여러가지 풍경들이 낯설게 어지럽혀져 있었다. 쏜살같이 달리는 자동차, 커다란 봇짐을 짊어지고 허연 입김을 뿜어내고 지나다니는 아재들과 이상한 물건들을 이리저리 펼쳐놓고 시끄럽게 떠드는 상인들 그리고 한복이 아닌 이상하지만 신비로워 보이는 나풀거리는 옷을 입고 다니는 사람들까지 모두들 기영이의 정신을 놓게 만들고 있었다.

"뭐해? 내려."

뒤에서 언제 왔는지 기관복을 입은 남자가 기영의 등을 툭 밀었다.

"아! 네……."

엉겁결에 등 떠밀려 후다닥 뛰어내린 기차에서 시커먼 연기가 뿜어져 나왔다.

"기영이 너는 이제 저쪽 뒤 칸으로 가서 저기 서 있는 사람들 틈에 섞여 다른 열차에 올라타면 돼."

청년은 손짓으로 사람들이 웅성거리며 서 있는 뒤쪽을 가리켰다.

"형아는?"

"나는 이제 다른 곳으로 걸어갈 거야. 아 참! 잠시만 이리 와 봐."

청년은 기영의 손을 잡아끌고는 가장 가까운 거리에 있는 역 앞 상인에게 다가갔다. 구수한 냄새를 뿜어내고 있는 감자밥을 팔고 있는 상인의 작은 가게에서는 이미 여러 사람들이 모여 있었다.

청년은 상인에게 부탁하며 감자밥 한 덩이를 받아 기영에게 건네주었다.

"배고플 텐데 자 이거. 아침은 먹어야지."

기영은 냄새와 그 모양에 정신이 팔리고 배고픔이 더해져 고맙다는 인사를 할 겨를도 없이 얼른 받아서 들고는 재빨리 입에 처넣기 시작했다.

"부산까지 가는데 뭐 더 돈이 들지는 않을 것 같으나 혹시 모르니까 자, 이거 받아."

청년이 자신의 주머니에서 꾸깃하게 접어놓은 20센을 기영의 손에 쥐어 주었다. 기영은 화들짝 놀라며 돈을 바라보았다.

"얼른 넣어. 다른 사람들이 볼라."

"형……, 감사합니다."

"미쓰오 아저씨가 준 종이는 잘 가지고 있다가 이따 기차를 타고 나서 안에서 일본 승무원 아저씨가 보여달라고 하면 보여주면 된다."

청년은 말을 마치고 기영의 어깨를 토닥였다. 엄청난 친절에 기영은 자신이 집을 나와 있다는 사실을 까맣게 잊은 듯 그저 소풍이나 나온 기분이 들었다.

기영이 감자 밥을 다 먹어 치울 때쯤 저 아래쪽 철로에서 기차가 서서히 들어 오는 모습이 보였다.

시끄럽지만 활기차 보이는 역 주변은 신비로움을 뿜어내며 기영의 발걸음을 재촉하게 했다. 고향만큼 새소리가 들리진 않았지만 카랑카랑한 아주머니들의 목소리가 그 빈자리를 대신했고 가끔 들리는 일본어는 기영의 호기심을 부쩍 불러일으키며 형 수영의 기억을 더욱 떠올리게 했다.

"자! 가거라."

"감사합니다. 형아! 우리 형아 만나고 다시 돌아오면 또 만나러 여기로 올게!"

기영은 청년이 일러준 곳으로 뒤돌아 걸어가다 말고 멈춰서 고갤 돌려 말했다.

"참! 형아 이름이 뭐야?"

청년은 지그시 어린 기영을 바라보았다.

"방정환! 내 이름이야."

정환은 아이들을 참 좋아했다.

감자밥 덕분에 배가 따뜻해진 기영은 사람들의 틈에 섞여 기차에 올라탔다. 의자에 앉고 싶었지만 이미 꽉 찬 자리에 어쩔 줄 몰라 하며 다시 뒤쪽 후미진 칸에 자리를 잡았다. 그보다 더 후미진 뒤쪽 칸에는 단단한 철과 나무로 되어있는 문으로 잠겨 있었다.

요란한 경적을 울리며 새까만 큰 고철덩이 기차가 출발한 지 어느덧 반나절이 지나자 기영이 타고 있던 칸의 사람들이 하나둘씩 시끄럽게 말을 트기 시작했다.

생각보다 많은 조선인의 숫자에 기영은 꽤 놀랐다. 머리가 어지러운지 여기저기 구석에서 게워내고 있는 사람들도 볼 수 있었다.

게워낼 것도 없는데 헛구역질이 나오는지 할아버지 한 분이 계속해서 쓴소리를 속에서부터 울리고 있는데 기영의 옆으로 자신보다 두세 살은 많아 보이는 남자아이 두세 명이 다가와 말을 걸었다.

"야! 너 뭐 좋은 거 가지고 있냐?"

"숨기지 말고 이리 내 봐."

머리를 땋은 아이 한 명이 기영의 팔을 잡아챘다. 기영은 당황했지만, 얼핏보기에도 체구가 자신보다 조금 작아 보여 그다지 겁이 나지 않았다.

"뭐야! 잡지 마!"

몸집처럼 목소리마저 큰 기영의 저항이 거세자 아이들은 도리어 자신들이 당황을 해 우두머리인 것 같은 한 녀석의 얼굴을 바라보며 눈치를 살폈다.

"이 새끼가 우리를 거지새끼로 아나! 손에 힘 풀어라!"

우두머리 사내 녀석이 나머지 아이들의 기대에 부응하려는 듯 거칠게 몰아붙였다. 녀석들의 옷차림을 보니 기영이보다 더 형편없었다. 여기저기 찢어지고 해진 겉옷이 이미 충분히 못 쓰게 되어버렸고 여기저기 덧대 놓은 모습은 영락없는 거지 꼬락서니였다.

거지가 아니라고 하지만 그것은 거지의 자존심이었다.

"놔! 놓으라고!"

기영의 외침에 주변 사람들의 시선이 집중되었다.

세 녀석이 그런 기영의 입을 막기 위해 한꺼번에 달려들려 하자 멀찌감치 떨어져 보고 있던 텁수룩한 수염을 가지고 있던 아저씨 한 명이 굵은 목소리로 외쳤다.

"허! 남대문 정거장도 이제는 염천교 거지 놈들의 소굴이 되어 버렸구먼. 재수가 없으려니……. 쯧. 가만히 있지 못하겠냐, 이놈들아!"

아저씨의 벼락같은 호통에 세 아이와 기영은 순식간에 얼어붙었다.

"아재요……."

소심한 반항이라도 해 볼 참이었던 우두머리 격 아이가 우물쭈물하며 작은 목소리를 내었다.

"주둥아리 확!"

눈에서 도깨비불이라도 튀어나올 것 같은 아저씨의 모습에 아이들은 서둘러 자리를 피해 반대쪽으로 달아났다.

"니! 일로 와봐라."

안도의 한숨을 내쉬던 기영에게 털보 아저씨가 손을 까딱거리며 불렀다. 기영은 아저씨가 도와줘서 다행이라 생각했지만 여우들을 피하다가 더 큰 호랑이를 만나버린 것 같은 느낌이 들었다. 무서웠다.

"저…… 저요?"

"그래! 너 말고 여기 애가 또 누가 있느냐?"

주위를 둘러보니 도망간 녀석들을 제외하고는 아이는 자신 혼자뿐이었다. 쭈뼛대고 쉽게 다가가지 못하자 털보 아저씨가 다시 한번 신호를 보냈다.

"안 잡아먹으니까 그냥 일로 와봐라."

기영은 아저씨의 성에 못 이겨 흔들리는 기차에서 한 발짝씩 조심스럽게 걸어 천천히 곁으로 다가갔다. 기영과 사람들이 섞여 타고 있는 칸은 좌석이 별로 없어 모두 땅바닥에 앉아 가고 있었다.

다가온 기영의 팔을 털보 아저씨가 홱 잡아채고는 앉혔다. 워낙 거센 힘에 기영은 놀라 겁을 잔뜩 먹었다. 집을 떠나니 별의별 일이 다 생기고 있다.

"인마! 너 그 손에 쥐고 있는 거 얼른 옷 안에 집어넣거라."

아저씨의 말에 기영은 자신의 왼손을 바라보았다. 아차 싶었다. 아까 정환 형아가 준 돈 20센이 손바닥 안에 꼭 쥐어져 있었다. 어찌나 꽉 쥐었는지 손바닥 안에 땀이 나서 물이 흐르고 있었다.

"보이면 영 좋지 못한 일을 당할 거다. 어디서 왔냐?"

"장성……이요."

"혼자서?"

"네……."

아직 무섭기만 한 아저씨가 조금은 말투가 부드러워지기 시작했다.

"허허. 어린놈이 용감하구나. 그래 어디까지 가냐?"

살짝 웃을 때 보이는 가지런한 이가 꽤 단정해 보였다. 그러고 보니 수염이 났지만 아저씨의 옷차림은 신식 양복을 입고 재킷을 걸쳐 입은 모습이 엄청나게 부유해 보였다. 물론 여기 있는 사람 중에서 말이다.

기영은 아저씨의 태도에 조금 안심이 되기 시작했다. 돈 걱정을 해주는 것만 보아도 알 수 있었다.

"부산이요. 거기서 시게오 아저씨를 만나고 오사카로 갈 거예요."

털보 아저씨는 기영의 말에 흠칫 놀라는 기색을 보이더니 다시 재차 물었다.

"혼자서 말이냐? 왜?"

"수영이 형아가 거기에 있거든요."

"수영이가 누구냐? 네 형이냐?"

"네……."

기영의 당돌함에 아저씨는 어이가 없다는 듯 황당한 웃음을 지었다. 아저씨의 웃음에 기영은 이게 뭐 그리 놀랄 일인지 의아하며 자존심이 상했다. 자신을 비웃는 것처럼 보였기 때문이다.

"일본말은 할 줄 아느냐?"

이어진 아저씨의 물음에 기영은 고개를 절레절레 저었다. 미처 거기까지는 생각하지 못했던 모양이다.

달리는 기차 틈 사이로 바람이 비집고 들어와 추울 법도 한데 옹기종기 붙어 앉아 있는 사람들의 온기 덕분에 열차 안은 그나마 따뜻했다.

휙휙 지나치는 풍경에 사람들은 기영과 털보 아저씨의 대화에는 별 관심이 없어 보였다. 오히려 아까 그 녀석들의 언행이 더 이목을 집중시켰던 것 같았다.

그때, 앞쪽에서 멀끔한 차림의 양장을 입은 남자가 가지런히 정리한 수염을 만지며 일어나 기영과 사람들 쪽을 보고 소리쳤다.

"산돼지 같은 새끼들이 조용히 해라! 천황폐하가 선사하신 신성한 열차에서 무슨 말이 그렇게 많냐!"

개중에 알아듣는 사람들은 얼른 입을 굳게 다물었지만 무슨 말인지 모르는 사람들은 어리둥절해 대꾸를 하려 얼굴을 움찔거렸다.

"아이고, 죄송합니다. 조용히 가겠습니다."

누구보다 먼저 답을 한 것은 털보 아저씨였다. 일본말로 말이다.

뭐라 불만을 표출한 일본인은 대답하는 아저씨를 보더니 잠시 묘하게 고개를 갸우뚱거리다 더 이상 아무 말 없이 자리에 앉았다.

"아이고! 거 일본말 겁나게 잘하네."

맞은편에 앉아 눈치만 보고 있던 아주머니 한 분이 털보 아저씨를 향해 눈을 흘기며 웅얼거리듯 말했다.

기영의 호기심 어린 눈을 뒤로 한 채 털보 아저씨는 눈을 감으며 기영에게 나지막이 말했다.

"갈 길이 머니 일단 좀 자두거라. 피곤하면 될 일도 안 된다."

기영은 아저씨의 말에 주변을 둘러보다가 손에 꼭 쥔 20센을 품 안 깊숙이 찔러 넣고는 덩달아 눈을 감았다. 장시간 그리고 한참을 무언가를 타고 이동하느라 근태 녀석과 장난치며 놀 때 보다 더 피곤했다. 눈을 감자 떠나온 마을이 생각이 났다. 지금쯤 난리가 나 있을 거란 사실에 두렵기도 했지만 수영의 얼굴을 떠올려보고는 안정을 찾았다. 엄마가 해 준 보리죽과 근태, 봉식이와 함께 했던 제기차기가 떠올랐다. 그리고 무엇보다 귀찮게 엄마에게 이르는 정순이 없으니 마음이 한편으론 시원하기도 했다. 매일 시끄럽게 우는 닭 잡아 먹어버린다고 신경질 내던 성규 아재, 또래 애들과 무슨 장난을 치나 호시탐탐 건수만 잡으려고 어디든 번쩍이며 나타나는 건너편 미순이 누나 그리고 아버지보다 자신을 더 아껴줬던 순덕이 아버지. 마을 사람들의 생각이 유난히 짙게 났다. 무엇보다도 양금과 중식의 얼굴이 가장 많이 떠올랐다.

자다 깨기를 반복했지만, 그리 불편하지만은 않은 이동이었다.

해가 지고 어둠이 내리자 기차는 어느덧 부산에 도착해가고 있었다.

"꼬마야, 일어나라."

어느새 털보 아저씨의 무릎을 베고 자던 기영이 아저씨의 목소리에 힘들게 눈을 떴다.

"잠깐만 자랬더니 엄청 많이도 자는구나. 밤에는 어떻게 잘래?"

아저씨의 핀잔이 귀에 들어오지 않은 기영은 여전히 피곤한 몸을 일으키고 졸린 눈을 비비며 크게 하품하며 허리를 폈다.

"부산에 다 왔다. 너 어디로 가느냐?"

때마침 큰 기적소리가 울려 퍼졌다.

사람들은 저마다 자리를 털고 일어나고 있었다.

기차 안에 대다수는 일본인이었지만 조선 사람도 꽤 있었기 때문에 내리려는 사람들의 목적지를 대번에 듣기 싫어도 듣게 되었다.

"어디 묵을 곳이 있냐?"

털보 아저씨의 물음에 기영은 눈을 끔뻑거리다가 천천히 입을 열었다.

"시게오 아저씨 집으로 가면 될 것 같은데요……."

"주소는 있고?"

기영은 아저씨의 말에 자리에서 일어나 주머니를 뒤져 종이를 꺼냈다.

미쓰오가 준 종이였다. 온통 일본어였다.

"이거밖에 없어요."

기영이 내민 종이를 아저씨는 받아들고는 물끄러미 쳐다보았다.

"음……, 오늘은 힘들 것 같구나. 이 주소는 내일 오전이나 되어서야 찾아갈 수가 있을 텐데……."

아저씨는 난감한 듯 기영에게 말했다.

"네? 어딘데요?"

어리둥절한 기영이 물었다.

"화월이란 요리점이구나……. 밤에 네가 혼자 찾아가는 것은 무리이니 내일 오전에 찾아가도록 하거라. 먼저 내가 있는 여관으로 가 오늘은 쉬도록 하자."

서둘러 내리는 사람들 틈으로 털보 아저씨와 기영은 기차에서 내려 새어 나오는 역내 가로등 빛을 의지해 그리 멀리 떨어지지 않은 허름한 여관으로 들어섰다.

[산관 여관]이라 적혀있는 여관의 외관은 이리저리 엉망으로 나 있는 나무들 사이에 덮여 있었고 겨우 정문이 보일락 말락하게 빼꼼히 고개를 내밀고 드러나 있었다.

아저씨는 여관이 부산역에서 그리 멀지 않았기에 거의 없다시피 띄엄띄엄 설치되어 있는 가로등 불빛을 의지해도 알맞게 찾을 수 있었다.

"저 불빛이 신기하지 않느냐?"

털보 아저씨는 뭔가 신이 난 듯 기영에게 자랑이라도 하는 양 물었다.

"네! 저는 고향에서 한 번도 저런 큰 것을 본 적이 없어요."

"부산은 정말 크단 말이야. 부산 전등 주식회사에서 만든 것이란다. 지금은 이름이 바뀌어서 조선와사전기로 바뀌었지만 말이야. 내 친구가 저기서 일했었지."

"그러면 저런 멋진 걸 만들 수 있나요?"

"그럼! 뭔가 연료가 될 만한 것을 만지는 일은 무척이나 흥미롭지. 하하하."

호탕한 웃음을 날리며 털보 아저씨는 여관의 입구로 쑥 들어갔다. 그런 아저씨를 재미있게 쳐다보던 기영이도 재빨리 뒤따라 들어갔다.

내부는 생각보다 깔끔했다. 여기저기서 난데없는 비명이 들려오긴 했지만 말이다.

일본인 주인 할머니의 안내를 받아 들어간 방에 아저씨는 짐을 풀고 요를 깔고 바로 벌러덩 누웠다. 기영이는 짐이랄 것도 없어서 대충 옷을 벗어 던지고 몸을 손바닥으로 구석구석 문지르더니 냄새를 한번 맡아보고 만족한다는 듯 아저씨의 옆자리에 요를 깔고 누웠다.

어두운 방안에 조용히 누워 있으니 사방에서 비명이 점점 더 크게 들리는 듯했다.

"아저씨, 사람이 다쳤나 봐요……."

"그냥 신경 쓰지 말고 자거라. 참! 너 잠도 안 오겠구나. 쯧."

아저씨의 말대로 기차에서 너무 많이 자버린 탓일까, 기영은 전혀 잠이 오질 않았다. 오히려 지금은 배가 너무 고팠다.

"아저씨, 배가 고픈데요."

"그래서 이놈아."

"저 돈이 있는데 뭘 좀 사 먹고 싶어요."

기영의 힘없는 목소리에 아저씨는 몸을 일으켜 가방에서 보자기에 싸인 다 식은 감자 몇 개를 꺼냈다. 그리고 보니 기영은 한참 자다 깨기를 반복하다가 점심때도 놓치고 아무것도 먹질 못했었다. 깨어있었다고 한들 기차 안에서는 먹을 것도 구할 수 없으니 못 먹는 것은 당연했다.

"자 받아라. 그리고 부산까지 내려오는 기차를 탄다는 것은 먹는 것을 어느 정도 포기해야 한다는 걸 받아들이거라."

"와! 감사합니다."

식은 감자였지만 기영은 뛸 듯이 기뻐 자세를 고쳐잡고 요 위에 앉았다. 깜깜한 방 안에 가만히 앉아 우적우적 씹어먹는 소리가 사방을 울렸다.

감자의 단맛과 함께 다다미에서 올라오는 나무 향이 어우러져 묘한 포만감을 안겨주기 시작했다.

사실 털보 아저씨는 자신이 다 먹을 수 있었지만, 자기 무릎을 베고 자는 기영이 혹시나 나중에 배가 고플까 봐 남겨 놓았었다.

"저…… 제가 돈을 얼마 드리면 될까요?"

먹다 말고 정신이 들었는지 기영이 머뭇거리며 미안한 듯 물었다.

"됐다. 너한테 받아서 뭐 하겠느냐. 나도 그 정도쯤은 있다. 아까처럼 다른 놈들한테 뺏기지나 말고 잘 간수하고 있어라."

관심 없다는 듯 보이지도 않는 허공에 손을 휘휘 젓고서 아저씨는 돌아누웠다.

열차보다 따뜻한 방이 기분이 좋았다. 그리고 태어나 처음 이렇게 멀리 와 본 것이 신기했다. 여관이란 곳을 직접 경험하게 될 줄은 꿈에도 몰랐다. 예전에 성규 아재한테 얼핏 들어본 기억은 있었지만 말이다.

다음 날 아침, 일찍 일어난 아저씨의 부스럭거리며 움직이는 소리에 기영은 눈을 떴다.

작은 손바닥만 한 거울 조각이 박힌 나무 화장대를 열고는 오른손을 부지런히 움직이는 아저씨의 얼굴에서 둔탁하고 날카로움이 겹치는 서걱거리는 소리가 들려왔다.

"아저씨…… 뭐 하세요?"

기영의 깬 소리에 놀랐는지 아저씨는 얼른 뒤를 돌아보았다.

"어이구! 일어났구나. 녀석 코를 야무지게 골더구나."

어제보다 조금은 부드러워진 아저씨의 목소리에 기영은 살짝 놀랐지만 무엇보다도 뒤돌아 자신을 쳐다보는 아저씨의 깔끔히 면도된 얼굴이 더욱 놀라웠다.

청년의 모습이었다. 그것도 불과 기영이 마지막으로 기억하는 수영의 얼굴보다 고작 두어 살 많아 보이는 얼굴이었다. 사실 수영은 조금 겉늙어 보이기는 했었다.

"어! 완전히 잘생겼네요. 수염이 없으니깐 말이에요."

아저씨 아니 청년은 기영의 말에 자신도 알고 있다는 듯 소리 없이 피식 웃어 보이며 말했다.

"시간이 얼마 남지 않았으니 나는 먼저 배를 타러 떠나야겠구나. 너는 주인아주머니가 차려주는 조식을 먹도록 해라. 내가 이야기해 놓았으니 씻을 수 있으면 씻고 내려가거라."

청년은 자리에서 천천히 일어나 외투를 걸쳐 입었다. 어제만큼 멋있었다.

빙긋 웃어 보이며 기영의 머리를 쓰다듬은 청년의 뒤로 커다란 날짜가 적혀있는 달력이 보였다.

11월 3일.

청년이 방문을 열고 나가려 하다 말고 멈춰서 기영을 바라보며 물었다.

"그런데 너 오사카로 간다고 했냐?"

"네······."

"혹시 내가 오사카의 하늘 위에서 널 볼 수 있는 일이 생길지도 모르겠구나. 이름이 뭐냐?"

알 수 없는 말을 남기는 청년의 의미가 그때는 무엇인 줄 알지 못했다. 그저 이름을 물어보아 기영은 답을 했다.

"김기영이요."

기영은 밤새 흘러나온 침을 왼손으로 닦으며 말했다.

"그렇구나. 내 이름은 안창남이다."

청년은 짧게 자신의 이름만을 들려주고는 곧장 문을 닫고 떠났다.

안창남.

기영은 훗날 그의 이름을 신문과 소문을 통해 다시 듣게 될 줄은 꿈에도 몰랐다.

성규 아재를 앞장세우고 동네 주민 몇몇이 바쁜 걸음을 재촉했다.
"어디여? 더 왔어야?"
"아따 참말로 길도 먼디 고놈자슥 어뜨케 알고 여까정 왔을까잉."
"다 왔어라. 저기요."
손가락이 가리키는 곳을 바라본 마을 순덕 아비가 추운 날씨에도 아랑곳하지 않고 소매를 걷어붙이고 씩씩거리며 먼저 달려 나갔다.
"주인장! 얼른 나와 보쇼!"
아직 해는 멀쩡히 떠 있었지만, 곧 순식간에 자취를 감출 것이 뻔해 보이는 불그스름한 노을을 뒤로하고 반쯤 열린 문 사이를 헤집고 들어서자 하루의 고된 일과를 마치고 포를 푸는 손님 몇몇이 앉아 막걸리를 나누어 마시고 있었다.
세월 좋은 양반들이라 생각하던 만성 아비 역시 중식 대신에 화가 머리끝까지 뻗쳐 육중한 몸을 이끌고 순덕 아비의 뒤를 바짝 따라 성 주막으로 들어섰다.
"아 언능 나와 보랑께!"
시끄러워진 가게 안 뒤쪽 문에서 어리둥절해하며 가네무라가 나왔다.

"무슨 일입니까? 술 자시러 왔소?"

어느새 몰려든 사람들 틈으로 가네무라는 벌써 전에 안면이 있던 성규 아재와 눈이 마주쳤다.

가게 안이 그리 넓지 않아 마을 사람들 몇 명만 들어 왔을 뿐인데 어느새 공간이 없이 꽉 찼다.

술을 마시던 사람들도 갑작스러운 일에 술맛이 깨졌는지 아니면 호기심이 일었는지 마시던 잔을 멈추고 양쪽을 번갈아 쳐다보았다.

"기영이 어딨소?"

성규 아재가 담담하게 먼저 물었다.

"기영⋯⋯이?"

"그래! 기영이 어딨냐?"

이번엔 순덕 아비가 되물었다. 화가 잔뜩 난 사람들의 모습을 보고는 가네무라는 머리를 잡았다.

"햐⋯⋯ 이놈 새끼가 골치 아프게⋯⋯."

가네무라는 눈을 한번 질끈 감았다가 떴다.

"뭐? 알고 있구만. 어디 갔는지 빨랑 말 안 혀냐?"

만성 아비가 이때다 싶어 거들었다.

"후⋯⋯ 진정들 하시고 일단 몇 분만 들어와 앉으시죠."

손에 쥔 그릇을 가까운 탁자위에 올려 놓고는 가네무라가 손짓으로 안쪽 방문을 가리켰다. 그 말에 누가 먼저랄 것도 없이 순덕 아비와 만성 아비 그리고 성규 아재가 곧장 방으로 들어갔다.

뒤에 멀뚱히 서 있던 옥순이네와 봉식이네 그리고 몇몇 사람들은 꿔다 놓은 보릿자루처럼 멍하니 바라보고만 있었다. 그리고 우두커니 서서 한동안 자리를 떠나지 못했다.

"허긴 우리가 자세한 내막도 모르고 경우 없진안제. 기다려 보자고."

옥순 엄마가 답답한 마음을 조금 가라앉히며 근태 엄마에게 말했다. 그 말에 사람들은 동의하면서도 부글부글 끓는 속을 주체하지 못하는 표정을 지었다.

방 안에서는 가네무라의 항변이 흘러나왔다.

"그러니까 그게 아니라니까요! 내가 미쳤다고 그 어린놈을 팔아넘기겠소? 안 그래요 성규 아재?"

"그니까…… 기영이가 여기로 와서 자네가 저기 산 아래 사는 미쓰오라는 사람에게 보냈다 이 말인가?"

"아 그렇다니까요! 근데 분명히 기영이 놈이 가지고 있던 종이에 시게오 씨 필체가 적혀져 있었다고요."

가네무라의 말을 믿을 수 없다는 듯 순덕 아비가 의심스러운 눈초리로 재차 물었다.

"뭐시라고 적혀 있었능가?"

"기영이가 이 종이를 가지고 오면 두말없이 자신에게 보내라고요. 그것도 미쓰오 씨를 통하면 된다고 말이요. 참 나! 못 믿겠으면 미쓰오 씨에게 같이 가보자고요!"

억울하다는 손짓을 해가며 목청을 높이는 가네무라를 보며 성규 아재, 순덕 아비 그리고 만성 아비는 똥 씹은 표정을 지었다.

"야이 미친놈아! 우덜이 거길 가믄 그놈이 가만 있당가! 일거리만 다 뺏겨불고 말지…….”

순덕 아비의 성에 옆에 있던 성규 아재가 급히 말렸다.

"아이고 아저씨. 말조심하랑께요. 놈이라고 했다가 이놈이 갔다 일러바치면 워짠디요.”

성규 아재의 말림에 순덕 아비는 화가 끓어 올랐지만 더 이상 뭐라 할 수 없는 처지가 되었다.

확실히 미쓰오 아니 어떤 일본인에게라도 덤볐다간 좋은 꼴을 면치 못할 것이 불 보듯 뻔했다. 운 좋아 일거리만 뺏기면 다행이지 여차하면 뒤지게 두들겨 맞아 다리 한짝 팔 한짝 못쓰게 될지도 몰랐다. 1922년은 그러했다.

만석 아비는 뒤에서 혼자 끙끙대며 지금 이 상황과 현실에 방법을 찾지 못해 당황스러워했다.

“아이고……! 기영이 이놈 자식…….”

한탄하던 순덕 아비의 절망과 원망 섞인 탄식이 흘러나옴과 동시에 성규 아재가 급히 가네무라에게 질문을 던졌다.

“자네, 삼 년 전에 수영이도 꼬셨는가? 맞제? 니 맞제잉?”

갑자기 치고 들어오는 성규 아재의 회심의 질문에 가네무라는 흠칫 당황했다.

“어…… 어? 아니야! 나는 모르는 일이네. 아마도 시게오 씨가 꼬셨겠지, 뭐…….”

“웜마! 얼레? 놀라는거 보니 니 맞구마잉…….”

성규 아재는 혀를 끌끌 찼다.

“하늘 무서운 줄 모르고 부리나케 일본 사람들한테 붙어먹응께

좋냐? 그러면 안 돼. 암! 그러면 안 되제잉……. 참말로 깝깝시럽구마잉……. 나라가 이리 험한 꼴을 당하니께 이것저것이 논두렁 돌뿌리처럼 튀어나와 부네잉……. 쯧."

"수영이도 니놈이 꼬신 거당가?"

순덕 아비는 더 이상 놔뒀다가는 무슨 일을 치를 것 같은 표정을 지으며 버럭 소리를 질렀다.

만성 아비가 급히 안 되겠는지 순덕 아비를 잡아끌고는 가네무라의 방을 나갔다. 끌려 나가면서도 씩씩거리는 순덕 아비의 모습에 기영이 소식을 오매불망 기다리던 동네 사람들이 일제히 다가섰다.

"뭐가 어쨔 되었는가?"

근태 아비가 다급히 물었다.

"워메…… 워메…… 기영이 그놈이 지 발로 간 게 맞는 거 같은디…….."

답을 못하고 여전히 씩씩거리는 순덕 아비를 대신해 만성 아비가 걱정스럽고 안타까운 표정으로 답했다.

"근디 안에서 뭐…… 수영이 어쩌고 한 것 같은디……, 그건 또 뭔 말이당가?"

만성 아비의 답을 듣고는 답답한 마음을 가라앉힐 곳 없던 근태 아비가 까칠하게 오른 수염을 만지작거리며 걱정스러운 얼굴로 재차 물었다.

"아직은 몰라……. 성규가 물었는디 그것도 아니라 안 혀요. 시게오가 했다하니……."

웅성대는 마을 사람들의 이야기를 듣고 있던 손님들이 놀란 표정으로 한마디씩 거들었다.

"아따! 뭐 팔려갔는가? 누군가? 여자여?"

"워메…… 어디로 갔당가?"

어지러운 물음을 지켜보던 옥순 엄마가 우렁찬 목소리로 꾸짖었다.

"아따 남의 동네일에 관심 끊고 술이나 마시쇼잉. 비리비리하게 생겨서 어째 밤일도 못 할거 같은 양반들이 초저녁이 오덜 않았는디 술이나 처먹고 앉아 계신당가, 쯧."

"뭐? 처먹어? 이놈의 여편네가 말하는 꼬락서니 좀 보소?"

서로가 못마땅해 가게 안은 안그래도 어수선한 분위기에 무거운 긴장감 마저 감돌기 시작했다. 그때, 방문이 열리고 성규 아재가 나왔다. 일제히 사람들은 성규 아재의 얼굴만 바라보았다. 알 수 없는 오묘한 표정 뒤에 어둡게 드리워진 절망 가득한 표정이 왠지 심상치 않아 보였다. 어쩔 수 없는 배신감이랄까 하는 것이 드러났다.

"뭐시라는디요?"

안절부절못하던 봉식 엄마가 물었다.

"거시기…… 지발로 간거시 맞는거 같은디요……."

"아니 어째서야?"

"기영이 놈은 시게오가 써준 종이를 들고 찾아 왔는디……. 고것이…… 거시기……."

한참 뜸을 들이는 성규 아재의 모습이 답답했는지 옥순 엄마가 거들어 재촉했다.

"아, 얼릉 싸게 싸게 말해 보랑께!"

난처하게 머리를 긁던 성규 아재는 어쩔 수 없다는 듯 입을 다시 열었다.

"종이가 시게오가 써준 추천장이어라……. 수영이 놈한테 한 것처럼 속여가지고는……."

"뭔 추천장?"

답답한 마음에 순덕 아비가 끓어오르는 화를 삭이며 물었다.

"일본으로 건너가 켄페이 교습소에 들어가는 추천장이라는 디……."

"켄페이? 헌병 말하는가? 워매…… 그…… 거시기 그라믄 수영이도?"

"……야……."

"워매 환장하겄네……."

마을 사람들의 탄식과 더불어 이 사실을 어떻게 중식네에게 전달해야 할지 갑갑하기만 한 일이었다.

해는 점점 사라져 어둠이 더욱 짙게 깔리고 가게 문틈 안으로 칼바람이 불어 닥쳤다. 술을 마시던 손님이나 충격받은 마을 사람들이나 차가운 계절을 맞는 건 매한가지지만 유난히 온도 차가 대조되어 보이는 분위기는 어찌 설명할 수 없이 서글퍼져 구슬피 우는 마지막 부엉이 소리에 눈시울들이 붉어지기 시작했다.

"해야……, 뜨지 마라……. 달이 좀 잡아 말려다오……. 우리 기영이 깝깝시럽다……."

3장

그놈의 조선인

 부산에서 시게오를 찾는 일은 그리 어렵지 않았다. 정확히 말하면 초량동에서 말이다.
 물어볼 것도 없이 여관을 나서면서 주인아주머니의 안내에 따라 한걸음에 그리 오래 걸리지 않아 '화월'에 도착할 수 있었다.
 으리으리한 일본식 건물에 압도되어 고개만 갸우뚱거리며 쭈뼛대고 서 있으려니 아랫배가 슬슬 아파졌다. 아침에 먹은 미소시루에 시큼한 우메보시가 들어간 주먹밥 한 덩이가 어찌나 고급스러운지 뱃속을 휘황찬란하게 어지럽히고 있었다.
 들어가야 할지 말아야 할지 어찌할 바를 모르고 있을 때 뒤에서 여자의 목소리가 들렸다.
 "얘! 너 여기서 뭐 하니?"

깜짝 놀라 기영은 뒤를 돌아봤다. 기모노를 입은 하얀 얼굴을 한 여성이 궁금한 눈초리로 서 있었다.

"네? 아……, 저……."

"뭐야? 어린놈이 대낮부터 술 마시려고? 호호호."

분명 일본말이었다. 알아듣지 못하는 기영은 급히 떨리는 손으로 주머니에서 종이를 꺼내 수줍게 들이밀었다. 기영은 태어나서 처음 그런 여자를 보았다. 온몸이 하얗다 못해 마치 눈처럼 녹아 없어질 것 같아 보였고 머리카락은 어찌나 윤기가 나는지 햇빛에 반사되어 눈이 부실 지경이었다.

무엇보다 태어나 세상 이렇게 예쁜 여자는 처음 보았다. 큼지막한 이목구비에 넋을 놓고 말았다. 화려하고 밝은 분홍색의 단정한 기모노 차림이 일전 남대문에서 열차를 타기 전 보았던 일본 사람들과는 달랐다. 확실히 눈에 띌 만큼 아름다운 20대의 어느 여자였다.

"이게 뭔데? 시게오 씨?"

여자의 목소리에 정신을 차린 기영은 시게오란 이름은 알아들을 수 있었다. 기영은 고개를 수줍게 끄덕였다.

"너…… 어디서 왔니?"

물끄러미 기영을 보다가 귀엽다는 듯 배시시 웃어보이고는 여자가 물었다. 기영은 귀를 의심했다. 그것은 조선말이었다.

"네?"

"어디서 왔나구?"

"저…… 백암…… 아니 장성에서요."

신기한듯 여자는 기영을 쳐다보며 무릎을 살짝 낮춰 기영과 키를 맞추며 다시 물었다.

"장성이 어디니?"

"그게…… 제 집이요."

"됐다. 시게오씨 만나러 온거야?"

알아듣질 못하는 여자가 용건만 알면 된다는 듯한 표정으로 말했다.

"네……."

"이름이 뭐니? 여기 쓰여진 이름 그대로 김기영이니?"

여자는 기영이 준 종이를 펼쳐보이며 쓰여진 기영의 이름을 짚으며 물었다. 기영은 말없이 고개만 끄덕거렸다.

"흥. 덩치도 좋은게 자라면 힘 꽤나 쓸거 같은데 이렇게 수줍어해서야 원. 어쨌든 따라 들어 오너라. 마침 안에 계신다."

눈웃음을 지으며 기영을 흘기며 따라 오라고 손짓을 보냈다. 기영은 여자의 뒤를 따라 큰 대문 안으로 들어갔고 널찍한 마당 이곳저곳에 가지런하고 멋스럽게 나무와 풀들이 기영을 맞이했다.

그야말로 문 뒤의 세상에는 없는게 없어 보였다. 작은 연못은 물고기들이 한적히 여유를 즐기고 있었고 작은 나무 위에는 이름모를 새 몇마리가 자유롭게 활보하고 있었다. 여러 채의 방들이 한눈에 담기에 부족했다. 깨끗한 시설에 방 문 근처에는 어제 밤에 보았던 요상한 빛이 나오는 전구들이 유리 상자안에 얌전히 담겨 있었다.

가장 놀란 것은 벌써 눈으로 마주쳐 본 여자들만 예닐곱명 이었다. 어이가 없게도 한결같이 예뻤다. 떠나 온 마을에서는 한번도 보지 못한 풍경이었다.

항상 허름하고 꿰매어진 하얗고 누르스름한 옷에 거칠은 피부와 때묻은 물건들, 그나마 멀끔했던 성규 아재마저 초라하게 만들어 보이는 광경에 눈이 돌아 정신을 차릴 수 없었다.

색이란 것이 이렇게 예쁘다는 것을 처음 느꼈다.

"그래, 수영이를 만나러 가겠다고?"

"네. 형아를 만나고 다시 집으로 돌아가야 해요. 엄마 아부지가 걱정 하시거든요."

까끌하게 수염이 나 있는 턱을 만지작거리며 시게오는 묘한 웃음을 지었다. 그 웃음의 의미가 무엇인지 기영은 알지 못했지만 웃음이란 것은 긍정적인 신호임이 틀림없다고 생각했다.

따뜻해진 방바닥이 무척이나 고급스러워 보였다. 시게오의 방안에 있는 모든 것들이 신기했다.

"웃기는 구나. 하하하. 네가 진짜로 수영이를 만나러 갈 줄은 몰랐는데……. 그래, 그래도 언젠가 네가 쓰임새가 있을 줄 알았다."

수영이 오사카로 떠난 바로 직후 소식을 듣고 아깝게 생각을 했던 시게오는 동네 어귀에서 만난 기영에게 슬그머니 종이를 한장 찔러 주었었다. 이가 없으면 잇몸이라고 했던가 수영이 녀석이 제맘대로 무슨 바람이 불어 일본으로 갔는지 알 수는 없었지만 대신에 기영이를 노려볼 만 했다. 몰래 찔러준 종이가 지금 이렇게 되돌아 올지는 장담을 할 수 없었지만 여튼 운이 좋게도 제 발로 다시 돌아온 것이다.

"그래, 이왕 가는거 일찍 만나러 가면 좋을 것 같은데 네 생각은 어떠냐?"

시게오는 테이블 옆 작은 서랍에서 큰 보자기에 싼 무언가를 꺼내어 기영에게 들이밀었다.

기영이는 멀뚱히 시게오가 내민 보자기를 바라보았다. 그러자 시게오는 괜찮다고 열어 보라는 듯 손짓을 했다.

"와! 이게 뭐예요?"

조심스럽게 풀어 본 보자기 속에는 큼지막한 사탕이 여러가지 색을 띄고 가지런히 줄 맞춰 수줍게 그 자태를 내뿜고 있었다.

"사탕이다. 먹어라."

"감사합니다."

신기한 듯 사탕을 들어 올려 그대로 입으로 넣었다. 딱딱한 것이 달콤함을 흘러나오게 하는 것이 요상하고도 맛이 일품이었다. 그 야말로 세상에 온갖 맛있는 음식을 다 첨가해 놓은 것 같았다. 하지만 약간 코 끝이 찡한게 영 이상했다.

"오늘 밤 8시에 잔교로 가 출발하는 배에 오르도록 해라. 쓰시마 마루에 탑승해 출발하면 내일 점심 전쯤에는 시모노세키에 도착할 수 있을 것이다. 얼른 수영이 만나야 하지 않겠냐?"

점점 까끌거리기 시작하는 혓바닥이 신기한지 이리저리 입안에서 사탕을 굴리며 놀라고 있을때, 시게오가 부드러운 목소리로 말을 건넸다.

"빨리 만나고 싶지? 그렇지 않냐?"

"네! 빨리 보고 싶어요."

기영의 답에 시게오는 물끄러미 기영을 바라보며 흡족한 표정을 짓더니 몸을 일으키고는 창 밖을 보았다.

"어이! 이리 들어와라."

마침 정원 마당에서 잉어 밥을 주고 있던 빨간 기모노를 입은 여자 한명이 눈에 띄었는지 시게오는 손짓을 하며 불렀다. 시게오의 부름에 여자는 살짝 고개를 숙여 예의를 갖추며 종종걸음으로 시게오의 방으로 향해 들어섰다.

"부르셨습니까?"

"음 그래. 이 아이 갈아 입을 옷을 좀 내어주고 밥도 잘 차려 주거라."

시게오의 부탁에 여자는 다시 고개를 숙이며 알았다는 뜻을 전달했다.

책상에 앉아 작은 펜을 집어들고 서랍에서 무언가를 꺼내더니 쓰기 시작하던 시게오가 힐끔 기영을 보더니 낮게 말했다.

"내가 편지를 써줄테니 일본에 도착하는 대로 시모노세키든 고베든 오사카든 할 것없이 경찰서나 헌병대에 찾아가 이 편지를 보이면 된다. 그리고 절대 잃어버리지 말도록 해라. 알겠냐?"

갑자기 인상을 조금 찌푸리며 근엄한 태도로 당부를 하는 시게오의 모습에 기영은 낯설었지만 수영을 만나기 위한 뭔가 중요한 편지라는 생각이 들어 결의에 찬 표정으로 고개를 끄덕였다.

그런 기영을 보고 시게오는 다시 무언가를 적으며 기모노 여자에게 말했다.

"돈도 좀 쥐어주고 말이다. 어서 데리고 나가거라."

"네. 시게오 선생님."

여자는 기영의 등을 살짝 감싸며 뒤를 돌아 시게오의 방을 함께 나갔다.

한창 솟아오른 해가 그 위용을 마당에 한껏 드리우고 있었다. 기영은 해를 보니 마음까지 따스해졌다. 여기까지 무사히 그리고 일본까지 무사히 갈 수 있다는 사실에 하늘에게 감사했다.

기영은 자신이 참 운이 좋은 사람이라고 생각했다.

김치가 정말 일품이었다.

철홍이 그냥 입바른 소리를 한 줄 알았는데, 생각보다 아니 그 이상으로 김치 맛이 좋았다.

"보세요. 여기가 진짜 알아주는 김치 맛을 가진 야키니꾸 식당입니다. 제가 괜히 칭찬을 하는 게 아닙니다."

"그렇네요. 정말."

처음 시작은 고구마 소주로 시작했지만 점점 불이 붙은 철홍의 위장이 한국산 진로를 불러들여 식탁 위에는 벌써 대자 진로 소주가 자리 잡고 있었다.

주변에는 벌써 손님들이 한 테이블씩 차지하고 퇴근의 포를 풀고 있었다. 하얀 와이셔츠에 넥타이 맨들 사이로 할아버지의 남색 셔츠가 유난히 돋보였다.

담배를 문 철홍이 멋쩍게 웃으며 할아버지에게 잔을 넘기며 말했다.

"아이고, 술만 마시면 이렇게 타바코가 당기네요. 아 참! 담배가요. 하하하."

"괜찮습니다. 아까 주신 담배가 있으니 그게 피우세요."

술을 수 잔을 마셨지만 하나도 흐트러짐이 없어 보이는 할아버지의 모습에 철홍은 경이로움까지 느껴지기 시작했다.

"연세도 많으신데……, 취하지 않으신 것 같네요. 더 드셔도 괜찮으세요?"

철홍은 조심스럽게 눈치를 살피며 물었다.

"아직은 괜찮지만……, 슬슬 멈추도록 해야지요."

할아버지는 김치를 한 점 집어 먹으며 흐트러진 넥타이를 걸치고 있는 철홍을 쳐다보며 말했다.

가게 안은 벌써 고기 굽는 연기로 뿌옇게 변해 있었다. 작은 환풍기 두 대로는 연기를 빼기엔 어림도 없었다. 살짝 가게 문을 열어놓아 진정을 시키곤 하지만 그럴수록 풍기는 냄새에 이끌려 더 많은 손님들이 들어오고 그럴수록 가게 안의 연기는 더 심해졌다.

젓가락을 잠시 내려놓은 철홍이 할아버지의 손을 잠시 바라보다가 물었다.

"그럼 생활고 때문에 어쩔 수 없이 이 곳으로 오신 건가요?"

철홍은 할아버지의 거친 손이 신경쓰였다.

"생활고 때문이라고…… 말해야 될까요……? 그런 느낌보다는 강제로 어쩔 수 없이 온 느낌이 더 큽니다. 속은 것 같기도 하고요."

가만히 타 들어가는 고기를 보며 할아버지는 잠시 회상에 잠긴 듯 해 보였다.

"처음에 후쿠오카로 넘어가 시작한 일이 선원들 밥 퍼주는 일이었어요. 밥도 퍼주고 그릇도 씻고 청소하고……, 몸에 생선 비린내가 진동했지요. 밤에 잘때는 냄새가 어찌나 역겨운지 한국 사람들도 가까이하길 꺼리는 눈치였어요. 그래도 눈치껏 떨어지거나 버려지는 음식들을 먹을 수 있어서 배가 고픈 건 덜 했었죠. 하지만 그것도 일본 관리들에게 걸리면 죽도록 맞아야 했지만 말이에요."

한이 서린 듯 이어 나가는 말에는 추억이라 단정 지을 만한 것이 하나도 없어 보였다.

"혼자서 일을 하신 건가요? 아니면 다른 한국 사람들이 있었나요?"

철홍의 물음에 다시 가만히 생각하다가 할아버지는 뭔가 떠올랐는지 말을 이었다.

"한국 사람들이 거의 없었어요. 내가 하는 일은 양반이었죠. 참! 내 친구 놈이 있었는데 그놈도 맞은편 항구에서 나와 같은 일을 하고 있었어요. 지게 지고 오가다가 몇 번 만났어요. 친해질 뻔 했는데……."

"그런데요?"

"며칠 후에 제가 오가세 탄광으로 끌려가면서 소식을 알 수 없게 돼버렸습니다."

"오가세 탄광이요?"

"네……. 생선 납품 관리인 중 한 명이 더 이상 제가 연고도 없다는 것을 알아채고는 다른 관리인과 경찰에게 일러바쳤죠. 그 길로 야밤에 갑자기 씻지도 못하고 끌려 나가서 나가사키로 가는 열차에 대기 중이던 한국 사람들과 섞인 채 그대로 탄광으로 갔어요. 처음에는 어디로 가는지도 몰랐어요. 나중에서야 오가세 탄광이라고 알았습니다."

할아버지의 목소리는 미세하게 떨리기 시작했다. 고기는 벌써 타버렸는지 아주 새까매지고 연기가 심하게 폴폴 피어올랐다. 철홍은 얼른 주인아주머니께 불판과 고기를 새것으로 갈아달라고 부탁했다.

"그때 같이 갔던 사람들은 거기가 탄광인 줄 알았었나요?"

물로 입을 잠깐 헹구고 철홍은 질문을 이어갔다.

"아마…… 몰랐을 겁니다. 알았다면…… 분명 저도 들었을 텐데요……. 모르죠. 혹시 알았던 사람이 있었을 수도요. 하지만 힘든 일을 할 거란 것은 알고 있는 눈치였습니다."

주인아주머니의 재빠른 동작으로 고기는 알맞게 익어가고 있었다.

한숨을 길게 내쉰 할아버지는 손을 저으며 말했다.

"속이 좋지 않을 것 같으니 오늘은 이쯤에서 그만 돌아가고 싶습니다. 괜찮겠습니까?"

"아! 네. 그렇게 하시죠. 다음에 시간이 날 때 다시 한번 사무실로 찾아와 주시기 바랍니다. 아니면 연락해 주시면 제가 찾아뵙도록 하겠습니다."

급격히 안색이 좋지 않아 보이는 할아버지를 보며 철홍은 걱정스러운 눈빛을 지어 보였다.

혹시나 탈이 나면 어쩌나 싶은 철홍의 걱정을 등지고 할아버지는 고개를 숙여 인사를 하고는 천천히 일어서더니 가게를 나섰다. 그런 할아버지의 뒷모습을 보면서 철홍은 담배를 하나 더 물었다.

"아주머니! 여기 계산서 좀 가져다주세요."

할아버지의 이야기에 답답한 마음이 들기 시작한 철홍은 입고 왔던 재킷을 걸치고 계산서를 기다리며 멀뚱히 소주병을 바라보았다.

이제 어느 정도 할아버지의 손이 이해되기 시작했다.

"아이고! 그냥 가세요. 아까 할아버님이 계산 다 하셨어요."

어느새 다가 온 주인 아주머니의 말에 철홍은 망치로 머리를 얻어 맞은 듯 울리며 어리둥절했다.

"네? 누가요? 저하고 같이 온 할아버지가요?"

"그렇다니까요. 호호. 아까 화장실 가실 때 먼저 하셨어요."

화장실을 가지 말걸……. 철홍은 후회했다.

생각보다 밤은 일찍 찾아왔다.

부산 잔교역 부둣가에는 일찍이 여러 사람이 시모노세키로 가는 배를 기다리고 앉아 있었다.

멋들어진 중절모를 눌러 쓰고 짙은 밤색 양복을 걸쳐 입은 남자가 가지런히 늘어난 콧수염을 만지작거리며 사방을 이리저리 둘러보았다.

눈앞에 보이는 바다는 칠흑같이 어두워 감명받기는커녕 두려웠다. 이리저리 움직여 부딪히는 물소리가 마치 기영을 꾀려는 듯해 보였고 잠시라도 한눈을 팔면 금방이라도 집어삼킬 듯 매섭고 거칠게 다가왔다 떠나기를 반복했다.

"곧 출항하니 마음 단단히 먹어라. 주소가 적힌 종이는 정확히 소지를 하고 말이다."

밤색 양복을 입은 남자 테츠야는 기영을 쳐다보며 걱정스러운 눈빛을 지었다.

"이제 저 위에 올라타면 너는 혼자다. 집을 떠나 일본으로 간다고 하면 이 정도 각오는 하고 있었겠지 않느냐⋯⋯."

테츠야의 말에 기영은 살짝 겁을 먹었는지 제대로 대답도 못 하고 고개만 살짝 끄덕였다.

관부선의 문이 열리고 물건들을 실어 나르는 선원들과 그 뒤로 차례차례 봇짐이며 상자들을 옮겨 나르고 있는 사람들의 모습이 보였다.

조선 옷을 입은 사람들과 양복을 입은 사람들이 왔다 갔다 정신이 없어 보였고 그 옆으로 느긋하고 여유롭게 담소를 나누며 걸어 들어가는 기모노를 입은 여자들이 오묘한 조화를 이루었다.

일본말을 쓰는 그리고 양복을 입은 사람들과 기모노를 입은 사람들이 먼저 배에 올라타고 뒤이어 제복을 입은 남자들이 내려와 꾀죄죄한 차림의 조선 사람들 앞에서 주의사항과 훈계를 하기 시작했다.

들어가는 과정에 압도된 기영은 무지막지하게 커다란 배와 맞물려 숨이 턱 막힐 지경이 되었다.
"도착하면 시게오 선생님이 써주신 편지를 가까운 곳에 바로 보이도록 하거라. 그래야 안전하게 도착할 수 있다."
"그럼 내일이면 형아를 만날 수 있나요?"
두렵지만 호기심에 가득 찬 기영의 물음에 테츠야는 아무 말이 없었다.
"……."
가만히 기영의 등을 밀었다.
테츠야는 품에서 도항증명서를 꺼내어 기영에게 쥐여주었다.
"저기 앞에 서 있는 아저씨에게 이 증명서를 보여주면 된다. 이름도 정확히 기억하고 있겠지?"
"네, 감사합니다."
받아서 든 증명서를 왼손에 꼭 쥐고는 기영은 어쩔 줄 몰라 했다. 이대로 그냥 걸어 들어가면 되는지 알지 못했다.
그런 기영의 표정을 금방 읽었는지 테츠야는 다시 주위를 둘러보다가 한 여자를 가리키며 말했다.
"저 여자 앞이나 뒤에 서서 같이 들어가는 게 좋을 것 같구나."
깨끗해 보이는 검은 서양 드레스 차림의 여자는 역시 검은 모자와 코트를 걸쳐 입고는 기품있는 모습으로 탑승구를 향해 걸어가고 있었다.
"얼른 뛰어가거라."
마쓰자카 테츠야의 재촉에 기영은 얼떨결에 그렇게 조선에서의 이별을 맞게 되었다.

얼른 여자의 앞으로 다가가 기영이 무언가를 중얼거리자 흔쾌히 앞자리를 내어준 여자가 가볍게 웃는 모습을 본 테츠야는 알 수 없는 감정에 사로잡혔다. 안타까움과 걱정 그리고 한편으론 작은 희망이 교차하며 버무려져 경직된 입가에는 쓴웃음이 지어졌다.

"잘 가거라. 가네야마 모토노리……."

도항 증명서의 기영의 이름을 살펴본 키가 꽤 큰 순사는 떨떠름한 표정을 지었지만 이내 기영을 들여보내 주었다. 가네야마 모토노리. 그것이 기영의 이름이 되었다.

배 안에 가득 찬 사람들 사이를 헤집고 선원의 안내에 따라 3등 선실로 향하는 다른 조선인들과는 다르게 2등 선실로 향할 수 있게 된 기영은 그것이 시게오의 입김이 담긴 증명서의 위용이라는 것을 알지 못했다.

갑갑하게 꽉꽉 차서 편하게 다리 한쪽 뻗을 수 없는 선실이 3등 선실이었다. 비용이 그나마 적었고 가족 단위로 떠나는 사람들에게는 나무판으로 수용소처럼 침대칸 비슷하게 겹겹이 지어 놓은 곳일지언정 앉아서 갈 수 있는 것만으로도 다행이었다.

2등 선실에 들어간 기영은 모르는 사람들 틈에서 두려움에 휩싸여 구석진 곳을 찾기 시작했다. 그러다 자신의 뒤로 이어 들어온 검은 옷의 여자가 먼저 앉아 있는 의자 옆에 자리가 난 것이 보였다.

누구도 기영을 이상하게 보는 사람은 없었다. 기영이의 옷은 멀끔했고 잘 다려진 빳빳한 새 옷이었다. 은색 바지에 흰 셔츠 그리고 검은 멜빵끈까지. 더군다나 검은색의 코트 재킷까지 겉으로 보면 귀한 집 자식이라 오해할 만했다.

기영은 조심스럽게 여자의 곁으로 다가갔다. 가까이서 본 여자는 아까는 어두워 잘 알지 못했지만, 무척이나 까만 머리와 눈동자를 가지고 있었다. 푸근하고 부드럽게 생긴 인상이 꽤 사람을 안심시켜 주었다.

"안녕하세요……. 저…… 여기 앉아도 돼요?"

"그래."

생각보다 흔쾌히 수락을 해 다행이었다. 기영은 여자의 멋스러움에 속에서 감탄이 절로 나왔다. 시게오의 집에 있었던 기모노의 여자들과는 다른 분위기의 예쁨이었다. 무언가 쉽게 접근할 수 없는 사람의 분위기가 풍기고 있었다.

기차보다 더 우렁찬 기적 소리가 출항을 알리고 서서히 배는 항구를 벗어나기 시작했다.

"저는 기영이라고 해요. 이거 일본으로 가는 거 맞죠?"

기영은 당돌하게 말을 건넸다. 그 모습을 본 여자는 모자를 벗어 무릎 위에 올려놓았다. 까만 모자가 까만 치마 위에 올려져 있으니 어떤 것이 모자인지 어떤 것까지가 치마인지 알지를 못했다.

"모르고 탔니?"

상상했던 답변이 아니었다. 기영은 당황했다.

"아니요……. 그런 건 아닌데……. 죄송합니다. 불편하게 해드렸으면요."

여자는 기영을 보며 씩 웃어 보였다.

"그다지 불편하진 않아."

"아…… 네."

"그래, 가는 길에 심심했는데 말동무나 하자."

여자는 팔짱을 끼고 턱을 괴고는 물끄러미 기영을 바라보았다. 빤히 쳐다보는 여자의 미모에 기영은 왠지 모르게 얼굴이 뜨거워졌다. 알 수 없는 묘한 긴장감과 기분이었다. 동네에서 만성이와 말뚝박기하던 긴장감과는 전혀 다른 느낌이었다. 그것은 근태와 제기를 찰 때와도 전혀 달랐다. 심지어 시게오의 집 앞에서 만났던 하얀 피부의 여자와도 달랐다.

"너 이름이 뭐라고?"

여자가 흥미롭다는 듯 주위를 둘러보고는 기영에게 질문했다.

"기영이요."

"아니, 일본 이름."

"아……, 가네야마 모토노리요. 시게오 아저씨가 지어 줬어요."

기영의 대답을 가만히 듣던 여자는 다시 주위를 두리번거리다가 물었다.

"너 근데 혼자…… 가니?"

혼자 간다고 하면 의심스러운 눈초리로 볼 게 뻔했다. 그리고 더불어 고아라는 인상을 심어주진 않을까 걱정스러웠다. 물론 가족들이 전남 장성에 있지만 딱히 혼자 일본에 가게 되는 경위를 둘러댈 핑계가 복잡해질 것만 같았다.

"아니요. 형아가 있어요. 형아는 다른 곳에서 자고 있어요."

거짓말이 술술 나왔다.

"그렇구나."

여자는 그런 것 따위는 관심 없다는 듯 쉽게 고개를 끄덕였다.

"너…… 인생이 뭐라고 생각하니? 사랑…… 아니, 좋아하는 사람이 보고 싶을 때가 언제니?"

이제 막 열세 살이 되어가는 기영이에게 알 수 없는 뜻밖의 질문을 하는 여자가 기영은 이상했고 또 신기했다. 여태껏 자신의 행동으로 인해 꾸중을 듣거나 잔소리를 들었던 기억 그리고 뭔가 시키는 것만 듣고 자라 온 기영에게는 여자의 질문이 신선했다.

기차보다 시간이 더디게 가는 것 같았다. 여자와 이런저런 이야기를 주고받다가 어느샌가 몇 번이고 바닥에 구토하고 말았다. 구토를 하는 횟수가 줄어들수록 쓰시마 마루(선)은 점점 일본 본토에 가까워져 가고 있었다.

시모노세키…….

그곳은 분명 수영이 밟아 왔던 길일 것이다.

지쳐 잠든 기영을 깨운 여자는 뱃멀미 같은 것을 하지 않는 것으로 봐서 여러번 경험이 있는 걸로 보여졌다.

"기영아! 내리자."

여자의 목소리에 어지러운 머리를 감싸쥐고 반쯤 감긴 눈을 힘겹게 더 들어 올리고는 주변을 두리번거렸다.

"다 왔어. 이제 내려야 해."

여자의 간호를 밤새 받았기 때문인지 기영은 그나마 죽지 않고 살아서 도착했다고 느꼈다.

차례차례 내리는 사람들 틈에 다시 섞여 연락선에서 내린 기영은 첫발을 딛자마자 조선과는 다른 냄새를 깊게 맡을 수 있었다.

잔잔하게 물결치는 바닷물과 시끄럽게 들려오는 일본말들 그리고 생선 비린내. 사방을 둘러보니 큼지막한 차들이 돌아다니고 하의는 걸치지 않은 채 속옷만 입고 돌아다니는 사람들도 간혹 보였다. 무엇보다 눈앞에 가장 먼저 들어 온 것은 순사들이었다. 길고 두껍게 보이는 칼집을 옆에 찬 순사들이 나란히 줄을 지어 어디론가 바쁘게 가고 있었다.

항구 한군데 쌓인 커다란 박스에는 일본어도 아닌 조선어도 아닌 이상한 것이 쓰여 있기도 했고 부두 건너편에는 커다랗고 단단해 보이는 큰 창고에서 부지런히 뭔가를 나르는 사람들도 보였다.

뒤늦게 3등 선실에서 내리는 조선인들의 모습이 완전히 푹 삶아진 시루떡처럼 힘이 빠져 흐물흐물하게 보였다.

"이리 와서 흩어지지 말고 서라!"

순사들과 어떤 제복 같은 것을 입고 있는 일본인들이 내리는 조선인에게 고함을 치고 있었다.

그들과는 조금은 다르게 먼저 나온 기영은 이제 어떻게 해야 할지 몰랐다. 아니 갈 곳을 잊었다고 해야 하는 것이 맞았다.

"여기서는 무조건 정신 똑바로 차려야 해."

뒤에서 어깨를 툭툭 토닥이는 손길에 번쩍 정신이 들었는지 기영은 흠칫 놀라며 뒤를 돌아보았다. 많은 경험이 있어서인지 검은 옷의 여자는 여타 다른 조선인들의 모습과는 상반되어 보였다.

끊임없이 사람들이 배 밖으로 나오는 광경도 눈이 휘둥그레 졌지만, 복잡스럽고 부산하게 움직이는 항구의 모습이야말로 어린 기영에게는 신세계였다. 고향을 떠나 본 적 없는 촌뜨기 시골 아이에게 시모노세키는 입이 떡 벌어지는 장소가 아닐 수 없었다.

"나는 마중을 나올 사람이 있단다. 기차를 타고 도쿄로 가야 해. 너는 어디로 가니?"

여자의 물음에 그제야 기영은 자신의 목적지를 생각하게 되었다.

"저는 오사카로 가야 해요. 그 전에 시게오 아저씨가 주신 편지를 군인 아저씨께 보여 드려야 해요."

"그렇구나. 그런데 형은 어디 있니?"

혼자인 기영이 불안한지 여자는 주위를 두리번거렸다. 그때,

"뭐냐! 조선말을 쓰는 놈은 이쪽으로 모이라니까!"

항구에서 일하는 선원 한 명의 거친 목소리가 여자와 기영을 향해 날카롭게 날을 세우며 울렸다. 수염이 광대까지 거뭇하게 나 있는 모습이 마치 요괴 같아 보였던 사내가 험상궂은 얼굴로 성큼성큼 다가왔다.

"뭐냐, 넌?"

선원은 여자의 얼굴을 뚫어지게 쳐다보며 물었다.

"유학생입니다. 저는⋯⋯."

"어! 심덕! 벌써 도착했소?"

여자의 뒤에서 고급스러운 양복을 입은 그리고 잘 빗겨진 머리에 동그란 안경을 걸쳐 쓴 사내가 반가운 얼굴로 서 있었다. 기영은 일본말로 여자와 이야기하는 남자를 보며 틀림없이 조선사람이라고 생각을 했다. 그의 얼굴은 분명 조선인의 얼굴이었다.

"나는 와세다 대학 학생이요. 내 친구를 마중 나왔으니 쓸데없

는 걱정은 삼가 주시면 감사하겠습니다."

남자의 당당한 태도에 선원은 똥 씹은 듯한 얼굴을 하며 셋을 힘껏 째려보더니 다시 물러섰다. 기영이 어리둥절하며 서 있던 것이 선원의 입장에서는 한 무리라고 생각했던 것인지 기영에게도 더 이상 눈길이나 질문을 주지 않았다.

선원이 자리를 뜨자 이번에는 경찰들의 시선이 쏠렸다. 시끄러워질 법하면 으레 예의주시하는 것이 경찰들이었다. 하지만 주시하기엔 너무나도 멋들어진 옷과 태도에 금세 다른 곳으로 관심을 돌렸다.

"어서 갑시다! 시간이 없어요."

여자를 잡아끄는 남자의 재촉에 여자는 고개를 끄덕이며 어딘가 모를 수줍은 미소를 띄우며 몸을 움직였다. 기영은 찰나지만 분명 여자의 수줍은 미소를 보았다. 그것은 자기 집 반대편에 살던 초분이 누나가 성규아재를 보던 그 표정과 딱 맞았다.

미처 작별 인사를 할 틈도 없다고 생각할 때쯤 여자가 가던 걸음을 멈춰 뒤돌아보며 기영에게 손을 흔들었다.

"어쨌든 즐거웠다. 조심히 잘 도착해!"

기영은 멀어져 가는 멋쟁이 남녀의 뒷모습을 바라보았다. 그리고 다시 왼쪽으로 고개를 돌려 아까 몰려있던 허름한 옷차림의 조선인들의 무리를 보았다. 두 남녀와 조선인 무리……. 묘한 감정이 기영의 가슴에 일렁이기 시작했다.

같은 조선 사람이지만 누구는 운이 좋았던 것일까? 아니면 누군가가 운이 나빴던 것일까?

어린 기영의 눈에는 부류라는 개념이 아직 낯설었다. 그래서 그저 신기하다와 보통이다의 감정만 오묘하게 섞여 느끼고 있었다.

배가 고파 밥을 먹고 싶었다. 이상하게도 시모노세키는 고향보다 춥지 않았다.

시게오의 편지를 가까운 경찰서에 보여야 한다는 생각은 까맣게 잊고 밥내음이 풍겨오는 곳으로 저도 모르게 발걸음을 옮기던 기영은 한 가게 앞에 섰다.

몇몇 사람들이 아주 작은 나무 탁자에 앉아 그릇을 손바닥에 올리고 무언가를 허겁지겁 먹듯이 고개를 파묻고 있었다.

향긋한 밥 냄새와 더불어 비릿한 생선 냄새가 풍겨오는 것이 꽤 괜찮았다.

기영은 슬쩍 안으로 들어가려고 발을 내딛는 순간 가게 뒤쪽에서부터 우당탕하는 소리를 들었다.

"고노야로!"

우렁찬 남자의 목소리가 끝나자마자 갑자기 기영과 비슷한 또래의 아이 한 명이 가게 문 앞쪽으로 데굴데굴 굴러 넘어졌다. 넘어지면서 쓰러뜨린 박스와 자전거가 아이의 몸을 덮쳤다. 어찌나 큰 소리로 물건들이 나뒹굴었던지 가게안은 물론이고 주변 사람들이 전부 놀라 쳐다보았다.

"이 개 잡종 조센징놈이! 너 이 새끼 뭘 쥐새끼처럼 훔쳐 가는 거야!"

뒤따라 나온 육중한 몸에 하얀 내복하나 걸쳐 입은 아저씨가 손에는 자신의 팔뚝만 한 나무 몽둥이를 들고서는 넘어진 아이를 위협하면서 소리를 질렀다. 여기저기 핏물과 생선 내장으로 더럽혀진 옷차림이 한눈에 가게 주인임을 알아볼 수 있었다.

"야! 튀어!"

쓰러졌던 아이가 어느새 벌떡 일어나 사방을 두리번거리다가 기영을 보며 소리쳤다.

소년의 다급한 외침에 자신도 모르게 화가 머리끝까지 나 곧 폭발할 것 같은 얼굴을 한 주인과 그 가게 안의 손님들의 쏠린 시선 그리고 엉망진창이 된 아이의 모습을 번갈아 보다가 아이가 뛰는 쪽으로 미친 듯이 같이 달리기 시작했다.

"이 새끼들! 잡히면 아주 죽여버린다!"

날렵한 아이들의 달리기를 따라잡을 수 없는 주인의 광기 어린 목소리를 뒤로하고 영문도 모른 채 기영은 앞선 소년의 등만 보고 계속 달렸다. 밥 먹기는 다 틀린 셈이었다.

한참을 가던 소년이 허름한 나무집들이 다닥다닥 붙어있는 곳으로 들어가 한쪽 골목 구석에 쪼그리고 앉았다. 숨을 헐떡이며 막 쫓아왔던 기영을 보며 고개를 기웃거리며 누군가 따라오는 기척이 있는지 살폈다.

"야! 헉…… 헉…… 누가 오는지 봐봐!"

소년의 명령에 기영은 자연스럽게 몰래 집 뒤에 숨어 자신들이 달려왔던 길을 살폈다.

"아무도 없어."

"야! 쓰읍. 조용히 말해!"

소년이 매서운 눈을 하며 검지를 입에 가져다 대고는 기영에게 소리를 낮추라는 신호를 보냈다.

"어? 어……."

"야! 너 일본말 할 줄 알지? 그럼 일본말로 해!"

"어?"

"이 자식이! 여기서 조선 놈인 거 걸리면 우리 바로 경찰서에 끌려간다고! 봐! 여기 전부 집들이잖아. 다 들린다고!"

소년은 제발 부탁이라는 듯 애원하는 눈빛으로 기영에게 낮고 거세게 말했다. 운이 좋은 건지 마침 지나가는 사람들은 별로 보이질 않았다. 날이 추워져서 그런지 아니면 원래 동네가 그런 건지 알 수는 없었지만 말이다.

소년은 잠시 가만히 몸을 움직이지 않으며 귀를 쫑긋거리고 주변의 반응을 살피더니 가쁜 숨을 고르고 기영을 향해 이리오라는 손짓을 보였다. 소년의 거리낌 없는 태도에 기영은 쭈뼛거렸다.

"이리 와 봐!"

"나는 일본말을 할 줄 몰라. 방금 조선에서 왔단 말이야."

소년의 당부에 맞춰 기영 역시 낮고 조용한 목소리로 하지만 그리 급하지 않게 소년에게 말했다.

기영의 말에 소년은 조금도 당황하지 않고 오히려 걱정하지 말라는 듯 고개를 끄덕였다.

"걱정하지 마. 여기 너 같은 애들도 꽤 있으니까. 어쨌든 자! 이거 받아."

소년은 왼손에 들려있던 작은 보따리에서 조금밖에 삶아지지 않아 딱딱함과 부드러움의 경계에 서 있는 노르스름한 무와 흰 쌀밥

뭉치를 꺼내어 기영에게 내밀었다. 기영이 멀뚱히 서 있자 소년은 짜증 난다는 얼굴로 다시 한번 손을 내밀어 꺼냈다.
"먹어! 나중에 배곯아 죽지나 말고."
그제야 기영은 슬그머니 소년이 내민 음식을 받았다.
"먹어 둬. 언제 또 먹을 수 있을지 몰라. 그나저나…… 너는 어디서 왔냐?"
기영에게 건네주고 남은 무와 쌀밥을 씹으며 소년이 호기심 어린 눈으로 기영을 물끄러미 바라보았다. 기영을 바라보는 눈이 어찌나 맑고 빛이 났는지 곱게 잘 빚은 유리그릇의 가장 반짝이는 표면과도 비슷해 보였다. 빤히 그 눈을 바라보던 기영은 잠시나마 고향에 있던 맑은 해에 비친 냇가가 생각이 났다. 언젠가 굉장히 쨍쨍한 해가 떴던 날 반사되던 그 모습이 말이다.
"나는 장성에서 왔어. 전라남도 말이야. 알아?"
오른쪽 엄지 손에 붙은 밥풀을 떼어 입으로 가져가며 기영이 말했다.
"몰라. 나는 조선 사람인데 여기서 태어나서 반도에는 한번도 가 본 적이 없어."
조선에서 왔다는 것을 들은 소년은 금방 흥미가 없다는 듯한 표정을 지으며 머리에 쓰고 있던 누런 두건을 풀어 쪼그려 앉은 무릎에 올려두었다.
풀어 재낀 두건 바깥으로 길고 찰랑거리는 머리가 흐트러지듯 얼굴 아래로 떨어졌다. 순간 기영은 깜짝 놀라고 말았다.
소녀였다.

정신없이 뛰고 긴장해서 자세히 보질 못했었는데 하얗고 오똑한 콧날 그리고 긴 속눈썹이 영락없는 소녀의 모습이었다. 그와는 대비되어 소녀가 입고 있는 옷은 까만 바지에 후줄근한 거적때기 푸르스름한 외투를 걸치고 있었다. 솜이 들어간 외투는 사내아이가 입을 법한 조잡한 가로줄로 재봉질이 되어 있었고 군데군데 덧대 꿰맨 자국이 나 있었다.

소녀의 얼굴을 본 기영은 잠시 말을 잃고 멍해졌다. 어제 봤던 기모노의 여자가 예뻤다고 생각했는데 그것도 아니었다. 가슴이 두근두근 뛰었다. 생전 처음 느껴보는 감정이었다.

"야! 뭘 멀뚱히 서 있어? 얼른 먹고 가."

좀 전 노망난 망아지 같던 괴팍한 말투가 어느새 아름다운 풀피리 소리처럼 들렸다.

"어…… 어? 아…… 그래."

"얼레? 너 뭘 잘 못 먹었냐? 뭘 그렇게 뻣뻣하게 서 있어?"

이번엔 옥구슬 굴러가는 소리가 기영의 귓가에 은은히 퍼졌다. 이상하게도 소녀의 얼굴을 보며 목소리를 들으니 정신을 차릴 수가 없었다.

"역시…… 오길 잘했어……."

혼자 뭐에 홀렸는지 배시시 웃으며 기영은 중얼거렸다. 이 소녀에게 흥미가 생겼다.

"뭐라는 거야? 야! 너 어디로 가는데?"

행선지를 묻는 소녀의 얇은 목소리에 기영은 번뜩 정신을 차렸다.

"엉? 아! 나는 우리 형아 만나러 오사카에 가야 하는데 먼저 경찰서에 가서 시게오 아저씨가 준 편지를 보여줘야 해."

"주재소 말이냐? 순사한테는 왜 가는데? 이리 줘 봐."

한 쪽 주머니에 손을 넣고 엉거주춤한 자세로 서 있는 기영에게 소녀는 바로 달려들어 가차 없이 편지를 뺏었다.

"어? 야……!"

기영은 무척 당황했다. 편지를 빼면서 소녀의 손이 기영의 손에 닿았기 때문이다. 거칠은 기영의 손 못지않게 소녀의 손도 꽤 거칠었다.

뺏은 편지를 꺼내어 읽던 소녀는 갑자기 고개를 들어 기영과 편지를 번갈아 보며 놀란 표정을 지었다. 기영은 소녀가 뭔가 대단한 느낌을 받았다는 생각이 들었다. 그렇지 않고서야 저리 놀란 표정을 지을 수는 없었다. 역시 시게오 아저씨는 유명한 사람인가 보다고 기영은 생각했다. 일본에서도 어딜 가나 누가 보던 놀랄 정도니 말이다.

"야! 너……."

소녀의 놀란 눈은 좀 전보다 더 커져 거짓말 조금 더 보태어 주먹밥만 해졌다.

"왜? 이게 그렇게 대단해? 나는 일본어라 잘 모르겠는데……. 어쨌든 이거 보여주러 가야……."

"미친놈! 너…… 여기 혼자 왔어?"

"응."

"따라 와!"

소녀는 갑자기 몸을 돌려 왔던 곳 골목을 살피다가 기영의 손을 잡고 냅다 다시 뛰었다. 집 나간 개처럼 다시 이리저리 끌려다니며 뛰자 길 가던 사람들이 희한한 눈으로 혀를 차며 기영과 소녀를 바라보았다.

"쯧쯧…… 요새 애들은 혈기가 너무 왕성하단 말이야……."

지나가던 사람 누구도 두 소년 소녀가 조선인인지 몰랐다. 기영은 둘째치고 소녀의 얼굴은 누가 봐도 일본 소녀의 얼굴이었다.

발에 땀이 나도록 뛰다가 작은 언덕으로 올라간 소녀가 한 돌계단 앞에 멈추고 숨을 고르며 기영에게 말했다.

"헥…… 헥……. 나는 케이코야! 너 나한테 갚을 빚 생겼어!"

무릎을 양손으로 문지르며 가쁜 숨을 몰아쉬던 기영이 소녀를 의아하게 올려다보았다.

기영은 이때 케이코가 무슨 말을 하는지 도무지 알 수가 없었다.

마을은 며칠째 난리가 나 있었다. 무턱대고 알지도 못하는 곳에서 기영을 찾겠다고 나설 수도 없는 노릇이었고 더구나 중식은 아파 더 이상 일어나질 못했고 양금은 무슨 이상한 병에 걸렸는지 말을 제대로 하질 못했다.

마을 입구 돌판에 앉아 한 숨만 내 쉬던 순덕 아비가 고개를 푹 숙이다가 다시 하늘을 올려다 보기만을 수십차례 했다.

"아따! 거시기 어떻게 해야 될지를 모르겠당께."

만성 아비의 탄식이 깊게 울렸다.

"부산에 소식 받을 만한 사람도 없응께……. 이제 어쩐다요……?"

근태 아비는 한탄을 하면서 누워있는 중식네가 불쌍해서 눈물이 맺히기 시작했다. 그러자 머리만 긁적이던 성규 아재가 기운 빠진 소리로 입을 열었다.

"일단 한 달 뒤나 돼야 함흥에서 보부상 아재가 온께 그때꺼정 기다려야 안하요……. 뭐 별일이야 있겠습니까……? 운 좋아서 거시기 수영이 만날지도 모르는디……."

"이 미친놈아! 그게 말이당가?"

순덕 아비는 분노에 찬 얼굴로 성규 아재를 노려보며 고함을 질렀다.

어찌나 세게 외쳤는지 머리 위 헐벗기 시작한 나뭇가지에서 말라비틀어진 잎이 폴폴 떨어져 내렸다.

"그나저나…… 저 짝 쌍돌 언덕 밑에 순사들 들어오는가 본디…… 마을은 괜찮겠지?"

입을 쩝쩝거리며 양미간을 가득 찌푸린 채 만성 아비가 걱정스러운 소리를 날렸다.

"몰라야. 씹헐 것들……."

유난히 밝은 해가 이상하리만치 구름도 없이 가까이 다가와 마을을 비추고 있는 것이 심란했다. 바람이 불지도 않았는데 찬 공기는 땅까지 가득차서 스물스물 올라오는 한기에 시려운 발만 만지작거리는 마을 아재들의 모습이 초라하기 그지 없어 보였고 지나가는 동네 산 개들도 걸음을 멈추고 쳐다볼 정도로 처량한 모습들이 안타까워 보였다.

　피어 오르는 연기가 어느집에서 나는지도 모르지만 멀리멀리 날아 기영이가 있는 곳까지 닿기를 바래보는 마을 사람들의 가슴에는 한 켠이 무너져 내리고 있었다.

　"이 해가 고놈한테까지 간당가······?"

　"고향 냄새라도 타고 올라 거까정 갔으면 좋겠는디······."

　피어 오르는 연기는 하늘 중간 어디쯤 사라지고 없어졌다. 멀뚱히 먼 산만 바라보는 아재들의 눈동자에는 눈물이 어느새 그렁그렁 맺히기 시작했다.

　"그래도 고놈 영특항께 잘 있겄제잉······."

　깨질 듯한 머리를 감싸 쥐고 침대에서 눈을 뜬 철홍은 머리맡에 있던 보리차를 벌컥대며 마셨다.

　흐린 날씨 덕분에 숙취가 더해져 기분이 나빠졌지만 툭툭 떨어지며 난간에 부딪히는 빗소리가 왠지 안정감 있어 썩 불쾌하지는 않았다.

　꺼지지 않은 텔레비전에서는 한창 일기예보가 나오고 있었다.

　[따르릉 따르릉]

　조용한 집안에 날카로운 전화벨이 울린 건 철홍이 막 화장실로 들어가려고 할 때였다. 하나밖에 없는 작디작은 방 안에 놓인 묵직하고 커다란 녹색 전화기는 큰맘 먹고 바꾼 지가 얼마 되지 않았다. 바꾸고 나서 처음 울리는 전화였다.

"아이…… 참."

안 좋은 속을 부여잡고 엉거주춤한 자세로 다시 돌아 수화기를 들었다.

"여보세요."

"박철홍 씨 되시나요?"

"네 그런데요. 누구시죠?"

수화기 너머 들려 온 남자의 목소리는 나이가 어느 정도 들어 보이는 허스키한 목소리였다. 우중충한 날씨에 쉿소리 비슷한 허스키한 남자의 목소리가 왠지 모르게 섬뜩하게 들렸다.

"제가 맞게 걸었네요. 일전에 한 번 뵐 기회가 있었는데 그렇지 못하고 이렇게 전화로 연락을 드리게 됐네요."

알 수 없는 소리를 늘어 놓는 남자는 수화기 너머 헛기침을 몇번 하며 뜸을 들이는 듯 했다.

떨어지는 빗방울 소리가 점점 거세졌다. 문득 엊그제 밖에 널어 놓았던 빨랫감이 떠오른 것은 왜일까?

"아…… 어디……시죠?"

"이홍산 씨, 저희 아버님이 돌아가셨습니다. 기억하시나요?"

'이홍산? 이홍산…… 이…….'

남자의 문장 속에 나온 이홍산이라는 이름을 가만히 되뇌며 생각해 내느라 잠시간 애를 썼다. 그러다 갑자기 '퍽'하고 창문에 뭔가 둔탁하고 무거운 것이 부딪히는 소리가 들렸다. 그리고 이홍산이라는 이름이 번쩍 떠올랐다.

"아! 할아버님이요? 그 저기…… 뭐냐……."

잠시 말이 밖으로 나오지 않아 우물쭈물 답답해하고 있을 때, 남자가 대뜸 먼저 말했다.

"네. 월출각이요. 에이지 호텔이라고 하면 아실까요?"

"아…… 네……. 언제…… 돌아가셨나요?"

철홍은 이마를 감싸 쥐었다. 이미 머리가 아픈지도 모를 정도로 정신이 아찔해졌다.

"어제 자정쯤 신주쿠 병원에서 돌아가셨습니다. 워낙 정신이 없어 이렇게 오후가 다 되어서야 연락을 드리게 됐습니다. 죄송합니다."

"아닙니다. 오히려 제가 죄송합니다. 조금 더 일찍 찾아뵀어야 하는 건데요……."

덥지도 않은데 식은땀이 흘렀다.

시끄러운 빗소리의 방해에도 불구하고 남자와의 통화는 조금 더 이어졌고 발코니의 빨래가 완전히 비에 젖어 물을 흠뻑 떨어뜨리고 있을 때쯤 수화기를 내려놓았다.

이홍산.

1918년생인 그에게는 단 한 명의 아들만이 있었다.

처음 홍산을 봤을 때가 이 년 전 겨울이었다. 그와 만남은 일반적이지 않았다. 조금은 특이했다.

이상하게 눈보라가 몰아치던 2월의 어느 날 철홍은 친구의 결혼식 참석을 위해 나가사키에서 도쿄로 올라왔었다. 비교도 할 수 없을 만큼 북적거리던 시내에서 관광 같은 것은 사치였다.

여행 책자도 하나 없이 무작정 올라 온 철홍은 일단 짐을 풀고 잠시간의 휴식을 위해 이리저리 신주쿠역 근처 호텔을 찾아다녔다.

커다란 5층 이상의 호텔은 꽤 비쌌다. 그것보다 더 커다란 호텔은 감히 올려다볼 엄두도 나질 않았다. 이틀 밤을 보내는데 그만한 돈을 쓰고 싶지 않았다. 오천 엔에서 일만 엔은 그 당시 철홍에게는 큰돈이었다.

마침 역 근처 우연히 들어선 골목에서는 작은 이자카야가 줄줄이 늘어서 있었고 허름한 목조 건물로 지어진 민박 몇 개가 있었다.

철홍은 딱 봐도 저렴해 보이는 때 묻은 간판을 향해 걸었다.

에이지라는 이름의 민박집은 암울해 보이는 먼지 쌓인 분홍 간판을 힘겹게 내걸고 있었다.

바로 양옆으로 그리고 작은 골목 사이사이로 다닥다닥 붙어있는 선술집에서는 야키토리 냄새와 연기가 불이 난 듯 뿜어져 나왔다. 철홍은 그것이 썩 마음에 들었다.

에이지로 들어가려다 말고 올라가는 계단 앞에 서서 옆 가게에서 거무스름하게 타고 있는 본지리를 보니 허기진 배와 더불어 위장이 살살 아파오는 듯 한 통증을 느꼈다. 잠시 고민하던 철홍은 에이지로 올라가는 것은 미루고 몸을 틀어 시선을 사로잡은 본지리를 굽고 있던 야키토리 가게로 들어섰다.

"어서 오세요!"

검은 티셔츠를 입고 있는 주인이 이마에 흐르는 땀을 목에 두른 수건으로 닦으며 철홍을 반갑게 맞았다. 한 겨울임에도 가게 안은 불과 사람들의 온기로 후끈했다. 아마 가게 위에 달린 빨갛게 달구어진 난로도 한몫했을 것이다.

"일단 본지리 하고 레바 그리고 난꼬츠 두 개씩 주세요. 맥주도 한 병 주시고요."

안쪽 구석진 카운터 자리에 털썩 앉자마자 철홍은 재빨리 주문을 했다.

"네! 감사합니다."

우렁찬 주인의 목소리에 철홍은 깜짝 놀랐지만 가게 안의 사람들은 관심이 없었다. 원래 이러한 분위기인 것을 잘 아는 듯한 사람들의 모습이 왠지 낯설고 신기했다. 오히려 주인의 목청에 맞춰 건배를 하거나 우렁차게 떠드는 사람들이 더 많았다. 도쿄는 이런 곳인가 싶었다.

꼭 도쿄라서 그런 것은 아닐 테지만 그래도 신주쿠 역 앞은 인간의 최고치의 생기가 뿜어져 나오는 것 같았다.

철홍은 안 주머니에서 수첩을 꺼냈다. 일정을 체크하기 위해서 말이다.

자리에 앉은 지 오분도 안 돼서 주문한 꼬치가 전부 나왔다. 맥주를 힘있게 올려주는 주인의 얼굴에는 행복한 미소가 띠었다.

"자! 나왔습니다."

"아! 감사합니다."

들고 있던 수첩을 잠시 카운터 위에 올려놓고 철홍은 맥주부터 잔에 따라 쭈욱 들이켰다. 이어서 입으로 들어간 꼬치들은 그야말로 기가 막혔다. 철홍은 속으로 연신 감탄했다. 유독 이 가게에 사람이 많은 이유를 알 것 같았다.

야키토리도 빨리 나왔지만 철홍이 먹어 치우는 속도 역시 굉장히 빨랐다. 어느새 한 접시를 뚝딱 해치웠다.

철홍은 역시 같은 것으로 두 번째 주문을 마치고 따스해지기 시작하는 위장을 겉으로 쓱 만졌다.

카운터 옆에 외롭게 놓인 수첩을 다시 잡아들고 철홍은 펜으로 이것저것 쓰며 확인을 하기 시작했다.

'내일 두 시에 시작하니까…… 네 시쯤에 숙소로 왔다가…… 다섯 시쯤 택시를 타고 도쿄타…….'

"그거 한글 아닙니까?"

잠시 생각을 집중하고 있던 때, 갑자기 어디서 나타났는지 여종업원이 낮고 침착한 목소리로 물어왔다.

"네? 아! 네. 맞습니다."

당황한 철홍이 어리둥절해하자 여종업원은 살짝 미소를 지어보이며 다시 말했다.

"저는 한글을 읽을 줄 알아요. 제 남편 아버님이 한국분이시거든요."

"네? 아, 그러시구나. 반갑네요."

이제야 자신의 수첩에 한글로 기재 된 글들이 눈에 보였다. 정신없이 쓰다 보면 가끔식 한글이 튀어나오기도 했었던 철홍의 오래된 습관이었다.

"아버님이 뒤쪽에 계시는데……, 한국분인 줄 알면 반가워하실 거예요. 한번 말씀드려 볼까요?"

만나게 해 주겠다는 의미인 것 같았다. 한참 꼬치를 구우며 두 사람의 이야기를 듣던 검은 옷의 주인이 입가에 미소를 지으며 호기롭게 말을 걸었다.

"아주 좋아하실 거예요. 손님에겐 특별한 서비스도 줄 수 있을지 모르죠. 하하하."

주인의 말에는 알게 모르게 어떤 여운이 담겨 있었다.

"좋네요. 한 번 뵐 수 있을까요?"

철홍은 궁금했다. 이렇게 반기는 경우는 드물었다. 아무리 시대가 변했다고는 하지만 이렇게 일본인들 사이에서 한국인으로서 대화를 주고받는 것은 영 어색했기 때문이다. 아마도 곧 있을 올림픽 덕분에 한국인에 관한 관심이 늘지 않았나 싶었다.

고개를 끄덕이며 웃음을 지어 보이던 여종업원이 잠시 기다리라고 말한 뒤 카운터 뒤쪽으로 들어갔다.

철홍은 수첩을 다시 안 주머니에 집어넣고는 맥주를 양껏 따라 다시 들이켰다.

잠시 뒤, 백발에 작은 키를 갖은 할아버지 한 분이 절뚝거리며 힘겨운 다리를 이끌고 나왔다. 얼굴은 깊은 주름으로 덮여 있었지만 눈빛이 굉장히 빛나 보였다. 깡마른 체격이지만 옷을 몇 겹을 걸쳐 입었는지 넉넉해 보였다. 철홍은 저도 모르게 자리에서 일어났다.

"안녕하세요. 음식이 참 맛있습니다. 시간 내 주셔서 감사합니다."

멋쩍은 웃음을 지어 보이며 어쩔 줄 몰라 하는 철홍을 물끄러미 바라보던 할아버지는 작지만 최대한 힘껏 소리를 내었다.
"누구야? 몇 번이고 온 녀석인가?"
입을 크게 벌리지 못해 웅얼거렸지만 그래도 얼추 알아들을 수 있었다. 옆에서 할아버지를 부축하며 서 있던 여종업원이 민망한 듯 슬그머니 미소를 띠며 철홍의 눈치를 살피더니 할아버지의 옆구리를 툭 쳤다.
"손님이에요! 한국 손님이에요!"
여종업원의 말에 할아버지는 눈을 번쩍 아까보다 조금 더 크게 뜨고는 철홍을 보았다.
양손에 묻어 있는 거뭇한 소스가 바닥으로 한 두 방울 떨어졌다.
"한국 사람이야? 한국말 하는가?"
"네, 할아버지. 한국어 해요."
고개를 끄덕이며 철홍은 대답했다. 그러자 할아버지는 알았다는 듯 고개를 끄덕이다가 천천히 손을 들어 철홍에게 앉으라고 손짓을 했다.
"가만있어 봐. 어디서 왔어?"
대뜸 어디서 왔냐고 묻는 할아버지의 목소리에서는 희미한 떨림과 기대감에 찬 무언가가 느껴졌다. 철홍은 그런 할아버지를 왠지 모르게 낙담시키고 싶지 않은 기분이 들었다.
"나가사키에서 왔어요."
"한국에서 온 게 아니야?"
철홍의 말에 할아버지는 재차 물었다.

"네. 여기 일이 있어서 나가사키에서 왔어요."

할아버지는 재차 대답을 듣더니 다시 고개를 끄덕였다.

좁은 가게 안은 더욱 북적이는 사람들 때문에 미어터질 지경이었다. 안 그래도 테이블 수가 많지 않은 작은 가게에 카운터까지 꽉 찬 사람들의 흥에 겨운 목소리 때문에 쉽게 할아버지와의 대화를 이어 갈 수가 없었다.

그때, 여종업원이 다른 테이블에 기다리던 손님에게 맥주를 전달한 후 철홍의 앞에 서더니 다시 반갑게 말했다.

"어머! 나가사키에서 왔어요? 아버님도 나가사키에 계셨어요. 잘됐네요."

"네? 아……, 그러시구나. 하하……."

뭔가 어색한 만남과 대화가 돼 버렸다고 철홍은 생각했다.

할아버지는 다시 말없이 몸을 돌려 카운터 뒤로 들어갔고 뻘쭘해진 철홍과 여종업원은 말을 이어가지 못하고 어색하게 서로 꾸벅거리며 양해만 구했다.

그나마 정신없는 가게 안 덕분에 서둘러 각자의 위치로 자연스럽게 떨어져버릴 수 있어서 다행이었다. 유리문 밖에서는 여전히 눈보라가 치고 있었다. 쌓여가는 눈에 피로감이 몰려드는 기분이 든 철홍은 주섬주섬 자리에서 일어나 주인에게 계산서를 들이밀었다.

"맛있게 먹었습니다."

"신경 쓰지 않아도 괜찮아요. 원래 좀 무뚝뚝한 성격이세요. 하하하."

계산서를 받아 든 주인이 어쩐일인지 맥주 한 병값을 슬쩍 빼주었다. 철홍은 그 사실을 가게를 나오고 나서야 알게 되었다.

"잘 먹었습니다."

꾸벅 인사를 하고 문을 나선 철홍의 어깨 위로 금방 하얀 눈이 묻혀 올려지기 시작했다.

짙은 초록색 코트의 지퍼를 잠근 후 가방을 고쳐 둘러매고 피곤한 다리를 이끌며 다시 에이지 민박의 계단으로 향했다.

낡고 좁은 어두운 계단을 올라 민박집 문을 두드렸다.

"실례합니다."

잠시 안에서 인기척이 나더니 나무로 된 문이 스르륵 열리고 수염이 거칠게 나 있는 오십대쯤 되어 보이는 남자가 갈색 스웨터 차림으로 나와 철홍을 맞이했다.

"어서 오세요."

"혹시 방이 있나요?"

"네. 들어오세요."

가격은 물어보지 않았다. 남자를 따라 들어서자 작은 테이블 하나가 신발장 옆에 놓여 있었고 바로 거실로 이어지는 형태였다. 안은 허름하다고 하기엔 미안한 뭔가 정돈이 잘 된 일반 가정집이었다. 군데군데 낡고 상처 난 곳이 보였지만 어린 시절 시골에 살던 할머니의 집 같은 분위기가 정겨웠다.

"얼마나 계실 건가요?"

힘이 다 빠진 목소리로 나긋하게 물어 온 주인의 뒤로 가족사진인 듯한 것이 보였다.

"이틀 정도 묵고 싶습니다. 괜찮을까요?"

"그럼요. 따라오세요."

목소리만큼 힘이 빠진 걸음으로 주인은 앞장서 걸었다.

힐끔 쳐다본 주인 뒤에 놓인 사진은 한눈에 봐도 오래되어 보였다. 그리고 사진 속의 남자는 왠지 낯이 익은 얼굴이었다.

"응?"

주인을 따라 방으로 향하던 철홍은 순간 알아챘다.

"야키토리 할아버지!"

"네?"

철홍의 큰 소리에 놀란 남자가 뒤를 돌아보았다.

경사진 곳에 자리 잡은 여러 채의 집. 그 집들 중 하나가 케이코의 집이었다.

다 자라 여기저기 거미줄처럼 타고 오르는 넝쿨잎 줄기들을 정리하지도 않은 채 다닥다닥 붙어 있는 집들이 신기했다.

옆집 아이 우는 소리가 전부 다 또렷하게 들렸다.

"뭘 봐?"

"왜…… 찢었어?"

케이코가 예쁜 것과는 별개였다. 찢긴 시게오의 편지를 양손으로 꽉 움켜쥔 기영은 화가 머리끝까지 났지만 어찌할 수 없는 안타까움으로 이러지도 저러지도 못하고 인상만 구긴 채 절망감에 휩

싸였다. 기영의 손은 부들부들 떨리고 있었다. 수영을 만나러 가야 하는데 편지가 중요했는데 말이다.

기영의 모습을 유심히 지켜보던 케이코는 어처구니가 없다는 듯 눈을 동그랗게 뜨고 고개를 삐딱하게 기울였다.

"얼레? 울려고?"

금방 눈물이 떨어질 듯한 기영의 눈을 보고는 케이코는 살짝 당황했다.

"이거 없으면 난…… 형아를 못 만난단 말이야!"

목소리가 높아지는 기영에게 케이코는 무서운 표정으로 입을 가리켰다.

"야! 조용히 해. 건너편에 마사코 아줌마가 있단 말이야! 한 명이라도 조선놈이 더 늘어나면 우릴 가만두지 않을 거야."

어처구니없는 건 기영도 마찬가지였다.

"조선놈? 너는 그럼 조선인이 아니냐? 아까 다 들었다. 생선밥 아저씨가 몽둥이 들고 너 쫓았을 때 말이야! 케이코? 흥! 웃기고 있네."

"야! 정말 나는 일본에서 태어났다니까! 엄마가 조선인인 건 맞아. 그런데 한 번도 가 본 적은 없어. 그리고 너……!"

"뭐?"

"사내자식이 설마 눈물 흘리는 건 아니지? 너 내가 그 편지 찢은 걸로 살려준 줄 알아!"

케이코도 점점 화가 났는지 기영을 몰아세우며 또박또박 말했다. 어찌나 기운이 센지 기영은 나오려던 눈물이 쏙 들어가 버리는 것 같았다.

"살려줘? 나를?"

기영의 물음에 입을 삐죽 내밀며 케이코는 기영의 이마를 왼손으로 때리려는 시늉을 했다.

"너 그거 가지고 주재소에 갔다가는 영락없이 개노릇이나 할게 뻔하다고. 조선 놈이 무슨 헌병은…… 쯧."

의미심장한 케이코의 말에 기영은 눈을 깔아 양손에 쥔 찢긴 편지를 번갈아 쳐다보았다. 도통 일본말을 모르니 알 수는 없었지만 분명 케이코는 읽었을 것이다. 편지를 읽고 케이코가 놀랐던 표정이 떠올랐다.

"아! 됐으니까 너한테 고맙다는 말은 듣고 싶지 않고 성질이나 내지 말고 얼른 여기서 나가."

"나……가? 어디로?"

황당해하는 기영의 표정에 케이코는 놀랍다는 표정을 지었다.

"야! 너 어차피 여기 혼자 왔잖아. 나한테 뭐 맡겨 놨니? 잠깐 쉬었으면 이제 너 갈 길 가! 이제 곧 엄마 온단 말이야."

케이코는 벌떡 일어서더니 기영의 팔을 잡아끌고는 일으켜 세웠다.

꼭 맞춰지지 않아 바람이 불 때마다 덜컹거리는 낡고 헤진 유리창문을 통해 들어 온 햇살이 케이코의 손을 녹였는지 우연히 다시 맞잡은 손은 거칠다는 느낌보다는 따뜻하다는 느낌이 더 강했다.

억지로 일으켜 세워진 기영의 등 뒤 거뭇하게 머릿기름이 때 묻은 벽 뒤로 아이를 달래는 여인의 앙칼진 일본어가 들렸다. 그와 동시에 케이코의 뒷 벽 너머에서는 남자의 시끄러운 고함소리와 우는 소리를 내는 여자의 사정하는 목소리가 들렸다. 기영은 분명 여자의 목소리에서 '아이고'라는 단어를 들었다.

[쿵 쿵]

벽이 한 두 차례 세게 울렸다. 잘하면 벽이 뚫려버릴 것 같이 크게 요동을 쳤다.

"얼른 나가라고!"

케이코의 외마디 비명 같은 외침에 기영은 순간 얼어붙었다. 갑자기 일본말로 소리를 지르자 양쪽 나무 벽 너머 다른 집들의 소란이 잠시 조용해졌다.

자신 같은 아이도 너 댓명 정도면 꽉 찰 것 같은 허름한 집에서 내쫓기는 기영은 막막함에 어쩔 줄을 몰랐다.

"나…… 근데 어디로 가야 해?"

현관문 쪽으로 천천히 마지못해 발걸음을 옮기면서 거두지 못하는 시선으로 케이코를 돌아보며 물었다.

"너 형이 어디에 있는데?"

미간을 찌푸린 케이코는 귀찮다는 듯 기영을 노려보며 물었다. 기영은 케이코의 물음에 잘 됐다 싶어 얼른 옮기던 발을 멈췄다.

"그게…… 오사……."

"오사카?"

"응! 맞아. 오사카."

"야이 멍청아! 오사카가 얼마나 큰데 거기 어딘지 어떻게 아냐? 정확한 주소도 없냐?"

133

케이코는 답답하다는 듯 발을 몇 번 세게 쿵쿵 울렸다.

다행히 아래는 사람이 살고 있지 않았는지 바닥으로부터 들려오는 외침이나 통통거리는 울림 신호는 없었다.

"그러니까 시게오 아저씨 편지가 중요하다고 했잖아!"

"조용히 안 해? 너 한 번만 더 그 이야기하면 확 그냥 순사한테 편지랑 같이 넘겨버린다!"

주먹을 쥐고는 성큼성큼 기영에게로 다가간 케이코는 자신보다 더 큰 기영에게 발뒤꿈치를 들어 올리며 얼굴을 바짝 들이밀며 말했다. 케이코가 어찌나 얼굴을 가까이 들이댔는지 거의 서로의 코가 맞닿을 듯했다.

기영은 순간 심장이 다시 한번 멎을 뻔했다. 뭔가 커다란 망치로 가슴을 세차게 쿵 하고 치고는 그 울림을 온몸으로 받아내는 것 같았다. 예전 근태네 집에서 떡을 먹고 체해서 손발이 저릿해지는 느낌인데 그때와는 다르게 간지럽고 꽤 괜찮았다.

기영은 코앞까지 다가온 케이코의 입술 쪽으로 눈이 내려갔다. 케이코의 얼굴 중에서 가장 붉게 그리고 생기있게 빛나는 부분이었다.

"너! 따라와!"

케이코는 기영에게서 떨어져 휙 지나치며 현관문을 열고 나갔다.

얼떨결에 따라 나간 기영은 그제야 해가 한참 쨍쨍하게 빛나고 있다는 것을 알아챘다. 케이코의 집에 있을 때는 크게 느끼지 못했었다. 그만큼 빛도 충분히 들어오지 않는 집이었던 것이다.

"어디 가는데?"

"명돌이 아저씨한테 갈 거야. 그 아저씨가 널 오사카까지 가는 방법을 알려 줄 거야. 이 동네에서는 제일 똑똑하거든."

뒤꿈치가 찢어진 게다를 끌고 케이코가 당차게 걸었다.

"명돌이 아저씨?"

"쿠보스케. 아저씨는 이름이 틀리는 걸 싫어하거든. 잘 외워."

"또 조선놈이냐?"

작은 키, 꽤 굵은 팔뚝에 날카로운 턱을 가진 쿠보스케는 헝클어진 적당한 길이의 머리를 긁적이며 생선 상자를 나르다 말고 케이코를 내려다보며 말했다. 핏물과 생선 비늘로 엉망이 된 옷에서는 역한 악취가 뿜어져 나왔다.

종아리까지 걷어 올려진 고동색 바지와 누렇고 빨개진 원래는 하얀색이었던 얇은 윗옷이 잘 어울리는 쿠보스케의 얼굴에서는 성가신 표정이 역력했다.

"아저씨. 얘가 오사카로 가야되는데 좀 알려주세요."

기영을 가리키며 케이코가 말했다.

"하나같이 왜 꾸역꾸역 기어들어들 오는 거야? 쳇!"

불만 가득한 소리를 내뱉어도 기영은 하나도 알아들을 수 없었다. 뻘쭘하게 그저 서 있는 것밖에는 할 줄 모르던 기영은 케이코가 준 옆구리를 쪼는 신호를 알아채고는 고개를 숙여 인사를 했다.

"안녕하세요. 쿠보……스케 아저씨."

"조선말은 모른다. 어쨌거나 빨리 일본말을 배우지 않으면 안 돼!"

쿠보스케는 입김이 나는데도 흐르는 땀에 더웠는지 굵은 팔뚝으로 이마를 한 번 쓸었다.

"알았으니까 놔두고 가라. 어이! 이리 와."

슬슬 해가 저물어 갈 기미를 보이는지 조금은 붉게 달아오른 마을 주변으로 사람들이 하나둘 바쁘게 움직이며 일과를 정리하고 있었다. 쿠보스케의 자그마한 생선 납품가게 역시 문을 닫으려는지 생선 박스를 실은 트럭이 요란한 소리를 내며 출발하자 쿠보스케는 양동이에 받은 물을 떠 가게 앞마당에 뿌리기 시작했다.

"나는 빨리 가야 해. 어쨌든 넌 나한테 고마워해야 해! 얼른 아저씨한테 가 봐."

케이코는 말을 마치고 기영을 등지고 돌아섰다.

"저기……"

기영은 돌아서 가는 케이코에게 뭔가를 묻고 싶었지만 무엇을 물으려 했는지 생각이 나질 않았다. 사실은 떠나려는 케이코를 이유 없이 잡고 싶어서였지 않았을까 하는 생각이 들었다.

"어이! 이리 오라니까!"

재촉하는 쿠보스케의 얼굴에서는 아까보다 짜증이 더 가득했다. 기영은 어쩔 수 없이 쿠보스케가 더 무섭게 변하기 전에 얼른 부르는 쪽으로 다가갔다.

"저기 빈 상자 들어서 저기 가게 안쪽으로 쌓아 올려놔라. 안내 값은 해야지."

쿠보스케는 몸을 굽혀 상자를 들어 올리는 시늉을 하며 손가락으로 가게 안쪽 구석진 곳을 가리켰다. 기영은 그래도 눈치가 빠른

편이라 금방 이해했다.

쿠보스케가 가게 뒤로 잠시 사라지고 기영은 박스를 들어 올리고 가게 안으로 막 들어가려는데 뒤에서 케이코의 목소리가 들렸다.

"야! 언젠가 너 은혜 갚으러 와야 해! 이은선! 이게 내 이름이야!"

조금은 멀찌감치 떨어져 있던 케이코가 기영을 향해 짧게 외치고 다시 돌아서서 뛰어갔다. 박스를 든 채 기영은 멍하니 케이코의 뒷모습만 바라보았다.

노을만큼 빨간 입술이었다고 생각했다. 상자에서 나는 역한 냄새를 느끼지 못할 만큼 강렬한 외침이었다.

집 떠나온 지 고작 나흘……. 고향보다 조금 더 따듯한 노을에 낮은 구름이 드리워지면서 차분히 맞이하는 낯선 곳에서의 첫날 밤이 케이코 덕분에 외롭지 않을 것 같았다. 수영을 만나고 돌아가는 길에 들를 곳이 생겼다.

바람이 조금 차지면서 기영의 콧잔등을 살짝 스쳤다. 그 바람도 따스했다.

4장

서쪽으로 서쪽으로

발육이 빠른 것이 죄라면 죄였다.

마을 남자들은 더위를 식히려 얼음을 갈아 그릇에 담아 옹기종기 모여 앉아 퍼먹으며 한 곳을 따라 일동 시선을 움직였다.

바람 한 점 불지 않는 찌는 듯한 날씨에 녹초가 돼 손가락 하나 움직일 힘이 없었지만서도 사내들의 시뻘건 눈동자와 아랫도리의 그것은 꿈틀대고 있었다.

나무가 우거진 숲 사이로 유우코가 사라질 때까지 사내들은 눈을 떼지 못했다.

"죽여 주는구만!"

"나는 오늘 들어가야겠네!"

"안 돼! 순번을 지키라구!"

수건으로 땀을 닦으며 더러운 농을 나누던 사내들은 더 이상은 못 참겠는지 고개를 건너편 절벽 위에 두었다. 그 모습을 심판이라도 하려는지 작은 매 여러 마리가 절벽 위를 기다랗고 큰 날개를 펼치며 빙글빙글 돌며 노려보고 있었다.

시시덕거리며 서로 장난을 치던 사내들 앞으로 어디선가 먼지를 일으키며 자동차 한 대가 섰다.

차 조수석 문이 열리고 노란 제복에 빨간 견장을 찬 그리고 옆구리에 단총을 찬 남자가 내렸다. 강인해 보이는 인상과 단단해 보이는 체격이 키는 그리 크지 않았지만 범상치 않은 기운이 뿜어져 나왔다. 잠시 주변을 둘러보는 것뿐인데도 주변 분위기를 압도하는 듯한 느낌이 드는 것이 사내들을 비롯한 마을 사람들의 눈에는 왠지 모르게 싸했다.

제복의 남자가 천천히 발걸음을 옮겨 남자들이 앉아 있는 가게 앞 마루로 다가갔다.

"너희들도 갈 때가 된 것 같구나."

낮게 말하는 제복의 남자의 중얼거림을 사내들이 들었는지 서서히 엉거주춤 일어서더니 갑자기 재빠르게 줄행랑을 쳤다.

뒤따라 내린 운전석의 남자가 냅다 달리는 남자들을 노려보았다.

초여름이라곤 하지만 유난히 뜨거운 햇빛 때문에 제복의 남자들의 살짝 목까지 올라오는 짧은 옷깃이 땀에 절어 눅눅해졌다.

눈치만 보던 주변 사람들은 쉽게 그들과 눈을 마주치지 않으려고 애를 썼다.

"쿠보스케! 쿠보스케!"

단총을 찬 남자가 거의 무릎까지 올라 온 가죽 신발을 벗지도 않은 채 마루를 지나쳐 가게 안으로 그리고 또 그 안쪽의 문을 홱 젖혀 열고 들어섰다.

요란한 소리에 쿠보스케는 후다닥 방에서 튀어 나왔다. 젊지 않은 몸이지만 들려오는 목소리가 대충은 누군지 알기에 서두르지 않을 수 없었다.

"아! 요시다 중위님 오셨습니까?"

옆구리에 양손을 짚어 댄 요시다는 날카로운 눈빛으로 쿠보스케를 불만 가득한 표정으로 노려보았다.

"설마 버러지 같은 조센진 놈들 받아 일쓰는 건 아니겠지?"

"아이고! 설마 그럴 리가요……? 그놈의 조선인 놈들 아주 골치가 아픕니다요. 그런데 오늘은 무슨 일로……."

쿠보스케의 허리는 한참을 굽어 있었다. 이곳 시모노세키에서 십수 년을 한결같이 생선가게를 운영해 온 쿠보스케의 몸에서는 한시도 비린내가 절어 빠지질 않았다. 2년 전 요시다 중위가 새로 야마구치현 분대로 이전을 온 후 시모노세키항 관리 시찰을 틈틈이 해 오면서부터 상황이 꽤 안 좋아지기 시작했다.

"가자미 좋은 놈 있으면 부탁하지."

요시다가 다시 방을 나와 삐걱대는 오래된 나무로 된 탁자에 앉았다. 요시다는 운전사에게 들어오라는 손짓을 보내고 이를 본 운전사가 재빨리 요시다의 맞은편 의자에 앉았다.

적막한 가게에 손님이라곤 요시다와 운전사 둘뿐이었지만 긴장감은 이루 말할 수가 없었다. 쿠보스케는 눈치를 살피더니 황급히 가게 뒤편으로 들어갔다.

급격히 벌어진 나무장작을 도끼로 내리치는 것은 괜한 낭비였기에 양손 아귀힘으로 마저 쪼개려고 폼을 잡던 건장한 사내가 헐레벌떡 뛰어오는 쿠보스케를 보고는 의아한 표정을 지었다.

푸르뎅뎅한 셔츠의 소매를 걷어 올리고 목에는 때 묵은 수건을 걸친 사내에게 쿠보스케가 조심스럽고 불안하기 짝이 없는 표정으로 목소리를 낮춰가며 말했다.

"가네야마! 지금 이러고 있을 때가 아니야! 얼른 윗집으로 돌아가 있으라고!"

쿠보스케의 다급한 목소리와 흔들리는 눈동자를 보고 가네야마 모토노리는 무슨 일인지 금방 알 수 있었다. 10년간의 경험으로는 분명 관리인이나 경찰이 온 것이 분명했다. 아니면 그보다 더 위험한 요시다가 온 것이 틀림없었다.

"누가…… 왔나요?"

"요시다!"

가네야마 모토노리, 기영은 재빨리 손을 바지에 문지르고 땀을 닦고는 아무 말도 하지 않은 채 그대로 좁은 뒷산으로 그것도 길도 나 있지 않아 보이는 수풀 속으로 달려들어 갔다.

수풀은 당연히 올라가는 입구가 보이지 않도록 우거져 있어야 한다. 누군가라도 알게 된다면 자신뿐만 아니라 쿠보스케 아저씨 역시 고초를 당할 것이 뻔했다.

기영은 온몸에 달라붙는 이파리와 이름 모를 벌레들을 헤치고 미친 듯이 달려 올라가기 시작했다. 한시라도 빨리 윗집으로 올라가야 했다. 잡히면 어디로 끌려갈지 아니면 맞아 죽을지도 몰랐기 때문이다.

"요시다……, 이 개새끼!"

수 해 전, 기영이 건너오고 일 년도 채 되질 않아서 엄청난 지진이 관동에 발생했었다. 그때의 반감이 일본인들로 하여금 조선인이라면 쓰레기 아니 바퀴벌레보다 못한 존재로 인식됨이 심해졌었다. 소문에 죽어 없어진 조선인만 수천 명에 달할 것이라고 했다. 그 일은 바람을 타고 타고 오사카를 지나 야마구치현 뿐만 아니라 아마도 규슈 지역까지 흘러갔으리라 짐작한다고 쿠보스케 아저씨가 말해줬었다.

일본이 만주를 공격하고 닳아진 군 인력을 보충하려는 심산으로 갖은 유혹과 때로는 반강제로 징집을 조금씩 늘려가던 차에 남들과는 다르게 힘이 좋았던 기영이 지역의 관료나 촌장 또는 경찰이나 헌병대의 눈에 띄게 된다면 가차 없이 끌려갈 것이 뻔했다. 그렇지 않다면 신원 증명도 되질 않는 조선인이란 이유로 개처럼 처맞거나였다. 지금까지는 쿠보스케의 노력으로 꽤 긴 세월 들키지 않고 지낼 수 있었다. 하지만 시국이 점점 이상하게 변해가면서 쿠보스케에게 등돌리는 주변 마을 사람들 때문에 지내기가 힘들어졌다. 게다가 경찰이나 헌병의 폭력보다는 주변 일본인들의 눈초리와 이지메가 더욱 곤혹스러웠다.

쿠보스케는 일본인이다. 그가 이십 대 젊을 적 뱃일을 마치고 근처 술집에서 거나하게 회포를 풀고 있을 때 쿠보스케는 벌써 인사

불성 만취 상태였다. 초저녁부터 근방 선원들과 마신 술이 두 시간도 안 되어 열병이 넘어갔다.

워낙 술을 잘 마셔 자신을 과대평가했는지 동료들이 떠나간 후에도 혼자서 끝없이 마셔대기 시작했다.

그날이 사실은 죽음의 그림자가 쿠보스케의 어깨 위로 살짝 올라탔더랬다. 술집에서 비틀거리며 나온 쿠보스케는 길바닥에서 오줌을 갈기다가 정신을 잃고 그대로 고꾸라졌었다. 그러면서 재수가 없었는지 튀어나온 돌멩이에 앞이마와 정수리의 중간 어디쯤을 받으면서 순식간에 피를 흘리며 벌어진 입 사이로 구토물이 쏟아 흘러져 나와 기도를 막기 시작했다.

어차피 정신도 차리지 못했으니 그대로 죽어도 아무렇지 않았을 터이건만 엄청 재수가 좋았던지 마침 거의 사람이 없다시피한 좁디좁은 길목을 지나던 한 남자에게 발견되어 목숨만은 살릴 수 있었다.

남자는 목을 젖혀 흘러나오는 토사물을 손을 집어넣어 전부 빼내고는 쿠보스케를 둘러업고 근처 자신의 집으로 가 몇 날 며칠을 돌보았다.

그 남자는 바로 케이코의 조선인 아버지였다. 그 후로 쿠보스케는 생명의 은인과도 같은 케이코의 아버지를 잘 따랐고 그의 일을 같이 도왔다.

케이코의 아버지, 이만식은 고아인 조선인 아이들을 일본인 몰래 돌봐왔었다. 사정이 어찌 됐건 아비 어미를 잃은 아이들이 타지에서 고생하는 것을 그냥 지켜보고 있을 수만은 없었기에 시작한 일이었는데 그 고아들의 수가 조금씩 늘더니 결국엔 경찰에 의해 억울하게 인신매매 혐의를 뒤집어쓰고 고문을 당해 죽어버렸다.

이만식이 죽고 나서 쿠보스케는 그의 일을 물려 받아 진행했다. 일본인이 조선인의 고아를 돌본다는 것이 그리 좋게 보이지 않을 것이 뻔하고 만일 자신마저 경찰에 걸리게 된다면 성치 않은 몸이 될 것이라 생각한 쿠보스케는 마침 자신이 운영하던 생선가게에 한두 명씩 종업원 형태로 고용을 한 후 소수로 성인이 될 때까지 지원해 주었다. 그런 연유로 쿠보스케는 케이코를 아주 어릴 적부터 봐 왔었다. 그리고 케이코가 데려온 기영을 맡아 여태껏 10년 동안 지원해주었다.

스물두 살이 된 기영이 쿠보스케의 가게에 더 남아 있을 이유는 없었지만 워낙 힘 좋고 싹싹한 기영에게 마음이 간 쿠보스케의 부탁으로 기영은 생선가게의 일을 도우며 같이 여태껏 살고 있었다.

수년간의 쿠보스케의 행동은 당연히 의심이 됐었지만, 워낙 사교성이 좋고 마을의 터줏대감 같은 위치라 마을 사람들과도 사이가 각별해 근방의 일본인들은 거의 알아도 모른 체하고 지냈었다. 그런데 요시다가 마을에 종종 들어서면서 그리고 만주국 참전의 선전을 하면서 점점 마을의 일본인들의 분위기도 위대한 일본이란 말에 동화되기 시작했다.

그 이유로 요시찰이 된 쿠보스케는 요시다가 나타난 후부터 거의 2년간 기영을 바깥으로 잘 내비치질 않았다. 덕분에 기영은 항상 가게 뒤편이나 가끔 주방 안쪽 또는 창고에서 일을 해야 했다.

딱히 주변 사람들이 기영을 싫어하는 것도 아니었지만 워낙 외지에서 오가는 사람들이 많은 시모노세키의 특성상 일본 군경의 선동에 색안경을 끼는 습성이 빨랐다.

　보이지 않는 기영을 묻는 사람이 있을 때면 쿠보스케는 기영이 이미 다른 곳으로 떠났다고 둘러댔다.

　땀을 뻘뻘 흘리며 도착한 작은 나무집 안으로 들어 선 기영은 얼른 가장 안쪽 방구석으로 들어갔다.

　집은 사방이 숲으로 우거진 곳에 있었으며 어느 정도 간격을 두고 다른 집들과 동떨어진 곳에 자리를 잡고 있어 고요한 것이 은신처라 부를 만했다.

　"아이고 죽겠네……. 헉헉."

　가쁜 숨을 몰아쉬며 가슴을 진정해 보려던 그때 갑자기 집 안 문이 덜컥 열렸다.

　"모토노리!"

　기영은 놀란 눈으로 바닥에 털썩 주저앉고는 열린 문으로 자신을 부르는 사람을 쳐다보았다.

　"아! 유우코……."

　찰나의 순간이지만 기영은 심장이 멎는 줄 알았었다. 자신을 부른 사람이 유우코라는 것을 알고는 안도의 한숨과 눈을 질끈 감았다가 떴다.

　"왜 이렇게 놀라? 여기 아는 건 아저씨하고 나밖에 없는데."

　한숨을 내쉬는 기영과는 달리 유우코는 발그레한 볼을 기영에게 들이밀며 이상하다는 듯 물었다.

　"왜긴! 요시다가 왔었다니까."

"요시다? 아! 그 벌레 같은 놈?"

유우코는 사방을 둘러보다가 집 밖으로 잠깐 나가 이리저리 주변을 둘러본 후 다시 기영에게로 돌아왔다.

"여기 알아?"

"아니……. 아저씨가 미리 일러줘서 그냥 바로 올라왔어."

"그럼 모르는 거네. 호호호."

유우코가 음흉한 미소를 지으며 새하얀 유카타의 가슴팍 부분을 내밀고 아랫도리를 걷어 올려 소중한 부위를 훤히 드러내며 기영에게 제 몸을 들이밀며 다가갔다. 너무나 새하얀 그것도 유우코가 걸친 새하얀 유카타보다 더 새하얀 유우코의 속살을 보며 기영은 아찔해졌다. 하지만 이런 일이 한두 번이 아니라 금방 정신을 차릴 수 있었다.

"제발……. 유우코, 그만해. 나는 너와 결혼할 수 없어."

"왜? 왜 계속 안 되는데!"

기영이 양손으로 밀치자 유우코는 실망하고 좌절한 표정으로 기영에게 되물었다. 이런 상황이 한두 번 있었던 게 아닌 것처럼 자연스럽게 이어지는 대화와 모습이었다.

"더군다나 지금은 좀 더 그래……. 아래에 요시다도 와 있구 말이야."

"요시다? 흥! 나랑 결혼하면 요시다쯤은 문제없어! 그러니까 빨리 아이 갖자."

밀어졌던 몸을 다시 기영에게 들이미는 유우코의 모습에 기영은 난처해졌다.

요시다 이시히로.

육군성 징집과 소속으로 근무를 하다가 제국주의의 기틀이자 기반의 상징과도 같은 야마구치현으로 자진 전출을 지원해 내무성의 허락을 받아 헌병과 헌병분대로 새로 부임을 했다.

곧 새로 생길 인사국 징집과의 틀을 잡기 위해 사전 작업과도 같은 임무를 수행하려 야마구치현 그것도 관부연락선이 드나드는 시모노세키로 온 것이 그에게는 천황을 위해 해야 할 일이라고 생각했다.

가장 존경하는 인물이 요시다 쇼인이라고 스스로 떠들고 다닐 만큼 대동아공영론의 신봉론자인 요시다는 시코쿠 남부의 도사번, 그러니까 고치현 출신이다.

어릴 적부터 유난히도 조선반도인을 싫어해 학창 시절부터 주위에 아주 간혹 보이는 조선인 이주자들을 괴롭히고 다녔었다.

조선인은 기생충이라 여긴 요시다에게 만일 기영이 잡힌다면 만주에 총알 받이로 보내어질 것이 틀림없었다.

요시다가 그리고 일본이 아무리 조선인에 대해 엄격하고 불합리한 태도를 취했다고 해도 그 수위가 막무가내로 지나칠 순 없었다. 수십만 명의 조선인이 벌써 일본 본국을 들락날락했고 벌써부터 이주해 자리를 잡고 근근이 살아가는 이주민이나 장사치로 사업을 꾸리는 이들도 있었기에 명분이 없이 쫓아내긴 여간 힘든 것이 아니었다. 따라서 철저하게 관리를 해 겁을 주며 일본인에게 해당하지 않는 법을 만들어내 엄격하게 짓밟아야만 했다. 그 많은 조선인을 다스리려면 가장 빠른 방법인 폭력이 동원되는 것은 누구라도 눈감아 줄 것이 뻔했다.

　골치 아픈 경우가 더러 있기 마련이다. 일본인과 결혼을 한 경우가 그러했다.

　혼인신고가 되어 가족이라는 울타리에 들어가 버린 조선인들은 그나마 일본인과 비슷한 혜택을 받을 수 있었다. 아니 비슷하다기 보단 일반 조선인들보다는 조금 나은 관리를 받을 수 있었다.

　마을에서 얼굴로는 빼어났고 몸매로는 가장 으뜸이었던 유우코는 수 해 전부터 기영을 알아왔고 기영의 모든 것에 반해버렸다. 특히나 마을 남자들과는 다르게 키가 컸고 힘이 셌던 하지만 부드러움도 갖춘 기영이 자신의 운명이라고 생각했다. 유우코가 기영을 만난 건 쿠보스케의 가게에 자주 들락거리던 유우코의 아버지 한 벤델 덕분이었다.

　네덜란드인인 유우코의 아버지 한 벤델이 무역업을 하다 만난 쿠보스케와 친해지게 된 것은 바로 쿠보스케가 마을의 마당발이었기 때문이었다. 그렇게 벤델은 자신의 딸 유우코의 손을 잡고 쿠보스케의 가게에 자주 방문했었고 때마침 일본어를 아예 할 줄 모르는 기영을 위해 쿠보스케는 벤델의 허락받아 유우코에게 기영의 일본어 선생님이 되길 부탁했었다.

　이제 열일곱의 유우코는 스물둘의 조선인 남자 가네야마 모토노리를 가슴이 저릴 정도로 사랑하게 되었다. 그리고 기영의 신분을 알게 된 유우코는 필사적으로 기영을 보호하기 위해 결혼이란 선택을 일말의 고민도 없이 수년간 해왔다.

　그런 유우코에게 요시다쯤은 우스웠다. 아니 그렇게 생각했다.

기영과 유우코의 실랑이가 한창 벌어지고 있을 때, 언덕 아래 쿠보스케의 가게에서는 한바탕 소란이 일어났다.

"죄송합니다. 정말 죄송합니다."

"이 미친 새끼가! 죽고 싶나?"

거무죽죽한 앞치마를 두른 앳돼 보이는 청년이 탁자 위에 쏟아진 미소시루를 앞에 두고 어쩔 줄 몰라 하며 연신 고개를 숙이며 죄송하다는 말만 반복했다.

아주 짧은 머리칼을 치켜세우며 새까만 검은 제복을 입은 타치카와 경관과 그의 부하 두 명이 청년을 죽일 듯이 노려보며 인상을 찌푸리는 게 영 안 좋은 일이 일어날 것만 같았다. 그 모습을 본 쿠보스케 역시 골치가 아픈 듯 머리를 감싸 쥐었다.

"아이 씨. 오늘 무슨 날인가……. 쌍으로 몰려와서……."

중얼거리며 혼잣말하던 쿠보스케에게 타치카와 경관이 눈길을 주었다. 안 들릴 거라 생각했다면 오산이었다.

"이 새끼가! 여기서 장사 좀 했다 이건가? 어이! 주인장! 이리 와 봐."

경관의 붉으락푸르락하는 얼굴을 마주 본 쿠보스케는 가슴이 덜컹 내려앉았다.

'들었는가……?'

"이리 오라고!"

쿠보스케는 벽에 기대어 받쳐 놓은 긴 장검을 집어드는 타치카와의 모습에 겁이 덜컥 났다. 이미 두 명의 부하들 역시 벌떡 일어나 청년과 쿠보스케에게 금방이라도 달려들 것처럼 자세를 취했다.

그때, 한쪽에서 술잔을 기울이던 요시다가 탁자를 가볍게 몇 번 쳤다.

"다른 사람도 생각해야지. 시끄러우니까 조용히 하고 앉는 게 어떤가?"

요시다의 고갯짓에 운전사는 쿠보스케에게 경관 쪽으로 다가가지 말라는 신호를 보냈다.

그 모습을 본 타치카와는 화가 더욱 치밀어 올랐다.

"어이! 괜한 일에 끼어들지 말고 먹던 밥이나 먹는 게 어때? 여기는 우리 관할이다."

카랑카랑한 타치카와의 목소리에 안절부절못하고 멀뚱히 서 있던 청년과 쿠보스케는 어쩔 줄을 몰랐다.

익히 들어서 알고 있는 타치카와의 인성이었다. 딱히 마을 사람들을 괴롭히는 것은 아니지만 그의 성질을 거슬리거나 하면 불같이 화를 내며 벌을 주기로 유명했다. 더욱이 새로 도입한 신호등에 관해서는 엄격한 편이었다. 안 그래도 깐깐한 성격에 일본 내 법 규율이 하나둘 쌓여가니 그의 깐깐함은 더욱더 심해져 갔다.

미소시루를 경관들의 바지에 흘린 것은 아니었다. 그릇을 잘못 내어 놓다가 아주 조금 넘쳐 탁자에 흐른 것뿐이었다.

"관할이면 가게에서 소란을 피워도 된다는 말인가? 험한 꼴 보고 싶지 않으면 그냥 앉아라."

요시다는 표정 하나 바뀌지 않고 그대로 술을 따라 마시면서 말했다. 그것도 타치카와쪽은 쳐다보지도 않은 채로 말이다. 타치카와는 요시다가 자신을 무시한다고 생각했다. 타치카와는 술을 따라 마시는 요시다를 잠시 뚫어지게 보더니 비꼬는 듯한 말투로 살살 약을 올리며 말했다.

"오호, 너희들이 이렇게 근무 시간에 술이나 처마시고 있으니 사람들이 뭘 보고 배우겠는가? 하하하."

"어이! 보아하니 경부 같은데 함부로 말하지 말아라. 여기는 육군 헌병 요시다 중위님이시다."

운전사가 의자를 박차고 벌떡 일어나 소리를 질렀다. 그와 동시에 요시다 역시 천천히 몸을 일으켜 타치카와를 바라보았다.

"내가 술을 마시든 말든 무슨 상관이냐? 한 번만 더 우리 육군을 희롱하는 발언을 한다면 네놈들 전부 사지를 찢어 놓겠다. 우리는 천황폐하의 군이다."

매섭게 노려보는 요시다의 눈빛에도 타치카와는 전혀 기가 죽지 않았다.

"우리 역시 그렇다면 천황폐하의 소속이다. 민생안전을 담당하고 있다 이 말이다. 너희 역시 전쟁이 아니라면 우리 말을 들어야 할 텐데."

타치카와가 장검을 꽉 쥐었다. 이러지도 저러지도 못하는 쿠보스케의 눈에는 일촉즉발의 상황이 아닐 수가 없었다. 쿠보스케의 옆에서 반쯤 넋을 놓은 청년은 이 모든 게 자신 때문에 일어난 일인 것 같아서 기절할 것만 같았다.

심각한 상황을 더욱 심각하게 만든 것은 타치카와 경부의 부하 중 한명이었다.

요시다의 운전수에게 저벅저벅 다가간 젊은 순사가 신분증을 요

구한 것이다.

"신분증을 좀 보여주시죠."

"빠가야로!"

요시다가 차고 있던 권총을 꺼내어 젊은 순사의 머리에 겨눴다. 그와 동시에 타치카와 경부가 장검을 뽑아 들었다.

하지만 칼이 총을 이길 순 없었다.

요시다의 장전 소리, 그리고 타치카와의 칼이 뽑히는 소리.

한바탕 소란에 가게 주위에는 주변 상인들뿐만 아니라 지나가던 행인들마저 구경을 하느라 정신이 없었다. 그 사이에 쿠보스케와 종업원 청년은 사색이 되었다.

기다랗고 눈부신 햇빛 사이로 보잘것없는 먼지들이 한가로이 나풀거리며 나 몰라라 아주 얇게 불어오는 더운 바람을 타고 공간 사이를 누빈다.

그들도 참을 수 없는 긴장감으로 삽시간에 얼어붙고 마는데 하물며 조선인은 요시다의 총 그리고 타치카와의 칼 앞에서 수십 년을 버텨낼 수 있겠는가. 조선인은 그렇게 살았다.

기영이가 도망했듯이 조선인도 그렇게 도망하고 숨어야 한다.

에이지 민박은 야키토리 할아버지 이홍산이 1955년부터 30년째 운영을 하고 있는 곳이라고 했다.

첫날 몸이 피곤했는지 정신없이 방에 들어가자마자 짐을 내팽개

치고는 잠이 들어버렸다.

덕분에 이른 아침 일곱 시도 되지 않아서 눈을 뜬 철홍은 차가운 방 공기에 적응하기 힘들어 한동안 이불속에서 얼굴만 간신히 내밀며 일정을 되뇌었다.

어제 내린 눈 때문에 공기가 더 차가웠다.

엄청나게 많이 잔 탓인지 슬슬 배가 고파진 철홍은 가만히 몸을 움직여 내복에 어제 입었던 양복바지만을 걸친 채 문을 열고 거실로 나갔다. 생각대로 집 안은 조용했다.

거실은 더 추웠고 난로마저 꺼져 있어서 을씨년스럽기까지 했다.

철홍이 거실 마루에 앉아 난로에 불을 켜려고 이리저리 둘러보고 있을 때 화장실 문이 열리고 할아버지가 나왔다.

"잘 잤어요?"

야키토리 할아버지 이홍산이었다.

"아! 네, 잘 잤습니다."

철홍은 부스스한 얼굴로 할아버지에게 꾸벅 인사를 했다. 홍산은 철홍을 알아보지 못하는지 그저 손님이라고 생각을 하는 모양이었다.

"어디서 왔어요?"

"네?"

"어디서 왔냐구?"

어제 만남은 전혀 기억을 하지 못하는 모양이었다. 하긴 어제 사장님이나 며느님이 있었으면 한눈에 자길 알아봤을 텐데 연세가 있으니 당연할지도 모른다고 생각을 했다.

"저……, 한국에서 왔습니다."

철홍은 어제처럼 나가사키에서 왔다는 말을 하지 않았다. 냉담하게 돌아섰던 할아버지에게 실망감을 또 안겨주기 싫어서 그랬을까 왠지 한국에서 왔다고 하면 더 좋을 것 같다고 생각했다.

"어디?"

홍산은 눈을 조금 더 크게 뜨고는 다시 물었다.

"한국이요!"

"아니 그러니까 한국 어디?"

점점 철홍에게로 다가온 홍산은 주저 없이 철홍의 앞에 털썩 앉더니 난로의 스위치를 키고 주머니에서 성냥을 꺼내 난로 안으로 던져넣어 불을 붙였다. 금세 난로에 따뜻한 기운이 확 올라왔다.

한국의 어디까지는 미처 생각을 못 했었다. 철홍은 한국에서 태어난 것이 아니었기 때문이다.

"저……."

"뭐?"

답답했는지 홍산은 크게 되물었다.

"서울이요."

왜 서울이라고 말했는지는 철홍도 모르지만, 서울 밖에 당장 생각나는 곳이 없었다. 일어난지 얼마 되지 않은 이른 아침이기도 했고 말이다.

서울이란 철홍의 말에 홍산은 고개를 힘껏 끄덕였다.

"내가 올해 67세요. 나도 서울 출신이지. 종로요. 종로!"

홍산의 말에 철홍은 깜짝 놀랐다. 그도 그럴것이 홍산의 얼굴에는 깊게 팬 주름이 굉장히 많이 나 있었고 반쯤 감긴 왼쪽 눈과 귀가 잘 들리지 않는지 재차 물어보는 모습이며 닳아 없어진 듯해 보이는 양손의 지문과 피부들 때문에 거의 팔십이 넘었다고 봐도 무방해 보였기 때문이다.

홍산은 나이보다 십 년 이상은 들어 보였다.

"아……, 하하하. 그러시구나. 그래도 건강하시네요."

멋쩍은 웃음을 지은 철홍을 홍산은 빤히 바라보았다.

"여기 춥지? 아침밥은 먹어야지."

"네, 뭐…… 그래야죠."

"가만있어봐."

엉거주춤한 자세로 힘겹게 일어난 홍산은 두꺼운 솜옷을 아래위로 껴입은 탓인지 걸어서 이동할 때마다 삭-삭-하고 풀밭을 지나가는 소리가 들렸다.

홍산이 어디론가 사라지고 철홍은 추워진 코와 손을 녹이려고 난로 가까이에 몸을 바짝 붙였다.

몇 분이나 지났을까 벌어진 커튼 사이로 밝은 햇살이 비쳐 들어왔다. 날씨로 보아하니 꽤나 빨리 눈이 녹을 것 같은 하루였다.

철홍은 바닥 한구석에 놓인 신문을 발견하고 집어 들었다. 날씨는 예상대로 맑은 하루를 예보하고 있었다.

"어! 일찍 일어나셨네요."

나긋한 여자의 목소리에 철홍은 화들짝 놀랐다. 이곳이 남녀 혼숙인 줄로 알았다.

고개를 들어 올려다보니 어제 야키토리 식당의 여자. 바로 홍산의 며느리였다.

"아! 안녕하세요. 여기서 주무시는 줄은 몰랐네요."

아침부터 발랄한 표정을 짓고 있는 여자는 아무렇지도 않게 기지개를 켜더니 머리를 묶고는 부엌으로 들어갔다.

"아침으로 사바구이 괜찮아요?"

밝은 목소리가 아침부터 참 듣기 좋았다.

"네, 괜찮습니다. 그런데 다른 손님들은 언제 나오시나요?"

"오늘은 손님이 그쪽뿐이네요. 요즘은 전부 새로 들어선 호텔에 묵으려고 하니까 말이에요."

여자의 말에 철홍은 동의하는 듯 혼자 고개를 끄덕였다. 하긴 정말 값싼 이유가 아니고서야 잘 보이지도 않는 그것도 난방도 제대로 되질 않는 이런 건물에 누가 들어오려고 하진 않을 테니 말이다.

별 볼 일 없는 신문을 뒤적거리다가 차려진 아침밥을 먹으며 철홍은 다시 스케줄을 정리하려고 방에서 가지고 나온 작은 수첩을 꺼내어 들었다. 적어도 한시에는 숙소를 나와야 했다. 딱히 하룻밤을 이곳에서 더 묵을 생각은 없었다. 돈이 넉넉하진 않았지만 모처럼 들른 도쿄이니까 상징과도 같은 도쿄타워를 구경하고 근처 우에노에서 하룻밤을 지낼 생각이었다.

상당히 오래되어 보이는 짙은 고동색 나무 식탁은 여기저기 해져 하얀 속살을 내비치며 세월의 흔적을 고스란히 남기고 있었다. 그래도 제법 잘 정리된 식탁과 부엌이 평소 주인의 생활습관을 잘 보여주고 있는 것 같았다.

철홍이 마지막 다쿠앙을 집어 들어 밥에 올려 먹을 때 여주인이 거실 소파에 앉아 다시 말을 걸었다.

"며칠간 머무르실 거예요?"

텔레비전 소리가 질문을 방해할 만큼 크지 않았다.

"오늘은 제가 친구 결혼식에 참석하고 우에노에 머무를 생각입니다. 어제오늘은 신세가 많았습니다."

"아. 그러시구나. 그럼 나가사키는 언제 다시 돌아가시나요?"

"내일 오전에 다시 돌아가려고 합니다. 다른 일도 있고 하니까……."

형식적인 대화를 무미건조하게 이어 나가고 있다 싶을 때 안쪽 복도에서 다시 홍산이 천천히 무언가를 들고 걸어 나오고 있었다.

"밥은 좀 입에 맞으려나?"

코끝에 간신히 걸쳐진 안경까지 쓰고 나온 홍산은 구부정한 허리를 내려앉으며 거실 바닥에 앉았다.

"아버지. 소파에 앉으세요. 허리도 안 좋으신데."

며느리의 타박을 들었는지 못 들었는지 홍산은 내려놓은 네모난 것을 펼치기 시작했다. 그리 크지 않은 앨범이었다. 두께는 아주 얇아서 얼핏 보면 공책으로 착각할 정도였다.

걷힌 커튼 사이로 유리창으로부터 들어온 쨍쨍한 햇살이 난로의 열기와 합세해 점점 따스하게 집 안을 데우고 있었다. 불과 한두 시간 만에 사람 사는 집이란 느낌이 물씬 와닿았다.

홍산은 몇 번 앨범을 뒤적이더니 어느 부분에서 잠시 손동작과 움직임을 멈추고는 뚫어지게 앨범을 바라보았다.

철홍이 밥을 다 먹고 여자가 그 식기를 정리하기 시작하자 홍산이 철홍을 불렀다.

"이리로 와 봐."

일본에서 오래 살아서 그런지 아니면 아들 손자 같아서 그런지 존대와 반말이 뒤섞인 홍산의 표현이 흥미로웠다.

고개를 돌려 철홍에게 손짓을 하는 홍산을 보고 철홍은 피우려던 담배를 손에서 놓고 홍산에게로 다가가 앉았다.

앨범은 꽤 오래되어 보였다. 누렇게 곳곳이 변색된 것이 적어도 수십 년 이상이 지난 듯 보였다. 얇디얇은 필름지가 붙어있는 사진들을 너덜너덜하게 간신히 감싸 쥐고 있는 것이 힘에 부쳐 나 죽겠다고 아우성치는 것 같아 보였다.

홍산은 한쪽 면에서 가장 아래에 있는 작은 사진을 하나 손으로 짚었다. 흑백 사진이었다.

"이거, 이게 우리 형님 사진이야. 봐 봐. 참 젊었지······."

힘줄이 어지럽게 튀어나온 손가락이 떨리면서 가리킨 사진에는 벙거지를 쓴 젊은 청년이 단정한 차림을 하고, 긴장된 모습으로 엉거주춤 서 있었다.

급히 생선 담는 종이에 주먹밥 두 덩이와 말라비틀어진 무 몇 조각 그리고 말린 전갱이 몇 점을 한꺼번에 때려 담고 기영은 뒤를 돌아 히로시에게 눈짓을 보냈다. 지금부터는 무조건 최대한 멀리 달아나야 했다. 그렇지 않으면 히로시는 물론이고 자신도 생사를 장담할 수가 없을 테니 말이다.

"곧 놈들이 들이닥칠 테니까 어영부영할 시간이 없어. 빨리 나가자."

"어디로?"

기영의 말에 초조하게 되묻는 히로시의 눈은 언제 그렇게 됐는지 빨갛게 충혈되어 있었다.

"모르겠어. 일단 시내 쪽으로 나가 아무 전차나 잡아타고 여길 떠나야겠지."

"돈은 있어?"

히로시의 말에 기영은 망치로 머리를 얻어맞은 것 같이 울리며 멍해졌다. 돈을 가지러 가려면 다시 산 아래의 가게로 가야 한다. 하지만 그것은 있을 수 없는 일이다. 벌써 밑에서는 난리가 일어나고 있을 것이 틀림없었다.

히로시의 다급한 목소리에도 그리고 급박한 상황에서도 잠시의 생각할 틈을 가질 수는 없었다. 기영은 결단을 내려야만 했다. 밥이 싸매어진 종이봉투를 왼손으로 꾹 잡아 쥐고는 불안한 듯 눈동자를 이리저리 굴리던 기영이 히로시를 보았다.

"일단 유우코에게 가자!"

아직 다행히 집 주변에서는 아무런 기척이 나질 않았다. 기영은 빼꼼히 현관문을 열고 좌우를 두리번거리며 잠시 동태를 살폈다. 일상적인 그 여느 날과 다름없는 분위기였다. 날씨는 어찌나 맑은지 원망스러울 정도였다.

"없어. 무조건 잘 따라와야 해!"

기영은 뒤에서 웅크리다시피 몸을 숙이고 바짝 자신에게 붙어있는 히로시에게 낮은 소리로 말했다.

달아나기에 좋은 날은 없다. 그저 아무도 잘 밖을 나다니지 않는 밤이나 새벽 시간이 가장 좋았지만 현재로서는 그것마저 불가능해 보였다. 유우코의 집은 움막 같은 이곳에서 거의 두 시진이나 떨어진 곳 작은 시내에 있었다. 한 번도 가 본 적은 없었지만 유우코의 이야기에 따라 대략적인 위치는 알고 있었던 기영은 시내에서 가장 큰 녹색 나무가 마당에 있는 집을 찾아야 했다.

먼저 앞장서서 빠른 걸음으로 내달리는 기영을 따라 히로시 역시 뒤처지지 않으려 애를 썼다.

수풀이 우거진 낮은 산을 가볍게 타고 둘은 말도 없이 우직한 발들을 이끌고 계속해서 나아갔다.

얼마간 걸었을 때 나무를 하러 왔는지 곳곳에 아주 조금씩 사람들이 보이기 시작했다. 기영과 히로시는 의심을 사지 않도록 사람들이 분주하게 움직일 때면 본인들도 나무를 하는 양 자세를 잡고 잠깐 멈춰 서서 무언가 풀들을 따는 시늉을 했다.

"의심받지는 않을 거야. 그리고 이렇게 가면 적어도 해가 지기 전에 도착할 수 있을 거야."

곧 나올 듯 보이는 탁 트인 마을의 전경이 눈 앞에 보일지도 모른다는 생각에 기영은 히로시에게 긴장감을 약간은 풀어주려는 듯 말했다. 그러기엔 히로시의 두 눈에는 불안함이 아직 역력했다.

"형……, 어디로 가야 할지도 모르는 데 나는 불안해……."

"어차피 니 고아 아니야?"

자꾸만 힘 없는 소리를 해대는 히로시가 못마땅해서인지 기영은 짜증이 솟구쳐 다짜고짜 히로시의 치부를 건드렸다.

"형……."

금방이라도 울음이 터져버릴 것 같은 히로시의 얼굴을 보자니 금세 마음이 약해진 기영은 어르고 달래주고 싶었지만 그럴 수 없었다. 그러기엔 히로시가 너무도 큰일을 저질렀기 때문이다.

타치카와와 요시다의 싸움에 괜히 말려든 쿠보스케 아저씨의 입장을 난처하게 만든 히로시. 총을 꺼내 든 요시다를 말리기 위해 그의 앞에 가 고개를 숙이며 사과를 하던 쿠보스케 아저씨를 밀치고 히로시는 자신이 무릎을 꿇고 사죄를 한다는 것이 재수 없게 앞으로 고꾸라지면서 칼을 손에 쥐고 무섭게 요시다를 노려보는 타치카와의 발을 꿇는 무릎으로 찍어 눌러 버린 것이었다. 순간 놀라면서도 화가 난 타치카와가 히로시에게 기다란 장검을 팔쪽으로 휘두르려는 찰나 쿠보스케 아저씨가 순간적으로 히로시를 몸으로 감싸면서 일은 걷잡을 수 없이 커져버렸다.

난리가 난 가게를 몰래 들여다 본 기영은 그 광경에 격분을 하여 언덕에 굴러다니던 주먹보다도 더 큰 돌을 양손에 집어 들고 소리 없이 달려와 타치카와와 그의 부하들을 사정없이 두들겨 패기 시작했다. 어리둥절한 것은 요시다쪽이었다.

정신을 차리고 보니 피투성이의 타치카와와 그의 부하 두 명이 가게 바닥에 나뒹굴고 있었고 등에 피를 철철 흘리고 있던 쿠보스케는 달려들려는 요시다와 운전수를 있는 힘껏 몸으로 막아 세우며 기영과 히로시에게 외쳤다.
"그만! 가네야마! 엔도! 빨리 나가 도망쳐!"
쿠보스케 아저씨의 외침에 그제야 정신을 차리고 몸이 말을 듣기 시작한 기영은 요시다와 운전수의 터질 듯한 얼굴을 쳐다보았고 멀뚱히 서 있는 히로시의 손을 잡아 일으키고는 냅다 뛰어 가게 뒤로 나가 다시 산으로 올라갔다.
등 뒤에서 총소리가 세 네발 울린 것은 모든 역경의 시작이었다.

처음 고향을 떠날 때는 미처 알지 못했지만 미쓰오의 안내에 따라 기차를 탄 것이 불행의 시작점도 아니었다. 시게오의 집에서 나와 시모노세키로 가는 야간 배를 탄 것도 역경이라고 하기엔 부족했다. 다만 아주 처음이라고 하자면 처음 도착한 시모노세키에서 케이코의 손에 이끌려 쿠보스케 아저씨를 만난 것이 시작이었다. 그렇게 요시찰의 중심이 되어버린 아저씨의 곁에서 지냈던 것이 스물스물 올라오는 불길의 시초였을 것이다.
쿠보스케를 원망하기엔 너무나도 받은 것이 많았다. 아예 처음부터 케이코가 편지를 찢지만 않았어도 이곳에 있질 않았을 것이다. 하지만 그것이 천운이었던 것을 기영은 십 수년이 지나서도 까맣게 알지 못했다.
'왜 이곳에서 이리 긴 시간을 보냈을까……? 난 수영이 형을 만나러 온 것뿐인데…….'
옅어져 점점 사라져가는 총소리에 기영은 당장 지금의 후회보다는 아주 과거에 대한 후회와 원망이 가슴속에서 일기 시작했다. 그렇게 손을 잡고 달린 히로시는 어처구니 없게도 자신보다 더 한 처지임을 못내 안쓰럽게 생각하고 있었다.

"미안해. 그치만 정신 똑바로 차리라고. 어쨌든 마을로는 다시 못 돌아가. 이제 우리도 다 자랐으니까 살 길을 찾아야하지 않겠냐? 쿠보스케 아저씨에겐 정말 미안하지만……."

다그치듯 또박또박 그리고 빠르게 말하는 기영의 주장에 히로시는 억지로 고개를 끄덕였다.

제대로 된 신발이라고 할 수도 없는 낡고 상한 값싼 천으로 만든 덧신에 의지해 기영과 히로시는 가다 서다를 반복하며 낮은 산을 넘어 마을이라 부를 만큼의 집의 지붕들이 즐비해 있는 마을로 들어섰다. 부둣가도 꽤나 번화했지만 조금 더 내륙 안쪽으로 들어선 마을은 한없이 평화로워 보였다.

다리가 아픈지 양손으로 주물럭거리는 히로시의 한 발자국 앞에 선 기영이 이리저리 둘러보았다,

"큰 나무. 큰 나무를 찾아야 해. 거기가 유우코의 집이란 말이야."

"금방 찾겠지?"

"그럼! 금방 찾을 수 있을 거야. 유우코가 그랬어. 그렇게 큰 나무는 자기 집 안뜰에 밖에 없다고 말이야."

지친 몸을 이끌고 조금씩 마을 어귀에서부터 이집 저집을 둘러보기 시작한 기영과 히로시를 스쳐 지나가는 마을 사람들은 이상한 눈초리로 보았다. 그도 그럴 것이 허름한 옷차림이 영락없는 거지꼴이나 다름이 없었다.

더군다나 두리번거리며 돌아다니는 것이 이방인의 티가 났다.
 얼른 생선가게의 일이 소문이 나기 전에 유우코의 집을 찾아 들어가야 했다. 아니 들어갈 수 있을지는 모르지만 어쨌든 유우코를 만나야 했다. 그래야 어디로 가면 안전한지 그리고 그나마 조금의 여비라도 빌릴 수 있을거라고 생각했다.
 사방에 모르는 낯선 간판들이 즐비해 있었지만 그다지 완벽하게 다르지 않은 부둣가 근처의 모양이었다.
 유우코가 가끔 자신을 찾아 부둣가 움막집으로 방문을 하는 것이 새삼 대단하게 느껴졌다. 물론 유우코는 그녀의 아버지가 볼일이 있을때 차를 타고 같이 오곤 했기 때문에 수십 리의 길을 걷지는 않았을 터이다.
 한참을 두리번거리며 걸었을때 옆에 있던 히로시가 오른편 먼 쪽을 바라보더니 손가락으로 한 집을 가리켰다.
 "형! 저기 아니야?"
 히로시의 흥분된 목소리에 기영은 히로시가 가리킨 쪽을 바라보았다. 과연 어마어마한 크기의 나무가 하나 우뚝 솟아 있었다. 당시 주변에는 기다란 나무가 집안에 들어선 곳이 없어서 유별나게 기다랗고 푸르게 잎사귀를 뻗어내고 있는 나무가 엄청나게 돋보였다. 보나 마나 저 정도면 눈에 확 띄니 유우코의 집이 틀림없었다.
 기영은 고개를 끄덕이며 히로시를 재촉했다.
 "얼른 가자. 곧 해가 질 것 같아."
 빨갛게 노을이 지기 바로 전인 것 같았다. 진한 오후의 빛이 좁게 붙어있는 집들의 지붕 위를 잡아먹을 듯이 덮어가고 있었다. 한

낮보다는 더위가 조금 사그라들었지만 그래도 여름은 여름이었다. 쓸데없는 모기들과 파리들만 기영과 히로시의 행선지를 쫓았다.

　서둘러 달리는 기영의 시야 주변으로 막 영업을 끝내기 시작한 가게들과 막 간판을 올리려는 가게들이 교차해서 보였다. 하루의 2막의 시작을 십여 년이 지난 또 다른 낯선 곳에서 보게 될 줄은 생각지도 못한 기영이였다.

　어느새 나무가 있는 집 앞에 도착한 히로시와 기영은 어마어마한 크기의 집에 기가 눌렸다. 웬만큼 사는 집이라는 곳을 지나가다 본 적은 있어도 이렇게 큰 집은 본 적이 없었다.

　큼지막한 대문과 담벼락에 위압감을 느낀 기영이 옆에 멀뚱히 서 있던 히로시를 바라보았다. 히로시 역시 입을 반쯤 떡 벌리고는 위아래로 집을 훑었다.

　"진짜 여기 맞아? 이거 잘못 온 거 아니야?"

　"분명 나무가 가장 큰 집이랬어. 맞을 거야······."

　절반 이상의 확신을 가지면서도 기영은 그제야 왜 유우코의 집으로 오려고 했는지 생각이 나질 않았다. 혹여 유우코의 집이 맞았다면 생각한 것 이상으로 큰 결심을 지어버린 건 아닌가 걱정이 되었다. 급히 달아나려고 했을 때는 머릿속에서 생각나는 특히 잘 아는 사람은 유우코 밖에 생각이 나질 않았기 때문이다. 그리고 생선가게와 움막집에서 꽤 떨어져 있는 거리가 틀림없었기 때문에 내린 결론이었는데 막상 와 보니 두려웠다.

　자신들의 처지로는 들어가면 아니 심지어 대문조차 두드리면 안 되는 집처럼 느껴졌다.

기영과 히로시가 우물쭈물하는 사이에 왼쪽 멀리 담벼락의 모서리를 돌아 건들건들 걸어 나오는 순사들의 모습이 눈에 들어왔다. 그 모습을 먼저 알아차린 건 기영이었다.

"히로시! 저쪽으로 가서 숨자!"

기영은 순사들에게서 모습이 발각되지 않을 심산으로 히로시를 붙잡고 재빨리 뛰어 널찍한 오른쪽 담벼락을 돌아 몸을 낮추고 숨었다.

히로시는 그다지 민첩하거나 눈치가 있질 않았다. 하지만 기영이 이끄는데는 분명 이유가 있으리라 생각하고는 얼른 따랐다.

"왜? 무슨 일인데?"

"순사. 순사가 이쪽으로 온다고."

"그게 왜? 그냥 집 앞에 서 있는 건데……."

히로시는 금방 아까의 일을 잊은 모양이었다.

"지금 우리가 건너오는 동안에도 쿠보스케 아저씨 일이 삽시간에 소문이 퍼졌을지도 몰라. 잡히면 우리는 죽음이야."

기영의 다급하게 이어진 말을 듣고 그제야 히로시는 아차 싶었던지 침을 꿀꺽 삼키고는 불안한 눈동자로 기영을 보았다.

간신히 콩닥콩닥 뛰는 가슴을 부여잡고 빼꼼히 내다 본 순사가 다가오는 쪽 방향에 어디론가 사라졌는지 보이지 않는 순사들의 모습에 기영은 안도의 한숨을 내쉬었다.

혹시나 몰라 기영은 두세 번 더 두리번거리며 확인을 한 후 근처의 나무 전봇대와 다른 집들의 담벼락을 살폈다. 다행히도 수배 종이는 붙어있질 않았다.

"히로시, 이제 나와도 될 것 같아."

"뭐 하고 있어? 뭐 재밌는 거라도 있는 거야?"

기영의 등 뒤에서 별안간 가느다란 여자의 목소리가 들림과 동시에 화들짝 놀란 기영과 히로시는 그제서야 기척이 느껴졌는지 벼락같이 자신들의 뒤를 돌아보았다. 유우코였다.

심장이 덜컹 내려앉다 못해 오줌을 쌀 뻔한 둘은 귀신이라도 본 양 유우코를 바라보고는 다리에 힘이 풀려 털썩 주저앉고 말았다.

"유……우코."

"누나!"

그 모습을 바라본 유우코는 웃긴다는 듯 기영과 히로시를 번갈아 보고는 새어 나오는 웃음을 참질 못했다.

"킥킥. 여기서 뭐 하는데? 모토노리 너 여기 처음으로 오는 거 아니야?"

여전히 눈부신 머리칼과 오똑한 콧날을 내세우며 푸른색 유타카를 걸쳐 입은 순백의 모습의 유우코를 보고는 기영은 다행이라 생각했다. 얼른 땅바닥에 주저앉은 몸을 일으켜 손에 묻은 먼지를 털고 기영은 유우코에게 말했다.

"저기……, 여기까지 왜 오게 됐냐면……. 그게 그러니까 사정이 좀 생겼어."

"미안해 누나."

히로시 역시 기영의 옆으로 바짝 붙어 서서는 거들었다.

"뭐가? 무슨 사정?"

동그랗게 눈을 크게 올려 뜬 유우코가 물었다. 이상한 사탕을 먹었던지 입에서는 무척이나 달콤한 냄새가 흘러나왔다.

"이 동네에서 벗어나야 해. 가장 빠른 기차로 갈 수 있는 곳까지로 가야 해."

"가장 빠른 기차? 왜 갑자기?"

"그게……, 쿠보스케 아저씨를 구하려다가 그만……. 순사 두세 명을 때려눕혔어. 나도 너무 무서웠단 말이야."

기영의 목소리는 미세하게 떨렸다. 그 일을 회상하니 온몸에 경련이 일 듯이 끔찍해졌다. 후회하기에는 너무 늦었고 산을 너머 이곳까지 오는 와중에 후회보다는 앞으로의 일이 더 중요해졌다.

말을 하면서도 두리번 눈치를 보는 기영과 히로시에게 놀라움을 표하며 눈을 떼지 못하던 유우코가 조심스럽게 물었다.

"그럼 아저씨는? 아저씨는 어떻게 됐어?"

다급히 말하는 유우코의 손이 미세하게 흔들리고 있었다.

"모르겠어……. 아저씨가 그냥…… 그냥 빨리 달아나라고……."

"그리고?"

"그리고는 모르겠어. 히로시하고 달아나 바로 산 타고 이리로 내려온 거야. 생각나는 곳이 여기밖에 없더라고. 유우코 너에게 신세를 지고 싶진 않지만……, 정말 미안해. 부탁할게. 돈을 조금만 빌려주면 다른 곳에서 자리를 잡아 살면서 갚을게."

기영은 거의 애원하다시피 유우코에게 부탁을 했다. 말을 하면서도 감정이 복받쳤는지 눈물이 글썽거리려고 했다.

이러지도 저러지도 못하던 히로시는 땅만 쳐다보고 기어들어가는 목소리로 유우코에게 말했다.

"미안해 누나……. 이게 다 나 때문이야. 내가 미소시루만 쏟지 않았어도……."

타치카와 일행의 탁자에 쏟아진 미소시루가 자꾸만 생각이 나는 히로시였다. 그리 대단한 것도 아닌데 대단한 일이 되어버렸다. 1932년의 그곳은 그런 곳이었다. 성질대로 살아가고 성격대로 살아남아야 하는…….

유우코가 끌고 들어간 집 안은 넓고 큰 마당이 있었다. 기영이 부산에서 봤던 시게오의 집과는 비교를 할 수 없었지만 큼지막한 나무와 곳곳에 잘 가꿔진 정원의 모습이 아름다웠다. 하지만 기영과 히로시는 그저 감상에 젖을 수는 없는 노릇이었다.

"아가씨! 누구입니까?"

마중을 나온 나이 든 노인이 흐르는 땀을 수건으로 닦으며 유우코를 맞이했다. 하얀 셔츠를 입고 잘 다려진 검은 바지를 입은 모습의 노인이 자신들의 처지보다 낫다고 생각을 한 기영과 히로시였다.

아까 산을 넘어오면서 여기저기 긁히고 흙 때가 묻은 자신들의 꾀죄죄한 옷이 더욱더 초라해 보였다.

"아버지는?"

유우코가 노인에게 물었다.

"잠시 고다이라 상사에 가셨습니다. 아마도 곧 돌아오실 겁니다."

지역에서 생필품이나 잡화들을 수출입 하는 새로 생긴 고다이라 상사에 한 반넬은 최근 들어 자주 방문하기 시작했다. 네덜란드나 벨기에 또는 많게는 포르투갈에서 들어오는 은수저나 식기들을 확인하기 위함이었다.

"히로시. 아저씨를 따라가면 몸을 씻을 수 있을 거야. 아저씨, 히로시를 안내 부탁할게요. 모토노리는 나를 따라 와."

유우코의 갑작스러운 부탁에 노인은 어리둥절 했지만 집사의 위치가 그러하듯 짧게 고개를 숙이고 히로시를 집 안 욕탕으로 안내를 했다. 얼떨결에 히로시는 어리숙한 몸짓을 하며 기영과 유우코를 한 번 쓱 보더니 수줍게 노인을 따라 발걸음을 옮겼다.

"이리 와."

유우코는 기영의 손을 잡아끌고는 긴 복도를 지나 가장 안쪽에 있는 자신의 다다미방으로 들어갔다.

낮은 탁자가 가장 먼저 눈에 들어왔다. 유우코는 기영의 양어깨를 살며시 누르며 앉으라는 신호를 보냈다.

"이제 어떻게 할 셈인 거야?"

붉다 못해 새까맣게 보일 지경인 유우코의 입술이 움직이며 기영의 다음 말을 재촉했다. 기영은 공간안에 들어와 있다는 안도감에 맥이 풀리며 그제야 생선가게의 일이 또렷하게 다시 기억이 나기 시작했다. 그러면서 쿠보스케 아저씨의 얼굴과 상처 난 등이 선명하게 머릿속을 헤집기 시작했다.

서글퍼졌다. 거의 십 년 정도를 자신을 돌봐준 쿠보스케의 눈물이 범벅된 얼굴을 생각하려니 도저히 북받쳐 오르는 감정을 주체할 수가 없었다. 주소도 모르는 수영을 찾을 길이 없어 며칠 신세를 진다는 것이 다시 조선으로 돌아갈 길도 험해져 이러지도 저러지도 못해 주야장천 신세만 졌던 기영이었다.

무작정 오사카로 갈 용기는 나질 않았다. 돈도 없거니와 조선인 혼자 그것도 눈에 띄는 체격을 가진 기영이 기웃거리며 오사카 시내를 헤맨다면 무슨 일이 벌어질지 아무도 몰랐기 때문이다. 운이 좋으면 먼저 터 잡은 조선인의 밑에서 일이라도 하겠지마는 성질 더러운 일본인 밑에서 노역을 하게 된다면 그야말로 갑갑하고 서러웠을 것이었다. 최악은 군대로 끌려가는 것일 테지만 말이다.

"모르겠어. 그냥 여기를 벗어나야겠어. 아저씨에겐 너무 죄송하지만……, 너무 큰 일을 저질러 버렸어."

"모토노리. 괜찮아, 이리 와."

울상을 짓고 있는 기영을 유우코가 살며시 끌어당겨 기영의 얼굴을 가슴으로 감쌌다. 꼭 끌어안고 등을 토닥여주는 유우코가 너무도 고마웠고 기댈 곳 없는 자신에게 쉴 곳을 내어주는 것 같아 서러움에 눈물이 폭발했다. 무뚝뚝하지만 이것저것 챙겨주는 쿠보스케와는 다르게 한없이 따뜻하고 무한한 믿음과 함께 부드러움으로 자신을 수년간, 어떻게 생각을 하면 보호해 줬다고 할 수 있는 유우코였다.

뜻하진 않았지만 어느샌가 소리 내 서럽게 울고 있는 기영을 한참이나 달랜 유우코는 조용하고 아주 부드럽게 속삭이듯 기영에게 말했다.

"내가 아버지한테 말해볼게. 여기서 살 수 있을지 말이야."

유우코의 말에 기영은 번쩍 정신이 들었는지 얼른 유우코의 품을 빠져나와 눈물이 범벅이 된 모습으로 입술을 꾹 다물며 유우코를 바라보았다.

"왜? 괜찮아 모토노리."

기영은 고개를 푹 숙이다가 다시 들어 유우코를 보았다.

"그럴 순 없어. 이렇게까지 신세를 지는 건 내가 갚을 수도 없다고. 더군다나 타치카와 경부하고 순사들을 때렸단 말이야. 분명 요시다도 봤다구. 잘못을 저질렀어. 그리고 쿠보스케 아저씨가 죽었다고 생각하면…… 흑흑……. 더 이상 여기에 있을 순 없다고. 잡히면 난 죽을 거야."

"아니야, 모토노리. 아저씨가 왜 죽었다고 생각해? 아직 정확히 어떻게 된 건지 모르잖아. 분명 살아 계실거야. 그리고 여기에 나랑 같이 안에만 있으면 안전할 거야. 물론 아버지에게 허락을 받아야 하겠지만 말이야."

유우코가 안전하다고 자신하는 데는 그만한 이유가 있었다.

유럽인들 그중에서도 일본 자국 경제에 도움이 되는 유럽인들은 보통 서투르지 않게 대우해주었다. 더군다나 벤델은 활발히 무역 활동을 하는지라 새로 도입하려는 건축물의 자재들을 선별하는 업무를 맡고 있어 정부 관료들과도 인맥이 있었다. 그 덕에 벤델의 집 근방으로는 항상 삼엄하고 질서 정연한 순찰이 이루어졌다. 그래서 아까 기영이 본 순사들도 그런 이유에서였다. 하지만 이 정도 관리를 받고 있는 줄은 기영도 미처 몰랐다.

안전이 보장되는 공간이 있다는 것을 기영은 쉽게 느낄 수 있지 않았다. 쿠보스케의 생선가게나 움막의 집도 소란이 일어나는 날이나 감시 순찰이 가끔 나오는 날에는 더욱 깊숙이 보이지 않게 숨죽여야 했으므로 그리 편하지만도 않았기 때문이다.

"그래도…… 그럴 순 없는데……. 아저씨가 만일 죽지 않았다면 나는 다시 그곳으로 가야 해. 아저씨를 보살펴야 한다고. 너무 무섭고 당황해 그대로 달아났지만 그래도 다시 잡혀가는 한이 있어도 다시 돌아가야 한다고."

기영의 말에 유우코는 심경이 복잡해졌다. 쿠보스케와 기영의 관계를 알기 때문이다. 그리고 만일 쿠보스케가 혹시나 죽었다면 분명 수일 내로 아버지의 귀에 들어갈 것이 뻔했다. 그렇다면 기영이 저지른 폭행도 자연스레 알게 될 것이었다.

기영을 옆에 두고 보살피고 싶은 자신의 마음이 너무 앞서 이상하게 둘러댄 건 아닌지 유우코는 걱정이 됐다. 하지만 기영이 처한 처지를 모른척하거나 내칠 수는 없었다. 유우코는 미치도록 기영과 함께하고 싶었기 때문이다.

해가 저물기 시작하고 왠지 모르게 시원한 여름 바람이 불어닥치는 그런 밤이 찾아올 것만 같은 날이었다. 그것은 기영 역시 노인의 안내에 따라 씻으러 들어간 후부터였을 것이다.

씻고 나온 히로시는 노인이 안내한 방 안에서 멀뚱히 앉아 있었고 집 담장 밖에서 들려오는 괴상한 노랫소리나 고함에 움찔거리며 놀랐다. 혹시나 자신을 잡으러 올까 봐 걱정이 된 히로시는 살면서 이렇게 신경을 곤두세운 적이 드물었다.

유우코의 보살핌에 잠시나마 숨을 돌릴 수 있었던 기영과 히로시는 하지만 얼마 가지 못해 재빨리 다시 움직여야 한다는 것을 알아버렸다.

벤델이 돌아와서는 가장 처음 집사에게 한 말이 기영과 히로시의 심장과 오금을 저리게 했다.

부인이 죽고 난 후 벤델의 말동무는 집사에게 오롯이 향했다. 되도록 일에 관한 이야기나 세상 돌아가는 이야기는 유우코와는 하질 않았다. 아마도 유우코가 몰랐으면 하는 것들이 많이 있었던 모양이었다.

"이봐! 오늘 무슨 소식을 들었는지 알아?"

벤델이 벗은 조끼를 받아 든 노인이 기분 좋은 미소와 함께 벤델의 말에 귀를 기울였다.

"무슨 일 일까요?"

금발의 머리를 양손으로 쓱 올려 밀고는 양 허리에 손을 짚으며 벤델은 고개를 절레절레 저었다.

"글쎄 생선 납품하는 쿠보스케가 병원에서 죽었다네. 순사들도 같이 병원에 실려 간 것 같은데 이게 무슨 일이야? 헌병대에서 아주 난리가 났어. 근방 10킬로는 샅샅이 뒤질 것 같던데."

"무슨 일이 벌어진 건가요?"

노인의 인상이 심각하게 바뀌는 데는 그리 오랜 시간이 걸리지 않았다.

"어떤 두 청년이 쿠보스케 가게에서 난장을 피운 것 같던데 어디로 도망갔는지 잡을 수가 없다는군. 근데…… 그…… 누구냐? 그…… 조선인 청년 있지 않나? 이름이…… 뭐였더라?"

마중을 나오려다 벤델의 이야기를 들어버린 유우코의 심장이 철렁 내려앉았다. 온전히 벤델을 반기기 힘들었다. 벤델이 고개만 돌리면 바로 유우코가 보일 것이다.

"그보다 저…… 아까 전에 손님이……."

노인이 멍하니 나무를 바라보며 조선인 청년의 이름을 짜내려는 벤델에게 기영과 히로시의 방문을 막 얘기하려던 찰나 저만치 뒤에서 유우코가 살짝 기척을 내며 손가락을 입에 가져다 댄 후 노인에게 조용히 하라는 신호를 보냈다. 벤델과는 다르게 유우코를 정면으로 마주 볼 수 있던 노인은 유우코의 표정을 보고 멋쩍은 표정을 지었다.

"응? 손님?"

벤델이 노인에게 물었다.

"아! 그…… 전에 손님이 많다는 그 가게 말인가요?"

노인의 눈치는 굉장히 빨랐다. 자신의 일본어 실력이 아직은 완벽하지 않다는 것을 알고 있는 벤델도 의심의 여지가 없었다.

"그래 맞아. 내가 전에 말했던가?"

그 사이 유우코는 얼른 방으로 다시 돌아들어 갔다. 가장 안쪽 방과 그 맞은편 방에는 히로시와 기영이 몸을 붙이고 앉아 있을 테니까 말이다.

후다닥 문을 열어젖힌 유우코는 멍하니 앉아 있는 기영을 보고 얼른 이불장으로 숨으라는 손짓을 보냈다.

"아버지야!"

작은 소리지만 기영은 한 번에 알아차릴 수 있었고 재빠르게 이

불장 문을 열고 포개어진 요들 사이로 파고들어 몸을 숨겼다.

기영이 숨고 장을 닫은 직후 반대 방에 있는 히로시에게 가 똑같이 지시했다.

기영과 히로시의 움직임 소리가 들리지 않자 그제야 유우코는 긴 복도를 빠른 걸음으로 지나 벤델과 집사가 서 있는 마당으로 나갔다.

"잘 다녀오셨어요?"

유우코의 인사에 벤델은 뒤를 돌아보며 미소를 지었다. 하나밖에 없는 딸이 벤델에게는 세상의 전부였다.

벤델의 방은 기영과 히로시가 숨어있는 가장 안쪽 방과는 전혀 다른 위치에 있었다. 심지어 같은 공간을 사용하는 집이 아닌 옆에 지어진 별채의 가장 끝 쪽 방이었다. 유우코가 있는 집 안과는 다르게 제법 서양식으로 지어진 별채에는 온갖 신기한 물건들이 진열되어 있었다. 유우코는 어렸을 때부터 쭈욱 보고 자랐기 때문에 그리 낯설지 않았지만 가끔 벤델을 찾아 오는 손님이나 공관의 관료들의 눈에는 신기하기 그지없는 광경이었다.

항상 식사는 별채에서 했다.

유우코와 벤델은 커다랗고 먹음직스러운 비싼 고등어와 계란 그리고 잘 구워진 가지와 각종 야채들, 무엇보다도 노릇하게 익혀진 고소한 냄새가 나는 고기반찬을 앞에 두고 기도를 올렸다.

천주교 신자인 벤델은 집에선 항상 세 번씩 기도를 하곤 했다. 그가 밖에서 업무를 보거나 외지 손님들을 만날 때면 그 기도는 잠시 멈춰야 했기 때문에 어떻게 보면 규칙적으로 집에서 드리는 기도가 그의 유일한 죗값을 씻어내는 하나의 도구임에 틀림없었다.
 기도를 마친 벤델이 가장 먼저 꺼낸 말 때문에 유우코는 생각이 더욱 복잡해지기 시작했다.
 "이제 그 부둣가에 생선가게는 더 이상 가기 힘들겠구나. 주인이 없으니 장사를 하긴 틀렸지. 경비가 삼엄하니 유우코도 앞으로는 그 쪽 청년과 어울리는 것을 그만뒀으면 좋겠구나."

 한없이 가만히 빛도 들어오지 않는 좁은 장 안에서 마냥 언제 올지도 모르는 유우코를 기다릴 수는 없었다.
 인기척이 들리지 않는지 숨소리까지 참아가며 이십여 분을 기다렸다.
 히로시도 분명 걱정이었다. 어린 히로시가 옹크리고 쪼그린 몸을 펴다가 또는 깜빡 잠이 들어 굴러떨어져 큰 소리라도 나면 일은 걷잡을 수 없이 커지고 순사나 헌병들에게 끌려가는 건 시간문제였다.
 기영은 조심스럽게 소리가 나지 않도록 살며시 장 안의 문을 열었다. 다행히 아무런 기척도 들리지 않았다.
 살금살금 걸어 히로시가 있는 반대편 방으로 다시 조심스럽게 다가가 방문을 열었다.
 [스르륵]
 문을 열고 고개를 빼꼼히 내밀고 아무것도 없는 휑한 방안을 한 번 둘러보았다. 히로시도 분명 한쪽 구석에 자리 잡은 장 안에 있을 것이었다.

다행인 건 다다미방은 걸음을 내디딜 때마다 딱히 소리가 나지 않는다는 점이었다. 하지만 잠시 잠깐 들려오는 마루의 삐걱대는 소리는 어찌할 도리가 없었다.

기영은 눈치를 살피다가 아주 속삭이는 목소리로 낮게 히로시를 불렀다.

"히로시! 히로시! 거기 있니?"

"히로……"

대답이 없자 다시 이름을 부르던 순간 등 뒤에서 문이 스르륵 열리는 소리가 들렸다.

깜짝 놀란 기영은 바로 뒤를 돌아봤고 표정이 굳어버렸다.

아까 만난 노인이었다. 낭패였다. 기영은 온몸이 벌벌 떨렸다. 일순간 퍼뜩 떠오른 생각은 숨어있는 히로시만이라도 어떻게 탈출을 시켜야 한다는 생각이 들었다. 그리고 다음엔 두 가지의 생각이 들었다.

유우코의 아버지의 부름을 전달하러 온 것일까? 아니면 유우코가 뒤이어 들어올 것인가?

어쩔 수 없이 아무 말도 하지 못한 채로 식은땀을 흘리며 노인의 얼굴을 바라보고 있는데 노인의 입에서 뜻밖의 부드럽고 침착한 음성이 들렸다.

"뒷문을 열어뒀으니 그쪽으로 빨리 나가시면 됩니다. 그리고 이거."

"네?"

노인이 작은 비단 주머니를 기영에게 건넸다.

기영은 어리둥절했다.

"얼른 받으세요. 아가씨가 주시는 것입니다. 그리고 뒷문으로 나가 왼쪽 골목을 따라 계속 쭉 가면 커다란 양철로 지어진 창고와 공장이 보일 겁니다. 양말공장입니다. 그 공장 정문에서 다시 오른쪽으로 꺾어 다 져버린 벚꽃 나무가 줄줄이 세워져 있는 길로 계속 가다 보면 신사가 나옵니다. 아카마 신사라고 하지요. 그 앞에서 기다리시라고 합니다."

노인은 멀뚱히 서 있는 기영에게 천천히 설명했다. 하지만 자신의 이야기가 끝났음에도 도통 움직일 줄 모르는 기영에게 다시 말했다.

"지금이 순찰대들의 교대 시간입니다. 더 늦으면 방법이 없습니다."

방법이 없다는 노인의 말에 정신을 차린 기영은 얼른 고개를 숙이며 부리나케 다짜고짜 이불장의 문을 열었다. 그곳에는 히로시가 쪼그려 앉아 눈물 콧물을 쏟고 있었다.

"가자! 히로시!"

노인이 일러준 대로 뒷문으로 몰래 빠져나가 한참을 달려 도착한 신사 앞에서 기영은 구역질하며 속에 있는 노란 위 속물을 게워 내기 시작했다. 딱히 먹은 것도 없는 와중에 한참을 쉬지 않고 뛰다가 긴장이 풀렸는지 생전 하지도 않던 구역질이 계속 나왔다.

그에 반해 히로시는 숨을 헐떡거리기만 할 뿐 구역질은 하질 않았다.

"괜찮아 히로시?"

"헉…… 헉…… 응. 숨이 너무 차."

히로시의 상태가 괜찮은 것을 보고는 기영은 주위를 두리번거렸다.

앞에는 작은 부둣가가 세워져 있었고 주변은 얼마 되지 않는 집 몇 채만이 늦은 밤 꺼진 불에 덩그러니 외롭게 놓아져 있었다.

"형! 그런데 어디서 기다리라는 말이야?"

"나도 모르겠다. 일단 저 나무 뒤 수풀에 앉아 기다려보자."

등 뒤에 보이는 나무 근처 수풀에 들어가 있으면 달빛에 비추는 부두 앞 공터가 훤히 보일 것 같았다.

둘은 나란히 어깨를 기대고 작게 나 있는 단단한 나뭇가지에 등을 기대었다.

"여기가 어딘지도 모르겠어……. 혹시 우리를 꾀어서 잡아가려는 건 아니겠지?"

히로시는 미세하게 몸을 떨며 물었다.

"글쎄…… 그래도 여기 돈까지 쥐여준 것을 보면 그렇지만도 않은 것 같은데……. 신고를 했을려면 유우코의 집이나 뒷문에서 벌써 잡히게 놔뒀겠지."

기영의 몸은 금세 땀에 절여져 시큼한 냄새가 났다.

얼마나 시간이 지났을까 초조하게 아무런 정보도 없이 마냥 이름모를 누굴 기다리던 기영의 눈에 한 여자가 공터에 모습을 드러냈다.

"어?"

기영의 소리에 히로시는 놀란 가슴을 부여잡고 공터를 보았다.

순간 기영은 벌떡 일어나 수풀에서 나와 여자에게로 달려 나갔다.

유우코가 헝클어져 몇 가닥 삐져나 온 머리카락을 쓸며 기영을 마주했다.

식사를 마치고 목욕하러 들어간다던 유우코가 아버지 벤델 몰래 뒷문으로 빠져나와 기영이 있는 곳으로 달려온 것이었다.

"유우코! 네가 온다는 거였어? 그래서 여기서 기다리라고 한 거야?"

유우코는 눈물 콧물이 범벅이 돼서 기영의 품에 와락 안겼다.

"왜 그래? 무슨 일이야? 그리고 여기는 왜 왔어?"

기영이 유우코의 팔을 잡아 품에서 잠깐 떼어내며 긴장된 얼굴로 물었다.

"흑…… 흑……. 너 이제 어떡해?"

"뭐가? 왜?"

"일단 여기 잠시만 있어. 내가 선주 아저씨 데려올게."

"선주라니? 무슨……?"

유우코는 기영의 말을 듣지도 않은 채 어디론가 뛰어갔다. 뒤이어 히로시가 수풀에서 뛰어나와 기영을 불렀다.

"형! 무슨 일이야? 누나는 왜……? 어디로 또 가는 거야?"

"모르겠어……. 우리한테 무슨 일이 생겼나 봐……. 순사들이 들이닥친 건가?"

이번에는 기다림이 그리 오랜 시간이 걸리지 않았다.

유우코는 누군가의 손을 끌고 바쁜 걸음으로 기영에게로 다가왔다. 이끌려 온 남자는 나이가 지긋한 노인이었고 노인은 기영과 히로시에게 가볍게 고개를 까딱이며 인사를 하더니 부둣가 한쪽 구석으로 나가 작은 어선을 묶어 놓은 뱃줄을 풀기 시작했다.

"이럴 시간이 없어! 얼른 타자!"

유우코가 거세게 기영과 히로시의 팔을 잡아당겼다.

"어? 왜? 무슨 일인데? 어디로 가는 거야?"

기영의 질문에도 아무런 답이 없던 유우코는 아무 소리 없이 물결만이 뱃머리에 철썩이는 소리를 내며 흘러가는 작은 어선 앞머리 쪽 구석에 앉고서 육지와 조금씩 멀어져가서야 기영과 히로시를 보며 말했다.

육지에 덩그러니 남아있는 집들이 점점 단춧구멍만큼 작게 보여졌다.

흩날리는 유우코의 머리칼이 안쓰러워 보였다. 깜깜한 밤이라 벌게진 유우코의 눈을 확인할 수는 없었지만 통통 부어있는 것은 알 수 있었다.

"아저씨가…… 죽었대. 헌병들이 찾아왔어. 요시다가 내일 오전에 집으로 온대."

기영과 히로시는 말을 듣자마자 고개를 푹 떨궜다.

어디로 가는지 정확히는 몰랐지만 어쨌든 서쪽으로 흘러 들어갔다. 그리고 유우코는 왜 같이 배를 탔는지 도무지 알 수 없었지만 물어볼 경황이 없었다. 그래도 이상하게 유우코가 있어 한 편으론 안심이 되는 기영과 히로시였다.

둘보단 셋이 나을 것이란 생각은 어림없는 오산이 되기 시작한 순간이란 걸 눈치채지 못했다.

한참을 나아가던 배 앞쪽으로 자그마한 불빛이 조금 새어 나왔다. 또 다른 육지가 보이자 노인이 한마디 했다.

"기타큐슈요. 내…… 쿠보스케씨 빚은 이걸로 갚았습니다."

# 5장

외딴 섬, 그리고 조선인

　그냥 약간은 큼지막한 산이 들이세워져 있는 널찍한 산골 촌마을과도 같아 보였다.
　낮은 언덕 너머 중턱으로 가도, 그저 발을 디딜 수 있는 낮은 땅에 서 있어도 바다가 보이는 것을 제외한다면 말이다.
　그나마 파도가 치지 않는 잔잔한 날에는 덜 했지만 미친 듯이 구름을 몰고 와 수천만의 물거품들을 이끌고 세차게 파도가 치는 날이면 바다의 광기가 인간들의 기운을 집어 삼켰다. 그제야 이곳은 섬이란 걸 알아차릴 수 있었다.
　섬은 항상 섬이었다. 조선인 그들이 이곳에 처음 넘어와 들어서기 시작하기 전부터 말이다.
　히로시는 깡깡한 철 갑옷을 휘두른 하얗고 검은 커다란 증기선을 타고 이곳에 도착한 것도 아니었다. 고작 빽빽이 차 봐야 이삼십 명을 태울 수 있는 거칠은 목선을 타고 울퉁불퉁한 바위들이 돋아나 있는 항구 아닌 항구로 들어왔다.

점점 수심이 얕아지는 저쪽 편 뭍에 배를 대어도 되고 질퍽이고 허름해 보이지만 제법 정리가 잘 되어있는 다리 곁 부두에 세워 찬찬히 걸어가도 되건만 어째서인지 이 억센 바윗 덩어리들쪽으로 왔는지 불만이었다.

바로 가까이서 뱃줄을 잡아 당기는 머리에 흰 천을 두른 사람들과 어물쩍거리며 뒷짐을 지고 서 있는 검은 셔츠나 양복을 입고 챙모자를 쓰고 있는 사람들이 눈에 들어왔다.

줄들이 뱀처럼 휘감겨 세워 놓은 말뚝이나 크게 튀어나와 있는 바위에 빙글 돌려지는 광경을 멍하니 지켜보고 있던 히로시의 귀에 미처 생각이란 걸 할 틈도 없이 거센 고함 소리들이 들렸다.

"내려!"

"내리라고! 꾸물대지 말고 이 새끼들아!"

"밑에 잘 보고. 잘못 디뎌서 다리 부러져 병신 되지 말고! 병신 되면 바다에 도로 던져 버릴 거다!"

꾸물대고 싶어서 꾸물댄 것은 아니다. 앞에 놈이 느려 도무지 가지질 않는데 다그쳐봐야 무슨 소용이랴. 히로시는 우중충한 날씨에 먹구름이 끼어있는 하늘과 한눈에 봐도 막막하게 서 있는 산과 절벽을 바라보며 답답함을 느끼고 짜증이 일었다. 얼굴을 일그러 뜨렸다.

"인상은! 몽둥이로 얼굴 쫙 펴 줄까?"

카랑카랑한 목소리에 뜨끔한 히로시가 얼른 얼굴 근육을 움직여 표정을 거두며 짓지 않았다. 뜨끔한 건 비단 히로시뿐만이 아니었다. 같이 타고 온 아니 끌려 온 조선인들 전부 모양새를 내지 않고 얼굴의 표정이 굳어졌다. 전부 익숙하지 않은 분위기와 스멀스멀 피어 올라오는 어둠의 냄새를 맡았던 모양이었다.

"여가…… 어디여 씨불."

"몰러. 기운이 찜찜한 게 뭐 꼭 동굴 같다냐."

"동굴은 무슨, 산이 저렇게 높이 있는데."

조심스레 바위를 지나 걸으며 배에서 내린 사람들이 저들끼리 속삭이듯 말을 주고받았다.

"조용히 해라! 입을 찢어 놓기 전에 얼른 올라가 열 맞춰 서 있어!"

챙 모자를 눌러쓴 갈색 양복을 입은 남자가 중얼거리는 무리들을 향해 소리를 높였다. 무리들은 고개를 어중간히 숙이면서 남자의 복장을 유심히 보았다. 옆구리에 칼이나 총을 차지 않은 걸로 봐서는 순사나 헌병은 아닌 듯 보였다. 일단 복장부터가 그러해 보이지 않았다.

"뭐여 저 사람은?"

그렇게 조용히 하랬건만 기어이 한마디 나지막이 내뱉은 충청도 출신 사내는 눈 깜짝할 사이에 히로시의 앞에 나뒹굴었다.

"이 쥐 같은 새끼가! 조용히 하랬지? 시간이 없단 말이다."

충청도 사내를 발로 서너 번 더 밟고 나서야 긴 소매 셔츠를 팔꿈치 위로 걷어 올린 짧은 머리의 일본인 남자가 씩씩거리며 다시 양복의 사내 곁으로 다가가 섰다.

입술이 터졌는지 아니면 튀어나온 바위에 코가 깨졌는지 인중 근처에서 피가 흘러나온 사내는 아이구 소리도 못 지르고 억 억 거리며 터져 나오는 피를 손으로 만지지도 못하고 부들부들 떠는 손으로 입 주위를 가렸다.

"죽이려고 작정했나 미우라? 한 명이라도 일을 못 하면 네 월급에서 삭감할 줄 알아라!"

"죄…… 죄송합니다 하라다 소장님. 신경이 거슬려서 그만……."

붉은 피를 철철 흘리는 사내를 주변의 다른 몇 명의 조선인들이 부축을 하고 눈치를 보면서 황급히 서두르는 모양새로 조금은 높게 올라 선 콘크리트 방파제 위로 올랐다. 히로시는 차마 그 사내를 부축하질 못했다. 그보다 주변의 까무잡잡한 피부에 날카로운 눈초리로 자신들을 바라보는 검은 수염의 칙칙한 사내들의 모습에 압도되어 입술만 꾹 닫은 채로 서둘러 행렬에 비집고 들어섰다.

행렬이 어수룩하게 지어진 무리는 서로 어디를 봐야 할 지 몰라서 고개만 두리번거리며 눈동자를 굴리고 있었다.

매서운 눈매는 결코 이 조선인들 무리의 것이 아니었다. 무언가 조금은 자유스러운 몸짓과 여유로운 걸음을 하고 있는 자들의 소유였다. 그들은 거의 대부분 일본말을 내뱉었다.

그렇다. 일본인들은 그래도 돌아다닐만 했던 모양이었다. 이것이 이 섬의 계급성과 차별을 확연히 보여주고 있는 법 아닌 법이었던 것이다.

보따리를 쥐고 있는 사내는 없었다. 고작 해 봐야 작은 천 주머니나 볏짚에 싼 그것도 꽁꽁 동여맨 것도 아닌 허름하고 허술하게 묶여있는 어떤 물건을 감싸 쥐고 있는 몇몇뿐이었다.

무리의 사람들이 허둥지둥하고 있을 때, 저 앞쪽 바위에 다리를 쩍 벌리고 앉아 있던 검게 때가 묻은 작업복 바지와 푸르스름한 조끼를 걸쳐 입은 남자가 벌떡 몸을 일으키더니 무리의 앞으로 걸어 다가섰다.

"전부 몇 명이 왔는가?"

남자는 고개를 살짝 들어 무리의 머릿수를 눈대중으로 세기 시작했다.

"그…… 대충 한 스물네 명 정도 온 것 같은데요."

가장 앞에 서 있던 작은 체구의 조선인 청년이 무겁게 가라앉은 목소리로 말했다. 이때까진 청년들이며 사내들은 목소리를 그리 떨지 않았다. 적어도 히로시가 듣기엔 그랬다.

일본놈들의 핍박에 서럽고 억울한 일도 많았지만 그래도 버티고 조선에서 살아 온 사람들은 하나 같이 설마 죽기야 하겠냐고 생각할 정도로 심각하게 생각하지 못했기에 위축이 되지만 목소리까지는 떨리지는 않았던 것 같았다.

무리를 세던 남자는 자신에게 말을 건 청년이 흥미롭다는 듯 쳐다보았다.

"너는 일본말을 할 줄 아는구나."

"네. 학교에서 열심히 배웠습니다."

청년은 이상하게도 똘망똘망한 눈으로 남자를 바라보았다. 이제 갓 스무 살도 안 되어 보이는 청년에게서 그런 눈빛을 보기란 여간 쉽지 않았다. 그것도 이렇게 강제로 끌려 온 곳에서 말이다.

"그래. 너는 여기가 두렵지 않는 모양이구나."

의미심장한 말을 하는 조끼의 일본 남자에게 청년은 침을 한 번 꿀꺽 삼키고는 답을 이어 나갔다.

"두렵기보다는 신기합니다. 물론 왜 이곳으로 왔는지 알 수는 없지만 있어야 한다면 도움이 됐으면 좋겠습니다."

어린 나이치고는 나름 또박또박한 말투로 막힘이 없이 대답하는 청년이 신기해 히로시는 그의 얼굴을 뚫어지게 쳐다보았다. 하지만 청년의 모습에서는 확연하게 느낄 수 있는 부분이 있었다. 청년의 얼굴은 경직되어 있었고 눈동자는 미세하게 흔들리고 있었다.

저것은 두려움이거나 살아남으려는 발버둥임이 분명했다.

히로시는 벌써 수 해를 시모노세키와 후쿠오카 그리고 나가사키에 살면서 느끼고 터득할 수 있었다. 눈치를 보고 살아야만 하는 조선인은 거의 전부 저 청년의 표정과 비슷했다. 하지만 청년이 저런 말을 했다는 것은 왜 그랬는지 이해가 되질 않았다.

"오다! 여기는 전부 스물다섯 명이다. 그리고 내가 맡는다."

아까 충청도 사내를 짓밟던 미우라가 성큼성큼 걸어 조끼를 입고 무리의 앞에 서 있던 오다에게 성가신 투로 말했다.

"이번엔 우리도 인원이 부족한데 내가 먼저 배당 받기로 하지. 자네는 곧 들어올 후발대를 기다리는 게 어떤가?"

오다의 말투는 부드러웠다. 일본말을 모르는 어리둥절한 조선인들의 귀에도 미우라와 오다의 목소리 차이는 상당했다. 또한 뒷짐을 지고 무리를 물끄러미 바라보는 눈빛이며 행동이 좀 아까 전 사람을 패던 미우라와는 확연히 달랐다. 이것만으로도 무리의 조선인들은 누구에게 이끌려 가야 하느냐를 쉽게 구별지을 수 있었다.

"당장 다음 주부터 작업 교대를 할 인원도 모자란다! 너도 알고 있잖아!"

미우라는 지지 않았다. 미우라의 목청이 커질수록 무리는 불안해지기 시작했다. 안 그래도 듣기에 귀가 아픈 쇳소리의 일본어인데 카랑카랑한 목소리의 미우라가 소리를 외쳐대면 그야말로 귀가 떨어지고 머리가 빠개질 것 같았다.

"모자란 것은 다 마찬가지다. 우리는 발파조가 거의 전멸이다."

오다는 부드럽게 이야기를 하는 것 같으면서도 어딘가 모를 위엄이 미우라보다 더 커 보였다.

"저런 어리숙한 것들로 발파한다고? 말이 되는 소릴 해라!"

"배우면 다 할 수 있다."

"아! 진짜 귀찮게 하네."

둘의 입씨름에 침만 바짝 말라가는 것은 습한 공기에 방치되어 몸이 퍼져가는 조선인 무리들이었다.

이어지는 말싸움에 처음에 봤던 챙 모자의 양복을 걸쳐 입은 하라다 소장이 천천히 뒷짐을 지고 콘크리트 방파제 위로 올라와 오다와 미우라를 번갈아 보았다.

"이번은 미우라에게 맡기도록 하지. 오다 자네는 며칠 후에 들어올 놈들을 배정 받도록 하게나."

하라다 소장은 무리에게 크게 들리도록 전부를 훑으며 말했다.

"걱정마라! 그냥 일할 뿐이다. 돈 많이 벌어서 가족들에게 가져다주거라."

처음 기차를 탈 적과 항구에 내려 배로 갈아탈 적에 들었던 말 그대로이다. 벌써 세 번째 같은 말을 모두들 들었다. 그렇게 몇 번을 반복해서 들으면 그게 진짜인 줄 아는 사람도 생기기 마련이다. 저놈들이 어떤 놈들인지 자세히 알지 못 할 때는 말이다.

하라다가 오다에게 손짓을 하며 따로 어디론가 걸어갔다.

무리의 사람들은 황망히 오다의 뒷모습을 넋을 잃고 바라보았다. 저 놈도 똑같은 놈들인데 뭐가 아쉽다는 건지 이해를 할 수 없는 히로시는 깊은 한숨을 내 쉬었다.

미우라는 먼지가 묻은 셔츠를 손으로 털어내며 우쭐한 모습으로 고개를 치켜들었다.

"자! 이제 너희들은 앞으로 하라다대 2중대 3소대 소속이다. 2중대장은 나 미우라다. 소대 조장은 곧 만나게 될 테니 일단 전부 따라와라."

그렇게 미우라를 따라 히로시를 포함한 무리들은 빠른 걸음으로 부두의 오른쪽을 향해 섬의 끝부분을 빙 돌아갔다. 걸어가면서 올려다본 산 위의 집들은 수풀에 둘러싸여 한적해 보이기도 하고 날씨가 좋지 않아 기괴해 보이기도 했다.

섬의 주민인 듯 한 사람들이 저마다 미우라가 이끌고 가는 무리를 한번 힐끗 쳐다보고는 별 볼 일 없다는 듯 다시 제 갈 길을 태연하게 가는 모습이 이곳에서는 뭣도 아닌, 그냥 일상생활이었다.

"엄마야! 억수로 작은데 뭔 놈의 사람이 이래 많이 댕기나?"

히로시의 옆에서 까까머리를 문지르며 걷던 앳된 소년이 사방을 둘러보면서 작게 중얼거렸다.

"저 저 집 지아진거 봐라. 저거 마 개미집 맨키로 많이도 붙어있네. 우리 고향 산에는 저 맹키로 지아 놓지 않았는데. 참 일본 놈들 재주도 좋아."

"니 고향이 어딘데?"

소년의 옆에서 또 나란히 걷던 까무잡잡한 피부에 파란색 무릎이 찢긴 천 바지를 입고 있던 소년이 흥미롭다는 듯 까까머리 소년에게 물었다.

"나?"

"그래 니! 여기 말하는 놈은 니하고 내밖에 더 있나?"

"아. 맞나. 내 고향은 김해다. 진영면."

히로시는 둘의 대화에 서글픔을 느꼈다. 두 소년의 대화 내용은 보통 또래 친구 같은 천진난만한 웃음이 섞일 법한 것이다. 그런데 굳은 표정으로 숨길 수 없는 속마음을 딱딱한 말투로 표현하는 것이 안타까웠다. 오가세 탄광 옆 마을 시장에서 만난 부산이나 경남 출신 노동자들의 대화와 비슷해 보였다. 그때는 몰랐다. 탄광 일은 일반 노동자들보단 강제 노역자들이 많았다는 사실을.

그리 오래 걷진 않았다. 누구 하나 무리에서 이탈하지도 않고 걸어 도착한 곳은 끝없는 바다가 펼쳐진 그것도 흐릿한 빛깔의 바다가 무섭게 집어삼킬 듯 보이는 곳, 바로 십여 미터 앞 허름한 창고 같은 함바였다. 약간은 경사진 곳에 지어진 널찍하지도 높지도 않은 길쭉이 뻗어있는 건물에 곳곳에 무성하게 자라나 있는 잡초들과 이름 모를 풀들이 히로시의 무리를 반겨주었다.

지붕은 꽤 쓸만해 보였다. 하지만 불어오는 비릿한 바다 냄새와 어디서 흘러 들어오는지도 모를 이상한 소변 냄새와 대변 섞인 냄새가 한데 묶여 히로시의 코를 깊게 찔렀다.

무리의 조선인들은 바다와 창고를 번갈아 보며 의아해했다.

"여기가 너희들이 잘 곳이다. 숙소니까 깨끗이 이용하도록 하고 일단 전부 옷을 벗고 털어라!"

미우라의 말이 떨어지고도 사람들은 못 믿겠다는 듯 행동을 하지 않았다.

냄새가 올라오는 숙소에서 생활해야 한다는 것이 미덥지 않았는지 아니면 조금만 파도가 쳐도 마치 집어삼킬 것 같은 자신들의 위치가 무서워서였는지 그것도 아니면 갑자기 옷을 벗으라는 것이 불쾌했는지 저마다 모르는 눈치로 쉽게 몸을 움직이지 못했다.

"벗어! 이 조센징 멍청한 새끼들아! 이 새끼들은 꼭 두 번 이상 말을 하게 만드는 게 도대체 무엇 때문이냐? 지능이 낮아서 그런 거냐?"

미우라의 호통에 그제야 화들짝 놀란 일본어가 능숙했던 청년이 옷을 벗기 시작하자 뒤따라 눈치만 보던 사람들이 하나둘씩 옷을 천천히 벗기 시작했다.

"빨리 벗어! 이 새끼들은 왜 동작도 빠르지 못하는 거냐? 맨날 처먹고 드러눕기나 하니까 덩치만 커지고 지능이 낮아지는 거냐?"

가만 들으면 미우라의 입버릇처럼 하는 말은 지능이 낮아서라는 것이었다. 그것이 자신에게 우월감을 심어주는 나아가 일본인에게 우월감을 심어주는 한 방편이었던 것 같았다고 히로시는 생각했다.

히로시도 이런 강압적인 분위기는 처음이었다. 누구의 명령을 꼭 이행해야 한다는 것이 처음이었고 그것도 집단으로 누군가를 따라 해야 하는 것도 처음이었다.

 수 해간 눈치를 보고 살았어도 의지를 할 만한 사람이나 구석 또는 핑곗거리가 도처에 널려 살아왔는데 지금 현재의 상황은 쉽게 적응이 되질 않았다.

 생각이란 걸 할 시간이 주어지지 않았다. 그것은 비단 미우라의 고함 때문만은 아니었다.

 뒤편 그러니까 숙소의 오른편에는 커다란 높이의 철골 구조물과 굴뚝 그리고 커다랗고 날카로워 보이는 건물들이 세워져 있었고 그것은 물결치는 바다와 견줄만한 위압감으로 다가왔다. 그리고 그곳에서 귀신처럼 걸어 다니는 까만 피부의 사람들이 새하얀 눈동자만 굴리며 돌아다니면서 때때로 자신들을 뚫어지게 바라보고 있었다. 그 분위기를 더욱 고조시키는 것은 설치되어 있는 전봇대 주변으로 긴 칼을 차고 어슬렁거리며 돌아다니는 가죽신을 신고 당꼬 바지 차림을 한 일본인 무리들이었다.

 미우라가 시키는 대로 전부 옷을 벗어 바닷바람에 옷을 털었다.

 "숨기는 거 없겠지? 이상한 물건이 발각되는 날에는 가차 없이 교육을 시켜주겠다. 그러니까 지금이라도 돈이나 위험한 물건들을 가지고 있는 놈이 있으면 자진해서 가지고 와라."

 미우라의 말이 끝나자 사람들은 서로를 훔쳐보며 두리번거렸다. 어리숙한 모습의 사람들은 영문을 몰랐다.

 "없으면 다시 옷을 입어라. 그리고 지금부터 너희들의 일과를 알려주겠다. 주의사항도 말해 줄 테니 단단히 들어라."

가늘게 수염이 난 턱을 손으로 쓸며 사람 하나하나를 보면서 미우라가 말했다.

"오늘은 그냥 들어가서 자라. 그리고 내일부터는 아침 여섯 시 반에 기상을 한다. 내일은 너희들이 일할 곳을 미리 보여줄 테니 눈치껏 잘 배우도록 해라."

미우라의 말이 빨라지자 영 알아들을 수 없던 조선인들이 우왕좌왕하며 고개를 이리저리 돌려 옆 사람과 앞 뒷사람을 쳐다보았다. 미우라도 눈치를 챘는지 일그러진 얼굴을 했다.

"이 멍청한 새끼들! 일본어도 배우지 않고 뭘 했나! 여기 일본어 하는 놈 나와."

화가 난 미우라의 말이 끝나기가 무섭게 아까 오다와 이야기를 나누던 청년이 손을 슬며시 들며 얼른 미우라의 곁으로 다가섰다.

"너냐? 네가 통역해."

"네."

미우라는 자신이 하던 말을 이어 나갔다.

"견학은 단 두 번이다. 그리고 그 후 다섯 시에 기상하면 숙소 왼편 저쪽에 있는 식당에서 아침밥을 먹고 여섯 시에 천황폐하께 참배를 드린다. 그리고 황국신민서사를 낭독한다. 식당 뒤편 산 위로 조금 올라가면 공터가 있다. 그곳에 황국신민비가 있으니 거기서 낭독한다. 오전 일곱 시가 되면 너희들은 전부 갱으로 내려가 일을 할 것이다. 2교대 근무이고 점심은 갱 안에서 쉬는 시간에 먹는다. 오후 일곱시 그러니까 열두시간을 근무하면 올라와 씻고 밥을 먹는다. 숙소 옆 식당은 늦은 시간에 열지 않을 때도 있으니 숙소 옆에서 배급받아 먹으면 된다."

한참을 듣고 있던 조선인들은 숙소 옆을 바라보았다. 식당 이야기에 가장 귀를 기울이는 것이 인간의 본성이지 않을까 싶어지는 순간이다. 숙소 옆에는 자그마한 숙소의 반만 한 공간의 헛간 비스무레한 창고가 세워져 있었다.

모든 것이 이 근방 몇 미터를 벗어나지 않는 일과이며 계획표였다.

히로시는 고개를 돌리다가 자신의 숙소에서 불과 몇 걸음 떨어진 곳에서 더 허름한 창고를 보았다.

분위기가 이상했다. 느낌이 싸한 것이 왠지 좋아 보이지 않는 기운이 서려 있었다. 미우라의 말이 이어지는데도 집중하지 못하고 우중충한 탁한 색의 창고를 뚫어지게 바라보았다.

순간 히로시는 창고 안 비닐로 가려져 있던 창고의 창문을 통해 무언가 쓱 지나가는 모습을 보았다. 순간 온몸에 소름이 돋았다. 그 움직임은 하나가 아니었고 수 십번 왔다 갔다 움직였다.

"일과가 끝나고 밥을 먹으면 잔다. 쉬든지 자든지 알아서 해라. 자유시간은 그때뿐이다. 그리고 일요일은 당분간 일을 하지 않을 예정이니 그렇게 알고 있어라. 참! 그리고 돌아다니는 것은 자유지만 절대로 바로 옆 창고에는 들어가거나 기웃거리지 말아라. 너희들에게 상황이 더 안 좋아질 테니까 말이다."

히로시가 멍하니 돋은 소름을 느끼며 미우라가 얼쩡거리지 말라는 창고로 시선이 쏠리고 있을 때, 옆에서 누군가가 옆구리를 콕 찔렀다.

"다 들었어? 제대로 들어야 해."

자신보다 나이가 많아 보이는 사내가 걱정스러운 얼굴로 작게 속삭였다. 그리고 그와 동시에 미우라의 좀 더 카랑카랑한 신경질적인 말이 이어졌다.

"그리고! 지껄이는 건 자유지만 기분 나쁜 조선말이 시끄럽게 들릴 시는 가차 없이 교육을 진행하겠다. 그러니까 얼른 일본 말을 배우라고 이 바퀴벌레 뇌를 가진 새끼들아!"

모욕적인 단어도 서슴지 않고 통역을 하는 청년을 바라보는 같은 무리의 사람들의 눈초리가 심상치 않았다. 경멸의 눈빛을 보내고 있다는 것쯤은 청년도 알 것이다. 이미 일본어를 하는 히로시에게는 당연히 들리는 말이라 크게 상관이 없었지만 조선어로 바꿔 듣게 된 조선인들은 그 수치감과 모욕감이 두 배는 커져서 돌아갔다. 그것도 같은 조선 청년의 입에서 흘러나와 충격이 더 했다.

언제 곁에 서 있었는지 기다랗고 굵은 나뭇가지를 손에 쥔 몇 명의 일본인들이 슬쩍 무리들의 몸을 툭툭 치면서 인상을 찡그렸다 폈다가를 반복했다.

"아! 그리고 아까 나한테 맞은 놈. 나와 봐."

말을 끝마치려나 했던 미우라가 다시 고개를 들어 아까의 그 충청도 사내를 찾았다. 사내는 겁을 먹었는지 천천히 작은 동작으로 슬금슬금 걸어 앞으로 나갔다.

"봐라! 이건 본보기다. 규칙을 위반하거나 일과대로 움직이지 않으면 또는 말을 제대로 들어먹지 않으면 말이다. 이렇게 될 것이다. 이건 병원에도 보내줄 수 없는 정도다. 교육 대상이 되면 고통에 잠도 못 자게 만들어 줄 테니까 잘 생각해서 행동해라. 들어가."

미우라는 충청도 남자의 엉덩이를 아주 강하게 걷어찼다.

주변에 돌아다니던 일본인들이 키득키득 웃기 시작했다. 칼을 차고 있던 무리들이건 몽둥이를 들고 지키고서 돌아다니는 놈들이건 말이다. 웃지 않고 지나가는 건 이상하게도 지극히 평상적으로 차려입은 주민들뿐이었다. 아마도 그들은 이런 광경을 수도 없이 봤기 때문일 것이다. 또한 그들은 어디에도 속해있거나 귀속되어 있는 화를 풀만한 대상을 찾을 필요가 없는 그저 일본인이기 때문일 것이다. 하지만 히로시는 아까 전에서부터 느낄 수 있었다. 그들은 그냥 무관심인 것이다. 무시를 했으면 했지 전혀 도와줄 생각 따위는 하지 않을 것이라는 것을 말이다. 저런 부류가 가장 무섭다. 희생자에게서 편안함과 기대감을 느끼게 만드는 희망 고문을 갖게 하는 이들 말이다.

들어가라는 말에도 섣불리 들어가지를 못했다.

정말 이렇게 이곳에서 있어야 하는지가 의문일 정도로 아무런 준비가 없이 와버려서이기 때문일까 봐 서로 눈치만 보던 조선인들은 우물쭈물했다.

눅눅해져 있는 숙소 앞 땅을 걸어 문을 열지도 못하고 서성대고 있는 제일 앞줄의 청년을 두들겨 패기 시작한 것은 시간이 그리 오래 지나지 않아서였다.

나뭇가지 몽둥이를 들고 서 있던 일본 관리인들이 등짝을 사정없이 후려갈기며 소리쳤다.

"들어가라고 했잖아! 진짜 말을 더럽게 안 듣네!"

억, 아이고 소리를 연발하면서 그제야 서로 앞다투어 함바 안으로 들어갔다.

함바에 들어서자 제일 먼저 처맞은 녀석들이나 허둥지둥 맞지 않으려고 들어 온 녀석들이나 할 말을 잃고 놀라기는 마찬가지였다.

습기를 먹은 탓인지 숙소 안의 공기는 눅눅했다. 더군다나 저녁이 찾아오지도 않았음에도 흐린 날씨 탓인지 어둡고 습했다. 불빛이라고 하나도 새어 나오질 않았다. 밖에 켜져 있는 전봇대 전등의 불빛 역시 가려진 철판 창에 막혀 아주 작은 틈으로 새어 나오는 얕은 불빛만이 방 안 전체를 밝혔다. 그것은 빛도 아니었다.

슬금슬금 앞으로 걸어나가는 무리 중 몇 사람이 방문도 없는 벽을 통과해 첫 번째 방으로 들어갔다.

진하고 약간은 썩어가는 냄새를 풍기는 나무 기둥이 안전할까 걱정이 되지만 오랜 세월이 흐른 것처럼 보이는 숙소의 분위기상 꽤 잘 버텨 온 것 같아 그나마 다행이었다.

똑같은 구조의 방이 세 개로 나누어져 있었다. 각 방의 방문은 없었다. 거의 마지막으로 들어간 히로시는 천천히 가장 안쪽의 방으로 들어가 보았다.

먼저 들어간 조선인 몇명이 고개를 절레절레 저었다. 히로시 역시 들어서자마자 코를 찌르는 이상한 냄새에 얼굴을 찌푸렸다.

"야……, 뭐 아무것도 없슈."

"지푸라기 거적대기 하나 없구만. 그래도 일본놈들답게 다다미는 때깔 맞추게 잘 끼워 놓았구만."

각 방의 바닥은 고작 다다미 여섯장 반이 전부였다. 그 좁디 좁은 곳에 벌써 조선인들이 여덟 명이나 들어 찬 것이다. 그런데 그게 다가 아니었다.

"야! 너. 아까 통역하던 놈 나와 봐."

숙소의 열린 문 앞에서 완장을 찬 일본인이 아까의 청년을 불러 세웠다.

"네!"

답하는 발음이 간결하게 끊어졌다.

"여기 종이에 적힌 너희들 이름 옆에 번호가 있으니 잘 외워두도록. 나눠 돌려 읽고 오분 후에 다시 들고 나와."

"네!"

완장 사내가 나가고 나자 청년은 건네받은 종이를 펼쳐 사람들을 불렀다.

"여기 이름이 있으니까 그 옆에 자기 번호를 잘 기억하랍니다. 나와서 보세요."

청년의 말이 끝나자 각방에 들어섰던 무리들은 슬금슬금 걸어 나오기 시작했다. 그 걸음은 자기의 이름을 확인하려는 것보다 뭔가 반항의 기운이 더 세 보이는 걸음걸이였다. 개중에는 껄렁거리는 몸짓과 걸음으로 방 앞 좁은 복도로 나오는 사람도 있었다.

"아따 뭐 대답을 간이라도 빼줄 것처럼 말하던디. 여기는 어치케 왔당가? 고로코롬 일본놈 같은데잉."

"그러니께. 착 달라붙는 거시 아주 벼룩같대니께요."

여기저기서 조금씩 청년의 행동에 불만을 품은 말들이 흘러 나왔다. 하지만 그런 말들에도 청년은 반응이 없었다. 일부러 무시를 하는 것처럼 보였다. 분명 청년도 자신이 그런 말을 들을 줄 알았던 것처럼 말이다.

"일단 봐 봐야 안카겠심니꺼? 쟈도 뭐 여가 좋아서 온 거는 아닐 낀데요."

가장 앞에서 청년이 들고 있던 종이를 낚아채던 눈 밑에 큰 점이 있던 청년이 무심히 말했다.

"와! 뭐고? 몽땅 일본말이네! 내는 내 성밖에 모르겠다. 김 가도 엄청시리 많네."

"당연하지. 여기는 일본인데 그놈들이 조선말로 써 놨을까?"

온갖 사투리가 난무하는 좁디좁은 숙소 안은 잠시나마의 여유로 그 소리들이 사방을 울렸다.

종이에 적힌 이름들을 그래도 한자를 꽤 읽을 줄 아는 사람들이 서로서로 알려줘 가며 그렇게 무리들은 그날 아니 그 즉시부터 이름을 잃어갔다. 최소한 숙소 바깥에서부터는 말이다.

자신들의 번호를 한 번에 기억하지 못하는 사람들도 있었지만 그것은 그리 크게 문제가 되지 않았다.

습하고 좁은 다다미에 몸을 서로 붙이고 첫날을 보냈을 때, 슬그머니 몰려오는 불안감과 내일에 대한 압박감에 무리들은 서로 말을 아꼈다. 히로시도 여태껏 거의 단 한마디도 하지 않았다. 말을 섞지 않는 이들도 더러 있었으나 그들을 벙어리로 보는 사람들은 없었다.

이튿날 새벽, 아직 밝지 않았지만 서서히 푸르게 변해가는 바깥과는 다르게 숙소 안에는 장기간의 이동이나 긴장감으로 인해 곯아떨어진 무리들이 컴컴한 어둠 속에서 코를 골아대며 잠을 자고 있었다.

[끼-익]

문이 열리면서 시끄러운 소리가 들려왔다.

사람들이 웅성대는 소리에 곯아떨어져 자던 사람들이 하나둘씩 인상을 쓰며 몸을 일으켰다. 평상시에 부모의 집에서 자던 이들은 깨어남과 동시에 밀려들어 오는 낯선 환경과 분위기에 현실을 자각하고는 깊은 한숨을 소리나게 터트리거나 머리와 손을 절레절레 흔들어 털어내는 이들도 있었다. 엊그제까지의 생활을 잊어버리고 싶거나 현실을 부정하고 싶은 모양이었다.

"여기 집 아니다. 새끼들 엎어져 자는 거 보소."

굵은 음성의 사내의 목소리에 잠이 완벽히 깬 히로시와 무리들은 무슨 일인가 싶어 눈을 비비고 자세를 고쳐 어정쩡하게 앉았다. 여름의 더운 날씨 탓에 자다가 흘린 땀과 그리고 좁은 방에 틈틈이 벌어진 합판의 공간 안으로 들어 온 바닷냄새가 섞여 고약한 냄새가 진동했다.

거기다 방금 들어 온 사람들의 몸에서 비릿한 냄새와 이상한 기름 냄새 그리고 썩은 고기나 종이 타는 냄새가 심하게 섞여 나와 그야말로 코를 막지 않고는 숨을 쉴 수 없을 정도였다.

여기저기서 코를 막는 사람들이 눈에 보이자 숙소에 갑자기 들어 온 무리 중의 한 명이 깨진 이빨 사이로 혀를 날름거리며 쩝쩝대며 말했다.

"뭐 그렇게까지 할 필요는 없소. 살다 보믄 다 같아질 테니까. 우덜도 처음에는 그짝들처럼 그랬소."

남자의 말이 끝남과 동시에 열린 문 뒤에서 날카로운 눈빛을 가진 남자가 아래위 짙은 밤색의 옷을 입은 채 서서 일본어로 소리를 질렀다.

"주간 조 나와! 나오는데 내가 담배 한 대 피울 시간 동안 나와라."

남자가 말을 마치고 숙소 바깥으로 걸어 나가자 들어왔던 하얀 거적때기 천 옷을 걸쳤던 남자들 중 한 명이 말했다.

"아 얼른 나가야! 싸게 싸게 안 나가믄 대갈통 깨져분께."

히로시 무리들은 어리둥절했다. 그래도 날카롭고 불쾌한 일본어를 아침부터 들으니 영 두려울 수밖에 없었다. 그렇게 주섬주섬 벗어놨던 겉옷들을 입고 하나둘씩 영문도 모른 채 밖으로 천천히 걸어 나갔다. 히로시는 서 있는 남자들을 천천히 눈으로 둘러보며 좁은 통로를 지나쳐 걸어나갔다. 서 있는 남자들의 모습은 말이 아니었다. 눈동자에 생기가 있어 보이는 사람이 한 명도 없는 것처럼 느껴졌다.

그렇게 첫날 도착해 미우라가 일러준 일정대로 주간 조 그러니까 히로시의 무리들은 일과를 사고 없이 진행해 나갔다.

처음 밖에서 본 거대한 기계들과 건물들 그리고 텁텁하고 묵직한 석탄과 기름의 연기 냄새들은 갱 안을 들어가 견학을 하기 전에는 그나마 양반이었다.

  또한 아침밥이라고 먹은 것은 상상도 할 수 없을 만큼의 소량의 식사였고 맛이 없었다. 그래도 아침부터 꽤 입맛이 없는 사람들이 많아 식사를 남기거나 옷 주머니에 담아 놓은 사람들이 있었다. 이상한 맛의 미소시루 그리고 현미 절반과 콩을 섞어 부드럽게 물러 만든 주먹밥 그리고 다꽝 몇 조각이 전부였다.

  그러나 그런 식사가 처음이자 마지막이 될 줄은 그 무리의 누구도 알지 못했다.

  휘둥그레진 눈으로 이곳저곳을 둘러보며 십장(사키야마: 숙련공)의 인솔하에 들어간 갱 입구는 가슴을 먹먹하게 했다. 생전 처음 보는 광경과 온통 어두운 주변에 잔뜩 긴장했는지 손들이 벌벌 떨리는 것은 보통 일이었다. 누군가는 겁을 너무 잔뜩 먹어 비명을 지르다가 십장의 주먹에 볼때기와 대가리를 수십 번 처맞았다. 대표로 누군가가 맞는다는 것은 효과가 컸다.

  인솔장은 위험하니 긴장을 늦추지 말라고 때린 거라고 했지만 누가 봐도 그 수위는 정신 차리라는 수준의 것이 아니란 걸 직감했다.

  한참을 탄차를 타고 들어가다가 내려 철창 같은 곳으로 들어가니 다시 심각하게 빠른 속도로 아래로 떨어졌다. 그리고 쾅! 하는 커다란 소리와 함께 멈춰 선 철장에서 나와 또 몇십 미터를 걸어갔다. 입구에서 미리 건네준 작은 불빛이 달린 안전모를 받아 쓴 히로시와 무리들은 잘 보이지 않는 암흑 동굴 같은 곳 안 쪽으로 그들의 머리에 달린 작은 불빛 하나에 의지해 걸어 들어갔다.

몇 십미터를 걸었을까 환하게 비치는 갱도 벽면 위에 대롱대롱 달린 라이트가 보였다. 그리고 다시 철장으로 들어가란 명령에 꾸역꾸역 들어가 섰다. 이번에는 그리 많이 떨어지지 않았다.

내린 철장에서부터는 아까보다 더 컴컴한 암흑이 펼쳐졌다. 거의 빛이라는 건 소용이 없을 정도로 이상한 가스가 새어 나와 불과 일 미터 앞도 내다볼 수가 없을 지경이었다.

"뭐고…… 이기……."

경남 출신의 자그마한 체구의 청년 하나가 저도 모르게 공포감에 사로잡혀 놀라며 소리내었다. 하지만 인솔자는 이번엔 시끄럽다는 소리 대신에 뒤로 힐끔 히로시와 무리들을 보더니 헛기침을 몇 번 하고는 아무말을 하지 않았다.

그렇게 몇 발자국을 더 옮기면서 문득 느낀 것이 자신들의 몸에 물이 떨어지고 있는 것이었다. 너무 긴장을 한 탓인지 물인지 땀인지도 모르고 뭐가 위에서 흐르는 건지도 몰랐었다. 하지만 아예 앞이 전혀 보이지 않으니 그제서야 촉감이란 신경이 곤두서기 시작했던 모양이었다.

그때, 인솔자가 말했다.

"여기서부터 오른쪽 1번, 중앙 2번 그리고 왼쪽 3번으로 두 사람씩 들어간다. 그리고 또 오분 간격으로 두 사람씩 들어간다. 굉장히 위험하니까 조심히 내려가라."

다짜고짜 내려가라니 이게 무슨 일인가 싶었다. 거의 앞도 보이지 않는 곳인데 말이다.

"안 보이는데요."

무리 중 한 명이 용감하게 물었다. 그러자 들은 체도 하지 않고는 두 명당 하나씩 밧줄 같은 중간 정도 크기의 줄을 건넸다.

"허리에 차라. 앞엣 놈이 떨어지면 뒤에 놈이 살려주거나 아니면 같이 떨어져 죽든가."

죽는다는 소리에 그제서야 모두들 마른침을 삼키며 더욱 긴장을 했다. 전부들 거의 다리가 풀려버릴 듯 했다. 너무도 무책임한 말에 어이가 없었지만 너무도 무서운 주변 환경과 새어 나오는 가스 냄새, 축축해진 몸 그리고 습하고 찌는 듯한 온도의 압박감 때문에 서로 말도 못 하고 이러지도 저러지도 못한 채 주춤거렸다.

"내려가면 일하고 있는 녀석들을 만날 수 있으니 걱정하지 마라."

발이 쉽게 떨어지지 않았지만 오늘은 견학이겠지 하는 마음으로 무리들은 아주 조심스럽게 한발씩 옮겨 더욱 밑으로 들어갔다. 굉장히 좁고 낮은 구멍을 거의 쪼그려 앉아 가다시피 한참을 들어갔지만 중간중간 허리가 아프면 기어가기도 했다.

히로시는 재수없게도 가장 첫번째 조에 속해 들어갔다.

기어들어가는 도중 우수수 떨어지는 천장 돌과 석탄 부스러기가 안전모에 딸그닥하고 부딪히는 소리가 날 때마다 심장이 빠르게 뛰었다.

얼마나 내려갔을까 뒤에서 줄을 동여 맨 청년의 목소리가 들려왔다.

"니는 어데서 왔는데?"

그렇게 앳된 목소리는 아니었다.

"나? 사세보."

히로시가 한참 뜸을 드리다가 답했다.

"거가 어데고? 내는 부산에서 왔다. 영도."

"그래."

한 치 앞도 보이지 않는 곳을 더듬어 내려가려니 답답하고 무서워 미칠 지경이었다.

"근데 우리 견학한다 안캤나? 와……, 너무 힘들다."

힘든 건 히로시도 힘들었다. 더군다나 앞에서 먼저 들어가니 오죽이나 무서웠을까.

"내 태어나가 이런데 한번도 안 와봤다. 니는 와 봤나?"

히로시는 답을 하지 않았다. 그런데 눈치도 없이 뒤따라오는 부산 청년은 계속해서 말을 이어 나갔다.

"엄청 덥네. 이기 사람이 다닐 수 있는 길이가?"

히로시는 짜증이 났다. 집중이 되질 않자 성질이 나기 시작했지만 누군지 잘 알지도 못하는 녀석에게 화를 내고 싶지는 않았다.

"와……, 내 무서버서 더 이상은 몬 가겠다."

잠시 팽팽히 당겨진 허리에 맨 줄 때문에 히로시는 급작스럽게 멈췄다. 예민해져 있던 히로시는 갑자기 멈추면서 중심을 잃고 옆으로 미끄러질 뻔했다. 급히 튀어나온 무언가를 잡으며 간신히 몸을 정자세로 고쳐 잡았다.

화가 머리 끝까지 났다. 부산 놈에게 뭐라고 한마디 욕지거리를 하려던 참에 바로 뒤에서 들려오는 소리에 히로시는 고개를 그만 푹 숙이고 말았다.

"미안······. 내 말이 많았제. 너무 무서워서 그란다······. 내 숨이 안 쉬어질 것 같아서 그런다 아이가. 미안타."

너무도 두려워서 말이라도 하지 않으면 견딜 수 없는 그런 처지였다. 히로시도 그것을 모르는 것은 아니지만 성향이 좀 다른 것일 뿐 히로시 역시 오만가지 욕지거리와 무수한 생각을 가슴속과 머릿속 말로 뱉어내고 있었던 것이다.

"아니야. 근데 나도 무섭다. 일단 내려왔으니 조금 더 가자. 견학이라잖아. 설마 뭔 일이야 있겠니?"

떨군 고개를 다시 세우고 히로시는 줄을 살짝 당겨 이동하자는 신호를 보냈다. 다시 올라가려면 뒤에 부산 녀석이 먼저 기어 올라가야 했고 설령 올라 간다고 하더라도 밑에서 작업을 하고 있는 인부를 만나지 않았다는 사실이 들통나면 내려가기 전 인솔자가 당부했듯이 바다에 던져버린다는 말이 생각이 났다.

"그래. 알았다."

그렇게 또 한참을 내려가다보니 저 앞에 쨍쨍한 불빛이 눈에 들어왔다.

굉장한 마찰음이 들려오는 게 기척이 느껴지며 거친 숨소리가 히로시의 귀에 들려왔다. 사람이다.

깡 깡 턱하는 소리가 귓가에 찢어질 듯 진동하며 울리자 그제서야 조금 안심이 된 히로시와 부산 청년은 눈 앞의 광경에 어리둥절했다.

자신들이 지나서 내려온 통로보다는 조금 넓었지만 중요한 건 막다른 꽉 막힌 검은 암벽으로 둘러싸인 곳이라는 점이다.

급경사를 내려올 때와는 다르게 조금은 덜 경사진, 완만한 막장에서는 세 사람이 일하고 있었다. 모두 자신들보다 더 검은 모습으로 탄가루를 뒤집어쓰며 한 명은 떨어져 있는 탄을 주워 쓸어 담고 있었고 다른 한 명은 반쯤 굽은 허리를 가지고 짧은 나무 기둥을 이곳저곳에 끼워 넣어 받치고 있었다. 그리고 나머지 한 명은 팔뚝이 두툼해 보이는 것이 얼마나 힘을 써 왔는지는 모르겠지만서도 기다란 철창 같은 것을 들고 꽉 막힌 벽 어디쯤을 가늠하더니 단단히 고정하고 있었다.

히로시와 부산 청년 그리고 뒤따라 다른 이들 두 명이 더 내려와 도착했을 때 한창 작업을 하던 세 사람도 인기척을 느꼈는지 뒤를 힐끔 돌아봤다.

"못 보던 얼굴인디?"

나무 목을 들고 있던 사내가 무심히 툭 떨어뜨리고는 퉁명스럽게 말했다.

"보믄 모른가? 아 일하러 왔제잉. 얼른 저 성님 사강기나 잡아줘."

몸을 숙이며 쪼그리고 앉아 착암기를 한쪽에 꽂아 놓자 나무 목을 들고 있던 사내가 얼른 뒤에서 손잡이 부분을 받들었다. 그러자 팔뚝이 굵은 남자가 천천히 자리를 옮겨 손잡이 부분을 돌려받아 몸을 앞으로 밀며 기계를 돌리기 시작했다.

콰 콰 콰 콰 콰…….

그 소리는 끊이지 않고 났다. 사방으로 돌가루가 미친 듯이 튀었고 굴 속 전체가 흔들리는 것이 지진이라도 나는 것 같았다. 히로시와 내려온 청년들은 사색이 되었지만 원래 일을 하던 세 사람은 아무렇지도 않게 각자의 일을 하고 있었다.

그렇게 여기저기 몇 번 구멍을 뚫더니 폭약을 가지고 구멍 사이에 넣고 바닷물로 눅눅해진 바닥의 흙들을 묻혀 메웠다.

"어이! 고 옆에 구멍있지? 걸로 싸게 들어가쇼! 안 그러면 죽으니께."

히로시와 일행들은 죽는다는 말에 얼른 남자가 말한 얕게 파진 벽면 구멍 안으로 몸을 숨겼다.

잠시 후 퍽 하는 소리와 함께 온 사방에서 탄가루와 작은 돌가루 암벽 등이 우수수 떨어졌다. 심장이 터질 것 같은 신입들은 비명을 질렀다.

"아이고! 내 죽는다. 이래 죽는다!"

부산 청년이 죽겠다고 소리를 꽥 질렀다.

"가마이 있어라! 마! 니때매 불안해가 더 죽겠다 새끼야!"

뒤따라 들어 왔던 다른 청년 중 한명이 상황을 진정이라도 시킬 양 부산 청년을 다그쳤다.

히로시는 소리를 지르진 않았지만 흔들리는 것 같은 터널 속에서 거의 무서워 기절을 할 뻔했다.

그렇게 몇 분의 시간이 흘렀을까. 여전히 잔부스러기는 천장에서 바닷물과 함께 섞여 흐르고 떨어지고 있었고 아까의 인부 세 사람이 걸어 나왔다.

"거 보소! 요거 탄 쓸어 담을 테니께 저 짝으로 올려다 주소. 저 짝으로 올라가믄 탄차 있을텐께 거다 담아 놓으면 돼요잉."

말을 마친 남자는 탄을 쓸어 담은 후 히로시에게 다가가 건넸다.

"네? 뭐…… 견학이라고 하드만 지금 해야 됩니까?"

건네받은 히로시 대신 뒤에 숨어 빼꼼히 얼굴만 내밀던 부산 청년이 물었다. 그러자 남자는 어이가 없다는 듯 멍하게 청년을 바라보았다.

"아따! 여가 뭐 학교요? 다 같이 죽으러 와가지고는 견학은 무신……. 같은 동포들이 쌔빠지게 고생하는데 가만 보고만 있을 심산이당가? 하이고! 뭐 같은 조선 놈도 계급이 있당가? 계급이? 헛."

히로시와 일행들은 할 말을 잃었다. 얼굴이 폭삭 늙어버리고 아주 새까만 온몸에 이빨은 여러 군데가 부러져있고 몸 구석구석에 살가죽이 별로 붙어 있지 않은 몰골을 한 남자의 이야기를 듣고는 심히 납득할 수가 있었기 때문이다.

그렇게 견학이라곤 하지만 일은 시작되었다. 기약이 없는 노역이말이다.

누군지 이름을 물어보질 않았다.

두 시에 시작한 친구의 결혼식에 참석해 축하를 건네고 술을 몇 잔 기울였다. 워낙 많은 사람이 몰려와 길게 말을 할 시간도 없었다.

얼굴을 비췄으니 그걸로 된 것 아닌가?

이상하게도 오전에 홍산이 보여준 흑백사진이 머릿속에서 떠나질 않고 맴돌았다.

'1938년에 찍은 사진이야. 형님은 뭘 꼭 남기고 떠났어…….'

할아버지의 말이 귓가에도 계속 맴돌았다.

결혼식장에서 나와 겨울바람을 맞으며 조금 걸어 택시가 줄줄이 세워져 있는 곳으로 향했다.

철홍은 주머니에 손을 집어 넣은 채로 허연 입김을 내뿜으며 그대로 따뜻한 택시에 올라타 앉았다.

"어디로 가십니까?"

철홍의 계획은 벌써 며칠 전부터 짜여 있었다. 도쿄에서 가장 보고 싶었던 도쿄타워 그리고 우에노 공원을 도는 것이 철홍이 도쿄에서 할 일이었다. 관광마저 일로 여겨버릴 만큼 절대로 가고 싶은 장소였다.

"저…… 손님? 어디로 모실까요?"

"아! 네……. 저…… 신주쿠 역으로 가주세요."

왜 그랬는지는 몰랐다. 그냥 입에서 말이 그렇게 나왔다. 그것은 아마도 홍산의 마지막 말 때문이었던 것 같았다.

처음 계획과는 달리 민박집에서 이틀을 보내는 것보다 우에노에서 하루를 보내는 것도 좋을 것 같다고 생각했었던 철홍이 아침 퇴실 준비를 마치고 민박집을 나서려고 할 때, 할아버지가 구부정한 걸음으로 슬며시 다가와 말했다.

"내가 아는 누군가와 많이 닮았네……. 이목구비가 또렷한 것이……. 아! 사진이 하나 또 있는데 뭐 시간이 나면 하나 더 보여줄까?"

홍산은 묘한 표정으로 고개를 갸웃거리며 물었다. 그 모습을 물끄러미 보던 며느리가 또 시작이라는 표정을 지으며 냉장고에서 두유를 하나 꺼내 철홍과 홍산에게로 다가왔다.

"손님 가셔야 해요, 아버님. 바쁜데 자꾸 말 시키지 마시고 얼른 아침밥 드세요."

"엥? 그래? 그래 그러면 가야지. 아이고 미안하네……."

일본말에 아이고를 섞어 쓰는 할아버지. 며느리의 일본말과는 느낌이 달랐다. 한국어와 일본어를 번갈아 쓰던 할아버지에게서 헤어짐의 안타까운 표정이 민박집 문을 나서기 전 보였다.

"요즘 정신이 왔다 갔다 하세요. 이해해 주세요. 가끔 말씀이 많아질 때가 있곤 해요. 호호호. 특히 여기 숙박하는 손님이 있을 때는 말이죠. 아무튼 몸조심하고 건강하세요."

처음 야키토리 가게에서 봤을 때와는 전혀 다른 태도였다.

6장

탄광일

매일 똑같은 반복된 일을 한 달가량 하면서 그제야 계약 아니 계약서라는 것조차 보지 못했다는 것을 히로시의 일행들은 알게 되었다.

그리고 고작 많으면 주먹만 한 콩깻묵 밥 또는 바닷물에 마른 소금을 살짝 묻힌 니기리메시(주먹밥 형태) 그리고 운이 좋은 날에는 그래도 반쯤 썩은 다쿠앙과 정어리를 통째로 삶은 비린 바닷물 맛국을 세끼로 때우면서 하염없이 작업장만을 드나들어야 했다.

미우라의 말과는 다르게 처음 한 달 동안은 주말이란 것도 없었다. 1942년 찌는 듯한 여름을 그렇게 어리둥절한 채로 보냈다.

아직도 처음 갱으로 들어가 막장에서 마주쳤던 광경을 한 달이 지난 지금도 잊을 수 없었다. 그만큼 충격적이었고 놀라웠다. 생선 장사만 해 왔던 히로시에게는 낯선 광경이었고 한 달이 지난 지금도 완벽하진 않지만 낯설긴 마찬가지였다.

하지만 옆자리에 팔짱 끼고 누워서 천장을 쳐다보며 코를 파고 있는 덕철이는 다른 모양이었다. 자신을 제외한 대부분의 조선 사람들은 이제 어느 정도 현실과 타협을 하고 있는 모양새였다.

그러다 보니 불만도 불만이지만 나름 저마다 생각들도 새로이 생겨나는 것처럼 보였다.

"야! 니 그…… 그라믄 진짜 조선에는 한 번도 안 가봤나?"

"응……."

벌써 수십번째 물어보는 것 같았다. 덕철이는 히로시의 답을 들을 때마다 혀를 끌끌 찼다.

"새끼……. 그라믄 니 조선 여자도 못 만나봤나? 아닌가? 여도 상당시리 있을 텐데?"

"쓸데없는 소리 하지 말고 할 일 없으면 얼른 자라!"

히로시는 성가셨다. 원래도 말이 많던 덕철이는 일하거나 식당에 있을 때 빼고는 숙소에서 말을 많이 했다.

관리계 사람들이 수시로 배급 감시를 하는 식당은 작은 소리도 용납하지 않으려 했다. 물론 그들에게 들리지 않게 할 말들은 거의 다 했지만 말이다.

"내일 주말에 니 모할끼고? 처음 아이가?"

덕철은 호기심 어린 눈으로 히로시를 보았다. 그때 그 옆에서 조용히 눈을 감고 있던 고우치가 중얼거렸다.

"내는 일단은 아무 데나 나가서 볕 있는데 좀 누워있고 싶다. 아

진짜 마, 여기서 잘 때마다 온몸이 가려버 미치겠다. 냄새도 적응이 안 된다."

"내는 배고픈데 뭐 먹을 거라도 사 먹고 싶다. 그래도 우리 돈 좀 받았다 아이가."

히로시에게 물은 질문이 타고 타고 흘러서 주변의 다른 조선인들로부터 답이 들려오고 있었다.

다들 어찌나 배가 고팠는지 덕철의 질문은 메아리처럼 옆방까지 퍼져 흘러나온 답들 가운데는 탄식마저 새어 나오기도 했다.

이곳 섬에 온 이후 삼 일째까지는 다들 참을 만한 눈치였다. 설마 계속해서 이런 간에 기별도 안 차는 양을 주리라곤 생각도 하질 않았었다. 하지만 사흘째가 넘어가고부터 현미의 양이 조금 더 줄어들면서 그나마 텁텁한 콩 찌꺼기도 어디서 들여왔는지 상해 곰팡이가 써 시큼하고 역겨운 냄새와 식감이 죽을 맛이었다. 하지만 바닷국만 마시고 앉아 있을 순 없기에 상한 콩깻묵 밥이라도 씹어야 했다.

점점 일주일이 지나면서 배탈이 나는 사람들이 생겨났고 히로시도 예외는 아니었다.

탄광에 들어가면 화장실은커녕 어디 시원하게 설사를 싸지를 구멍도 마땅치 않았다. 처음 배변의 물꼬를 튼 건 가장 나이가 어린 순성이었다. 고작 열여섯밖에 안 된 순성이는 강원도 강릉 출신이었고 바닷가 옆에서 자라 그나마 생선이나 날것을 잘 먹는 편이었는데도 여기서 배급받은 바닷물 국은 도저히 참을 수가 없었던 모양이었다.

어느 날 여느 때처럼 갱으로 들어가 한참을 탄을 나르던 순성이는 갑자기 쿡쿡 찌르는 배가 이상했던지 양 엉덩이에 힘을 바짝 주고 배를 문질렀다. 하지만 수없이 건네 날아오는 탄 지게 때문에 쉽게 앉아 쉬지도 못하고 배를 어루만질 수도 없었기에 싸한 아랫배는 점점 더 그 고통이 심해졌다.

"저 배가 아파요."

들릴락말락한 목소리로 뒤에서 일하던 병춘 아재에게 울상을 지으며 말했지만 병춘 아재도 딱히 뭘 도와줄 수가 없었다. 병춘 아재는 걱정스러운 표정으로 순성이를 보았다.

"그…… 방법이 없는디……, 워쩐다냐. 똥이여? 아니면 어디가 안 좋은가?"

"모르겠어요. 그냥 뭐가 나올 것 같은데요."

"그냥 싸라! 여가 뭐 똥간이라도 있다니? 저쪽 가서 급히 한바탕 싸지르고 오라우. 바지에 싸서 냄새 풍기지 말고야."

입술을 꽉 깨물고 있는 순성이를 보고 고개를 절레절레 흔들던 함경북도에서 온 필수가 아무렇지 않게 말했다.

순성 때문에 잠시 나르기 작업이 지체된 행렬들에 짜증이 났던지 거의 흘러가듯 무심코 툭 던진 말이었다. 분명 그랬을 것이다. 본래 필수는 짜증이 많았다.

이제는 다리까지 벌벌 떨기 시작한 순성이가 고개를 기웃거리며 일그러진 표정을 더욱 일그러뜨리더니 뭔가 결심을 한 듯 갑자기 빠르게 반쯤 굽은 허리를 움직여 한쪽 구석으로 나갔다. 그리고 작업을 하던 다른 사람들이 무슨 일인가 하고 순성을 보았을 때, 순성은 군더더기 없이 바로 쪼그려 앉았다. 그리고 순간이었다.

[뿌지지직]

한참을 배 속 장기에서 공기 빠지는 소리를 흘려내며 쪼그리고 앉아 고개를 푹 숙이는 순성을 보고 사람들은 놀랐는지 눈이 휘둥그레져 멀뚱히 물똥이 흐르는 곳을 바라보았다.

약간 비스듬한 경사와 쉴 새 없이 쏟아져 나오는 설사 때문에 오물은 조금씩 천천히 아래로 흘러 내려가기 시작했다.

덕철이가 눈이 휘둥그레졌다.

"마! 내 쪽 아이가 새끼야!"

덕철이 서 있는 곳 쪽으로 천천히 흐르기 시작한 물이 가득 섞인 대변은 그래도 이상하리만치 냄새가 아주 고약하지는 않았다.

덕철이 짜증 난다는 표정으로 순성을 노려보며 뒤에 멍하니 서 있던 무리를 보는 순간 놀라운 광경이 펼쳐졌다.

너도나도 할 것 없이 바지를 벗어던지거나 아니면 훈도시만 입고 있었던 무리가 서로 여기저기 흩어져 쪼그리고 앉기 시작한 것이 아니겠는가?

그렇게 순성이 시작한 배설 욕구 덕분에 사람들은 그리 눈치 보지 않고 짐승의 무리처럼 여기저기 배설하기 시작했다. 소변도 냄새가 고약했지만 대변은 그야말로 최악이었다. 한두 사람이 아닌 적게는 서넛에서 많게는 십여 명도 넘게 작업장에서 누는 대변 때문에 그 냄새는 빠지질 않고 코와 피부에 배기기 시작했다.

히로시를 포함한 다른 조선인들 역시 냄새와 모양새는 참기 힘들었지만 어쩔 수 없는 노릇이었다. 알고 보니 그런 일은 종종 일본인 작업자들에게도 일어나기도 했었다.

　돼지우리보다도 못한 탄광 안에서의 모든 환경은 인간을 비참하게 만드는 것보단 인간임을 포기하게 만드는 과정이었다. 그 절정의 순간은 혹여라도 배설 중 작업 조장이나 깨끗한 척하는 일본인 숙련공들을 마주치면 그들은 가차없이 욕을 퍼부으며 발로 밀어 차 버리거나 눌러 앉혀 자신의 오물을 뒤집어쓰게 했다.

　사람이 아니기 시작한 때는 그렇게 섬에 도착한지 며칠이 안돼서 금방 나타나기 시작했었다.

　풀벌레 소리가 유난히 크게 들리던 날 밤에 덕철이 솟아 올린 질문에 숙소의 조선인들은 잠을 쉽게 이루지 못했다.

　다들 눈만 멀뚱멀뚱 뜨며 주린 배를 부여잡고 상상을 즐기기 시작했다.

　철퍼덕거리는 파도 소리와 이름 모를 풀벌레 소리 그리고 아주 희미하게 비치는 달빛이 잠시나마 조선을 떠올리게 만들어 주었다. 고향집은 제각기 다르겠지만 들려오는 소리는 여간 다르지 않았다. 거기나 여기나 컴컴하면 매한가지 아니겠는가?

　히로시는 갑자기 말이 없어진 덕철을 살짝 고개 들어 돌려다 보았다.

　어느새 잠이 들었는지 미세한 코골이 소리가 들려왔다.

　더욱 짙어지는 풀벌레 소리와 비릿한 바다 내음이 구석구석 쑤시는 온몸에 약을 발라주듯 어루만져 문대주고 있었다. 오롯이 지금 이 순간의 기분만을 느끼고 싶었다. 갱 안이 아닌, 식당이 아닌, 넓디넓어 보이는 운동장 공터가 아닌. 바로 누워 몸을 쉬이고 있는 지금을 말이다.

여름이 지나가는 중이었다. 이름도 희한한 고섬, 다카시마에서 말이다.

느리게 가고 빠르게 지나가고의 의미도 없는 시간들이다.

어슴푸레 새벽이 찾아오고 항상 그랬듯이 몸이 먼저 기억해 하나둘씩 눈이 떠지는 이들도 적지 않았다. 하지만 고된 일과에 눈을 뜨지 못하고 잠이 들어 있는 이들이 더 많아 숙소는 여전히 조용했다.

언제나 자면서 끙끙대는 이들이 있어 깊이 잠이 들지 못하는 앞잡이라 불리는 청년 다케우사는 역시나 옆자리 오십 먹은 반 노인 아저씨 덕분에 그날도 가장 먼저 눈을 떴다.

자리에서 슬그머니 일어난 다케우사는 새로 뜯겨져 나 있는 창문으로 걸어가 섰다.

"새야, 너는 자유롭게 이동할 수 있어서 좋겠구나. 나랑 바꿔 살면 안 되겠느냐?"

하염없이 전봇대 위에 앉아 지저귀는 새를 바라보던 다케우사는 어딘가 정신이 나간 듯 손가락만 자꾸 까딱거리기 시작했다. 그의 마음을 아는지 모르는지 이름 모를 새는 이리저리 고개를 돌리며 계속 소리를 내었다.

"괜히 나 쳐다보지 않으려고 애쓰지 마라……. 제발…….."

이번에는 오른손 손가락도 까딱거리며 움직였다.

"마! 니 아침마다 자꾸 와그라는데? 뭐 있나?"

같은 방 칠구가 인상을 찌푸리며 눈을 비비며 한 마디 했다. 이런 일이 처음이 아닌 듯 칠구와 미리 깬 사람들은 대충 쓱 다케우사를 훑었다.

"자가 이제 미쳤는갑다. 그래 좋다고 시키는 일 따박따박 하드만 뭐 일본 각시한테 버림이라도 받았나. 와 저라노?"

"일본 각시? 거 누군데? 저가 각시가 있었나?"

가려운 듯 머리를 강하게 긁적이던 문용이 구수한 강원도 사투리로 놀랍다는 표정을 지었다.

"어데! 마! 저저 관리직원 놈들이랑 노무계 놈들 말하는기지. 참말로 눈치도 없어가 아이고. 쯧 쯧."

"그나저나 요시모토 장은 오늘은 우리한테 안 오겠지?"

서울 놈이라 그런지 말투도 깍쟁이 같은 표백이 한숨을 푹 쉬었다.

간밤에 벌레 소리는 전부 어디로 갔는지 들리지도 않았다. 전봇대나 나무 위에서 아침 햇살을 만끽하는 새들의 감시를 피하기라도 하듯 쏙 숨어버린 건지 아니면 벌써 먹혀버린 건지 알 수가 없었다.

"간밤에 그래 울어 쌌더만 아침 되니까 쏙 사라지는 게 꼭 일본 놈들이랑 우리 같다. 안 그나?"

빠른 속도로 날이 밝아 왔다.

쉬는 날이라곤 해도 일과의 처음 부분은 생략할 수 없었다.

여지없이 문이 삐걱거리며 열리고 다들 익숙한 듯 상처투성이의 몸을 이끌고 숙소 앞으로 나가 대열을 맞춰 섰다.

저쪽 식당 쪽을 끼고 미우라가 멀끔한 차림으로 걸어오는 게 보였다.

항상 그렇듯 별다른 문제는 없었다. 아니 없어야 했다. 간밤에 아픈 사람을 묻는 것도 그저 형식적이었다.

신기하게도 그렇게 아파 죽을 것 같던 몸도 일요일인 오늘은 모두들 약속이나 한 듯 아프지도 않고 쌩쌩해 보였다. 여전히 배가 고파 힘이 없었지만 눈빛은 여느 때와는 달랐다.

대열을 맞춰 들어선 식당에서 허겁지겁 똑같은 밥을 먹고 똑같은 일정을 소화한 후 미우라의 훈시가 이어졌다.

"오늘은 일이 없으니 알아서 쉬도록 해라. 단, 사고 치는 놈들이 생길 시 너희는 석 달간 숙소 밖으로는 못 나갈 것이다. 그리고 통행금지 구역에서 마주치거나 걸리기라도 한다면 교육을 받을 거다. 알았나!"

"네."

"그리고 숙소 입실은 여덟 시까지다. 오늘은 아홉 시에 점호할 테니 그렇게 알아라. 이상!"

미우라의 말이 끝나자 고개 숙여 인사를 한 무리들이 발걸음을 옮겨 사라지는 미우라를 보고 그제야 고개를 들며 웅성거렸다.

"뭐 할끼고?"

덕철이 히로시의 어깨를 툭 쳤다. 히로시는 그것도 모른 채 자신의 왼편 그러니까 탄광이 있는 쪽을 멀뚱히 바라보았다.

하루 종일 이 섬에서 한시의 멈춤도 없이 움직이는 건 저기 탄광 위에 나부끼는 세 개의 마름모 삼능 깃발 밖에 없었다.

마름모의 표식이 균형 있게 그려진 하얀 깃발은 언제나 가장 높은 곳에서 춤을 추듯 여유롭게 턱을 치켜들고 있었다.

"마! 정신 챙겨라. 저거는 와 보는데? 재수없구로."

"응?"

"삼능, 아니 미쓰비시. 하! 참. 이름도 뭣 같네! 내 여서 나가믄 저거 구해다가 마 오줌을 쩨리 갈겨뿔끼다. 아니다. 똥이 낫나?"

덕철은 주위에 보는 눈이 없나 확인하더니 슬쩍 바닥에 침을 뱉었다. 히로시는 그것이 덕철이 할 수 있는 최대한의 불만의 표시라는 것이 서글펐다.

"아무튼 뭐 할낀데?"

"나는 그냥…… 모르겠다. 여기저기 돌아다니고 싶다."

히로시는 자신이 뭘 하고 싶은지도 몰랐다. 아니 대부분이 그랬다. 언제부터인지 자유롭게 뭔가를 한다는 습관이 사라지고 있었다. 그저 시키는 일만 할 수 있었다. 그리고 그것마저 시키는 대로 하지 않으면 볼때기를 맞던가 몽둥이로 등이나 다리를 맞곤 했다.

"아이고야……. 니 그래 걸어댕기믄서 또 걸어댕기고 싶나?"

"그러면 너는 뭐 할껀데?"

"내? 내는 있다 아이가. 저 언덕 너머에 아니 산인가? 아무튼 저 산 너머에 국숫집 있다카더라. 거 갈끼다. 뭐 쌀밥도 좀 파는 거 같다고 하던데 있으면 좋고! 노리도 몇 장 묵어 봤으면 좋겠다."

덕철은 흐뭇한 미소를 지었다. 처음 보는 미소인 듯싶었다. 워낙 말이 많고 사교성도 좋았지만 딱히 웃는 모습은 보질 못한 것 같았다.

"너 혼자?"

"어데! 저기 준영이랑 병춘이 아재랑 같이 가기로 했다. 니도 낄 라믄 끼든지."

신기했다. 덕철이는 마치 이 섬을 훤히 꿰고 있는 듯 보였다. 허름한 차림이라곤 해도 가끔씩 바닷물로 빨래하기에 덕철이의 옷은 깨끗했다. 그러고 보니 주변 무리 중 절반가량은 언제 빨았는지 깨끗한 차림이었다. 헐겁고 낡아빠진 넝마 같은 옷이 깨끗해진 것이 오묘하고도 이상했다.

"나는 안 갈래. 작업복도 좀 빨아야 하고……."

"시야! 그거 이따 오후에 와서 빨아도 된다. 금방 안 말라도 내일 또 일하믄 다 마른다."

어처구니없다는 표정과 한심하다는 표정의 경계선에서 미묘하게 일그러지는 덕철의 표정이 히로시의 긴장감을 조금은 풀어주었다.

"니 배고프제?"

"여기서 배 안 고픈 사람이 있냐?"

"그라믄 가자! 같이 가자!"

히로시는 덕철의 이끎에도 말없이 가만히 있었다. 그런 덕철이 히로시를 가만히 째려보았다. 얼마나 봤을까 히로시는 고개를 끄덕이며 눈을 감았다가 떴다.

"알았다 알았다. 그라믄 니 어데 이상한 짓 하지 말고 얌전히 있다가 이따 숙소에서 보자. 사고 치지 말그래이! 내 니 좋아한다. 알았제."

입술을 씰룩이며 결심한 듯 양 입꼬리를 아래로 늘어뜨린 덕철을 히로시는 그저 가만히 바라보며 미소를 지었다.
"알았어. 너나 조심해."
"짜식……, 내 간데."
덕철은 손을 흔들며 뒤돌아 준영과 병춘 아재에게로 갔다.

이상하게 맑은 날이 몇 번이고 있었지만 오늘따라 하늘에는 유난히 구름 한 점 끼지 않았다. 가을이 올 모양인지 풀냄새가 진하게 내려왔다. 철썩이며 평소와는 다르게 얌전히 방파제를 치대는 바다 물결에 왠지 모를 고요함이 느껴졌다. 하나둘 뿔뿔이 흩어지는 숙소의 무리가 서글퍼 보이기도 하고 우울해 보이기도 했다.

히로시는 그저 공기를 깊이 들이마셨다. 할 수 있는 건 현재 그것뿐이었다.

숙소 안은 야간 조 사람들이 씻지도 못 한 채 널브러져 자고 있어서 다시 들어가고 싶진 않았다.

어느새 야간 조 사람들과도 익숙해졌다. 마주치는 날이 아예 없는 것은 아니기에 말도 몇 번 섞었다. 도합 오륙십 명 가까이 있는 조선인들은 모두 비슷했다. 덕철이, 준영이, 칠구, 문용이 그리고 가장 어린 나이로는 순성이와 비슷한 또래까지 말이다.

열여섯, 열다섯은 그래도 좀 심했다고 하나같이 입을 모아 말했다. 그래도 별수 없었다.

순성이는 자기가 안 오면 아버지가 와야 한대서 그런 거라고 했다. 차라리 아비가 오지……. 히로시는 어린 순성이가 항상 가여웠다.

"거기 서서 뭐 하냐?"

언제 다가왔는지 까만 밤색 제복을 차려입은 구역 담당 마쓰모토 순사부장이 멍하니 서 있는 히로시를 보며 말했다.

"네? 아. 네. 그냥 있었습니다."

"할 거 없으면 나 좀 도와라."

마쓰모토는 헛기침을 하더니 고개를 까딱이며 따라오라는 신호를 보냈다.

마쓰모토와는 자주 마주치곤 했다. 구역 담당이라 그런 것도 있지만 딱히 신경질적인 모습을 많이 비추지 않는 사람이었다. 그렇다고 조선인들에게 잘해주는 것은 하나도 없었지만 개 패듯이 후려갈기거나 시비를 걸지는 않았다. 마치 그저 이 섬의 마을 주민 중 하나같아 보였다. 단지 그의 직책이 순사부장이어서 겁이 나 있던 조선인들이었다.

히로시는 우물쭈물했다가는 얌전했던 마쓰모토의 새로운 성깔을 보게 될까 봐 어쩔 수 없이 얼른 그의 뒤를 따르기 시작했다.

개인적으로 순사라든지 일본 녀석들과 동행하거나 말을 섞는 일은 없었다. 노무계 사람들이나 관리직원 또는 함바장 같은 사람들은 물론 말할 것도 없었다. 그나마 근무조의 십장, 그리고 사키야마(숙련공)들과는 갱 안에서 일하면서 말을 섞을 순 있었다. 하지만 그것도 꼭 업무상 필요한 말들만 말이다.

"4777번! 어디서 왔나?"

뒷짐을 지고 천천히 걸어가던 마쓰모토가 갑자기 멈춰서 뒤돌아 따라오는 히로시를 보며 물었다.

"아……."

답을 해야 할지 말아야 할지 몰랐다. 답은 해야 하겠는데 이렇게 말을 섞어도 될지가 의문이었다. 만일 미우라였다면 답을 하는 순간 구둣발로 채였을 것이다. 하기야 미우라는 묻지도 않았을 것이 뻔했다.

"괜찮다. 말해라. 어디서 왔지?"

"야마구치현에서 왔습니다."

히로시는 침착한 목소리로 답을 했다. 그러자 마쓰모토가 희한하다는 눈빛으로 히로시를 물끄러미 바라보았다. 그러더니 다시 걷기 시작했다.

산언덕으로 나 있는 돌길과 계단을 오르면서도 뒷짐은 풀지 않았다. 히로시는 그저 묵묵히 따라가기만 할 뿐이었다.

"야마구치라……. 정확히 어디를 말하는 것이냐?"

어느 정도 올라가니 숨이 차는지 마쓰모토는 다시 가던 길을 멈춰 서서 잠시 주변을 둘러보며 말했다. 산 새들이 지저귀는 소리가 조금 더 가깝게 들렸다. 사방으로 나 있는 수풀 가운데 띄엄띄엄 집들이 눈에 들어왔다. 처음 도착해 힐끔 둘러봤던 산언덕 중턱에 몇몇 집들이 있는 것은 알았지만 막상 올라와서 보니 적지 않은 집들이 굳은살 박인 듯 떡하니 자리를 잡고 있는 것이 신기했다.

마쓰모토를 앞지르거나 옆에 나란히 서 있을 순 없었다. 여태껏 경험상 그런 일은 있을 수 없었다.

"그…… 시모노세키 근처에 있었습니다. 그러다 사세보로 옮겨 있었습니다."

긴 숨을 들이마시고 내뱉기를 반복하던 마쓰모토는 어지럽게 귀찮게 구는 눈앞의 날벌레들을 손으로 휘저으며 방해가 된다는 듯 걷어냈다.

"너는 꽤 키가 크구나. 체격도 좋고 말이다."

히로시는 흠칫 놀랐다. 무슨 수작인지 몰랐다. 행여나 자신에게 더 힘든 일을 시키진 않을까 걱정이 되기 시작한 히로시는 다시 한 번 자신을 빤히 바라보는 마쓰모토의 눈에서 벗어나기 위해 몸을 슬그머니 숙이고 허리를 굽혔다. 어깨를 좁히는 것은 눈에 띄게 티가 났지만 그래도 당당하게 서 있을 수는 없었다. 탄광 일도 힘에 부치기 시작하고 벅찼다.

"일은 힘드냐?"

"아닙니다!"

"황국신민으로써 나라의 발전을 위해 그리고 천황폐하의 은덕에 보답한다고 생각하고 열심히 해라."

덤덤하게 말하는 마쓰모토의 눈빛이 무서워지기 시작했다. 그제야 자신을 어디로 데려가는지 알지 못한다는 사실이 두려웠다.

말을 마친 마쓰모토는 꼬불꼬불한 길을 몇 번 더 지나 걸었고 잠시 후 조금은 중턱까지 온 길 위에서 멈추어 섰다. 히로시는 따라 멈추다가 정면을 바라보았다.

눈앞에 파란 바다 풍경이 펼쳐졌다. 굉장히 가깝게 느껴졌다. 한 걸음에 달려가면 도착할 수 있을 만큼 가까워 보였다. 푸른 바다 위로 갈매기들이 무리 지어 날아다녔다.

눈앞의 광경은 믿을 수 없을 만큼 아름다웠다. 초록 나무들과 숲 그리고 탁 트인 전경에 한껏 자태를 뽐내는 푸른빛의 바다까지 멋졌다.

문득 히로시는 한 번도 가보지 못했던 조선도 이런 곳일까 하는 생각이 들었다. 일본인에게는 조선인 취급을 받고 조선인들에겐 일본인 취급을 받으며 살아온 지난날이 억울해 그나마 가 본 적도 없는 조선을 싫어할 법도 했지만 눈앞에서 바라본 풍경 덕분에 조선이란 곳에 호기심이 더 생겼다.

시야를 왼쪽 오른쪽으로 돌리면 텁텁하게 생긴 담벼락에 둘러싸인 집들이 눈에 들어왔다. 바다 근처에는 고층 아파트도 들어서 있는 것이 보이는데 왠지 어울리지 않아 보였다.

사람들의 소리가 들렸다.

마쓰모토는 손가락으로 길 조금 아래쪽을 가리키며 히로시에게 말했다.

"저 밑으로 조금 내려가면 주재소가 있다. 그 옆에 공터에서 풀베기 작업을 할 테니까 얼른 내려가서 합류하도록 해라."

커다란 나무와 우뚝 솟아있는 빨간 지붕 때문에 마쓰모토가 가리킨 아래쪽이 잘 보이진 않았지만 뭔가 있는 느낌은 확실히 들었다.

"네. 알겠습니다."

쉬는 날 붙잡혀와 일한다는 것이 떨떠름하고 기운이 빠졌지만 어쩔 수 없었다. 어느 누가 순사부장의 명령을 거역할 수 있겠는가?

대답했지만 히로시가 우물쭈물하고 있자 마쓰모토는 고개를 휙 돌리며 먼저 내려가라는 신호를 보냈다. 그제야 히로시는 몸을 한껏 굽히며 얼른 나머지 돌계단을 내려가기 시작했다.

마쓰모토가 가리킨 곳을 향해 좁은 길을 따라 내려간 후 창고 같은 건물을 끼고 오른쪽으로 돌자 넉넉한 공간에 순사들의 서가 나타났다. 그리고 그 옆과 뒤쪽으로 열댓 명의 사람들이 손에 작은 호미와 낫을 들고 쪼그리고 앉아 일하거나 커다란 나무줄기에서 뻗쳐 나온 가지들을 힘껏 쳐 내고 있었다.

언덕에서 내려온 히로시를 바로 정면에서 발견한 순사(근로과 외근계 직원) 한 명이 건너오라는 손짓을 보냈다.

히로시는 부리나케 달려갔다.

"이 녀석 일 잘하게 생겼구나. 저쪽으로 가서 작업을 돕도록 해."

작달막한 키를 가진 순사는 새하얀 양담배에 불을 붙이고 손가락으로 공터 한 귀퉁이를 가리켰다.

히로시는 여러 명이 듬성듬성 자리를 잡고 쪼그리고 앉아 있는 틈으로 성큼성큼 다가가 덩달아 쪼그려 앉았다.

뭘 어떻게 해야 할지 알지 못했지만 눈치껏 대충 옆 사람들의 행동을 따라 손으로 풀을 뽑기 시작했다. 땀이 흐른 손바닥의 축축한 물기 때문에 요리조리 대충 나 있는 이름모를 풀들을 잡아 뽑을 때마다 미끄덩거리는 게 영 마음에 들지 않았다. 뽑힌 잡초를 둘 곳이 없어 한군데 모아 쌓아 놓고는 히로시는 손바닥을 살짝 펴 보였다. 석탄 땟국물이 피부에 베어 있고 손톱 사이로 물들어 있는 까만 먼지 때들의 상처투성이의 손에 초록 물이 들어 오묘한 색을 띠고 있었다. 마치 돌 사이에 이끼가 낀 듯한 모양새였다.

236

"여기다 담아요."

누군가 히로시의 어깨를 툭 쳤다. 바로 옆의 사내들은 아닌 것 같았다.

누군가 말을 거는 것이 걸걸한 일본말로 귓가에 때려 박히자 히로시는 화들짝 놀라 고개를 돌려 뒤를 돌아보았다. 설령 섬마을 어딘가 주민이라고 할지라도 쉽게 말을 섞을 수 없는 것쯤은 잘 알고 있었다. 순사들이 보고 있음이 분명했기 때문이다.

"네?"

고개를 돌려 당황한 눈빛으로 자신에게 말을 걸어온 사내를 올려다보곤 히로시는 잠시 움찔했다. 그리고 마치 망치로 머리를 얻어맞은 것처럼 머릿속이 멍해졌다. 심장이 갑자기 미친 듯이 뛰었다. 몸이 얼어붙었다는 것을 단 몇 초 만에 알아차릴 수 있었다. 너무 놀라 입만 슬그머니 그리고 천천히 벌어졌다.

"어······!"

히로시를 눌러 내려다본 남자 역시 놀란 토끼 눈으로 아무 말도 제대로 하지 못한 채 그 자리에서 얼어붙고 말았다.

그들은 서로의 얼굴만을 잠깐 응시했을 뿐이었다. 옷차림이든 뭐든 다른 것은 신경쓸 겨를도 없었다.

"어? 어······!"

히로시는 벙어리가 된 기분이었다. 먼저 길게 말을 한 것은 사내였다.

"저기······."

우물쭈물 확신이 없는 모양새. 뒤이어 작고 나지막이 불러 본 뒷말에 확신을 갖게 된 것은 거의 순간이었다.

"히로……시?"

히로시는 쪼그리고 앉은 무릎에 힘이 빠져 털썩 주저앉았다.

"기…… 기영이 형아?"

서로를 알아본 순간 두 사내의 눈에서 눈물이 그렁그렁 맺혔다. 옆에서 무표정으로 작업을 하던 다른 사내는 뭔 일인가 싶어 히로시와 기영을 번갈아 쳐다보며 어리둥절해했다.

바닷바람에 나부끼고 흔들거리는 나뭇잎 소리가 비가 오는 것처럼 들려왔다. 그것은 기영과 히로시의 재회를 들키지 않게 감춰주기라도 하듯이 좀 더 강하게 얼마간 내어 주었다.

하지만 그늘이 없던 둘의 재회의 자리에 해는 용납을 하지 않는 것 같았다. 쨍쨍한 날씨의 햇빛은 일본 녀석들의 편이었나 보다.

"너희들! 안 움직이고 뭐 하나? 식사 시간이 교육 시간으로 바뀌고 싶은 모양이지?"

"거 나오게 하면 골치 아프다니까요."

젊은 순사의 외침이 완장을 찬 노무계 직원의 말과 맞물려 들려왔다.

조금 전, 언덕 중턱에서 마쓰모토의 뒤에서 바라본 풍경이 유일한 새 소식일 줄 알았던 것이 시작에 불과한 것처럼 느껴지는 순간이었다.

다카시마.

작다면 작다고 할 수 있는 갑갑한 섬에 비추는 햇살, 불어오는 바람, 진한 풀냄새와 귓가를 어지럽히는 새들, 갈 길을 방해하려고 안간힘을 쓰는 풀벌레들과 벌들 그리고 친구라도 되어주겠다고 걱정스러운 얼굴로 쳐다봐 주는 주인 없는 고양이들. 사방이 바다로 고립되어 있지만 그래도 생명력을 한껏 뽐내는 중인 나가사키. 오하토에서 뱃길로 한 시간 반이나 걸리는 푸른 섬이다.

7장

마를 날 없는 눈물, 미동도 없는 운명

 달리기도 힘들 텐데 배가 고파지니 힘이 어디서 났는지 멈추어 섬은 없었다.
 "봐라! 저 있다 아이가. 내 말이 맞제?"
 덕철이 흐르는 땀을 닦으며 병철아재와 준영에게 손가락으로 부둣가가 보이는 곳 조금 전에 자리하고 있는 작은 가게를 가리켰다.
 덕철 일행은 숙소에서 나와 자신들의 근무지인 지옥 같은 가키세 탄광과 반대 방향인 왼편으로 식당이 있는 곳을 조금 더 지나 깔린 탄차가 지나가는 레일을 따라 크게 한 바퀴 돌아 나갔다. 왼편으로 방향을 틀자 몇몇 집들과 가게가 나왔고 요란한 소리를 내는 고철상 앞을 지나 다시 조금 넓은 길로 나왔다. 그러자 왼쪽으로 탁 트인 바다가 나왔고 저 앞 부둣가보다 조금 더 가까운 곳에 있는 작은 연기가 흘러나오는 가게를 동시에 발견할 수가 있었다.

"맞네잉! 거 그래도 다케우사 고놈이 우덜 속이는 짓거리는 안 했네잉."

병춘아재는 힘이 드는지 허리를 살짝 굽혀 절뚝이는 다리를 주물러대면서 안도의 표정을 지었다.

"아 얼른 가서 한 그릇 말자고. 시간 없어라."

준영의 재촉에 세 사람은 조금 빠르게 발걸음을 재촉해 우동이라 적혀진 가게로 들어가기 위해 약간은 경사진 곳으로 올라갔다.

도착한 우동집 문을 조심스럽게 밀고 들어서자 점심시간이 살짝 지나긴 했지만 여러 명의 손님들이 자리를 잡고 앉아 후루룩 소리를 내며 우동을 먹고 있었다.

쭈욱 가게를 둘러보던 준영이 눈치를 보더니 기가 죽은 표정으로 속삭이듯 일행에게 말했다.

"저…… 조선 사람은 없는 거 같은디. 전부 일본 놈들이제?"

가족 단위로 아이들을 데려온 자리 하나, 부둣가에서 무슨 일을 하다 왔는지 물에 흠뻑 젖은 채로 하얀 반소매 옷을 입은 남자들 몇 명 그리고 홀짝홀짝 그릇을 들어 국물을 마셔대고 있는 셔츠 차림의 지위가 높아 보이는 멀끔한 신사 한 명이 덕철 일행의 눈에 들어왔다.

"어서 오세요."

종업원인 듯한 차림의 아주머니가 머리에 흰 수건을 돌려 얹어 쓰고는 덕철 일행을 맞이했다.

냄새도 냄새지만 소리와 가게 안의 모습만 봐도 도저히 배가 고파 참을 수가 없었다.

"뭐 어떻노? 돈이 있으믄 당당히 내고 먹으면 된다. 뭐가 그리 간이 콩알 같아지는데?"

당당한 척하는 덕철이지만 그의 어깨가 파르르 떨리는 것이, 비록 눈에 띄게 보이지는 않아도 바로 뒤에 서 있는 병춘아재는 알 수 있었다.

"국수 좀 먹을 수 있습니까?"

어설픈 일본어로 주문을 부탁하는 덕철의 말에 좁디좁은 가게 안의 사람들은 힐끗 일행을 쳐다보았다.

심지어 검게 그을린 탁자며 의자 그리고 눅눅해 보이는 바닥이 겁을 주듯 노려보는 것 같았다.

"외지에서 일하러 왔나 보네. 앉아요. 얼마나 줄까요?"

주인아주머니의 말에 셋은 한시름 논 표정으로 구석진 자리에 가 앉았다.

"한 그릇에 얼마입니까?"

아직도 긴장이 되어 입도 뻥끗 못 하는 준영을 대신해 병춘아재가 물었다.

"15엔짜리에 하나요."

태연하게 눈을 끔뻑이며 덕철 일행을 바라보며 답하는 주인 아주머니의 말에 셋은 놀라 입이 벌어지고 당황했다.

"15엔이요? 아닐 텐디……."

너무도 놀란 우동값에 준영은 저도 모르게 조선말이 튀어 나왔다. 가게 안의 그들도 모르지는 않았을 터였다. 하지만 아무도 관심을 주지 않았다.

"먹을 거예요?"

덕철과 준영 그리고 병춘아재는 우물쭈물 아무 말도 하지 못하고 당황스러운 표정으로 서로의 얼굴만 번갈아 쳐다 보았다. 셋의 주머니에는 각기 5엔씩 15엔이 전부였다. 아무리 배가 고파도 이건 아니었다.

셋이 이렇다 저렇다 답을 하지 못하고 있을 때, 마침 문 옆에 자리를 잡고 앉아 있던 뱃사람인 듯한 남자가 짜증 난다는 투로 음식을 먹다 말고 나무 젓가락을 탁자에 툭 던졌다.

"거 안 먹을 거면 좀 나가지! 어디서 무슨 냄새를 배겨왔는지 코가 시큼한 게 방해가 되잖아!"

같이 합석해 있던 다른 남자도 동조하듯 한마디 심드렁하게 날렸다.

"탄가루 떨어진다. 여기 사람들 탄가루 들어간 우동 먹고 탈이라도 나면 너희들이 책임질 수 있냐? 도대체 관리소장은 뭐하는 거야?"

치욕적인 말들이 난무해도 전혀 말릴 생각이 없어 보이는 주인 아주머니는 처음 인상과는 달리 이제는 눈매가 점점 매서워 보이는 것 같이 느껴졌다.

감히 대들 엄두도 나질 않았다. 배가 고파 눈에 뵈는 게 없다고 하더라도 목숨이 귀한 것은 전부 알고 있었다.

"줄까요? 아니면 저기 조금 더 올라가면 다른 집이 있는데 거기 가서 먹든가."

냉랭한 분위기의 가게 안에서 설령 돈을 모아 시켜 먹는다고 해도 쉽게 넘어가지 않을 것 같았다. 힐끔 본 다른 손님들의 그릇 크기는 자신들에게 고통만 더 안겨 줄 만큼 허무한 양이었다.
먼저 일어난 것은 병춘아재였다.
"죄송합니다. 나가자."
삐대고 앉아 있기엔 너무도 힘이 없었다. 혹여나 미우라의 귀에 들어가기라도 한다면 아니 다른 조장들의 귀에라도 들어간다면 자신들은 큰일이 날지도 몰랐기 때문이었다.
불안한 발걸음으로 얼른 가게를 나온 세 사람은 허탈했다. 배에서는 꼬르륵 소리가 그치질 않고 있었다.
"여는 이제 됐다. 다른 거 먹으러 가자."
덕철은 힘이 쭉 빠졌다.
"근디 시방 우리 15엔밖에 없는디 여가 이라면 딴 곳도 마찬가지 아녀?"
"모르제……. 국수가 비싼갑제. 하기사 조선 거시기들 없는 거 보믄 딱 알아봤어야 하는건디."
준영을 위로하는 병춘아재도 섭섭한 건 마찬가지였다. 이제 스무 살이 된 준영보다 한참이나 나이가 많은 병춘은 자신이 아니면 절망할 것 같은 이 분위기를 어떻게든 바꿔보려 했다.
"일단은 아주머니 말 맹키로 저짝 우에로 가 보더라고. 안 가보면 모르잖혀. 혹시 안당가? 뭐 거시기 뭐, 먹을 만한 게 있을지."
하는 수 없이 주린 배를 붙잡고 셋은 힘겹게 발걸음을 옮겼다. 국수 먹을 생각으로 한걸음에 거의 쉬지 않고 걸어 온 곳에서 허망함을 느끼고 옮기는 발걸음이 매우 무거웠다. 뒤꿈치가 까진 줄도 몰랐던 덕철은 오르막길로 오르면서야 살갗이 쓰린 것을 알아차렸다.

넓게 퍼져있는 숲들이 그리고 나무들이 빽빽하게 차 있어도 시원하지 않을 정도로 강렬한 햇볕이 내리쬐고 있었다.

가장 뒤에서 병춘아재가 먼저 올라가는 덕철과 준영의 뒷모습을 올려다보았다. 원래도 살집이 없었던 녀석들이 오늘따라 유난히 더 삐쩍 말라 보여 안쓰러웠다.

"저가 사람들이 있는디?"

뭔가 발견한 준영의 목소리에는 확신이 차 있었다. 덕철은 가만히 숨을 들이마셨다.

"식당이다. 식당! 아인가? 가정집 같이 생겼는데? 와! 뭐고? 사람들 엄청 많네."

금이라도 발견한 듯 덕철의 손짓에 준영도 부리나케 서둘러 뛰어 올라갔다. 병춘 역시 더는 힘들었는지 빠른 속도로 앞뒤 살피지 않고 뒤따라 올라갔다.

"여기요! 비지 좀 더 주이소!"

"마! 니 혼자 다 묵을라카나? 봐라! 사람이 이래 많은데!"

시끄럽다고 해야 될까, 정확히는 게걸스럽게 음식을 먹는 소리가 사방에서 들렸다. 작고 허름한 판자 몇 개를 앞에 놓고 손님을 받고 있는 식당은 그 모습이 흡사 그냥 가정집과 비슷해 보였다.

어디서 온 사람들인지 수십 명의 조선인들이 안쪽과 바깥쪽에 자리를 잡고 앉아 작은 나무 그릇을 들고 허겁지겁 무언가를 먹고 있었다.

 사람들을 비집고 들어선 가게 안은 좁디좁은 세 첩 정도 되는 방에 너덧 명씩 앉아 구수하지도 않은 시큼한 냄새가 나는 비지를 퍼먹고 있었다. 간혹 국수가락을 손으로 말아 바로 집어삼키는 이들도 눈에 띄었다.
 "여기요! 우리도 이거 같은 거 좀 주이소!"
 눈치 빠른 덕철이 냅다 가게 안에서 소리를 질렀다.
 정신없이 바빴는지 주인인 듯한 아저씨가 소매를 걷고 이리저리 왔다 갔다 했다. 꾀죄죄한 회색 바지에 국물이 튀었는지 젖어서 허벅지부터 발목까지 검게 색이 바랜 줄도 모르고 땀을 닦아내던 주인은 몇 분이 지나서야 덕철 일행을 발견했다.
 "아저씨! 우리도 저 사람들 먹는 거 주세요."
 덕철이 말했다.
 주위에 온통 허름한 차림의 흙먼지 묻은 검은 바지와 닳아 없어질 듯 해져 있는 누더기 비슷한 옷을 걸치고 있는 사람들이 덕철 일행을 보았다.
 "아깝네! 이미 다 떨어지고 없어. 여기 봐 봐. 이게 일요일마다 무슨 난린지. 참……."
 고소한지 비린지 이상한 냄새에도 뱃속 장기들은 요동치기 시작했지만 주인 아저씨인듯한 남자의 말에 덕철과 준영은 힘이 더욱더 쭉 빠졌다. 털썩 주저앉아 울고 싶을 지경이었다.
 덕철은 화가 났다.
 음식이 동이 날 정도로 이 많은 조선인들이 어디서 왔단 말인가.

그들의 모습을 하나하나 살피면 눈에 아는 이가 하나도 없었다.

허탈해 눈물까지 글썽이기 시작한 준영이 덕철에게 말했다.

"못 먹겠네. 아이고! 그냥 식당에서 밥이나 받아 콩깻묵이라도 처묵었으면 속이라도 괜찮을 것인디……."

덕철은 고개를 절레절레 흔들었다.

"마! 니 그기 묵구 싶나? 그래 힘들어가꼬 지랄병 하던 놈이 인제 와서 식당에서 정어리국을 또 먹자꼬? 내는 어떻게 해서든지 오늘은 밖에서 뭐라도 먹을 끼다. 두고 보래이."

눈에 독기가 오른 덕철은 아무리 화가 나고 억울해도 자기들만큼 거지꼴로 밥을 먹고 있는 다른 사람들의 음식을 뺏어 먹을 순 없었다. 사방에서 들려오는 '아이고!' 소리에 비통함만 더 느낄 뿐이었다. 그리고 이런 것 밖에 이 섬에서는 찾을 수 없다는 게 억울하고 일본 놈들에게 화가 났다.

화가 증오심으로 점점 번져가면서 덕철은 오기가 생겼다.

"가자! 아재요! 따라 오이소! 다른 데 가면 되지요!"

당차게 말을 했지만 정작 갈 곳이 마땅치 않았다. 처음 나와 아는 곳도 없을뿐더러 더 이상 돌아다닐 힘도 남아있질 않았다.

가게에서 내려와 다른 곳으로 정처 없이 발길이 닿는 대로 아무 곳으로 향했다.

앞장서 걷던 덕철, 힘들어 훌쩍이는 준영 그리고 침울한 표정으로 입술을 꾹 다문 채 말없이 걷던 병춘아재는 점점 더 깊은 수풀 길 어딘가로 들어갔다.

오르막길이 유난히 많아 힘에 부쳐 하던 준영이 덕철을 불러 세웠다.

"저기 잠깐만 쉬믄 안된다요? 나 머리가 어지러운디……."

준영이 말을 하더니 그대로 털썩 돌길 옆 작은 나무 밑 그늘에 주저앉았다. 그 모습을 지켜보던 병춘아재도 준영의 곁으로 가 털썩 앉았다.

덕철은 잠시 말이 없이 우두커니 서 있다가 천천히 입을 열었다.

"…… 그러자."

덕철도 힘이 너무 빠진 상태라 어쩔 수 없었다. 자신이 큰소리쳐 데려 왔지만 더 가면 자신도 쓰러질 것 같아 창피함을 무릎쓰고 한소리 들을 각오로 고개를 푹 숙이며 한숨을 내쉬고는 역시 그늘 아래로 들어갔다.

시원한 바람이 조금 불기 시작한 것을 봐서는 늦은 오후가 몰려오는 것 같았다.

"인자 그만 들어가는 게 어쩐가? 목도 마르고……, 이라다가 일하다 죽는 게 아니고 걷다 지쳐 배고파 죽겄는디."

점점 비릿한 바다 내음이 덕철의 코에 흘러 들어오며 살랑대는 바람이 뜨겁고 찬 공기를 동시에 들고 세 사람의 몸을 훑기 시작했다.

"그래 너무 힘든께 잠깐 눈 좀 붙였다가 내려가면 될 거 같은디……."

준영은 머리가 어지러운지 눈을 질끈 감으며 벌러덩 누우며 기어들어가는 목소리로 덕철과 병춘에게 말했다.

덕철은 억울했다. 이대로 들어가면 내일 아침부터 또 온종일 어둡고 소름 끼치는 갱 안에서 육 일을 보내야 한다. 숙소의 다다미도 이제는 냄새가 심해져 구역질이 날 정도였고 답답한 동료 조선인들의 모습도 그리 달갑지 않았다. 아까웠다. 이대로 다시 들어가기가 말이다.

잠시나마 일본 관리 놈들 얼굴을 안 봐서 그나마 살 것 같은 기분이었는데 다시 마주해야 한다는 생각에 복장이 터져 미쳐버릴 것 같았다.

이상하게 빨리 해가 질 것 같은 느낌이 들었다.

덕철은 준영과 병춘아재를 돌아보았다. 선뜻 주장을 펼칠 수 없었다. 아무 말도 하고 싶지 않았다. 그것은 비단 덕철이 이기적이라 그런 것은 아니었다. 너무 미안해서 그리고 아무것도 할 수 없이 내일을 맞이하는게 싫어서였다.

어쩔 수 없는 덕철은 뭔가 결심한 듯 벌러덩 앉은 자리에서 드러누우며 말했다.

"그래! 잠깐이라도 뜨뜻한데서 자다 가자!"

이렇게 서글프고 화가 나고 억울하고 앞이 보이질 않는 기분이 섞이는 것이 역겨웠다. 이 와중에 몸은 움직여지고 말도 하고 생각도 할 수 있다는 것이 더 고통스러웠다.

뜻하는 바, 생각하는 바는 있으나 어떤 것도 들어맞지 않고 할 수 있는 게 없었다. 하지만 원치 않는 시간은 하염없이 흘러가고 있는 중이다.

이 꼴 저 꼴이 전부 싫어서 덕철은 눈을 감았다.

점점 새들이 지저귀는 소리가 뜸해지고 하릴없는 살쾡이의 울음

소리만 희미하게 귓가에 울리기 시작했다.
 언제 지나다닐지 모르는 주민들이나 순사들이 신경 쓰였지만 눈꺼풀이 무거워지는 게 도리가 없었다.

"아 야! 언능 일어나보랑께!"
 다급히 흔들어 깨우는 병춘아재의 목소리에 화들짝 놀란 덕철은 벌떡 일어나 앉았다. 반쯤 감긴 눈으로 주위를 둘러보다 너무 놀라 심장이 덜컥 내려앉음과 동시에 번쩍 눈을 떴다.
 사방이 어두웠다. 누가 보아도 꿈이 아닌 이상 밤이 틀림없었다.
"뭡니까? 여태 잤습니꺼?"
"봐라! 껌껌한 게 나가 안 잤으면 왜 안 깨웠을라고."
 고개를 들자 가장 먼저 눈에 들어 온 것은 빠르게 움직이는 구름이 희미하게 밝혀진 달을 삽시간에 품 안으로 가리는 광경이었다. 바다만큼 커다란 구름이 어둑하게 하늘 위로 드리워지고 있는 게 밤인데도 보일 정도였다.
"비가 올낀가 본데요. 그나저나 우짜지? 우리 늦은 거 아입니까?"
 아무 생각도 없이 이렇게 오래 자버린 것이 당황스럽고 혹여나 규칙을 지키지 못해 제시간에 도착할 수가 없어 큰일이라도 생기는 건 아닌지 걱정이 된 덕철은 다급히 병춘에게 물었다.
 병춘 역시 발을 동동 구르며 안절부절못하는 것이 일이 심각해진 것 같아 보였다.
"워메! 큰일 났당께! 준영이가……, 준영이가 안 보여야!"

"예? 그게 무슨 말입니꺼?"

"그 뭐시기 비행기 소린지 뱃소린지 듣고 깜작 놀라 일어나 보니께 깜깜한 밤이제, 둘러보니 준영이는 보이덜 안하는디⋯⋯. 나가 여기저기 조금 돌아 둘러봤는디 없어야. 워메 어뜨칸다냐."

병춘아재의 당황스럽고 급박한 목소리와 행동은 밤이 될 때까지 자버린 것이 걱정돼서만은 아니었다. 그제서야 덕철도 주위를 둘러보았다.

"엄마야. 안되는데⋯⋯. 글마가 갑자기 와 없어졌는데요?"

"당연히 모르제. 어떡한다냐."

그때 벌떡 일어선 덕철의 머리 위로 빗방울이 하나둘씩 떨어지기 시작했다.

이리저리 빙글빙글 돌기만 하는 병춘아재의 어깨를 잡고 덕철이 말했다.

"지금 몇 신지는 모르겠지만 일단 먼저 돌아갔을지도 모르니까 네 돌아가는 길에 둘러보면서 가는 게 안 낫겠십니꺼?"

"그게 뭔 말이당가. 그러다가 준영이 고놈이 안 돌아가고 어디서 헤매고 있으면 어떡하냐?"

울상의 얼굴로 덕철에게 말하는 병춘아재는 여러모로 겁에 질려 있는 상태였다. 평소의 침착한 모습은 온데간데없었다.

덕철은 그래도 생각할 시간이 없다고 느꼈다. 준영을 찾기 위해 시간을 더 쓰면 분명 돌아가는 대로 엄청난 몽둥이질이 기다리고 있을 것이었다.

덕철은 숙소 밖에서 맞아 죽는 사람을 딱 한 번 보았다.

처음 들어오고 나서 일주일쯤 지났을까 밤에 자는데 다리가 아프다고 고래고래 소리를 지르다가 다음 날 오전 일과를 가기 싫어 사브로 노무 조장에게 걸려 죽도록 식당 뒤에서 맞은 평안남도 출신 아저씨를 보았다. 서로 그리 친해지거나 말을 많이 섞지 않던 시기라, 봐도 그저 눈을 피하기 바빴는데 그다음 날 맞은 자리가 잘못됐는지 다시 한밤중에 시름시름 앓다가 새벽에 피를 토하고 죽어버렸다.

그 당시 숙소의 사람들은 병에 걸려 죽은 줄로만 알았겠지만 덕철은 분명 보았다. 죽을 만큼 매질을 당한 것을 말이다.

"아재요! 근데 이러다가는 우리도 다 죽십니더. 일단 가면서 찾는 게 좋겠십니더."

시간은 알지 못했지만 어둑한 밤이 됐다는 것은 약속됐던 시간 여덟시를 넘겼다는 것을 의미할지도 몰랐다. 아직 완전한 가을이 아니라서 여전히 긴 해가 자취를 감춘 것은 굳이 시계를 찾아보지 않아도 뻔한 일이었다.

덕철은 여전히 이러지도 저러지도 못하는 병춘아재의 팔목을 덥석 잡아 이끌었다.

그런데 어찌 된 일인지 왔던 길을 되돌아가는 것이 힘들었다. 처음 나와 본 숙소 밖, 그것도 우동 가게를 지나쳐 위로 위로 올라간 곳에다가 나무와 수풀들이 우거져 있어서 도저히 아까 왔던 길이라곤 생각되지 않을 만큼 낯설었다.

일단 보이는 길을 따라 무작정 달렸다. 좁은 돌계단이나 조금 길이 터져있는 흙길을 오르락내리락하며 굳어진 표정으로 얼마나 달렸을까 비는 점점 거세져 아까보다 더 굵게 덕철과 병춘아재의 온몸을 적시고 있었다.

돌아도 돌아도 제자리인 듯한 비슷한 집들과 나무들만 가득한 수풀에서 멈춰 선 덕철은 희미하게 새어 나오는 불빛이 보이는 한 집을 바라보았다.

주위의 다른 집들은 불이 꺼져 있었지만 한 곳만은 불이 확실히 켜져 있는 것을 본 덕철은 뛰느라 지친 다리를 부여잡고 마른 목을 빗물로 축이며 뒤따라온 병춘에게 말했다.

"저기 불 켜진 집 보이죠? 저기 아래로 바다가 보이니까네 글로 가서 좀 더 곧장 내려가믄 아까 우동집이나 부두가 안 나오겠십니꺼? 저리로 가입시다."

"몰러 나는······. 아따 워쩐다냐. 준영이도 찾아야 되는디······."

사라진 준영을 찾는 일도 당연히 해야 하지만 일단은 내려가는 길을 찾는 게 더 시급했던 덕철은 부리나케 다시 온 힘을 짜내 불이 보이는 집 쪽으로 내려갔다.

조금 떨어진 곳에서 봤던 집의 모습과는 다르게 몇 미터 눈앞에는 제법 커다랗고 으리으리한 집이었다. 비는 이제 미친 듯이 쏟아지고 있어서 앞을 쉽게 보기 힘들 정도였다.

"아재요! 집이 엄청시리 크네요. 아무튼 저짝으로 가믄 바다가 나올 꺼 같으니까 요 길로 내려가면 안 되겠십니꺼? 일단 가 보입시다."

흐르는 비에 흠뻑 젖은 얼굴을 손으로 닦아 잠시 정신을 차려보아도 마치 물속에 있는 것처럼 금세 다시 얼굴이 빗물로 뒤덮였다.

병춘아재는 입으로 들어오는 빗물에 제대로 답도 못 하고 꺽꺽대며 알았다고 고개만 끄덕였다.

다른 생각할 겨를 없이 무작정 미끄러운 흙길을 내려가기 시작한 덕철은 몇 분 가지 않아서 갑자기 억 소리를 내고 아래로 한참을 굴러떨어졌다.

"뭐여! 뭔 일이여? 덕철이!"

뒤따라 내려오던 병춘아재가 덕철의 외마디 비명에 놀라 멈춰섰다.

"악! 아 악!"

덕철의 외침이 흘러나올수록 병춘의 귀에서 더 멀어지는 것 같은 느낌이었다. 쏟아져 내리는 빗소리에 묻혀 잘 들리지 않는 거라 생각하기엔 그 외침의 메아리가 너무도 확연히 멀어져 가는 차이가 났다.

왼손으로 나뭇가지를 잡고 비탈길에 멈춰 선 병춘은 직감적으로 덕철이 굴렀다는 것을 알았다.

"덕철! 덕철이! 뭐여? 자빠진거당가?"

병춘은 물어도 대답이 없는 덕철이 걱정돼 몸을 한껏 낮추고 비명이 들린 쪽으로 미끄러지듯 내려갔다.

그렇지 않아도 어두운 밤 수풀 속에 미친 듯이 내리는 비가 더해져 눈앞이 깜깜했다. 나무가 들어찬 언덕이든 산 중턱이든 어딘지 알지도 못하는 곳에서 더듬더듬 발과 손을 이용해 낮은 자세로 여기저기를 훑었다.

"덕철아…… 덕철아……."

병춘아재의 목소리는 악과 울음이 뒤섞여 있었다.

"덕철아!"

더듬고 더듬다가 한참 만에야 병춘은 딱딱하고 물컹한 무언가가 만져지는 것을 느꼈다.

"뭐여? 덕철이여? 덕철이?"

눈을 크게 뜨고 팔로 눈에 흐르는 빗물을 걷어 닦아내고는 만져지는 물체를 더욱더 집중해서 더듬었다.

오른손에 물컹하게 잡히는 뭔가가 느낌이 이상했다. 그것은 비가 닿았음에도 불구하고 뜨거웠다. 그리고 매끈한 것이 빗물과는 다른 이상한 액체의 촉감을 병춘에게 느끼게 해주었다.

"이런 촉감이 이런 수풀에 있을 리가 없을 껀디……."

병춘은 불안했다. 왼손으로 더듬어지는 것은 거칠지만 딱딱하고 뭉툭하게 물러지는 두부 같은 것이 동물이나 사람의 몸과 비슷하게 느껴졌다.

"덕철……이?"

그때, 갑자기 섬광처럼 거센 불빛이 퍽 하고 밝혀지고 주저앉아 있는 병춘아재를 비췄다.

얼굴이 붉게 물들고 눈가에 상처투성이의 여자가 반쯤 헐겁게 벗겨진 기모노를 몸에 걸친 채로 황망한 얼굴로 손전등을 비춰 병춘을 보았다.

내리는 비 때문에 쉽지는 않았지만, 빤히 고개를 내밀어 부르튼 입술을 삐쭉 내밀며 얼마간 바라보던 여자의 두 눈동자가 겁에 질려 흔들렸다.

"아 악! 뭐야! 누구야?"

여자는 저도 모르게 털썩 주저앉았다.

귀신같은 몰골로 쪼그려 앉아 내리는 비를 흠뻑 맞으며 반쯤 감겨버린 눈으로 오른손에는 누워있는 녀석의 빠개진 대갈통에서 흘러나온 뇌수를 그리고 왼손으로는 허벅지 부분을 더듬고 멈춰서 있는 병춘이 입을 한껏 벌리며 울고 있었다. 라이트를 들고 있는 여자 쪽으로 고개를 마주하고 말이다.

괴수 같았다.

그때 뒤에서 악에 받친 목소리가 우렁차게 울렸다.

"어디 있어? 케이코! 이리 안 나와! 케이코! 케이코!"

오전부터 갱 입구로 가는 길이 시끄러웠다.

밤새 돌아오지 않았던 덕철과 준영 그리고 병춘아재가 걱정되었던 것은 히로시뿐만이 아니라 숙소의 조선인 동료들도 마찬가지였다.

화가 머리끝까지 난 미우라는 셋이 도망쳤다고 생각했는지 한밤중에도 순사들과 파견을 나온 헌병대 소속 예비군들에게 연락해 마을 곳곳을 샅샅이 뒤지기 시작했었다.

거의 한 두시가 되어서야 병춘아재 혼자 거지 귀신 몰골로 흠뻑 젖은 채로 돌아와 숙소 조금 떨어진 곳 관리계로 끌려 들어갔다. 그 이후 오전이 될 때까지 아무런 소식이 없다가 일과를 시작하려

줄을 지어 탄광 갱도 쪽으로 걸어가는 길에 장비 보관소 옆 소각로에서 불이 붙어 연기가 피어오르는 것을 히로시와 사람들이 보았다.

보이지 않는 세 사람이 걱정되고 신경 쓰였지만 누구에게 물어볼 수가 없었다.

노무계 직원 한 명이 무리 지어 걸어가는 히로시 일행의 행렬로 다가오더니 소리쳤다.

"야! 4777번이랑 그 옆의 놈! 이리 나와."

"네?"

얼떨결에 대꾸를 해 버린 히로시의 옆 지목을 당한 민철은 당혹스러운 표정을 지었다.

"나와."

무리 중간에서 빠진 히로시와 민철은 직원이 이끄는 대로 뒤따라갔다. 그렇게 간 곳이 불이 피어오르던 소각장이었다.

미우라가 뒷짐을 지고 인상을 찌푸리고 있었고 의사인 듯한 머리가 허연 노인이 종이에 무언가를 집중해서 쓰고 있었다.

"검안서는 대충 쓰고 화장 허가증을 만들어야 하니 나는 먼저 사무실로 들어가 보겠소. 기타 군! 자네가 마저 처리하고 내 방으로 들어와."

"네!"

미우라가 히로시와 민철을 쓱 한 번 보고 뒤돌아 소각장을 나가자 기타가 말을 꺼냈다.

"지금 타고 있는 녀석들 잘 봐! 너희 동료 맞지? 번호 확인하게 불러!"

 얼이 빠진 민철은 고개를 돌려 히로시를 보았다. 히로시도 눈이 커져 민철과 기타를 번갈아 보았다.

 "어제 도망하다 죽은 놈들이다. 얼른 확인하게 불러!"

 히로시는 뜨거운 열기를 뿜어내며 어지럽게 일렁여 샛노랗게 타오르는 불 안을 보았다. 타 없어져 재가 되는 건 순식간일 것 같았다.

 눈이 빠지게 매운 연기와 역겨운 냄새를 맡으며 불 안을 살폈다. 먼저 입을 연 것은 민철이었다.

 "4114번, 5008번 그리고⋯⋯ 4701번⋯⋯입니다."

 떨리는 목소리의 민철, 그리고 이어서 기타의 외침.

 "가네무라 소이치, 요시무라 보우츠, 니시무라 도쿠초. 맞다."

 타들어가 검게 변하는 몸뚱이가 점점 허옇게 변해가는 것처럼 보였다. 히로시는 말없이 눈물을 떨어뜨렸다. 소리내어 울 수도 없기에 더 많은 눈물을 떨어뜨렸다.

 '덕철아! 덕철아⋯⋯, 사고는 니가 쳤지⋯⋯. 배고프다며⋯⋯. 왜 여기 누워있는데? 덥다⋯⋯. 일어나 밥 먹으러 가자⋯⋯.'

 히로시의 눈물은 멈출 줄 몰랐고 민철은 현기증이 나는지 그 자리에서 쓰러져버렸다.

시간이 어떻게 가는 줄도 몰랐지만 빨갛게 지는 이파리들과 선선한 바람이 적어도 가을의 문턱을 넘은 것은 확실했다.

정확히 아는 이는 없었지만 덕철과 준영 그리고 병춘아재의 사망 소식은 삽시간에 퍼졌다. 도망이란 단어를 들은 것으로부터 일말의 희열감과 욕망 그리고 희망이 생길 정도로 그 단어를 생각하고 되뇌는 것만으로도 숙소의 사람들의 눈빛이 달라진 이들도 있었다.

"시방 니 도망이라 했냐?"

"그렇다니께! 내가 요 귓구녕으로 똑똑히 들었지라. 안 그냐 히로시?"

민철이 슬픔에서 빠져나오기까지는 몇 주도 걸리지 않았다. 그도 그럴 것이 날이 갈수록 피폐해지는 노동 조건에서 아침 식사가 이번엔 아예 나오지 않은 것이었다.

불평과 불만은 얼굴에만 드러낼 수 있는 것이었다. 고된 노역에 주름이 깊게 패고 상처가 나 험상궂어 버린 얼굴이 인상을 찌푸려도 티가 나지 않을 만큼 가려 줬다.

"오늘은 밥도 안 나오는디 이러다 죽는 거 아녀요?"

서산 출신의 효성은 울상을 지으며 걸었다. 일렬로 맞춰진 행렬이 탄광 입구로 들어가기 전 오른쪽으로 꺾였다.

"어? 와 오늘은 일로 가노?"

눅눅한 다다미에 피부가 여러 차례 눌려 짓무르다시피 왼쪽 뺨이 엉망이 된 칠구가 여전히 가려운지 볼때기를 긁으며 어리둥절해했다.

가장 앞에서 인솔을 하던 십장이 나란히 걷던 미우라에게 뭔가를 귓속말로 속삭였다. 그러더니 자연스럽게 행렬의 방향을 틀어 원래 들어가던 갱 옆 널찍한 공터로 들어섰다.

히로시와 일행이 영문도 모른 채 공터로 집결하기 전 벌써 한 무리의 사람들이 작업복을 걸치고 먼저 갱 입구에서 대열을 갖춰 서 있었다.

나부끼는 미쓰비시의 깃발은 어딜 가나 사방에 자리하고 있었다.

잠시 대기하라는 미우라의 손짓과 이어서 그의 입이 열렸다.

"오늘은 저기 있는 녀석들과 같이 들어가 일을 할 것이다. 어리숙해서 다치지 말고 게으름 피울 생각은 꿈도 꾸지 말아라."

말이 끝남과 동시에 미우라와 노무계 직원들은 일본인 숙련공 하나에 자연스레 조선인 둘씩을 붙여 갱 입구로 밀어 넣었다.

갱차를 끼워 타고 여지없이 덜컹거리는 굉음을 들으며 삽시간에 갱 안으로 들어간 무리들은 처음 보는 사람들과 인사를 나눌 일도 없이 무표정한 얼굴로 철창 승강기를 향해 빨려 들어갔다.

안전모 위에 라이트를 하나둘씩 켰다.

다들 유난히 오늘따라 말이 없었다.

말없이 승강기에 다시 타고 먼저 한참을 내려간 히로시와 일행들은 평소보다 이상하게 더 내려가는 것을 느꼈다.

"뭐고? 한참을 내려가는 거 같은데?"

"와! 엄청 덥다. 이제껏 보다 더 더워지는 것 같은데……."

칠구와 표백이 턱턱 숨이 막혀오는지 답답함과 불안함에 의심을 품었다. 그러자 옆에 있던 다른 일본인 노동자들이 조용히 하라는 눈치를 주었다.

"너무 시끄럽다고 생각하지 않냐? 입을 좀 닥치고 가만히 내려가는 게 어떻겠냐?"

갑자기 멈춰 선 승강기에서 일본인 작업자들이 히로시와 열 명 남짓한 무리를 손으로 물리쳐 비집고 내렸다. 눈치껏 길을 터 준 히로시 일행이 먼저 내린 일본인 작업자들의 뒤를 따라 똥 씹은 표정을 지으며 내리려고 하자 숙련공 한 명이 낮은 목소리로 돌아보며 말했다.

"너희들은 아직이다. 더 내려가야 한다."

낮고 엄숙한 목소리에 비장함마저 감돌았다.

"에?"

순식간에 철창은 닫히고 다시 승강기는 눈 깜작할 사이에 밑으로 빨려 들어가기 시작했다. 모두들 어리둥절했다. 오백 육백 미터가 아니었다. 마지막으로 굉장히 흔들리면서 멈춰진 승강기의 앞쪽 암석 표면에 하얀색 페인트로 희미하게 써진 숫자에 히로시의 일행들은 놀랐다.

구백 미터.

온 사방에서 뿌옇게 가스가 새어 나오고 있었다. 그것은 일전에 있던 곳 보다 더 심했다. 물안개도 이리 심하진 않았을 것이다.

칠구는 겁에 질렸는지 깜깜한 사방에 새하얀 눈동자만 이리저리 굴리고 있었다.

"내려라."

누구 하나 선뜻 내리지 못했다.

"내리라니까!"

호통 소리가 메아리를 쳐 울려 퍼지자 그때야 정신을 차린 일행들이 슬금슬금 조심스럽게 발을 딛으며 승강기에서 내려 한 발짝씩 움직였다.

느려터진 일행들을 헤집고 숙련공 다츠야는 먼저 조심스럽게 앞으로 걸어 나갔다.

표백과 칠구 그리고 히로시와 일행들은 주저 없이 끈으로 허리를 둘러맸다.

한참을 걷던 다츠야가 내려 놓여진 장비를 들고 오른쪽 왼쪽을 둘러보았다. 그러더니 뒤를 돌아 가장 먼저 눈에 띈 칠구를 가리키며 말했다.

"나눠서 네 명씩 오른쪽 왼쪽으로 들어가라. 거기서부터 탄을 끌어올려라."

"네."

할 수 있는 대답이 그것밖에 없었다. 한 걸음 딛는 것도 힘들 만큼 뾰족이 솟아나 울퉁불퉁한 바닥을 얇은 작업화 하나로 버티며 더듬더듬 손으로 아래위를 짚으며 칠구와 뒤로 세명이 오른쪽으로 걸어나갔다.

"씨불······. 살아서 보제."

표백의 바로 앞에서 끊긴 우영이 마지막으로 오른쪽으로 건너가며 뒤를 돌아보며 말했다. 불길한 말을 잘 하지 않던 우영이 뭔가 심상치 않음을 감지했던 모양이었다.

"아이고······."

표백이 뱃속까지 끌어올린 탄식이 윙윙거리며 메아리를 쳤다.

다츠야가 얼른 들어가라고 재촉함과 동시에 표백과 두 번째 히로시까지 줄줄이 넷이 왼쪽으로 향해 들어갔다.

이전과는 다를 정도로 엄청나게 많은 물들이 천장에서 떨어졌다. 라이트 불빛도 소용없을 만큼 뿌연 연기가 숨을 쉴 때마다 괴로운 역한 쇳냄새를 풍기며 코와 입으로 들어왔다.

더욱 참기 힘든 것은 엄청나게 뜨거운 열기였다. 이전과 다르게 너무도 뜨거운 사방의 열기에 몸이 바로 녹아버릴 지경이었다. 표백을 선두로 무리들은 고작 3미터도 안 가서 입에 침이 마르고 손발이 저릿한 게 탈수 증상이 올 것만 같았다.

얼만치 거의 기어가다시피 했을까 점점 좁아지는 통로에 떨어지는 작은 암석 조각들 그리고 탄과 미친듯이 흐르는 바닷물로 몸이 흠뻑 젖었다.

카 캉, 카 캉.

쇳소리가 일정하게 규칙적으로 들리기 시작했다.

"저기 일하는 소리가 들리는데!"

히로시가 흘러내린 안전모를 살짝 올려 고쳐 쓰고 정면을 보았다. 뒤에서 따라오던 춘삼이 헉헉대며 거의 목소리를 쥐어짜듯이 말했다.

"거까지 가야 되지? 아! 나 죽겠는데."

가뜩이나 좁아터진 갱에 작은 탄 적재함들이 늘어서 있어 움직이는데 상당히 방해되었다. 이전과는 다른 느낌의 분위기의 갱도는 그 압박감이 이루 말할 수 없이 당황스러움으로 다가왔다.

바닷물이 검은 탄에 섞여 본 적도 없는 새까만 색을 내며 우주죽 흘러내렸다.

"어푸푸! 따가워! 뭐야 이거?"

표백은 가다 말고 멈춰서 어깻죽지로 흘러내린 염분 가득한 바닷물에 기겁을 했다.

"뭐야? 왜?"

"와? 뭔 일이고? 다쳤나?"

표백의 날카로운 외침에 히로시와 춘삼은 혹시나 사고가 난 걸까 걱정이 돼 물었다. 심상치 않은 작업 현장이 모두의 신경을 날카롭게 만들어가고 있었다. 그도 그럴 것이 기분탓일진 모르겠어도 갱 내부가 조금씩 오그라드는 느낌이 전해졌다. 평소 작업을 하던 곳과는 판이하게 다른 답답한 공기 때문에 더욱 그렇게 느껴지는 무리들이었다.

"아니……. 모르겠다. 조금 아니 많이 팔이 쓰리다. 여기서 물 맞으니까 더 쓰린 거 같다. 니들은 괜찮냐?"

고개 돌려 뒤돌아보며 말할 수도 없을 만큼 뿌옇고 위험하게 나 있는 울퉁불퉁한 탄 바닥에 표백은 그저 들릴락 말락 웅얼대며 물었다.

"내도 아픈데 뭐…… 참을 만하다. 좀만 참아라. 끝나고 올라가가 병원에 한 번 가보자."

춘삼이 이번에는 자신의 머리위로 흐르는 짠 물을 뒤집어쓴 후 팔로 얼굴을 쓱 닦아 내며 말했다. 멈춰서 그 모습을 본 히로시는 기겁하며 얼른 춘삼의 팔을 잡아 말렸다.

"닦지 마라! 그러다 장님 된다. 평생 어머니 아버지 못 보고 살래? 습관이라도 조심해!"

그때, 어느새 뒤에 다른 조가 들어왔는지 인기척이 들렸다.

"누고?"

춘삼이 탄가루가 눈에 들어가 불편했는지 눈을 찡긋찡긋 감아 눈물로 흘려 내리며 물었다. 그러자 춘삼의 안전모를 공구로 딱 치는 소리와 함께 일본인 숙련공이 춘삼과 히로시를 밀치며 사이를 비집고 들어섰다.

"놀러 온 거 아니다! 오늘 작업량이 4미터다. 그리고 새끼들은 언제 일본 말 배울래? 나와! 방해되니까."

성큼성큼 무섭지도 않은지 앞에 어정쩡하게 있던 표백마저 옆으로 툭 밀치고 앞으로 지나가는 숙련공 우치다는 어디에 눈이 하나 더 달렸는지 자신들 무리에 비해 거침없이 나아갔다.

멀뚱히 그의 뒷모습을 잠시 바라보다가 윙윙거리며 울리는 우치다의 목소리에 정신이 퍼뜩 났다.

"꾸물댈 거면 옆으로 나와 있어라! 뒤에 다른 녀석들 들어온다."

가뜩이나 알아듣지 못하는 일본 말이 갱 안에서 윙윙거리자 더욱 알 수 없었다. 그러자 언제 왔는지 춘삼의 옆을 휙 지나가던 다케우사가 아무 감정도 없는 목소리로 낮게 말했다.

"뒤에 다른 사람들 들어와. 너무 천천히 갈 거면 우치다 조원들이 먼저 들어간대……."

"뭐고 이 새끼? 전달하는 기가? 마! 우리가 뭐 같나? 이 씹새끼야!"

"춘삼아! 다 들린다. 조용히 하자."

표백의 따끔한 충고에 춘삼은 그저 멍하니 다케우사의 조그만 뒷모습을 노려보았다. 뒤따라 들어오는 무리 중에 또 다른 성질 고약한 일본 녀석이 있다면 시끄럽고 성가시게 굴었다고 분명 갱 밖으로 나가면 요시모토 십장에게 이를 것이 뻔했기 때문이다.

"아우…… 씨……. 새끼 완전 미친놈이네."

불평만 늘어놓는 춘삼이 한숨을 내쉬자 가뜩이나 미친 듯이 흩날리는 탄가루가 그의 목구멍 안으로 들어가 더 이상의 뒷말을 막아버렸다.

생각지도 못한 새로운 갱도에서의 작업을 위해 속속들이 들어온 숙련공들과 보조자들의 지시에 맞춰 표백과 히로시 그리고 춘삼은 찌는듯한 열기와 먼지 그리고 질척이는 바닷물에 치이며 탄지게를 계속해서 탄차에 실어 옮겼다.

작업을 하는 동안은 시간이 어떻게 흘러가는지 잘 알지 못했다. 그것은 바깥세상과의 끔찍한 단절이자 다른 점이었다. 시간이 빨리 가길 원할 겨를도 없었거니와 보통은 고장 난 시계가 가끔 구비되어 있어 시간을 알려주는 건 오직 작업반장 감독관의 지시가 떨어질때 뿐이었다.

오전 조의 히로시는 거의 해를 본 적이 별로 없었다. 같이 있던 표백이나 춘삼이도 마찬가지였다. 어두운 게 밤이면 까만 것은 낮이었다.

오줌을 갈기고 또 실어 나르고 채워진 탄차를 밀고. 너무 힘이

들 때면 가끔 작게 욕이나 한껏 지껄이던 춘삼의 한탄을 들어주고서야 겨우 할당량을 채운 무리들은 일이 끝나고서 기진맥진해 승강기를 타고 후들거리는 다리를 부여잡으며 다시 밖으로 올라왔다.

새까매진 온몸이 이제는 낯설지도 않았고 서로가 웃기지도 않았다. 하지만 올라와서의 바다 냄새가 물씬 나는 공기는 매일이 낯설고 새롭게 느껴졌다. 오직 그 몇 초뿐이었다. 살아있음을 절실히 느끼는 기분을 말이다.

"야, 우리 이번 것은 진짜 힘들다. 앞으로 계속 들어가는 거 아니야?"

표백의 입술이 파랬다. 까만 와중에도 파래 보였다가 더 맞을지도 몰랐다.

"모르겠다. 잘못하다가 사고라도 날지 싶은데……, 아직까진 그런 말을 들어보지 못해서……."

머리에 가득 내려앉은 탄가루를 손바닥으로 비벼 털어내며 히로시가 눈을 끔뻑이며 답했다. 언제 곁에 왔는지 춘삼이 표백과 히로시의 등을 툭 팔꿈치로 쳤다.

"와! 그 새끼 완전 미친놈 아이가?"

"누구?"

스산하게 불어오는 가을밤 바람에 흠뻑 젖었던 몸이 쉽게 마르는 것 같은 기분이었다. 다들 커다랗고 높이 솟아올라 움직이고 있는 석탄을 가득 담은 컨베이어 벨트 탑의 뒤쪽으로 돌아 목욕탕으로 향하는 발걸음이 무쇠 덩이를 차고 끌고 가는 것처럼 무거웠다.

"누구기는. 글마 앞잡이 새끼! 글마 말하는 거 진짜 재수 없다.

서로서로 힘드니까 이해할라꼬 하는기지 저딴 식으로 말하는 거 진짜 확 마 입을 찢아뿔고 싶데이."

씩씩거리는 춘삼이 무심코 눈을 돌려 표백의 어깨를 보았다.

"야! 그건 그렇고 니 팔은 괘안나? 아까 작업하다가도 계속 아프다 안했나?"

겉옷을 둘쳐매 입었고 까매진 몸에 어디 상처 하나 티가 나지 않을 터였다. 피가 터져도 금세 탄가루가 마치 연고가 되어 살집을 파고들어 그대로 굳기 일쑤인 갱 안은 그런 상처의 고충도 아랑곳하지 않는 미련한 곳이었다.

"계속 아프긴 한데……, 씻어봐야 알겠지."

"칫."

목욕탕에 들어서면 수십 명의 까만 녀석들이 바글바글했다. 익숙해져 아무렇지 않게 각자 빈틈을 찾아 남아도는 바가지로 물을 퍼 한 바가지 뿌리면 피곤이 살짝 풀리는 기분이었다. 목욕탕에도 순번은 있었다. 일본 노동자들이 먼저 씻고 나면 기다렸다가 씻는 것이 영 못마땅했지만 그렇다고 그리 오래 기다리지도 않아 그럭저럭 참을 만했다. 때로는 한 시간이나 탕 안에 앉아 있는 녀석들은 조선인 무리들이 들어오는 것도 별로 신경 쓰지 않는 놈들이었지만 그것도 아주아주 소수일 뿐이었다. 보통의 노동자는 조선인들이 씻는 목욕탕의 바로 옆 다른 목욕탕에서 씻는 것을 선호했다.

"아악!"

발가벗은 까만 몸을 바가지로 뿌려 씻겨 내리고 있던 히로시와 춘삼은 갑자기 비명을 지른 표백을 깜짝 놀래 쳐다보았다.

주위에서 아등바등 씻고 있던 다른 사람들도 일제히 표백의 외침에 어리둥절해하며 시선을 집중했다.

"야! 뭐고 이기?"

흐르는 물 사이로 땟국물이 걷어치워지면서 드러난 표백의 왼쪽 어깨에서부터 팔꿈치 부분까지가 울퉁불퉁 살집이 파이고 누르스름한 고름이 흘러나오고 있었다. 화상을 입은 것처럼 엉망진창으로 질서 없이 짓이겨진 살점에서 잠시 후에 고름과 함께 검은 피가 흘러나왔다.

"야! 인마! 너 이게 뭐냐? 왜이라는데?"

"우……아. 진짜 아프다. 아까는 이 정돈 아니었는데……, 물이 닿아서 그런가?"

표백은 오만상을 찌푸리며 고통을 참으려는 듯 이를 악물었다.

"기다려라 표백아! 내가 가서 말하고 올게!"

히로시도 처음 보는 광경에 놀랐는지 헐레벌떡 알몸 그대로 뛰어 목욕탕 밖으로 나갔다.

"우짜노! 절마 뭔데? 병 생깄나?"

"팔이 엄청 부었다. 얼른 옷으로 싸매는 게 좋을 거 같은데."

"워매…… 뭔 일이여?"

주변 조선인들이 웅성대기 시작했다. 갑작스러운 상황에 다들 당황스러웠지만 전부들 씻다 말고 표백을 걱정해 주는 것이 남의 일 같지 않아서였다.

부리나케 달려온 노무계 직원과 히로시는 아파서 이제는 주저앉고만 표백을 보면서 사태의 심각성을 더욱더 깨달았다.

"어떻게 합니까? 병원에 가봐야 할 것 같은데요."

히로시가 다급히 물었다. 멈춰진 물바가지 소리에 노무계 직원도 당황했는지 잠시 움찔거리더니 표백에게로 다가가 그의 팔을 들어 유심히 보았다.

"아악! 아이고!"

팔을 만지는 것만으로도 거의 실신할 지경이 된 표백이 고래고래 소리를 질렀다.

너무 갑작스러웠다. 분명 목욕을 하기 전까지는 그렇게 티를 내지 않았는데 물을 몇 번 뿌리다가 미친 듯이 일어나는 팔의 기포에 거의 연기까지 날 것 같은 정도로 빨갛게 변해졌다.

"그…… 그 막 그래 들면 우짭니까? 아 죽십니더!"

너무도 아파하는 표백 때문에 옆에서 발을 동동 굴리던 춘삼이 저도 모르게 직원에게 큰소리를 내었다. 하지만 다행히도 직원도 당황을 했는지 반응을 하지 않고 심각한 표정으로 잠시 주위를 빙 둘러보았다.

잠시 둘러보던 직원이 자신을 끌고 온 히로시와 어느 정도 몸을 씻어내 벌건 살색이 많이 보이는 사내 녀석 하나를 지목했다.

"너! 너! 얼른 이 녀석 밖으로 빼라. 병원으로 이송 갈 테니 밖에서 대기하고 있어."

말을 마친 직원이 골치 아픈 듯 머리를 절레절레 흔들고 인상을 팍 구기며 먼저 빠른 걸음으로 욕탕 밖으로 나갔다.

"뭐하노! 얼른 부축해 나가라!"

춘삼은 얼어있던 히로시에게 손짓했다. 그제서야 어깨를 부여잡고 신음 소리를 내고 있던 표백에게로 재빨리 다가가 겨드랑이 사이로 살짝 손을 집어넣어 일으켜 세웠다.

"아따! 자네도 얼른 저짝 수건으로 좀 감싸갖고 잡아 주드라고!"

표백의 뒤에 서 있던 구수한 전라도 사투리의 아저씨가 아까 지목당한 녀석에게 손짓을 날렸다.

"아…… 네."

다가오는 청년을 춘삼은 쪼그려 앉은 자세로 쭈욱 올려다 보았다.

"하…… 뭔 지랄이고…… 와 저 새낀데…… 씹헐."

다케우사가 쭈뼛대며 표백의 팔을 수건으로 감싸며 히로시와 함께 표백을 부축해 조심스럽게 나갔다.

생명에 지장이 있는 부위는 충분히 아니란 걸 알았고 가능한 한 빨리 이송이 되어 병원으로 향한 표백은 수일 간 입원을 해 있었다. 히로시와 춘삼 일행은 놀란 가슴을 쓸었고 그런 종류의 상처는 처음이기에 다들 하루 이틀 긴장을 했지만 다행히 수일 후 미우라의 표백에 대한 소식 전달을 듣게 된 후 안심을 할 수 있었다.

표백이 병원에서 나오기 하루 전 요시모토는 그가 더 이상 일을 할 수 없다는 사실을 알렸고 표백은 부산으로 돌려보내질 거라 담담하게 말했다. 그러나 후에 그 말은 거짓이었음을 알 수가 있었다. 히로시는 물론이고 숙소의 다른 조선인들과도 간단한 인사도 나누지 못한 채 표백은 퇴원 당일 배로 나가사키로 이동을 했고 뒤이어 다카시마로 새로 들어온 조선인 무리에게서 오무라 비행장 군수과에서 일을 하고 있다고 들었다.

"팔이 한쪽 없으면 뭐 어때유? 발만 있어도 땅 고르는 작업은 할 수 있는디. 야들은 아주 무서운 놈들이에유……. 끝까지 파먹는데 니께유. 쯧 쯧."

표백의 상처는 염분이 가득한 바닷물 때문에 그리고 고온의 열기가 더해져 약한 피부에 생긴 상처였다. 표백이 유독 약한 피부를 가지고 있어서 그렇지 뒤이어 무리들 가운데 몇몇도 동일한 증상을 호소했다. 고름과 화상의 경과가 나쁘지 않은 녀석들만 치료 후 다른 작업장으로 이동을 해 작업을 했고 나머지 심각한 사람들은 모두 표백과 마찬가지로 어디론가 보내졌을 것이라 추측을 할 뿐이었다.

겨울이 찾아오고 아슬아슬한 탄광일은 이제 어느덧 제법 익숙해져가는 히로시와 무리들이었다.

겨울이지만 조선보다 따뜻하다는 이들의 말이 믿기지 않았던 히로시는 점점 조선을 가 보고 싶다는 생각이 점점 커져갔다.

하지만 그것도 얼어버린 다다미 장판 위에서 콧물과 기침을 해가며 추위와 맞서 싸우며 잠을 청해야 하는 밤에는 가당치도 않은 큰 꿈이었다.

"아야! 그라도 여기는 섬이라 그런지 겁나게 춥구마잉. 강원도는 어찌냐?"

"강원도? 강원도 어디? 그것도 지역이 어디나 다르지?"

한 달 전 새로 들어 온 진해 출신 청년과 대전 출신 청년이 서로 옥신각신하고 있는 사이 이를 묵묵히 듣고 있던 강원도 출신 문용이 심드렁하게 끼어들었다.

"아 바닷가 근처면 어딘들 안 춥겠나?"

모두 추위에 지쳐가고 움츠러들어 몸을 뒤척이는 것조차 아리기 시작할 때쯤 덜컹 숙소의 문이 열리고 노무계 중 가장 젊은 직원 후지타가 손을 싹싹 비비며 들어섰다.

"내일 작업장 인원을 교체한다. 번호 부르면 그 인원들은 오전 인솔자를 따라 반대편 탄광에서 일하고 그 근처 숙소에서 지내면 된다."

후지타는 서둘러 말을 마치고 재빨리 빠른 걸음으로 숙소를 나왔다. 살짝 열린 철창 같은 창문을 통해 칠구가 슬쩍 몸을 일으켜 걸어가는 후지타의 뒷모습을 훔쳐보았다. 계절이 계절이니만큼 바닷바람이 더욱더 거세게 몰아치는 칠흑 같은 밤 전봇대 불빛에 반사되는 번쩍이는 후지타의 가죽 구두가 엷게 그 모습을 드러내고 있었다.

"절마 겁먹었는가? 와 저리 뛰어가노?"

칠구가 웃기다는 듯 뒤를 돌아 몸을 웅크리고 퀴퀴한 모포 한 장만을 덮고 있는 사내 녀석들의 모습을 보았다.

"음…… 마. 그럴 만도 하네……."

기침이 심하게 나 머리까지 울리는지 찡그린 표정으로 모포를 코끝까지 올리고 있던 새로 들어온 홍산 아재가 걸걸한 음성으로 칠구와 주변 사람들을 천천히 둘러보더니 입을 열었다.

"한 곳에 정착이 안되는구만⋯⋯. 이라고 일하는 것도 서러운디 내일 또 나가 옮겨불믄⋯⋯, 힘들어 못살 것 같은디⋯⋯."

"아재요? 그 가라후토(화태: 사할린 섬)에서 여까지 와 분거믄 엄청 욕 봤을 것인디 살아 있는 게 용하요잉."

이제 갓 열아홉이 되어가는 여수 출신의 양주는 빼빼 마른 손가락 마디마디를 주무르며 신기하다는 듯 홍산을 바라보았다.

점점 다카시마로 들어오는 조선인들이 많아지면서 좁디좁은 함바는 거의 백오십 명이 훌쩍 넘어버릴 만큼 미어터졌다. 주간 야간 조가 바뀌어가며 일을 해서 그렇지 한 번에 가득 찰 때는 완전히 끼어 붙어 몸을 틀어 자도 모자랄 정도로 환경이 열악해졌다. 그래도 이야깃거리가 많아져 극심한 외로움은 피할 수 있었다.

하지만 날이 갈수록 전쟁이 심해지는 소식을 마을 곳곳에서 들으면서 또한 탄광일이 더욱더 바빠 힘들어지면서 불안감과 육체적 정신적 고통이 점점 배가되어 덮쳐왔다.

그러다 그날 밤. 예상치 못한 일이 터져버리고 말았다.

어김없이 불길한 예감은 틀리지 않았는지 오전 기상 후 번호가 불려 반대편 다카시마 갱으로 이동을 한 홍산 아재와 칠구, 그리고 우영을 비롯한 오십 명의 무리와 짧은 작별 인사를 하고 오전 식사를 마치고 작업을 위해 가키세로 들어가려는 와중에 우당탕거리는 소리를 히로시는 들었다. 히로시와 같이 집합을 위해 뛰어가려던 필수도 그 소리를 들었다.

"무슨 소리 안 나나?"

필수가 급히 멈춰서 자신의 숙소 옆 바로 아래에 있던 철창이 매섭게 올라와 있는 다른 숙소의 창문을 뚫어지게 바라보았다.

"야…… 저게 뭐간디?"

필수가 히로시의 팔을 툭 쳤다. 히로시 역시 소리가 들리는 쪽 숙소로 눈을 돌렸다.

험상궂게 생긴 민머리의 남자 두세 명이 뭐라 고래고래 소리를 지르며 필수와 히로시를 노려보고 있었다.

히로시와 필수가 보고 있던 그 숙소는 처음 히로시가 다카시마로 들어왔을 때 그리고 숙소에 들어가기 전 미우라의 훈시를 듣고 있을 때 넋을 놓고 보던 그림자들이 왔다 갔다 하던 바로 그곳이었다. 그때부터 느꼈지만 뭔가 겁이 나는 기운이 뿜어져 나오는 그런 곳이라 생각했는데 워낙 그 숙소와 왕래가 없었기에 무서움이 더했었다.

노무계와 요시모토장 그리고 미우라마저도 그 숙소의 사람들과는 말도 섞지 못하게 했을 뿐만 아니라 일절 근처에 다가가지도 못하게 감시했었다. 그런데 지금 그 안에서 괴팍한 얼굴로 뭐라고 알아들을 수 없는 말로 히로시와 필수를 죽일 듯이 노려보고 있는 사내들을 마주 보고 있자니 심장이 덜컥 내려앉았다.

"무슨 말인지 모르겠는데 뭔가 무섭다."

한 발짝 뒤로 물러난 히로시는 필수를 쳐다보았다.

필수는 가늘게 눈을 뜨더니 고개를 쑥 앞으로 내밀어 사내들을 똑바로 보았다. 고래고래 소리를 지르는 녀석들의 말을 귀 기울여 듣고 있었다.

그때, 요시모토가 탄광으로 들어가는 길목 입구에서 외쳤다.

"빨리 와라! 뭘 꾸물대고 있는 거냐?"

신경질이 난 요시모토의 날카로운 고함에 정신이 번쩍 든 필수와 히로시는 그제야 정신을 차리고 헐레벌떡 뛰어 멍하니 기다리던 영혼 빠진 무리의 대열에 합류했다.

"이 새끼들이 진짜! 휴……, 오늘이 내가 너희들 인솔 마지막이니 참는 거다! 알았나!"

"네? 아……, 네."

요시모토의 발언은 너무도 갑작스러웠다. 주변 조선인 무리도 눈이 동그래져 서로의 황당해한 표정만 살피며 어리둥절했다. 개중엔 표정이 펴지는 이도 있었다. 그들은 대부분 요시모토에게 구타당했거나 욕을 쳐들어 먹은 이들이었다.

요시모토는 헛기침을 몇 번 하더니 크게 말했다.

"내일부터는 새로 조장(반장)이 올 것이다. 그렇게만 알고 있어라. 여기 수년을 있었던 만큼 너희들을 자세히 다뤄줄 거다."

말을 마친 요시모토는 더 이상의 용무는 없다는 듯 무리를 이끌고 작업장으로 이동했다.

거의 삼십 명이 조금 넘는 무리는 저들끼리 말을 하고 싶어 미치겠지만 그랬다가는 또 주먹과 몽둥이세례를 받을까 싶어 꾹 참았다. 그래도 소곤대는 소리까진 모두 잡을 수 없었다.

거의 들리지도 않을 만큼 작은 소리를 낸 것은 필수였다.

"야! 아까 뭐라고 헛말하는 아이들 있잖냐? 고거이 중국 말이야."

히로시의 얼굴을 돌려보지 않고 발걸음을 계속 옮기며 들키지 않게 속삭였다.

"중국인? 왜 저기 있는데?"

히로시는 깜짝 놀랐다. 자신의 삶 속 기억엔 중국이라는 부분이 별로 많이 차지하지 않고 있어서일까, 공감이 가지 않는 필수의 정보에 의아했다.

"나 함경북도 출신이잖아! 중국 놈들 여럿 봤지! 그…… 뭐냐……, 독립운동 한다는 이도 몇 있구 말이디. 아까 쌔끼들 말이 중국말이다 이기야."

"무슨 말인데? 무슨 뜻인지 모르겠다. 뭐 안 좋은 말이야?"

히로시의 물음에 필수는 어깨를 갑자기 으쓱하더니 피식 웃었다. 그러더니 슬그머니 요시모토의 눈치를 보다가 요시모토가 잠시 다른 곳을 보는 사이 입을 열었다.

"고거이…… 큭 큭……. 이따가 일 끝나고 나오면 알려주갔어."

혼자 미친놈처럼 큭큭거리던 필수의 표정이 순식간에 얼어 붙은 것은 그야말로 찰나였다. 요시모토가 언제 다가왔는지 손바닥으로 뒤통수를 냅다 후려갈겼다.

"햐! 이 새끼들이 조용히 하라니까 정말 더럽게 말 안 듣네. 너 이 새끼 아까 그 늦게 온 놈 맞지? 나와 이 새끼야!"

뭐에 그리 화가 났는지 보통은 이렇게 심하게 행동하진 않았는데 요시모토가 이상했다.

저 앞에 미우라가 보였다. 하지만 요시모토는 아랑곳하지 않고 필수의 뒷덜미를 잡고 끌어내 무리의 옆 땅바닥에 잡아 던졌다.

"아이쿠! 죄송합니다."

"웃겨? 웃어? 이게 재밌나?"

열을 맞춰 걸어가던 조선인 무리들이 놀라고 당황스러워 잠시 걸음을 멈췄다. 이목이 집중되고 있다고 생각을 했는지 요시모토는 더욱 흥분을 하기 시작했고 그럴수록 그의 발은 필수의 등짝과 허벅지 그리고 얼굴을 무척이나 강하게 짓밟고 찼다.

입술이 터지는 데는 고작 십여 초도 안 걸렸다.

엄청나게 두들겨 맞던 필수가 일어난 것은 미우라가 다가와 요시모토를 제지한 후였다.

필수는 병원에 가야 할 만큼이나 얼굴이 퉁퉁 부어오르고 있었지만 겁을 너무 많이 먹어서인지 아무 말도 못하고 멍하니 제자리로 돌아와 절뚝이며 다시 얼빠진 무리와 걷기 시작했다.

필수가 방어하려 한 말은 고작 '어이쿠' 하나였다. 아니 '죄송합니다'도 있었다. 이상한 의미의 두 말이 함께 하니 '고작 이것뿐이야?'가 되어버렸다. 그렇다. 몇 마디 소곤대고 하루에 고작 작은 실없는 웃음뿐이었는데, 저리 처맞아도 '어이쿠, 죄송합니다.'라고 밖에 할 수 없는 것이 안타까웠다.

히로시는 필수를 보며 미안해했다. 눈이 반쯤 쳐져서 걱정 어린 눈빛으로 필수를 보았다. 필수는 무엇에 화가 난 건지 아니면 두려운 건지 아무 말 없이 고개를 숙이고 발걸음만 옮겨 다른 이와 마찬가지로 갱 입구로 들어갔다.

여지없이 인원을 나눠 승강기를 타고 구백 미터 아래로 내려갔다.

"오늘은 와 일본 놈들이 별로 없노? 씨불. 없으니까 좋긴 좋네."

춘삼이 장비로 바닥을 파면서 히로시에게 말했다.

"야! 근데 아까 필수 저노마 와 저리 처맞았노? 요시모토 그 새끼 와 그라는데 갑자기?"

히로시는 흘러내려 온 안전모를 살짝 들어 올려 맞은편에 떨어진 탄을 쓸어 담고 있는 필수를 보았다.

"필수 너 괜찮아? 미안하다. 나 때문에······."

미안한 마음에 목소리가 기어들어 가던 히로시에게 필수가 눈치를 보다가 슬그머니 다가왔다.

"미안할 거 없다. 내가 먼저 말하지 않았나. 기칼필요 없다."

주렁주렁 허리에 달린 고무줄이 불편했는지 자꾸 공간을 만들려 잡아 늘리던 양주가 슬그머니 셋의 곁으로 다가왔다. 두리번거리며 눈치를 보다가 신경질이 난다는 듯 탄 하나를 집어 들어 툭 바닥에 던졌다.

"뭐고? 마! 니는 또 와 그라는데?"

까칠하고 예민해진 건 춘삼이 가장 심해 보였다. 표백이 사건 이후로 춘삼은 신경이 더욱 날카로워졌다.

"성님! 저 요시모토 새끼. 육지로 나간다는디 나가믄 전쟁 때문에 뒤지니께 아까 필수 성님한테 화풀이 한 거 아닙니까? 육시럴 새끼."

"그게 참말이야?"

부은 눈이 아플 법도 하지만 제법 동그랗게 눈을 뜨며 놀라는 표정으로 필수가 물었다.

"마! 그란데 그건 어디서 들은 기가?"

"아따! 나가 어제 화장실 나가서 똥 누다가 노무계 놈들 몇 명이 하는 얘기 들었지라. 나가 일본말은 잘 못혀도 듣는 거는 기가 막혀불지라."

"쓰읍……, 그래서 그런 기가? 잘 됐다 마! 개새끼 확 나가서 뒤져뿔면 좋겠네."

춘삼은 파던 바닥을 있는 힘껏 내리치며 화풀이를 해 보이는 듯했다.

"그나저나 새로 오는 조장은 여서 경험도 많다는디 저 개새끼보다 더 독한 놈이믄 어떡하지라? 워매. 걱정이 하늘을 찔……!"

양주가 미처 말을 끝마치기도 전에 믿을 수 없는 그야말로 엄청난 일이 일어났다. 어쩐지 간신히 아슬아슬하게 버티고 있던 삶의 기운들이 죽음의 그림자가 몰려드는 것을 이제는 더 이상 막을 힘이 없어 스르르 사라져 버린 것일까.

갑자기 천둥보다도 더 큰 소리와 함께 갱의 천장에서 미친 듯이 암석들과 물이 쏟아지기 시작했다.

"야! 얼른 밖으로 나와! 밖으로 나와! 나와! 갱목 받친 3번으로 들어가!"

미친 듯이 외치는 일본인들의 고함소리에 안 그래도 정신이 없어진 갱 안의 조선인들은 더욱더 혼돈의 상황을 맞이했다.

"나와! 나와! 3번으로!"

여기저기서 조선말이 울려 퍼졌다. 그제서야 춘삼과 히로시는 번뜩 섬뜩함을 느꼈는지 부리나케 온몸을 이용해 흔들리는 굴 안을 여기저기 짚고 달려나갔다.

"나와! 필수야! 양주!"

"빨리 나와라!!"

순식간에 물이 가슴까지 차기 시작했다. 일 분이라도 늦었다간 수장될 것 같았다. 떨어지는 암석들과 탄들에 맞아 쓰러진 조선인들의 비명이 여기저기서 들렸다. 나오는 와중에 히로시는 재빨리 뒤를 돌아보며 필수의 얼굴을 확인했다.

일그러진 표정으로 필수와 양주가 피범벅이 되어가며 나오는 것이 보였다. 먼저 서둘러 나간 춘삼이는 연장을 던져 놓고 탄지게를 힘껏 들어 올려 떨어지는 것에 머리나 몸을 맞지 않게 히로시와 자신을 보호하려고 용을 썼다.

"마! 팔 뿌라지겠다. 후딱 나와라! 3번으로 뛰라!"

조금 더 심하게 떨어지는 두꺼운 탄과 암석에 계란 터지는 소리가 여기저기서 연거푸 났다.

미친 듯이 뛰다가 다시 뒤를 힐끔 돌아보고 외친 히로시는 잠시 후 거의 몸이 반쯤 빠져나온 필수의 형태를 보았다. 얼마간의 소용돌이가 잠시 멈추자 이번에는 평소보다 더 심한 가스가 새어 나오기 시작했다.

주위를 둘러보니 벌써 네다섯 명이 픽픽 도망쳐 나오다가 쓰러지기 시작했다. 춘삼은 얼른 안전모를 벗어 얼굴에 가져다 대고 막을 수 없는 가스를 막아보려 애썼다.

"히로시! 엎드리면…… 쿨럭…… 쿨럭……. 좀 나을 거야! 쿨럭…… 웩."

춘삼의 말을 들었는지 못 들었는지 히로시는 말이 없었다.

그야말로 지옥이 따로 없었다. 갱 안의 피투성이 사람들과 떨어져 부서진 갱목들 그리고 기울어져 중심을 잃은 탄차에 깔린 사람들 무엇보다 수몰될 뻔한 곳에서 겨우 살아 도망 나왔지만 지독한 가스 때문에 의식을 잃고 쓰러져 거품을 물고 눈이 뒤집힌 사람들. 그야말로 아비규환이었다.

울음소리도 여기저기서 터져 나오기 시작했다. 다행이라고 말하기도 역겹지만 그나마 위안은 전체 갱 안의 사고로 이어지지 않고 정확히 히로시와 그의 무리가 들어갔던 구백 미터 지점 석탄층 바로 그곳에서만 작게 터진 일이었다.

작다는 기준은 오로지 전체를 기준으로 비교했을 뿐이다. 그것은 일본인들에게도 두려움이었다.

한참을 지나고 주위가 잠잠해지자 춘삼이 눈을 뜨고 고개를 들어 안전모를 고쳐 썼다.

그나마 탄탄한 갱목으로 받쳐져 있던 작은 동굴 같은 피난처 구멍에서 앞을 바라보니 히로시가 엎드려 있었다.

"히로시! 야! 괘안나?"

히로시의 다리가 부들부들 떨리는 것이 보였다.

여전히 갱이 흔들리는 건지 아니면 가스중독으로 히로시가 경련을 일으키는 건지 알지 못했다.

"일마야! 괘안나?"

춘삼은 얼른 밖으로 달려 나가 히로시를 살피려 했다. 그런데 숙련공 한 명이 달려 나가려던 춘삼의 목덜미를 잡아챘다.

"멍청한 녀석! 나가면 죽을지도 모른다. 조금 더 기다렸다가 신호가 오면 얼른 위로 복귀해라!"

"무슨 말입니까? 저 녀석 다리 떨리는 거 보이소! 살아있는데 빨리 데려와야 안 됩니까?"

되지도 않는 일본 말로 손짓 발짓해가며 애원하는 춘삼의 얼굴은 눈물과 피로 얼룩져있었다.

까매도 알 수 있었다. 피가 범벅이라는 것쯤은 말이다.

춘삼을 말리던 숙련공의 이어진 한마디에 춘삼은 좌절했다. 결정을 할 수 없었기 때문이다.

"정신 차려! 살아서 네 가족도 봐야 할 것 아니냐!"

일본인에게 처음 들어 본 말이었다. 조선이든 일본이든 어느 쪽에서든 말이다.

신주쿠역 앞, 택시에서 내린 철홍은 다시 어제 묵었던 민박집으로 향했다. 지저분하고 작은 계단을 다시 올라 민박집의 문을 두드렸다. 잠시 후 기척이 들리더니 홍산의 며느리가 문을 열었다.

"어서 오세……. 어? 다시 오셨네요? 어쩐 일이세요?"

예상하지 못했다는 듯 눈을 한껏 크게 떠올리며 철홍을 보는 여자의 얼굴에는 반가움의 미소가 지어졌다.

"아……, 저…… 일정이 좀 달라져서 그런데 오늘 하루 더 묵을 수 있을까요?"

"그럼 물론이죠! 들어오세요."

다시 들어간 민박집은 고작 하루밖에 그것도 아주 잠시 묵었던 것뿐인데 마치 집처럼 느껴졌다. 철홍은 거실로 들어가서 가방도 내려놓지 않은 채 잠시 쭈욱 내부를 둘러보았다. 어제는 도쿄의 낯선 분위기와 장시간 이동에 따른 육체적인 피로로 인해 미처 느낄 틈도 없었지만 자세히 보니 어렸을 적 어머니와 단둘이 살던 집의 분위기와 비슷해 보였다. 그것이 집처럼 느껴진 이유인 것 같았다.

"할아버님은요? 오다가 보니까 가게 문이 닫혀있던데."

여자가 쟁반에 오전에 준 똑같은 제품의 두유를 올려 들고 철홍에게로 다가왔다.

"앉으세요. 아버님은 오늘 병원에 가셨어요. 매달 한 번씩 병원에 가시는데 오늘이네요. 이따가 곧 들어오실 거예요. 참! 저녁 식사는 어떻게 하실 생각이세요? 여기서 같이 드셔도 되는데."

여자의 말에 철홍은 얼른 손목에 시계를 보았다. 늦은 오후 다섯 시가 조금 지나가고 있었다.

"아! 괜찮습니까? 그럼 실례하겠습니다."

앉을까 말까 쓸데없는 고민을 하던 철홍이 여자가 들고 있던 쟁반에 올려진 두유를 집어 들며 고개를 살짝 숙였다.

"거실이 불편하시면 방에서 쉬고 계셔도 괜찮아요. 저는 장을 보러 가야 하니까 쉬고 계시면 저녁 준비를 할게요. 아버님이 오시면 알려 드릴게요."

싱긋 웃는 여자의 얼굴을 보고 있으면 마음이 편안해졌다. 이곳 낯선 도쿄에서 멀리 떨어져 살지만 마음만은 가까운 사이인 친척을 만난 느낌이었다.

철홍은 방으로 들어와 가방을 내려놓고 요를 깔고 누웠다. 초록색 코트만 벗어놓고 벌러덩 아무것도 없는 누르스름한 천장을 바라보았다.

"도쿄 타워를 보러 갈 걸 그랬나……."

8장

살아야지, 살아야지…… 살고 싶다

퉁퉁 부은 눈은 완전히 감겼다. 이마에서 피가 흘러나오는 것보다 입에서 거품이 흘러나오는 양이 더 많았다. 뭐라 말을 하는 것 같은데……, 입을 뻐끔대는데 도무지 알아들을 수가 없었다.

히로시는 필수의 모습에 흐르는 눈물을 주체할 수 없었다.

가스에 정신을 잃을 만도 한데 가까스로 한 손으로 얼굴이 찢길 듯 코와 입을 움켜 틀어막고 한 손으로 필수가 내뻗은 손을 잡고 놓칠 않았다.

"필수야!"

입을 막아 새어 나오는 소리가 잘 들리지 않아 분명 필수는 알아차리질 못했을 것이다. 자신의 이름을.

"아까…… 흐슉 흐슉…… 중국 말…… 흐슉 흐슉…… 흐슉……."

자꾸만 필수가 말할 때마다 이상한 쇳소리와 공기 빠진 바퀴 소리가 났다. 그와 더불어 필수의 입에서 거품은 더욱 많이 나왔고 맞잡은 손이 돌처럼 급속히 굳어가기 시작했다.

"말하지 마라!"

히로시는 미친 듯이 울었다. 소리를 잘 낼 수도 없어 눈물이 더 심하게 흘러내렸다.

"흐슉…… 탈출한다고…… 흐슉……흐슉……."

손은 완전히 굳었고 거품도 더 이상 나오지 않았다. 움직임이 하나도 없었다. 히로시는 너무나 무서웠다.

"필수야!"

틀어막았던 입을 열었다. 확 들어오는 가스에 갑자기 머리가 띵해지며 고개가 저절로 바닥에 처박혔다. 숨을 쉬기 힘들었다.

"필수야…… 죽지 마라……. 너…… 죽으려면……, 나도 같이…… 가자……."

부르르 떨던 히로시의 다리가 미동도 없이 멈췄다. 바닥에 코가 박혀 굳어가는 몸과 그와는 정반대로 눈에서는 눈물이 흐르고 있었다.

히로시의 입에서도 거품이 나오기 시작했다.

'같이…… 죽자…….'

지독한 가스 때문에 몸에 경련이 일어나 다리를 떨었던 건지 아니면 죽어가는 필수의 모습에 두려워 다리를 떨었던 건지 알 수는 없었지만 울고불고 난리를 치던 춘삼은 더 이상 미동이 없는 히로시의 다리를 보고는 주저앉고 말았다.

"내 다 잃었다! 다 잃었단 말이다! 엉…… 엉…… 엉…… 다…… 잃었…… 엉 엉……단 말이다! 엉 엉 엉……."

그렇게 구슬프고 크게 울어본 적이 없었던 춘삼이었다. 주변 조선인들도 서로의 무리들의 죽음과 두려움에 통곡을 하고 울었지만 춘삼이의 울음에는 대적할 수가 없었다.

그의 울음은 한이었다.

한…….

신기하게도 숙련공들과 일본인들은 죽지 않았다. 몰라서 그럴 수도 있겠지마는 적어도 슬퍼하는 기색이 없어 보이는 담담한 녀석들의 태도에 분노도 들지 않는 조선인 무리는 꽤 큰 충격과 허탈감에 빠졌다.

계절의 풍경과 냄새 그리고 감정을 전혀 느낄 수 없었다.

구백 미터에서 온전히 제 발로 나온 조선인은 고작 9명이다. 얼이 빠져 하루하루를 말도 못 하고 시름시름 앓게 될 것이 분명했다. 요시모토는 어디론가 사라지고 없었다. 미우라가 그 자리를 대신했다.

"씻고 들어가서 쉬도록 해라! 살아남은 것만으로도 감사하게 생각해라. 너희들 중 병원으로 가고 싶은 녀석들은 보내주겠다. 단! 씻고 와라."

춘삼을 포함한 아홉 명은 고개를 푹 숙이고 미우라의 말이 끝나자마자 느릿느릿 목욕탕으로 걸어 들어갔다.

유난히 짙은 안개가 드리워진 깊은 새벽. 칼바람이 더욱더 거세지면서 철썩이는 숙소 앞 파도 소리에 쉽게 잠을 이루지 못하는 이들이 수십 명이었다.

사고가 아니 죽음이 언제라도 들이닥칠 수 있다는 현실을 마주해버린 조선인들은 하나둘씩 삶의 희망을 잃어가기 시작했다. 그것이 견딜만한 정도의 감정이라면 모르겠지만 그렇지 않은 이들도 있었다.

다케우사가 그랬다.

수장될 뻔한 갱에서의 사고에서 운이 좋게 탈 없이 사고를 피할 수 있었던 다케우사는 숙소로 들어와서는 한 번도 말을 하지 않고 물끄러미 창살 밖으로 비춰 들어오는 뿌연 그것도 아주 흐리멍덩한 달빛을 계속 바라보았다.

다케우사의 시선은 고작 두 군데 밖에 두지 않았다. 하나는 수줍은 달빛이요 또 하나는 바로 옆 조금 아래에 자리 잡은 허름하고 낡은 나무로 된 숙소였다.

탈진을 했는지 아니면 정신적인 충격이 컸는지 대부분의 조선인들은 멍하니 천장만 바라보거나 어떤 이들은 추위에 심하게 맞서 싸우다 곯아떨어져 버렸다.

누구 하나 멀뚱하게 서 있는 다케우사에게 말을 걸지 않았다. 보고만 있어도 다리가 아플법한데도 말이다.

옆으로 누워 흐르던 눈물을 다 헐거워진 더러운 소매로 훔치던 규양이 다케우사의 이상한 행동을 눈치챘다.

어딘가 홀린 듯 멍한 표정으로 꼿꼿이 선 채로 밖을 내다보던 다케우사의 뻣뻣한 양 팔. 그중에 오른 손가락 검지를 계속해서 주기적으로 까딱이고 있었다.

규양이 고개를 살짝 들어 주위를 둘렀다. 조용했다. 다케우사의 모습을 보고도 관심이 없는 건지 아니면 모른척하고 싶을 만큼 힘이 없는 건지 더군다나 예전부터 그 행동을 못마땅하게 여긴 칠구와 문용도 없으니 아무런 말소리로라도 누구도 딴지를 걸지 않았다.

규양이 유심히 지켜보자 다케우사의 오른손은 더욱 흔들리기 시작했다.

규양은 조심스레 모포를 걷고 슬그머니 일어났다. 엉켜 붙어 기대어 있는 사람들의 틈을 비집고 발을 내딛는 건 꽤나 힘든 일이었다. 하지만 혼자 뭐라 중얼거리기까지 하는 다케우사를 못 본 척하고 놔둘 수는 없었다.

충남 예산이 고향인 규양은 마음이 약하고 신앙심이 깊은 청년이었다. 어려운 이웃들을 돌보는 것이 그의 유일한 사명감이었다. 그것은 소학교 선생님이었던 아버지가 병환으로 일찍 돌아가시고 병든 홀어머니를 돌보면서부터 일찍 철이 들어서 그런 것일지도 몰랐다.

슬금슬금 다가간다고 하더라도 소리는 나기 마련이다. 하지만 다케우사는 여전히 아랑곳하지 않고 그저 멍하니 달빛과 허름한 숙소만을 번갈아 볼 뿐이었다.

"야! 너 뭐 혀? 다리도 안 아프냐? 계속 서 있으면서 뭘 보는겨?"
"……."

대꾸가 없는 다케우사였다. 하지만 고개를 돌려 규양을 한 번씩 쳐다보고는 다시 창밖으로 고개를 돌렸다.

"그…… 니 맴은 아는디……, 니 몸도 생각혀야 안 하겠냐? 내일은 그래도 쉬는 날이니께 많이 자두는 게 어떻겠냐? 무리하다간 금방 쓰러진다니께."

규양이 아무 대꾸도 없는 다케우사의 어깨를 토닥였다. 그리고 한동안 다시 미동도 없던 다케우사를 지켜보다가 말이 안 통할까 싶어 다시 돌아서 자신의 자리로 가려는데 갑자기 다케우사가 작은 목소리로 규양을 불렀다.

"4090번."

번호로 부른 다케우사의 음성이 굉장히 낮고 섬뜩했다.

"응?"

화들짝 놀라 얼른 뒤를 돌아보던 규양의 팔을 덥석 잡아 자신 쪽으로 이끌던 다케우사의 손 아귀힘에 규양은 놀랐다. 삐쩍 말라 평소 작업 시 훈도시만 입고 있을 땐 갈빗대가 선명히 보이던 녀석이었는데 말이다. 마치 어떤 기계가 자신을 잡아끄는 것 같은 느낌이었다.

"우리가 자금을 모으는 데 필요한 기간이 얼마나 되는지 알아? 그것만 알 수 있다면 백 번이고 천 번이고 참을 수 있다. 라이플은 어떻게 해서든지 저 녀석들이 구해다 줄 거야."

"뭐? 그게 무슨 말이여?"

"쉿! 조용히 해. 큰 소리로 말하면 놈들이 엿들을 수도 있단 말이야."

갑자기 이상한 소리를 해대는 다케우사의 눈빛이 심상치 않은 것을 확인한 규양은 무슨 말인지 통 영문을 몰랐다. 그저 파도 소리에 어지럽게 묻혀 자신의 귀를 의심할 뿐이었다.

하지만 다케우사의 말은 계속 이어졌다.

"일단 여기 만주에서 총만 구할 수 있으면 나는 무조건 몇 놈이고 쏴버리고 달아날 거다. 피스톨은 꽉 채우면 좋겠지만 그렇지 않더라도 상관은 없어. 저기 저 녀석들 보이지? 저 녀석들이 움직이는 것이 바로 신호야. 봐 봐."

규양은 분명히 아주 정확하게 들었다. 다케우사의 미친 소리를 말이다.

"인마! 니 지금 무슨 소리를 하는겨? 만주? 총은 또 무슨 소리냐?"

다케우사는 까닥이던 오른 손가락을 들어 올려 아주 좁게 나 있는 창밖 너머 저 옆 아래 숙소를 가리켰다. 까딱이던 검지가 언제 그랬냐는 듯 멈춰져 있었다.

규양은 얼떨결에 다케우사가 가리킨 숙소를 보았다. 아무 기척도 없이 잠잠해 보였다. 갑자기 온몸에 소름이 끼친 규양은 다케우사의 얼굴과 그가 가리킨 곳을 번갈아 연거푸 몇 번을 바라보았다.

"니…… 미친겨? 무섭게 왜 그러는디?"

바람이 회오리를 일으키며 주변 먼지들을 쓸어 올리고 있는 숙소 밖의 풍경은 다케우사의 묘한 행동에 기괴함을 더 했다.

"내일 저 녀석들과 만나 논의를 해봐야겠어. 어쩌면 돈을 나중에 받더라도 먼저 총을 구할 수 있을지도 몰라. 너는 박거준 선생에게 전보를 치고 먼저 경성으로 넘어가. 누구에게도 붙잡히지 말고……, 내일이 휴일이니 감시가 소홀한 틈을 타 먼저 빨리 행동을 하라구."

규양은 식은땀이 나기 시작했다.

"박거준…… 선생? 누군겨? 임마! 니 우째된겨? 엄마야……, 우리 지금 섬에서 탄 일하고 있잖여!"

규양은 얼른 다케우사의 손을 뿌리치고 돋아나는 소름을 감추며 뒤도 돌아보지 않고 자신의 자리로 황급히 돌아가 털썩 누워버렸다.

주위를 둘러보니 어느새 잠이 들어버린 사람들이 많았다. 그렇지 않으면 워낙 조그맣게 소곤대느라 둘의 이야기를 잘 듣지 못해 관심이 없는 사람들뿐이었으리라.

복잡한 생각에 규양은 머리가 어지러웠다.

'아이구야……, 자가 미쳤는가벼…….'

심란한 마음에 이걸 누구에게 말해야 하는지 고민이 들었다.

평소에 말이 별로 없고 조용하던 다케우사가 갑자기 벌인 행동과 말에 규양은 큰 충격을 받았다. 무슨 꿍꿍이가 있는 건지 아니면 워낙 같은 일행들에게도 무시를 당해 미쳐가지고 저러는지 알 수가 없었다.

그냥 실없이 내뱉은 다케우사의 장난 같은 말이 아니었다. 그것은 금방 현실로 다가왔다.

다음날 오전부터 겨울비가 추적추적 쏟아져 내리기 시작했다.

비가 와도 여전히 밖에 서서 식당을 가기 위해 대기를 해야 했다. 두꺼운 옷도 없어 입질 못하던 조선인 무리들이 하염없이 몽땅

비를 처맞으며 숙소 앞에 서 있었다.

"정신 좀 챙겼슈? 밤새 끙끙 앓더만……, 괜찮아유?"

열여덟 효성과 가장 어렸던 막내 순성이 춘삼을 걱정스러운 얼굴로 바라보며 물었다. 고개를 떨구고 땅바닥만 보고 있던 춘삼이 아이들의 물음에 슬쩍 고개를 들고는 빤히 효성과 순성의 얼굴을 보았다.

"괜찮아요?"

순성이 쭈뼛대며 한마디 거들었다.

"괜찮다……. 이랄 줄 몰랐던 것도 아니고……. 내는 여태껏 살믄서 용감하다 생각했는데……, 그게 아닌갑다. 처음으로 집에 가고 싶다는 생각이 났다……. 거지 같은 집구석에 죽 한 그릇 먹기 힘들고 아비, 어미의 싸움에 이골이 나가 뭐가 됐든 딴 데서 살믄 어딜 가든 그게 낫다 싶었는데……. 그기 아닌갑다. 여서 나가도 적어도 내는 집에 안 돌아갈끼라 생각했는데 진짜…… 아니다. 집에 가고 싶다. 미안타……. 내보다 한참 동생인데 니들한테 이런 말 해가……. 괜찮다. 잊어버리라."

춘삼은 말을 하면서도 미안했는지 다시 고개를 떨구고 효성과 순성의 눈치를 살폈다.

"아니에유……. 괜찮아유. 뭐 별 수 있남요. 일전에 요시모토가 일 년 만 일하믄 다시 보내준다고 했잖아유. 기다려 봐야쥬."

자신보다 한참 아래의 동생들에게 위로를 받을 줄은 몰랐던지 가슴이 먹먹하기도 하고 창피하기도 했다. 그와 더불어 가슴속에 화도 치밀어 올랐다.

고작 우리네들이 할 수 있는 말은 괜찮다 밖에는 없다는 것이 원통했다. 안 괜찮아도 괜찮다고 해야 한다. 그것이 사람을 더 응어리지게 하는 것이 아닌가.

저벅저벅 비에 젖은 자갈들을 밟는 발소리가 들리고 미우라가 아닌 꽤 덩치가 있는 남자가 무리들의 앞에 섰다. 덩치가 있는 것은 오로지 자신들의 기준이지 그래도 잘 처먹는 미우라보다는 살집이 못했다. 키는 그래도 제법 컸다.

"오늘부터 요시모토 조장 대신에 새로 여러분들을 맡게 된 가네야마 모토노리라고 한다."

무리들은 새로 온 조장의 얼굴을 바라보며 근심 반 기대 반으로 옆 사람의 표정들을 살폈다.

춘삼 역시 고개를 들어 모토노리의 얼굴을 보았다. 순간 춘삼은 어디 귀신이라도 본 것처럼 두 눈이 동그랗게 커지며 깜짝 놀라 발이 옆으로 젖혀지며 몸을 주춤거렸다.

"엑! 엥?"

옆에 있던 순성이 그 모습을 보고 슬쩍 물었다.

"왜요?"

눈치가 빠른 뒷줄에 서 있던 치후가 코 옆에 반점을 긁으며 슬며시 말을 얹었다.

"와? 저 사람 아나? 개새끼가?"

조금은 경직된 얼굴로 춘삼은 모토노리를 바라보며 살짝 고개를 절레 저으며 작게 답했다.

"아니⋯⋯."

"근데 와그리 놀라는데?"

"저 사람이……."

"뭐? 빨리 말해라! 또 이라다 걸리믄 우리 또 처맞는다."

"저 사람이…… 히로시 살렸다. 내도 살렸고……."

갱이 무너지고 바닷물이 무섭게 덮쳐들어 온 구백 미터의 그곳에서 춘삼이 울며 히로시에게 뛰어가려던 그때, 뒷목을 잡아 멈춰 세운 그 숙련공. 춘삼 자신의 가족을 걱정해준 그 숙련공이 위험을 무릅쓰고 달려가 히로시를 낚아채 둘러업고 나온 모토노리였다. 그가 새로 조장이 되었다.

휴일이지만 비가 와 딱히 나가고 싶은 곳도 없는 노무계나 주민 사람들과는 달리 조선인들은 이리저리 흩어져 비를 맞으면서도 배고픔에 여기저기 식당이나 먹을 것이 있는 곳을 찾아 돌아다니기 시작했다.

오전 열 시가 조금 넘었을 때, 숙소에서 가장 멀리 떨어져 나온 치후와 효성은 숙소 너머 반대편이 아닌 왼쪽 아래로 계속 걸어 내려갔다. 섬이 작아 몇 시간이고 걷지 않아도 될 만큼이라 비가 와도 문제가 없었다.

자신 있게 걷는 발걸음에는 이유가 있었다. 예전 덕철과 병춘 아재의 일 때문에 몇 달간 휴일을 받지 못했던 일행들은 그 후 미우라의 권한으로 다시 휴일을 부여받았고 휴일이 되면 이곳저곳 발길이 닿는 대로 또는 식당이 있다는 소문이 있는 곳으로 이 잡듯이 쑤시고 다닌 덕분에 웬만한 지리는 익힐 수 있었다.

아래쪽 후타고 갱이 있는 쪽으로 걸어가는 와중에 왼편 삭막하게 보이는 흙색투성이의 산 중턱에 자리 잡고 있는 목조 건물 몇 채가 눈에 보였다.

"니 저 사는 조선아들 아나?"

한참을 걸으며 벌게진 눈으로 목조 건물들을 쏘아보고 있던 치후가 따라오던 효성을 보며 물었다.

"이야기는 들었는데 누가 사는지는 모르겠네유."

흠뻑 젖어 온몸에 찰싹 달라붙은 자신의 이름 대신 번호가 새겨져 있는 낡은 천 겉옷 몇 겹을 걸친 둘은 고무신에 들어찬 물을 털어 빼내며 시선을 고정시켰다.

"가족이 있는 녀석들이다. 우덜은 부를 가족이 없어가 못 부른 것도 아닌데…… 와 여기꺼정 온 가족을 불러서 사는지 알 수가 없다. 참. 여가 뭐가 좋다고……"

물에 젖은 생쥐 꼴을 하고 있는 효성과 자신을 보며 깊게 한숨을 내쉬던 치후가 문득 생각이 난 듯 재차 입을 열었다.

"그건 그렇고. 니 집에 편지는 썼나?"

"편지유? 저번에 한 번 쓰고는 안 썼는데유. 자꾸 쓰면 맘 약해질까 봐 종이는 건들지도 못하겠구만유."

"그제? 내도 그렇다. 글고 그거 써도 다 검사 받아야 카는데……. 그래도 몇 달만 더 있으면 일 년 채우니께 돌아가가 보면 안 되겠나? 떡이나 먹으러 가자!"

치후는 구멍 난 하늘을 올려다보다가 내리는 빗물이 눈에 들어

갔는지 재빨리 눈을 비벼 닦았다. 눈물인지 비인지 구분할 수 없는 지금이 괜찮을 지경이었다.

"니 돈 있제?"

"그럼유!"

한참을 걸어서 자그만 식당에 들어선 치후는 젖은 몸을 털고 의자에 앉았다.

효성은 배가 어찌나 고팠는지 치후에게 묻지도 않고 떡과 찐 고구마를 시켰다. 음식 앞에서 물어볼 것이 뭐가 있고 할 말이 뭐가 있을까? 그래도 꽤 정직했던 식당 아주머니 덕에 제값을 내고 허겁지겁 음식을 먹어치우기 시작했다.

"근디 미우라가 우덜 월급 저축해서 고향에 보내준다고 했는디 잘 갔을까유? 우리 아부지, 엄니 농사짓느라 엄청 고생하는디."

배가 조금 차자 문득 고향 생각이 났는지 효성이 떡에 파묻던 고개를 들어 올려 치후를 보며 물었다.

"드가지 않았을까? 내도 잘 모르겠다. 글마 꼬락서니로는 우짤지 모르겠지만서도…… 준다카니카 줬겠지."

항상 부족하게 먹던 콩깻묵과 소금국에서 벗어난 점심은 그야말로 꿀맛이었다. 그리고 식사 시간이 더없이 부족한 건 갱 안에서 점심을 먹으나 식당에서 먹으나 매한가지였다.

"와! 맨날 이렇게라도 먹었으면 소원이 없겠슈. 안 그래유?"

효성이 배를 쓸며 말했지만 서로 알고 있었다. 그래도 턱없이 부족한 양이라는 것을 말이다.

"뭐 물고기라도 잡아가 구워 먹었으면 좋겠는데……"

여전히 입맛을 다시며 텅 빈 떡 그릇을 보며 눈을 쉽게 떼지 못하고 있을 때, 식당의 문이 갑자기 요란하게 덜컥 열리더니 순사(근로과 외근계) 너덧 명이 칼을 쥐고 들어섰다.

너무나 갑작스러운 상황에 가게 안에 있던 주인과 치후 그리고 효성이 아무 말도 하지 못하고 눈만 끔뻑이며 가장 앞에 선 순사를 쳐다보았다. 뭐라 말을 할 틈도 주어지지 않았다.

"이 새끼들! 너희들이구나! 나와 이 살인자 새끼들아!"

뒤에서 두 명이 치후와 효성의 목에 칼을 겨누고 앞에 서 있던 순사 두 명이 멱살을 잡고 끌어내어 갔다. 갑자기 잘 먹다가 이게 무슨 봉변인지 알 수가 없었지만, 식당 주인도 적잖이 놀란 모양이라 정신이 없어 치후와 효성이 말리려고 벗어놓은 노무자 번호가 적힌 윗도리를 미처 알아채지 못했다.

우탕탕탕!

둘이 끌려 나가며 부딪혀 굴러떨어진 진갈색 나무 의자들이 서로 뒤엉켜 시끄러운 소리를 내며 극적인 분위기를 고조시키고 있었다.

추적추적 내리는 비에 한껏 젖은 땅바닥에 내동댕이쳐진 치후와 효성은 차가운 바닷바람과 겨울 빗방울이 살갗에 바로 닿는 것을 느끼고는 자신들이 윗옷을 입지 않았다는 것을 깨달았다.

"무슨 일입니까? 아이고!"

치후의 물음에도 잠시 답이 없던 순사들이 집단으로 구타를 하기 시작했다. 발로 그리고 몽둥이로 심지어 순사 중 한 명은 가왓줄(기계에 쓰는 고무줄)을 집어 들고는 사정없이 후려치기 시작했다.

"억! 억!"

효성은 단발의 비명도 내지르지 못하고 숨넘어가는 억 억 소리만 흘려내며 몸을 웅크린 채 두들겨 맞고 있었다. 그러다가 피떡이 되고 엉망진창으로 붉은 피가 머리에서부터 흘러나왔을 때쯤 구타가 멈춰졌다.

지나가던 몇 안 되는 주민들과 외지에서 들어온 새로운 회사 직원들은 무슨 일인가 황당해하며 발걸음을 멈춰 구경했다.

저벅저벅 발소리가 내리는 빗소리를 뚫고 엎어져 나뒹굴고 있던 치후와 효성의 귓가에 울리며 가까운 곳에 멈춰 섰다.

둘은 올려다볼 힘도 엄두도 나질 않았다.

"어…… 억…… 어…… 버…… 버……."

어두운 무언가가 내려앉는 느낌이 들었다.

"어떻게 용케도 빠져나왔구나. 감독관의 머리를 반쯤 부숴 놓고는 그렇게 도망가면 이곳에서 잘도 빠져나갈 거라 생각했나? 정신이 이상한 놈들이구나."

묵직하고 싸늘한 울림의 목소리에 기가 팍 죽어버린 둘은 허망하기 이를 데 없었다. 도통 무슨 말인지 알아들을 수가 없었기 때문이다.

잠시 후 구타하던 순사들과 다른 중저음의 남자 하나가 피떡이 되어 얼굴 형체를 알아볼 수 없는 치후와 효성을 강제로 일으켜 세우고는 천천히 아래위로 훑어보았다.

"맞습니다. 이 녀석들이오."

효성은 후들거리는 다리에 힘이 점점 빠져 주저앉아버렸고 치후는 가까스로 버티고 서 퉁퉁 부어서 반쯤 감긴 눈으로 흐릿하게 보이는 앞의 남자를 응시했다.

"뭐…… 잘못……했습니꺼?"

희미하게 간신히 새어 나오는 치후의 서투른 일본 말에는 두려움도 아니고 분노도 아닌 절망에 가까운 깊은 한숨이 섞여 있었다.

"너희들은 포로다. 반도 녀석하고는 다르단 말이다. 외출은 물론이거니와 감히 우리 감독관 머리를 깨부수고는 도망가 밥이나 처먹고 있었단 말이냐? 따라와!"

"내…… 헉…… 헉…… 내…… 조선인인데요……, 오다 중대장님……."

치후의 목소리는 들리지 않았다. 마침 더 거세진 빗소리에 그 마지막 말이 공중으로 집어삼켜져 날아가 버리고 말았다.

지랄맞게도 비상이 걸리고 말았다.

춘삼이 순성과 히로시가 있는 병원으로 얼굴을 보러 가고 싶다고 모토노리에게 말했다. 비를 피해 산 위 다카시마 신사 근처 빨간 지붕이 쑥 길게 뻗쳐 나온 조선인 사택의 바깥 한쪽 귀퉁이에 앉아 모토노리가 건넨 감자 두 알씩을 양손에 쥐고 우적우적 씹으며 춘삼이 하소연하듯 먼저 말을 걸었다.

"참말로 고맙십니데이. 근데 히로시가 없으니께 영 허전한 게 걱정돼가 잠이 안 옵니다. 우째 돼가는지 얼굴만이라도 쪼매 보믄 안 되겠십니꺼?"

눈치 없는 순성은 감자를 숨도 쉬지 않고 씹다 말고 갑자기 동작을 멈추더니 이상하다는 듯 고갤 돌려 모토노리에게 물었다.

"근데 조장님은 일본인인데 조선말을 아주 잘하네요? 어디서 배웠습니까?"

뻗은 지붕을 타고 빗물이 주르륵 흐르는 것을 멀뚱히 쳐다보던 모토노리가 순성의 말에 피식 웃었다.

"조선말 잘하지? 대단하지 않냐?"

모토노리가 웃으며 순성의 머리를 쓰다듬었다. 춘삼은 물론이고 순성도 이런 대우를 받아 본 적이 없어 낯설기만 했다. 조장은 항상 무섭고 두려운 대상이었다. 어쩔 때는 갱 작업 감독관보다 더 신경질적이기도 하다고 느꼈었는데 모토노리는 전혀 그렇지 않았다.

춘삼은 힐끔 모토노리의 셔츠 소매가 걷어진 팔뚝을 보았다. 여기저기 상처투성이의 팔뚝이 자신들과는 비교도 되지 않는 것 같았다.

"너희들 저기 언덕 조금만 건너 돌길 아래로 내려가면 주막이 있는 거 아느냐?"

길게 뻗친 손으로 오른쪽 위를 가리키며 모토노리가 말했다. 흘러내리는 빗물이 그의 팔뚝에 쏟아지며 흠뻑 젖었지만 아랑곳하지 않고 평온한 얼굴을 보이는 모토노리가 이제는 신기하기까지 한 춘삼과 순성이었다.

"네? 주막이요?"

"그래. 주막."

"아……, 대충은 들었는데 가 본 적이 없어가 모르겠십니더. 술

마실 정신도 없는데……."

아쉬운 목소리로 춘삼이 답했다. 그러자 옆에서 순성이 호기심 어린 눈으로 질문을 했다.

"진짜요? 나는 한 번도 안 마셔봤는데……."

"너는 열여섯이라메? 어리니까 못 마셔봤겠지. 나중에 한번 가 봐라. 고단한데 술도 한잔하고 고향 노래도 한번 원 없이 불러보고 하면 좀 괜찮지 않겠니?"

모토노리의 자상하고 섬세한 말에 춘삼은 감정이 복받쳐 오르 기 시작했다. 하지만 그보다 먼저 순성이 갑자기 표정이 일그러지 더니 울상이 되었다.

영문도 모르고 끌려와 지금껏 두려움과 걱정 그리고 불안 속에 서 살며 제대로 된 대우 한 번 못 받아 봤던 것을 누르고 누른 가 슴속의 무거운 어떤 감정들이 모토노리의 한마디에 폭발해 버리기 시작한 것이었다.

그제야 조금 삶이란 것이 보이기 시작했다. 응어리진 가슴 속을 달래야겠다는 생각이 번뜩 들었다.

한참을 눈물을 흘리지 않으려 애썼지만 마음대로 되지 않는 것 은 역시나 눈물이었다.

버티다 보면 고향에 돌아가겠지라고 막연하게 생각만 하던 것이 내가 잘 살고 싶다는 의지로 바뀌어 가는 것 같았다. 죽을 것 같은 탄광일을 잘 견디고 고향에 돌아가 잘 살아야지. 그러면 고향 노래 를 꼭 불러야지. 순성과 춘삼의 마음에 희망의 불을 지핀 건 모토 노리의 따뜻한 말 한마디와 저기 저 보이지 않는 주막집일지도 몰

307

랐다.

"힘들더라도 조금만 참으면 곧 집에 갈 수 있을 거다."

울먹이는 둘을 바라보던 모토노리는 씁쓸한 표정을 지었다. 그때, 비닐우산을 받쳐 쓴 여자가 나풀거리는 치맛자락을 살짝 발목 위로 들어 올리며 비에 젖지 않게 움켜쥐고선 춘삼이 있는 뒤쪽으로 천천히 다가오며 외쳤다.

"모토노리! 밥 다 됐어요. 국이 식어요! 빨리 들어와요!"

여자의 목소리에 흠칫 놀란 춘삼과 순성은 얼른 뒤를 돌아 소리가 나는 곳을 보았다.

하얗다 하얗다 색만 구별해 볼 줄 알았지 살다가 그렇게 하얀 사람은 보질 못했었다. 코가 어찌나 길쭉하고 눈이 짙고 큰지 여자라고 할 수도 없을 만큼 신비로운 이가 조장 모토노리의 이름을 부르고 있는 것이 아닌가.

모토노리는 여자를 보더니 천천히 일어서 젖은 셔츠의 곳곳을 털었다. 그 모습을 춘삼과 성순은 멍하니 쪼그려 앉은 채 올려다보았다.

"고충은 있겠지만 작업할 때는 먼저 아는체하지 말아라. 너희도 나도 제 명에 못 산다. 그리고 히로시 일은…… 어쨌든 살아남은 것만으로도 다행이지 않느냐. 조심히 들어가라."

"네? 아…… 네…….”

간단한 손짓으로 인사를 대신하며 빗속을 뚫고 여자에게로 달려가는 모토노리의 음성이 빗소리에도 굴하지 않고 또렷이 들려왔다.

"비 많이 온다. 들어가자 유우코!"

"니 봤제? 저거 여자 아니다. 아니 적어도 조선 여자는 아닐끼다."

춘삼은 아직도 얼떨떨한 표정을 지울 수 없었다. 순성도 걷다 말고 춘삼의 말에 동의한다는 듯 고개를 세차게 끄덕였다.

"와……, 일본에는 저런 여자도 있나 봐요?"

"모르제? 그란데 내가 본 일본 여자는 저렇지도 않던데…….와……, 진짜 엄청나데이."

어느새 둘의 발걸음은 아까 전 모토노리가 가리킨 주막 근처 어딘가로 향하고 있었다.

"그나저나 저쪽에 큰 집이 그 주막 아닌가요?"

"글쎄…… 저긴 아닌 거 같은데. 근데 뭔데 저 노무계 놈들이 왔다 갔다 하노?"

날씨가 좋지 않아 섬 내에 딱히 돌아다니는 사람도 많지 않았는데 왠지 파란 지붕의 큰 대문이 열려있는 곳에는 사람들의 왕래가 잦는 것 같아 보였다.

파란 지붕의 집 근처를 유심히 바라보던 춘삼이 갑자기 손뼉을 딱하고 쳤다.

"마! 봐라! 저기 큰 집 말고 그 조금 뒤에. 저가 주막인가 보다."

춘삼이 손으로 큰 대문의 집보다 조금 더 뒤로 떨어진 작은 빨간 지붕의 허름한 간판이 달린 곳을 가리켰다.

그러자 순성이 갑자기 툭하고 춘삼의 등을 쳤다.

"형님!"

"와? 안 보이나?"

"그게 아니고요……. 저쪽."

"저쪽? 저쪽 뭐가?"

순성이 자신의 등 뒤를 가리키며 춘삼을 곤란한 표정으로 바라보았다. 춘삼이 순성이 가리킨 반대편을 보니 주재소가 떡하니 있었다.

"에? 뭐고? 순사 사무소가 와 저기 있는데? 씹헐……, 뭐 감시하나?"

"주막에 들어가도 괜찮은 걸까요?"

"몰라! 저게 저래 있으믄 들어가라는 기가, 말라는 기가? 그래도 딱히 통행금지 구역은 아닌 거 같은데 괜찮지 않겠나?"

머리 위로 제법 많은 양의 빗물이 흘러내리고 있었다. 둘은 잠시 멈춰 서서 앞뒤를 두리번거리고 있을 때 마침 지나가던 나이가 지긋한 아주머니 한 명이 장을 보고 가는 길인지 바구니에 야채를 한 가득 담은 모습으로 춘삼과 순성을 향해 천천히 다가오며 말을 걸었다.

"여기서 뭐하는가? 술 마시려고?"

아주머니의 어설픈 조선말에 둘은 눈이 휘둥그레졌다.

"네? 술 마실 수 있어요?"

춘삼이 의심을 하며 물었다.

"마실 수 있지. 여자도 만나 볼래? 돈은 있나?"

여자도 만날 수 있다는 소리는 처음 들었다. 여자는 조선 여자들을 몇 번 오다가다 보긴 했지만 거의 사택에 살고 있는 가족 단

위의 여자들이라 생각을 했는데 말이다.

"여자요?"

"그래. 여자."

"무슨 여자요? 여자랑 술도 같이 마실 수 있다꼬요?"

"그렇다니까! 안 할라믄 말고! 멍청한 녀석들, 안 할려면 꺼져라!"

이게 지금 무슨 상황인지 잠시 판단이 되질 않는 사이에 섬 곳곳에서 사이렌이 울렸다.

"지금 바로 조선 놈들은 즉각 숙소로 돌아들어 가라! 다시 한번 알린다. 지금 바로 즉시 숙소로 돌아가라. 다시 알림 소리가 나오면 밖에 돌아다니다 잡혀도 모두 자신의 책임이다! 다시 한번 말한다. 지금 즉각 각자 숙소로 돌아가라!"

하염없이 내리는 비와 어두컴컴한 구름 떼들 그리고 겨울이라 해가 짧아진 탓도 맞물려서인지 어둠은 금방 찾아오기 시작했다. 앙상해진 나무들이 뾰족한 손을 내밀며 섬 곳곳에 심판의 손길을 내미는 것 같은 기운을 뿜어냈다.

"순성아! 비 많이 온다. 돌아가자!"

확성기에서 나오는 명령에 따라 춘삼은 순성의 등을 힘껏 밀어 숙소로 향해 방향을 바꿔 재빨리 걸음을 옮겼다.

춘삼은 자신들이 내려온 돌계단을 다시 몇 발짝 올라가다 말고 고개를 홱 돌려 가만히 서 있던 이상한 아주머니를 노려보며 살의에 가득 찬 목소리로 조용히 그러나 강하게 혼잣말했다.

"씨벌년이! 여도 강제로 조선 여자 몸 팔리나!"

싸이렌과 안내방송이 나와 순성과 아주머니가 혼란스러워할 때 춘삼은 저 앞쪽에 보이던 큰 대문 집과 그 뒤 빨간 작은 지붕의 허름한 간판을 가진 곳에서 여자들이 휘청거리며 나오는 것을 보았다.

치마저고리. 비가 제법 강하게 내렸지만, 확실히 알아볼 수 있었다.

고향. 아니 온 조선 여자들이 입고 다니던, 우리네 어머니 할머니도 입고 다니던 그 치마저고리를 입은 채 말이다.

금방 빽빽이 숙소에 들어 차 모인 조선인들은 무슨 일인지 불안해지기 시작했다.

갑자기 밖이 조금 시끄러워지더니 옆 건물의 문이 덜컹거리고 열리더니 군복을 차려입은 수십 명의 남자들이 몽둥이와 구둣발로 그리고 가죽 줄로 거칠게 사람들을 매질하기 시작했다.

챙 모자의 위 계급인 듯한 남자 하나가 손가락을 까딱하며 누군가에게 지시하자 얼른 한 놈의 목덜미를 움켜잡고 밖으로 질질 끌려 나왔다.

"어디 있냐? 이 버러지 같은 새끼야!"

챙 모자의 군복을 입은 남자가 큰 소리로 다그쳤다.

"나는 모르오! 니 들이 이런 식으로 하니까 그렇게 된 거다! 인과응보다 이 개새끼들아!"

입이 터져 피가 흘러나오는 와중에도 고래고래 소리를 지르던 남자를 향해 챙 모자의 군인의 얼굴이 심하게 일그러졌다.

그 광경을 살짝 빗겨져 젖혀진 창틀 사이로 여기저기 조선인들이 몰려들어 앞다투어 지켜보고자 우르르 몰렸다.

"마! 저게 뭔 말이고? 중국 말 아이가?"

"아따! 저쪽이 중국 놈들 숙소인갑네! 어쩐지 작업장 드나들면 가끔식 이상한 말이 들린다케뜨만……, 뭐다냐? 저거 총 아니냐?"

"왐마! 진짜 쏠라고? 아니제잉?"

웅성대는 소리가 점점 커지면서 공포심이 온 숙소 안을 덮기 시작했다. 그런데 이상하게도 안절부절못하고 왼 손톱만 잘근잘근 씹어대며 뭔가를 골똘히 생각하는 이가 한 명 있었다.

그가 자리에서 벌떡 일어서더니 오른손의 검지를 까딱거리기 시작했다.

밖의 상황에 정신이 팔렸던 조선인 무리 중 누구도 눈치를 채지 못했지만, 그가 숙소의 문 쪽으로 뛰쳐나갈 때 규양만이 얼른 알아채고 큰 소리로 소리를 질렀다.

"다케우사! 안 돼!"

말보다 상황이 먼저 저질러졌다. 이미 엎질러진 물이었다는 것을 알아차린 것은 잠긴 숙소의 문을 힘껏 발로 차 커다란 소음을 내기 시작했을 때부터였다.

쿵쿵대던 문 소리가 밖에 있던 일본 감시과 직원의 귀에 들렸고 무슨 일인가 의아해 문을 열었을 때 있는 힘껏 몸을 날린 다케우사가 숙소 밖으로 튕겨 나갔다.

철퍽 소리와 함께 흙탕물을 뒤집어쓴 다케우사의 행동에 숙소에 있던 조선인들은 그를 그저 넋 놓고 바라볼 수밖에 없었다.

"뭐냐 이 녀석은?"

노무계 감시과 직원의 당황한 목소리가 크게 울렸고 소란이 들려온 조선인 숙소 쪽으로 챙 모자를 눌러 쓴 총을 겨누던 남자가 급히 고개를 돌려 다케우사가 넘어진 쪽을 보았다.

이건 또 무슨 일인가 기가 찬 군복의 남자가 눈짓으로 곁에 있던 다른 군복의 남자에게 신호를 보내자 지체 없이 신호를 받든 녀석이 성큼성큼 걸어 왼쪽 옆구리에 찬 기다란 장검을 빼어들고는 다케우사 쪽으로 향해 걸어갔다.

순간 다케우사가 벌떡 일어서더니 챙 모자의 남자에게 달려들려는지 그의 방향으로 뛰기 시작했다.

"대한독립 만세다! 이 개새끼야! 이날을 기다렸다. 만주에서 우리를 돕는 녀석들을 괴롭히지 말아라!"

몇 발짝 뛰었을까?

[파삭!]

괴상한 파열음이었다. 그것은 거칠지만 부드러우면서도 둔탁하지만 날카로웠다. 물에 적셔진 육체와 물체가 강하게 부딪히며 나는 소리.

다케우사를 숙소 안에서 지켜보던 조선인들은 한동안 얼음처럼 굳게 되어버렸고 무릎이 꿇린 채 피투성이가 된 중국인 녀석도 다리가 풀렸는지 움찔거리며 옆으로 손을 짚으며 털썩 주저앉아 버렸다.

순식간에 다케우사의 머리와 몸이 분리되어 엄청난 피가 분수처럼 잘린 목에서부터 뿜어져 나왔고 굴러떨어진 다케우사 머리의 얼굴 방향이 조선인 숙소 쪽으로 향했다.

그리고 놀랍게도 분리 된 다케우사의 얼굴에 두 눈이 몇 번 깜빡이더니 입술이 살짝 움직였다. 고작 이 삼초 정도였던 것 같았다.

다케우사의 마지막 시선은 규양의 눈과 마주했다.

규양은 그대로 바지에 오줌을 지리고 혼절했다.

'그때 말할 걸……. 다른 이에게 알렸어야 하는데…….'

꽤나 학구열이 높았던 어린 소년 주섭이는 병치레가 많아 비록 학교를 다니진 못했지만 호기심이 많아 주변 어른들의 잡다한 대화에 관심을 가지고 종종 끼어들곤 해 신기하고도 성가신 녀석이라 불리워졌다.

주섭은 다른 또래에 비해 작은 체구에 그리 탄탄한 몸도 아니었기에 언제나 자존감이 낮았다.

그래도 경성에 살며 부모 모두 여윳돈이 넉넉해 그나마 풍족했던 유년 시절을 보냈던 주섭은 1936년 열네 살 어느 봄날 우연히 거리를 걷다가 들른 작은 잡화점에서 그의 인생의 전환점을 맞이했다.

막 잡화점 입구에 들어서려던 주섭이 황급히 뛰쳐나오는 한 청년과 몸이 부딪혀 뒤로 굴러 자빠지고 말았다. 어찌나 세게 부딪혔는지 하마터면 머리가 깨질 뻔했다.

"어이쿠! 괜찮니?"

청년이 당황하며 쓰러진 주섭을 일으키려고 다가갔지만 어째서인지 쉽게 손을 내밀지 않고는 어정쩡하게 허리만 굽히며 안절부절못했다.

주섭은 인상을 찡그리며 청년을 올려다보았다.

그의 한 손에는 묵직한 가방이 들려 있었고 다른 한 손으로는 손바닥을 살짝 구부려 코와 입을 가리고 있었다.

괴상한 행동이라고 해야 맞을까? 당장에라도 일어나 꼬치꼬치 따지고 싶었던 어린 꼬마 주섭은 뒤이어 들려온 청년의 음성에 아무 말도 하지 못하고 그저 멍하니 손바닥만 물끄러미 바라보고 말았다.

손바닥에 청년이 쥐여준 이상하게 그려진 그림과 한자가 새겨진 종이를 한참이나 보다가 서둘러 어디론가 달려가는 청년의 뒷모습을 쳐다보았다.

'미안하구나. 내가 지금 몹시 급해서 그런데……, 이거 받아라. 후에 이걸 쓸 일이 있을지 모르겠구나.'

집으로 돌아와 아버지에게 보여준 종이는 만주국 일 위안이었고 그 지폐에 관심을 가지게 된 주섭은 만주에 관심을 가지기 시작했다. 일본인도 아닌 중국인도 아닌 분명 조선어 그것도 조선인이었는데 만주 돈이라니. 호기심이 불타오른 주섭은 그리 오랜 시간이 흐르지 않아 만주에 자주 왕래하는 조선인이 있다는 사실을 알아냈고 장사치였던 그를 따라 며칠간의 호기심 어린 가출을 경험했다.

뜻하지 않게 머무른 만주에 사는 조선인의 집에서 사흘간 먹고 자면서 조심스럽게 드나드는 사람들에게 호기심을 또 한 번 느꼈고 그들의 이야기를 엿듣다가 독립에 관한 심도 있는 이야기를 들을 수 있게 되었다.

그들과 이야기를 나누면 나눌수록 서서히 가슴 깊숙한 한 곳에서 울분이 용솟음치기 시작한 것은 자신의 아비가 결코 떳떳한 일을 해 재산을 모은 것이 아니라는 것을 깨닫고 나서였다.

완전히 집으로 돌아갈 날짜를 과감히 버리면서 장사치의 집에서 허드렛일해가며 숙식을 해결하고 드나드는 조선인들과 밀담을 나누거나 하던 주섭은 역겨운 사상으로 조선을 점령한 일본을 공격할 심산으로 자금을 조달하기 위해 먼저 자신의 부모의 집을 털 계획을 세우고 수년 만에 홀로 경성으로 돌아왔다.

그러나 몰래 홀로 돌아오던 주섭은 잠시 경성역에서 요깃거리를 사 먹으려고 주머니에서 돈을 빼다가 수년 전 이상한 청년에게 받았던 그 만주 돈을 흘렸고 재수 없게도 그것을 발견한 지나가던 일본 순사에게 잡혀 불령선인으로 낙인이 찍혀 감옥에 보내질 위기에 처했다.

1942년 주섭은 순사의 고문과 회유에 점점 심신이 피폐해졌고 그러다가 어떻게 하면 조금이라도 몸과 정신이 편해지는지 스스로 터득하게 되었다.

그것은 어쩔 수 없는 협조와 비위를 맞춤이었다.

그 비열한 협상 짓거리 덕분에 만주의 장사치 거주지를 밝혔고 감옥 대신 받은 노동자의 혜택이란 명목으로 부산으로 끌려가 배를 타고 시모노세키 그리고 다시 다카시마로 들어왔다.

　죄책감이 이루 말할 수 없었지만, 반드시 열심히 때를 기다리고 재기해서 일본 놈들을 처단할 것이라는 생각이 머릿속을 지배한 주섭은 다카시마의 탄광에서의 가혹한 노동환경에 정신이 미쳐버리기 시작한 것이다.

　슬픈 사실은 지나치게 낮은 어린 시절의 자존감과 소외감이 이상한 감정을 건드려 망상이 심해졌다는 것이다.

　만주의 장사치의 집은 독립운동가의 은신처나 밀담의 장소도 아니었거니와 그곳에서 나눈 이야기는 그저 술 한잔 마시며 한탄하는 평범한 조선인들의 고단한 삶을 조금이나마 녹여주는 술집에 불과했다. 덕분에 자신의 가출을 얼떨결에 돕고 먹여주고 재워준 장사치의 가게와 터는 그야말로 쑥대밭이 됐고 억울한 사람만 늘게 되었다.

　주섭이 감옥 대신 노동자의 혜택을 선택할 때, 그는 이름을 바꿨다.

　오카와 다케우사, 조선 이름 정주섭.

　과거 지나치게 잡화점의 장난감 총을 좋아하던 아이였다.

　요란해 질 것 같던 소동은 다케우사의 허망한 죽음으로 조선인 숙소나 중국인 숙소 양쪽 모두 그렇게 잠잠해져 버렸다.

　폭동 아닌 폭동으로 간주 된 중국인 숙소의 일은 그로부터 며칠 후 히로시가 병원에서 나와 다시 더욱더 엄격하고 팽팽해진 긴장감 속에서 일을 시작한 어느 날 오전에 알게 되었다.

중국인들은 포로의 신분으로써 혹독한 매질과 차별 그리고 고된 탄광일과 배고픔을 견디지 못해 인내심의 한계가 온 상황이었다. 그게 폭발된 것은 히로시와 필수가 갱 안에서 사고를 당한 그 날 밤이었다.

다른 작업장에서 일을 마치고 들어 오던 중국인 무리 중 이름 모를 두 명의 중국인이 악에 받친 얼굴로 저녁 식사에 대한 불만에 언성을 높이며 노무계 관리부 직원에게 윽박지르다가 순식간에 화를 참지 못하고 곁에 있던 돌덩이를 집어 들어 사정없이 머리를 내리친 것이었다.

직원을 때려눕힌 중국 녀석들은 다행히도 때마침 히로시가 작업하던 갱 안의 함몰 사고로 일본 감시관 녀석들의 시선이 분산된 틈을 이용해 그대로 달아나버렸다.

하지만 그 일 때문에 불행히도 정신이 이상해진 다케우사가 죽어버렸고 효성은 반 불구가 되어 뭍으로 나가져버렸고 치후는 팔다리가 부러져 수일간 일을 할 수 없이 누워있게 되었다. 그리고 달아났던 중국인 두 명은 무슨 영문인지 바로 다음 날 파도에 떠밀려 노무계 직원들로부터 숙소의 아래편 후타고 갱 근처 뭍에서 건져내졌다.

끙끙 몇 주를 앓던 치후는 벙어리가 돼버렸는지 말도 제대로 하지 못한 채로 1943년 일월 중순 아침에 오전 조 조선인들에 의해 숙소 가장 구석에서 싸늘하게 죽은 채 발견되었다.

간호라고 할 수도 없지만 히로시와 춘삼 그리고 순성을 비롯한 다른 조선인들이 주무르고 달래보았지만 괜찮다고 고개만 끄덕이던 치후였다.

이제는 볼 수 없는 이가 조금씩 늘어나고 있었다. 하지만 그만큼 새로운 이들이 몇 차례고 섬으로 들어오기 시작했다.

깜빡 잠이 든 철홍을 깨운 건 나긋한 목소리의 여자였다. 어느새 벌써 컴컴한 주위에 비몽사몽 한 정신을 더욱 차리기 힘들었다. 그래도 홍산의 목소리가 거실에서부터 들리는 것이 철홍의 졸린 눈을 금방 뜨게 했다.

저녁으로 고기 우동 한 그릇과 교자를 그리고 딸려 나온 김치와 함께 먹고 홍산과 함께 거실에 앉았다.

몸이 많이 불편해 보이진 않았는데 홍산은 진폐증을 앓고 있다고 했다. 그리고 치매도 생기기 시작했다고 했다.

철홍과 홍산은 이런저런 이야기를 주고받으며 나가사키와 한국인이라는 공통점을 맞춰가기 시작했다.

"근데 저⋯⋯ 아드님은 어디에 있나요? 가게에서 여기로 오지 않고 다른 곳에 있나요?"

그러고 보니 어제오늘 한 번도 여자의 남편을 이곳 민박집에서 보질 못했었다. 그저 며느리만 이곳에서 생활하는 것 같았다. 철홍은 어제 본 가게 남자 주인이 홍산의 아들이라고 생각했었다.

"에이지는 여기 없어. 그 녀석은……. 아이고…….."

아들 이야기에 한숨을 내쉬던 홍산이 근심 걱정이 가득한 얼굴로 거실에 크게 나 있는 창밖을 내다보았다. 근처에 새로 생긴 편의점에 홍산이 좋아하는 고구마 센베를 사러 나가느라 며느리는 마침 집에 없었다.

"어디 갔는지 삼 년 전에 나갔는데……, 소식이 없어. 내가 죽으면 올라나……."

"그럼 며느님도 소식을 모르세요?"

"모를 거야. 집구석 싫다고 나갔으니……. 참! 그건 그렇고 그…… 자네 다카시마는 가 봤나?"

"다카시마요? 아…… 아! 아직 안 가봤네요."

갑작스러운 다카시마에 대한 질문에 철홍은 고개를 갸웃거리며 잠시 생각을 하다가 답했다.

"혹시 돌아가면 내 부탁 하나만 들어줄 수 있나? 그러면 오늘 숙박비는 내 받지 않겠네."

홍산은 무거운 얼굴을 지으며 목소리를 가늘게 떨었다.

"어떤 부탁이요?"

"나가사키로 돌아가면…… 다카시마에 한 번 들러줄 수 있겠나?"

"다카시마요?"

"그래, 다카시마. 거기에 들어가서 나한테 전화 한통만 해 주면 고맙겠네."

알 수 없는 이상한 부탁이라고 생각했다. 철홍에겐 그리 어렵지 않았다. 하지만 다카시마에 들어가 전화 한 통만 해달라는 것은 무슨 이유에서인지 의아했다.
철홍이 이유를 물으려 하기도 전에 홍산이 계속 말을 이었다.
"그냥 이유는 묻지 말고 전화 한 통만 해 주면 고맙겠네."

"배고프지? 이거 조금 더 먹어."
어디서 가져왔는지 히로시의 손에 주먹의 반만 한 차갑게 식은 감자를 쥐여준 모토노리가 까만 얼굴로 씩 웃으며 히로시의 어깨를 툭 쳤다.
"에엥? 와 야만 주는데요? 내도 좀 주이소!"
춘삼이 삐쭉 입을 내밀며 소심한 반항을 했다. 감독관이 있어 크게 말을 할 순 없지만 워낙 표정이 풍부한 춘삼은 우스꽝스러운 얼굴로 과장되게 억울함을 호소했다.
"여기 있다. 자!"
모토노리가 자신의 왼손에 쥐고 씹던 감자를 더 이상 먹지 않고 춘삼에게 주었다.
고달픈 탄광 생활에 모토노리는 거의 새로운 빛과도 같은 존재였다. 적어도 히로시와 춘삼 그리고 가장 어렸던 순성에게는 말이다.
거의 사오 년 만에 우연히 이곳 다카시마에서 다시 만난 히로시와 모토노리, 아니 기영은 너무도 기뻤고 반가웠지만 어째서인지 보이지 않는 벽이 생긴 것 같은 기분이었다. 그것은 어느 한쪽만이 느낀 것이 아니고 둘 다 그러했다.

순식간에 점심시간이 끝나는 감독관의 알림 소리에 맞춰 즉각 잘 움직이지 않는 허리를 일으켜 뜨거운 열기 속에서 탄을 캐내는 작업은 마치 기계처럼 다시 이루어졌다.

그날따라 유독 열기가 심했다. 하루하루 파내어가는 깊이가 깊어질수록 숨도 쉬기 힘든 역한 가스가 미친 듯이 새어 나오고 상층부에서 더욱더 심한 염분의 바닷물이 쏟아져 나왔다. 수개월의 작업 때문에 허리가 잘 펴지지 않아 신음을 연발하는 무리들이 속속들이 나왔다.

철과 석탄이 부딪히는 날카롭고 기분 나쁜 소리와 끙끙대는 앓은 소리가 뒤섞여 괴기스러운 음을 만들어내었다.

사고가 생긴 뒤라 더욱 가슴을 졸이며 일해야 했던 춘삼 그리고 히로시와 다른 조선인 무리들은 불안함에 몸을 사리려고 더딘 작업 속도를 만들어내다가 감독관에게 욕설이 뒤섞인 꾸지람을 듣곤 했다.

"그란데 저놈 아는 아까부터 계속 팔을 올리는 게 어디 아픈가 본데?"

합천 출신 갑섭이 맞은편에서 탄을 쓸어 담고 있던 양주를 힐끔 보더니 춘삼에게 물었다.

"놔둬라. 절마 그때 수장당할 뻔하다가 엄청시리 숨 참고 빠져나온 후부터는 몸이 마이 약해졌다 아이가. 저래 용케 일하러 나온 것만도 기적이다 이 말이다. 아픈 게 당연하지!"

일전에 사고 당시 거의 죽음의 문턱까지 다다랐던 양주는 머리가 넘게 차오른 바닷물 때문에 거의 죽을 뻔했다가 거칠게 묶인 고무줄에 매달려 갱목 틈에 끼어 죽어버린 자신의 동료를 붙잡고 올라와 간신히 살아남았었다.

양주는 히로시와 같이 병원에서 치료받고 히로시보다 더 늦게 갱으로 복귀한 지 얼마 지나지 않았다.

"얼레? 어? 절마 비틀거리는데?"

춘삼의 말에 걱정스러운 얼굴로 양주를 힐끔거리며 계속 눈길을 주던 갑섭이 뭔가 이상함을 감지하고는 다급히 말했다.

"조장요! 절마 비틀거리는데 괜찮십니꺼?"

한창 사강기로 구멍을 뚫던 모토노리에게 큰 소리로 외쳤지만 천둥같은 기계음에 잘 들리지 않았다.

다들 정신이 없었다. 갱 안에서는 매분 매초가 삶의 마지막이었기에 긴장을 늦출 순 없었다.

모토노리와 히로시 일행, 그리고 다른 조선인들과 숙련공들이 굴을 파 탄을 캐고 갱목을 받치는 작업을 하고 있을 때, 쌓여 밀려 들어오는 탄을 탄차에 싣던 평제와 응봉이는 다른 꿍꿍이가 있었다.

동향 부산 영도 출신의 둘은 얼마 전 팔목과 발목을 각기 접질려 이틀 정도를 작업에 나가지 못했었다. 작업에 나가지 못하면 밥이라곤 소금국 하나도 얻어먹지 못했지만, 그 당시 둘은 숙소에 남아 차라리 안 먹고 안 나가는 것이 더 나을 정도로 잠깐의 해방감을 만끽했다.

하지만 그것도 잠시 하루도 지나지 않아 배고픔에 퉁퉁 부은 팔다리를 부여잡고 잠시 감시가 소홀한 틈을 타 숙소 주변에 나 있는 잡초나 썩은 나무뿌리들을 씹기 시작했다.

휴식을 가진 이틀째 오전, 오전 조들이 전부 작업을 나가고 둘은 묘한 생각이 들기 시작했다.

"응봉아! 있다 아이가, 내 이때꺼정 보니까 발이나 손을 못 쓰면 작업을 안 한다 아이가?"

"근데?"

"이거 나으면 다시 일하러 저 미친 곳에 들어가야 한다 맞제?"

배가 아픈지 꾸르륵 소리를 내며 평제가 낮게 말했다. 오후 조는 벌써 전부 곯아떨어져 미동도 없었다. 응봉도 속이 안 좋은지 역한 잔 트림을 내뿜으며 고개를 끄덕였다.

"맞지. 근데 대신에 밥을 안주니까 배고파 죽겠다. 머리도 어지럽고. 그냥 콩깻묵이라도 아니 소금국이라도 먹고 나가는 게 안 났겠나 싶다. 끅……."

갑자기 평제가 골똘히 뭔가를 생각하다가 시신처럼 널브러져 자고 있는 오후 조 무리를 쓱 둘러보고는 입을 열었다.

"그냥 우리…… 뽀라트릴래?"

평제의 말을 듣고 놀란 응봉이 침을 꼴딱 삼켰다. 웬 미친 소린가 싶었다. 저 녀석이 어지간히 갱 안으로 들어가기 싫었던 모양이었다.

"생으로? 와? 일 안할라꼬? 그라면 굶어 죽을 텐데……."

"어데! 며칠 후면 우리 삼교대로 바뀐다 안 하나? 오전 조에 일하고 그날 마치기 전에 뿌러트리면 다음날 일 안 하잖아? 그라면 못해도 일단은 여섯 번은 안 들어가도 되는기라. 글고 계산해보믄 이틀 후에 휴일이잖아. 모토노리 조장한테 말해가 육지로 치료받으러 가면 안 되냐고 물어보믄 된다. 다행히 육지로 나갈 수 있으면 거서 도망가고……. 못 나가면……, 휴일 전날 밤에 몰래 숙소에서 나와가 저 오른쪽 방향으로 돌면 쏙 들어간 부두 있제? 거서 나무 몸통 몇 개 묶어가 고 앞에 보이는 쪼매난 섬으로 나가믄 된다. 일단 거까지 가면 육지로 다시 나갈 방법을 생각해보믄 되지."

꽤 쉼없이 이어진 빠른 평제의 말에 응봉은 그가 오래 고심하고 생각했던 흔적을 쉽게 알아차릴 수 있었다. 그야말로 거침이 없었다. 하지만 유창한 계획속에는 말도 안되는 부분도 있어 잡히다 맞아 죽을 각오를 가질만큼은 아니었다. 그렇기에 불안감을 더 증가시키는 묘한 설득이었다.

생각보다 일찍 찾아온 봄이 얼었던 땅의 추위를 녹이니 점점 썩어 문드러지는 낡은 다다미 바닥에서 역한 냄새가 올라왔다. 수십 종의 벌레들이 노니는 공터가 되어버리는 건 시간문제였다. 녹이 슨 자그마한 난로는 이제 손만 대도 부스러질 것처럼 한쪽 구석에서 바보같이 앉아 있었고 나무 벽은 곰팡이가 슬대로 슬어 색이 푸르스름해졌다. 주변의 오물 냄새와 퀴퀴한 땀 냄새는 이미 익숙해진 지 오래였다.

가만히 배와 발목을 주무르던 응봉이 가만히 물었다.

"근데…… 물에 뜰 만큼 지탱할 나무 몸통이 어데 있는데?"

"고 부두 바로 앞에 산 좀만 타면 거가 수두룩하다. 갱목으로 쓸라고 작업하는 거 다 봤다."

"묶을 줄은? 나뭇가지로는 아직 쌀쌀해가 뿌라져서 안 될 텐데?"

"고무줄 있다 아이가. 우리 만날 차고 드가는. 작업하다 그거 몇 개 째비믄 되지!"

평제는 문제없다는 듯 반짝이는 눈빛으로 답했다.

하지만 여전히 고개를 갸우뚱거리는 응봉이 못마땅한 듯 평제는 고개를 까딱 옆으로 젖히며 눈을 슬쩍 감았다가 한심하다는 표정으로 응봉을 노려봤다.

"니…… 내 안 믿제? 아니믄 여가 살만 하나? 것도 아니믄 니 가족 없나? 고아가?"

"내 마누라도 있다!"

가족이 없냐는 말에 발끈한 응봉은 번뜩 성질이나 평제에게 큰 소리를 냈다. 조용한 숙소라 너무 우렁차게 들려버린 응봉의 언성에 화들짝 놀란 평제는 급히 거뭇하게 부어오른 검지를 입에 가져다 대고 조용히 하라는 신호를 보냈다.

"알았다 새끼야! 성질하고는……."

눈을 부릅뜬 응봉은 뭔가 결심을 한 듯 씩씩거리다 말했다.

"알았다! 나가자! 내 나가서 고향 가믄 내 마누라 있는지 확인시켜줄게! 니도 영도 아이가? 그라믄 가깝겠네. 그리고 내도 더 이상은 일 안 할란다. 밥도 굶기 싫다!"

평제는 악에 받친 응봉의 얼굴을 잠시 보다가 누워있는 조선인 무리를 가리키며 쐐기를 박는 한마디를 날렸다.
 "여 봐라. 이게 짐승이지 사람이가? 다 개 끌려오듯이 끌려왔지, 누가 여가 좋다고 온 놈이 있겠나? 여는 숙소가 아니라 돼지우리다. 돼지우리! 감옥에 간 사형수도 아침 점심 먹으면 반나절은 산다. 우리는 종일 살아있는 거 장담도 몬 하고 기도만 해야 된다. 그래 산지 일 년이다 일 년. 얼마나 여서 더 살 거 같노? 전쟁? 안 끝난다. 저 일본 놈 새끼들 봐라. 저만치 독한 놈들이 지겠나?"

 어느 정도 부기가 살짝 빠지자마자 평제와 응봉은 무리해서 작업을 강행했다. 그리고 다친 부위 때문에 힘쓰는 일을 하기가 쉽지 않아 탄 지게에 실려 온 탄을 탄차에 나르는 작업을 맡게 되었다.
 마른 침만 꼴깍 삼키고 언제 굴러가는 탄차에 손과 발을 넣을지 기회만 엿보고 있었다.
 그 기회는 생각보다 빨리 찾아왔다. 감독관의 삼엄한 감시 속에서 가득 쌓인 탄차를 조금 밀어 반동을 줘 굴러가게 하던 중이었다.
 "마! 정신 차리라! 양주야!"
 탄 지게를 옮기던 갑섭이 양주의 곁으로 지나쳐갈 때, 양주가 심하게 비틀거리다가 쿵 하고 쓰러져 버렸다.
 "뭐냐?"
 양주의 조에 일본인 숙련공이 쓰러진 양주를 내려다보며 신경질을 내었다. 쓰러진 양주는 부르르 떨며 입에서 피를 토했다. 그와 동시에 양주와 고무줄에 허리가 묶여있던 다른 조선인 청년이 무게중심이 아래로 쏠려 같이 넘어져 버렸다. 그런데 그게 문제였다.

조선인 청년이 폭약을 꽂으려 쌓아놓은 나무상자 위로 엎어지면서 폭약 하나가 굴러떨어졌고 운이 나쁘게도 하필이면 급격히 거세게 새어 나오는 가스가 탄에 불이 붙으면서 폭약을 건드렸다.

"야 이 새끼야! 뭐야! 헉!"

일본인 숙련공은 놀라 자빠졌다.

다행인 건지 불행인 건지 조선인 청년의 몸이 폭약 위로 떨어지며 펑 하는 소리를 내고 터져버렸다. 불이 붙은 탄과 어쩐지 불량이었던 폭약이 청년의 몸 아래에서 터져 청년의 몸이 순간 물속의 기포가 대기 중에 올라오는 것처럼 붕 떴다가 떨어졌다. 사방에 살과 내장이 튀었다. 그리고 불발이라고 해도 그 위력은 엄청나 갱 안이 진동했고 위와 옆에 받친 갱목이 삐거덕거리며 흔들렸다.

머리 위에서는 암석과 탄들이 요란하게 우수수 떨어졌다. 그리고 바닷물이 '파악' 하고 폭포처럼 흘러내렸다.

일순간 너무도 당황한 조선인들과 일본인들이 아무 말도 못 하고 몇 초간 커진 눈동자만 굴리며 굳어버린 얼굴로 멈추어 섰다. 상황을 파악하는 데는 고작 일 분도 되지 않은 것 같았다. 얼마 전 사고가 있었는데 또 사고가 난다는 건 그야말로 참담하며 지옥에서 살아가는 것과 마찬가지였다.

다행히도 천운인지 더 큰 폭발은 일어나지 않았다. 젖은 조선인의 청년의 몸이 운 좋게도 아슬아슬하게 막아 놓았던 것이었다.

"정신 똑바로 안 차릴래? 이 개새끼들아! 여기 전부 죽을 뻔했잖냐! 이 쥐새끼만도 못한 조센징 새끼들!"

순식간에 온갖 욕설과 입에 담을 수도 없는 지저분한 말들이 쏟아져 나오기 시작했다. 감독관으로부터 터져 나온 화는 작업을 하던 일본인들에게까지 퍼져 경멸과 살기의 표정으로 조선인들의 기를 눌러놓기 시작했다.

"괜찮아 다들? 히로시! 춘삼아! 성순아!"

모토노리 역시 너무 놀라 바닥에 주저앉고 말았다.

"괜찮습니다. 괜찮아요."

"억……. 저도 괜찮아요."

순성이 어디가 아픈 듯 얼굴을 일그러트리며 말했다.

"마! 니 손 와그라는데? 어데 찧었나? 괜찮나?"

춘삼이 안전모를 비스듬히 위로 올리고는 눈물을 찔끔 흘리던 순성의 중지 손가락을 쳐다보았다. 허연 것이 살점을 뚫고 나와 있었다.

"모르겠어요. 옆에 뭐 잡다가 껴서 빼려다가 비틀어졌나봐요. 그래도…… 윽……. 괜찮아요."

"뭐가 괜찮냐! 손 이리 내라!"

모토노리는 자신의 작업화의 줄을 얼른 빼서 순성의 중지 손가락을 틈이 없이 빽빽하게 감았다.

"와…… 씨……, 죽을 뻔했네. 니는 괜찮냐?"

춘삼이 곁에 있던 얼빠진 히로시를 잡아 흔들고 물었다. 눈이 풀려버린 히로시가 퍼뜩 정신이 들었는지 고개를 돌려 비뚤어진 안전모를 고쳐 쓰고 겁먹은 표정으로 춘삼과 모토노리를 번갈아 보았다.

"다시 죽는 줄 알았다……. 나…… 잠깐 졸았나 보다……. 순간 기억이 안 난다."

히로시의 얼빠진 표정을 보고 춘삼은 울상을 지었다.

"인마야……, 니 점점 정신이 미쳤는갑다. 무슨 일이 있었는지 모리나?"

모토노리가 순성의 드러난 뼈를 다 감고는 히로시를 안타깝게 물끄러미 보다가 입을 열었다.

"중독이다. 가스 중독. 더 일하면 곧 죽는다……."

"네? 그게 무슨 말입니꺼?"

모토노리와 춘삼이 걱정스런 얼굴로 머리를 움켜쥐는 히로시와 손가락을 움켜쥐는 순성을 보고 있을 때, 저 뒷쪽 비교적 여유가 있는 탄차가 지나가는 자리에서 비명 소리가 들렸다.

"아 악! 아이고"

"우 아 악!"

평제와 응봉이 탄차의 바퀴에 깔려 뒹굴고 있었다.

평제는 손이 응봉은 발이 탄차에 깔려 흐물흐물하게 되었다. 급히 주변 조선인들과 일본인 작업자들이 감독관의 지시하에 얼른 탄차를 밀치고 둘을 꺼냈다. 말이 꺼낸 것이지 잡아 꺼낸 것이라고 해도 무방했다.

"햐……, 이거 골치 아프네……. 작업 중지! 다들 순서 맞춰 위로 올라가라!"

갱 안에서는 어느 누구보다도 악질인 일본인 감독관도 사람이었다. 이대로는 언제 다시 여분의 사고가 일어날지 알지 못했고 그도 두려웠기 때문에 충분한 하루 할당량을 채우지 못했지만 자신도 욕먹을 각오로 울며 겨자 먹기 식으로 작업자들과 조선인 무리들을 위로 올려 보냈다.

그날은 생각보다 일찍 탄광에서 나오게 되었다.

숙소로 돌아가는 길에 조선인들은 살았다는 안도감과 끔찍했던 시간을 떠올리며 한숨만 내쉬며 고개를 떨구고 터덜터덜 걸었다.

모토노리 역시 말없이 무리들을 인솔해 걸었다.

사택으로 돌아간 모코노리와 숙소로 들어간 히로시와 춘삼은 얼이 빠져 누구 하나 먼저 쉽게 말을 꺼낼 수 없었다.

그날 밤 식사를 마친 춘삼이 혼자 털레털레 걸어 숙소에서 조금 떨어진 남쪽 방파제 쪽으로 걸었다.

오랜 시간 힘차게 튀어 오른 파돗물과 빗물에 몇 번이고 젖었다 말랐다 해 갈라지고 질서 없이 쪼개진 나무 판자 위를 걸으니 으적으적 소리가 기분 나쁘게 들렸다.

춘삼은 어느 한 곳에 걸음을 멈춰 서더니 높지 않은 담벼락 위로 있는 힘을 다해 훌쩍 뛰어올랐다. 그리고 그 자리에 앉아 먼 앞바다를 바라보았다.

그저 멍하니 수 십분을 앉아 있었을까, 기척이 들려 뒤를 돌아보니 아래에 히로시가 언제 왔는지 서서 자신을 보고 있었다.

"니 언제 왔노? 왔으믄 말이라도 걸제?"

춘삼이 쓴웃음을 지으며 히로시를 바라보았다.

"거기서 뭐 하냐? 설마 죽을라고?"

"아니……."

히로시는 몸이 안 좋은지 힘겹게 춘삼이 앉아 있는 곳으로 올라가 옆에 나란히 앉았다.

불어오는 밤바다가 이제는 그리 소름 끼치게 비리지도 않았다.

검은 바다가 뱀처럼 잔잔하게 물결을 치는 것이 소름 끼칠 만도 한데 지금은 그렇지도 않았다. 오히려 평화로운 느낌이 드는 것이 사뭇 달라 보였다.

곳곳에 나 있는 전봇대에 설치된 낡고 흐리멍텅한 노란 불빛이 두 사람과 주변을 감싸주었다. 그래도 어느 하나 정겨울 수 없는 것이었다.

한참을 말없이 앞만 보던 춘삼이 먼저 차분하게 말을 꺼냈다.

"저 앞에 섬 보이제?"

"무슨 섬? 어떤 거 말하는 거냐?"

눈앞에는 두 개의 섬이 보였다. 오른쪽 왼쪽.

히로시는 손가락으로 왼쪽을 가리켰다.

"저 둥근 거 말고 저 있는 각진 거 말이다."

"응. 보인다."

달빛이 유난히도 밝게 빛나는 밤이었다.

"저도 배가 엄청 왔다 갔다 하는 게 여량 비슷한가 봐."

"모르겠다. 저기는 뭐 하는덴지. 근데 그건 왜 갑자기?"

"내 있다 아이가. 이제 고만 집에 가고 싶다. 이제는 가족이 아니라 동네 사람들 얼굴이라도 보고 싶다."

"……."

히로시는 갑작스러운 춘삼의 고백에 무슨 말을 어떻게 해야 할지 몰랐다. 어쩐지 그동안 꽤나 말이 많았던 그리고 소리가 높았던 평소의 춘삼의 목소리가 아니란 것만은 정확히 알 수 있었다.

"니 머리가 도는 건 괘안나?"

"응 지금은 좀 낫다."

"잘 됐네. 아닌가? 저 갱에 들어가는 거보다 아픈 게 낫나……?"

유난히 침착하고 낮은 목소리는 마치 삶을 포기한 사람의 마지막 서글픈 발악 같았다.

"너 무슨 일 있냐?"

히로시는 점점 불안해지기 시작했다.

"언제쯤 나갈란가 모르겠다. 그쟈?"

춘삼의 눈가에 눈물이 맺히기 시작한 것을 누르스름한 조명이 아니라 달빛에 반사된 바닷물이 알려주었다.

"나도 나가고 싶다. 그런데 그거 알아? 나는 나가도 갈 데가 없다. 모토노리 조장이 사실은 내 유일한 가족 같은 사람이다."

히로시의 말에 춘삼은 흠칫 놀라며 새로운 사실에 고개를 돌려 히로시의 얼굴을 바라보았다. 어색해지지 않으려고 히로시는 말을 이어 나갔다.

"나는 기억이 없을 때부터 고아였다. 그것도 일본에서 말이다. 분명히 조선 사람은 맞다. 생김새도 그렇고 어릴 때부터 나 키워준 생선가게 쿠보스케 아저씨가 그랬다."

"아……, 맞나."

"여기 와서 니들 보니까 조선에 가고 싶다는 생각이 들었다. 아무튼 모토노리 조장을 처음 만난 것도 그 생선가게에서였다. 시모노세키에 있는."

"맞나……. 생전 니 얘기를 안 하길래 내는 뭐 사연이 있어서 말 안하는갑다 했지……. 몰랐었네."

춘삼은 고개를 끄덕이다가 앞만 보고 이야기하는 히로시를 따라 다시 저 앞 바다를 바라보았다.

"무슨 일이 있어서 후쿠오카로 나왔다가 나가사키 사세보에 있었다. 한 사오 년쯤에 안 좋은 일에 휘말려 어쩔 수 없이 헤어졌는데 저번에 순사부장 따라 일 나갔다가 만났다. 그때는 너무 반가웠는데 지켜보는 순사들 때문에 아는 척을 할 수가 없겠더라. 머무는 곳도 달랐고……."

"니 그럼 그 탄광에서 기절했을 때 니 잡아채가 구해준 사람이 조장인 거 알았나?"

춘삼이 물었다.

"처음에는 모토노리 조장이 거기 있는지도 몰랐어. 병원에서 한 번 보고 그리고 일본인 의사가 말해주더라."

"아…… 맞나. 니 다시 숙소로 돌아오고 내가 말해준 게 처음인 줄 알았는데……. 뭐 됐다. 그래 잘 다시 만나고 지금 같이 있으면 된 기지."

춘삼은 자기 자리 옆에 있던 작은 돌멩이를 집어 들어 바다에 휙 하고 던졌다. 풍덩 소리와 함께 흔적도 없이 사라져버린 돌멩이를 보다가 문득 의아한 생각이 들어 히로시에게 다시 물었다.

"근데…… 그리 가족 같은 분인데 와 미친 듯이 반가워하지 않는데?"

히로시는 춘삼의 물음에 씁쓸하게 소리 없이 미소를 지었다.
"알잖아? 그렇게 하면 같이 더 못 있는다. 너 같으면 일본 녀석들 입장에서 아는 사람이 조장이라는 것이 달갑겠니? 안 그래도 기죽이고 길들이려고 용을 쓰는 놈들인데. 그래도 보고만 있어도 좋다. 사실 여기 온 것도 우연이 아니다."
"우연이 아니라꼬? 뭔 말이고?"
"여기 모토노리 조장이 있는 거 알고 지원해서 온 거다. 나는 조선에서 안 왔잖아."
"아······! 맞네."
춘삼은 비밀스럽고 놀라운 사실을 들어버리고는 소름이 끼쳤다. 그 소름은 고작 불어오는 밤바다의 찬바람 때문이 아니라는 것은 쉽게 알 수 있었다.

평제와 응봉은 죽을 것 같은 고통을 참아내야 하느라 곤욕을 치렀다. 그들이 생각하고 계획했던 것보다 더 심하게 다쳐버린 것이었다.
병원에서 치료를 받을 줄 알았던 예상이 빗나갔다는 것을 갑자기 무리들을 불러 세운 오다 중대장의 한마디 말에서 알아차리게 되었다.
사고가 생긴 날 늦은 저녁, 갑자기 조선인들을 숙소 앞 공터로 불러낸 노무계 관리 직원들 사이로 오다 중대장이 자상하고 인자

한 눈빛을 뿜어내며 알렸다.

"내일부터 내가 너희 조선인들을 관리하게 됐다. 미우라 장은 내륙으로 잠시 나가야 한다. 그렇게 됐으니까 그렇게 알고. 그리고 물자가 더 필요한 실정이니 이번 일요일이 지난 후부터는 당분간 휴일이 없을 것이다. 너희들에게 안타깝게 생각하고 있다. 해산."

조선인들은 갑작스러운 공표에 살짝 당황을 했지만 들으나 마나 한 이야기에 그리 크게 관심을 두지 않았다. 그저 몇몇이 지랄 같은 미우라가 없어진다는 것에 통쾌할 뿐이었다.

하지만 치후와 효성이 왜 그런 일을 당해야 했는지는 그리고 그것이 오다와 연관이 있다는 것은 전혀 몰랐다.

침통하고 비극적인 소식을 무리들이 접한 것은 휴일인 오전 식사를 마치고 숙소에 들어와서였다.

양주가 폐결핵으로 병원에서 세상을 떠났다는 소식을 모토노리에게서 들었다.

비통하고 원망스럽고 슬펐지만 춘삼과 히로시는 더 이상 눈물을 흘리지 않았다. 그저 더 말이 없었고 고개만 숙일 뿐이었다.

양주와 같은 일이 일어나는 조선인들이 아주 적지 않게 생겨서인지 아니면 언제라도 당장 내일이라도 자신들이 어떤 사고에서든 죽을 수 있다는 불안감 때문인지 눈물을 흘리는 것도 두려움을 증폭시키는 그 자체였을 것이었다.

이미 떠나버린 이들이 적지 않았다. 유대감을 갖고 삼삼오오 모인 조선인들을 제외하고는, 그들은 예전만큼 서로 이야기를 많이 주고받고 하질 않았다. 아니 못했다. 언제 또 사라질지 모르기 때문에 정을 줄 수 없는 것일까.

이른 오전 숙소 뒤편에서 쪼그리고 앉아있던 평제가 응봉에게 비장한 표정을 지어 보였다.
"이래 다쳤는데, 와 병원에 안 보내주는데? 이 씨……. 니 괘안나?"
"봐라! 괘안켔나? 그래도 죽을 만큼은 아니라 견디고 있다. 일단은 못 걷는다. 의무계에서 그래도 나무판때기로 받쳐줘가 깽발로 겨우 움직인다. 니는 괘안나? 완전 비틀어진 거 같은데?"
응봉은 가만히 있어도 아픈지 오만상을 찌푸렸다. 더 성질이 나는 건 평제 녀석의 말만 믿고 따라 하다 병신이 돼버려 도망도 못 할지도 모른다는 것에 좌절감이 들기 시작했다.
"병신아! 괜찮겠나? 내도 죽지 않을 만큼 참고 있다 아이가. 근데 와 안 보내주는지 이해를 못 하겠다. 지들말로는 환자가 너무 많아가 그렇다는데……, 거 죄다 일본 놈들 환자 아이가? 그래가 우리들은 일부러 안 받는 거 아이가? 딱 보이까는 일본 놈들 이래 다친 놈도 없는 거 같구마는……, 씨."
평제 역시 나무판으로 팔을 고정시켜 의료계가 임시방편으로 붕대를 감겨 묶어놓은 팔을 징그럽다는 듯 바라보며 말했다.
"몰라. 병원에 걸어가는 놈들 보니까는 몽땅 시리 어기적어기적 걸어가는 것이 오줌 때기나 똥구멍에 뭔 일이 있나 보제."
섬 내의 병원에는 매독 환자가 점점 늘고 있었다. 그게 무엇 때문인지 평제와 응봉은 알 수 없었다. 하지만 그것을 알게 된 건 하루도 지나지 않아서였다.

"그건 그렇고 이제 우째 도망할래?"

응봉은 원망의 눈빛으로 평제를 쏘아보았다.

"니는 손이 있고! 내는 발이 있다 아이가. 이래 아파 죽을 거 같아도 이제 배고파 죽어삐는 것보다 한 번 해보는 게 안 났나?"

"그럼 내는 우째 거까지 걸어가는데?"

"업혀라! 씨벌 것. 뭐 니 하나 업고 저까지 가는데 설마 죽기야 하겠나?"

"진짜로?"

"하모! 지금 천천히라도 가가 고 앞에서 잠깐 고기 잡는 마을 사람들 구경이나 좀 하다가 슬쩍 앞에 산 쫌만 기어가 올라가믄 된다. 나무는 그래 크지 않으니까 묶는 거는 니가 해라. 옮기는 건 내가 발로 슬슬 밀어 떨어뜨리믄 된다."

평제의 굳은 결단이 서린 눈빛은 더 이상 뒤를 돌아보지 않겠다는 의지였다. 혹여 누군가라도 엿들었지 않았을까 주위를 두리번거리던 응봉은 깊게 한숨을 푹 내쉬며 고개를 떨구다가 한참 만에 얼굴을 들었다.

"그래 가자. 내도 모르겠다. 이래 죽으나 저래 죽으나 마찬가지겠지."

마침 날씨도 화창해 파도도 없이 아주 잔잔한 바다였다. 바다마저 준비된 환경에 더 지체할 수는 없었다. 미우라가 없는 좋은 기회

이기도 했다. 문제는 순찰하는 순사들을 어떻게 따돌리느냐가 관건이었다.

평제는 응봉을 둘러업고 숙소의 오른쪽 탄광 사무소 쪽을 지나쳐 굽어진 길을 지나 힘겹게 한발 한발 푹 패인 부두 쪽으로 걸었다.

거의 삼사십 분을 꼬박 걸은 것 같았다. 충분히 먹질 못해 몸에 힘이 남아날 리가 없는 평제는 비록 역시나 삐쩍 마른 응봉을 업었지만 그 무게감에 그리고 팔에 전해오는 압박감과 통증에 가다 멈추기를 반복했다.

부둣가는 평화로워 보였다. 작은 배가 몇 척 단단히 묶여있을 법도 한데 웬일인지 한 대도 보이질 않았다. 그래도 마을 주민들이 곳곳에 나와 앉아 밥을 먹거나 낚시를 하고 있는 것이 예상한 그대로였다.

헉헉대며 털썩 그늘진 곳에 주저앉아 멍하니 땀을 식히고 불어오는 바람에 몸을 녹이고 있을 때, 그들의 눈앞에 고구마나 달걀 그리고 하얀 쌀밥을 주먹처럼 말아 김과 함께 둘러 먹는 주민들의 모습이 보였다.

"햐……, 절마들 세월 좋네. 저거 보니까는 가뜩이나 고픈 배가 더 고프다. 좀만 달라카고 싶다."

자기 어깨를 번갈아 가며 두드리던 응봉이 얼이 빠진 채 중얼거렸다.

"그라니까 여서 나가야 된다 이 말이다. 저쪽 보지 마라. 괜히 시비 걸리면 도망이고 뭐고 없다. 혹여 아 새끼들 와가 거지새끼라 놀려도 가마이 있어라."

"알았다. 니나 조심해라."

"시간도 남았는데 좀 자자. 그늘에 누워가 좀 자믄 안 났겠나?"

평제는 끙끙대며 부러진 팔을 받쳐 감싸며 멀쩡한 팔뚝 쪽을 바닥에 기대어 몸을 눕혔다. 응봉도 더 이상 의미 없이 사람들을 지켜보는 것이 힘들었는지 드러누워 눈을 감아버렸다.

제법 새소리가 시끄럽게 났지만, 온몸이 쑤셔서 뒤척일 힘조차 없었던 평제와 응봉은 순식간에 잠이 들어버렸다.

"일어나라! 일어나!"

"아이고! 아이고!"

평제와 응봉은 동시에 누가 뭐랄 것도 없이 번쩍 눈을 뜨고는 올라오는 고통에 비명을 질렀다.

벌러덩 누워있던 눈앞에는 황갈색 당꼬 바지를 입고 짙은 밤색 웃옷을 입은 하얀 완장을 찬 남자와 칼을 길게 늘어 찬 챙 모자의 마쓰모토 순사부장이 부하 두 명을 이끌고 아래로 내려다보고 있었다.

완장을 찬 남자는 일부러 평제와 응봉의 아픈 부위를 발로 툭툭 차 깨운 것이었다.

"여기서 자빠져서 뭐 하는 거냐? 점점 날이 저무는데 숙소로 안 들어가냐? 뭐 노름이라도 해서 팔다리 잃은 거냐? 하하하."

끊어질 듯 아픈 팔을 부여잡고 이리저리 몸을 굴리는 평제는 붉게 물든 노을이 사방으로 뻗쳐있는 장면을 목격한 후 자신들이 여전히 부둣가 근방 바닥에 널브러져 있는 것을 알고는 가슴이 철렁

했다.
 아픈 것도 아픈 것이지만 그렇게 계획했던 응봉과의 도망이 이제 수포로 돌아갔다고 느껴지는 순간 절망에 머릿속이 하얘졌다.
 응봉은 평제보다 더 아팠는지 나 죽겠다고 연발하며 눈물을 흘리고 있었다. 바로 그 순간 뒤쪽 산 낮은 언덕 아래로 단발의 비명과 함께 나무 부러지는 소리가 들리며 떨어진 잎사귀의 마찰음이 요란하게 들려왔다. 뒤이어 쿵 소리와 함께 사람이 떨어졌다.
 마쓰모토와 완장을 찬 노무계 사무장, 그리고 순사 둘은 그 소리에 모두 일제히 떨어져 나뒹군 사람을 보았다.
 여자였다. 치마저고리의 앞섬이 풀어 헤쳐져 있고 신발이나 양말도 신지 않은 채 허리가 반쯤 꺾여 몸을 부들부들 떨고 있는 긴 머리를 헝클어뜨린 여자였다.
 헝클어진 머리칼 사이사이로 엉겨 붙은 나뭇잎들이 바닷바람에 폴짝대며 제대로 날아가지도 못하고 용을 쓰고 있었다. 여자의 몸도 그러했다. 몇 번이고 생을 끊지 않으려고 발버둥치려 했지만 몸은 말을 듣지 않았나보다. 그저 부르르 그리고 아주 잠깐만 움찔거렸다.
 "뭐…… 뭐냐?"
 마쓰모토는 여자가 굴러떨어진 위를 노려보았다.
 "어서 위로 올라가 봐!"
 마쓰모토의 외침에 눈만 끔뻑대던 순사 둘이 얼른 오른쪽으로 달려 근처의 돌계단으로 뛰어 올라갔다. 뒤따라 마쓰모토 역시 재빨리 달렸다.

"어…… 어? 저기…… 순사부장! 순사……부……."

평제와 응봉도 여자를 보았다. 그 여자가 조선인이라는 것은 입고 있는 옷만 봐도 알 수가 있었다. 피가 줄줄 흘러나오는 머리통이 금방이라도 쥐새끼들의 밥이 되지 않을까 싶은 정도로 박살이 나 있었다.

응봉의 눈은 시뻘겋게 충혈되어 있었고 자신의 아픈 다리는 벌써 잊은 모양새로 사무장을 노려보고 있었다.

"이…… 새끼가……."

악에 받친 응봉의 입에서 이상한 높낮이의 음성이 흘러나왔다.

"뭐? 뭐……냐? 얼른 들어가지 못해?"

평제가 보니 사무장의 얼굴은 겁에 질려 있었다. 응봉의 얼굴을 보니 큰일이 나겠구나 싶었다. 하지만 어쩌겠는가? 반병신들 둘이서 멀쩡한 놈 하나를 어떻게 해볼 수도 없는 노릇이었다.

"응봉아! 아이다. 니가 뭘 생각하고 있는지 모르겠지만도 아이다. 그건 아이다."

평제가 다급히 말했다.

"저거 뭔데? 뭔데? 엉? 뭐냐고!"

응봉은 원래 일본 말을 할 줄 알았다.

"뭐? 뭐라는 거냐? 이 미친 조센징 놈들이……, 죽고 싶나!"

겁은 먹었지만 반병신 둘을 보고 용기가 났든지 아니면 말리는 평제를 보고 덤비지 않을 거라고 일말이라도 믿었던지 사무장은 당당하게 맞서 기를 죽이려고 외쳤다. 그래도 인간의 본능이란 것이 그럴까, 슬금슬금 뒷걸음치는 것은 어찌할 도리가 없었다.

어디서 그런 힘이 났는지 질질 부러진 다리를 끌고 응봉이 사무장에게로 절뚝이며 천천히 걸었다.

"뭐…… 왜? 다가오지 마라!"

"씨발놈아! 니 손에 아무것도 없제? 응?"

응봉의 낮은 음성에 평제는 싸늘한 기분을 느꼈다.

"응봉아! 마! 됐다. 하지 마라! 드가자! 나중에 알아보믄 된다 아이가! 응봉아!"

말리는 평제의 음성을 듣지 못할 만큼 정신이 나가 있던 응봉은 떨어져 굴러다녀 아무렇게나 놓인 주먹만 한 돌을 들었다.

"이…… 새끼들 내가 니들 번호 외워뒀어! 각오해라!"

낡아 빠진 허연 천 거적때기 윗옷에 새겨져 있는 번호를 노려보다가 사무장은 어디론가 소리를 외치며 달려가려고 했다.

[부웅]

붉디붉은 노을 위로 전투기 몇 대가 다카시마를 지나쳐 큰 소리를 내며 휙 하고 지나갔다.

"뭐고? 우에서 본 거 아이가?"

평제는 걱정이 됐다. 평소에도 몇 번 봤지만 이번 비행기는 꽤 여러 대였다.

"그게 봐 지나?"

달려가려던 사무장의 목덜미를 움켜쥔 응봉이 아무런 감정 없는 말로 평제에게 대꾸했다.

"야! 응봉아!"

응봉은 오른손에 쥔 돌멩이를 있는 힘껏 내리치려다 말고 사무장의 머리 바로 위에서 멈췄다.

"으악!"

눈을 질끈 감은 사무장이 이제 나 죽었다고 생각할 때, 응봉이 낮고 싸늘하게 일본 말로 말했다.

"소리 지르면 죽여버린다. 우리 나갈 때까지 입 꽉 다물고 있어라. 그러면 살려 줄게."

뭐라 중얼거리는지 뒤에서 발만 동동 구르던 평제가 울상이 되어 그저 바라보고만 있었다.

말을 마친 응봉이 뒤를 돌아 평제를 보았다.

"그냥 가서 아무거나 쓸만한 나무 몇 개 가 와라! 시간 없다. 언제 씨벌놈들이 올지 모린다. 빨리!"

평제가 주도하던 일을 이제는 응봉이 주도하기 시작했다.

어차피 숲으로 들어가 나무를 엮어 내려오려던 계획은 틀어졌다. 그리고 떨어져 죽어가는 조선인 여자로 인해 곧이어 수십 명의 관리 직원이나 순사들이 들이닥칠지도 몰랐다.

"알았다."

정신을 바짝 차린 평제가 주변의 이것저것을 둘러보았다. 한시가 급했다.

"마! 그냥 이기 뜯어가 몸통 절반만 받치고 가자! 니는 팔로 저으래이!"

부둣가 주변에 사람들이 배에서 싣고 온 박스나 짐들을 상하지 않게 쌓아 놓으라고 만들어 둔 바닥을 덮어 놓은 나무판자 몇 개를 발로 차 뜯고서 평제가 외쳤다.

응봉이 판자를 보았다. 형편없었지만 잘만 하면 반대편 섬으로까지는 갈 수 있을지도 모른다고 생각했다.

"가라. 이 천벌받을 새끼야! 죽고 싶지 않으면."

응봉은 잡았던 사무장의 목덜미를 놓았다. 그러자 사무장은 부리나케 줄행랑을 치기 시작했다. 그러면서 미친 듯이 소리쳤다.

"여기 조선 놈이 탈출한다! 조선 놈! 도망! 도망!"

이제 주사위는 던져졌다. 평제와 응봉은 죽을 듯이 쑤시고 잘 움직이지도 않는 아픈 몸을 이끌고 아무런 고민도 없이 바닷물에 나무판자 두어 개씩을 쥐고 첨벙 빠졌다.

아직 밤이 되지 않아 앞이 보였다. 바다에 빠져 나무판자를 몸에 평평히 이곳저곳에 껴 기대며 헤엄을 치기 시작했다. 응봉은 다리가 움직이질 않아 손으로 허우적대기 시작했다. 차가운 바닷물을 온몸으로 뒤집어쓰니 정신이 좀 난 걸까. 머리부터 얼굴까지 쏟아져 흐르는 바닷물을 손으로 훔치며 간신히 눈을 떠 앞을 바라보았다.

"씨벌! 어떻게 하라고! 야 이 개새끼들아!"

평제는 악에 받쳐 소리를 질렀다. 슬픈 건 그 절규도 둘의 머리를 잡아 먹어대는 다카시마의 바다에 의해 삼켜져 버렸다.

[부-웅 부-웅]

시커먼 연기를 하늘 위로 뿜어내며 자기들 숙소보다 몸집이 커 보이는, 하얗고 단단한 배가 온 섬을 울리며 이름 모를 또 다른 조선인들을 태우고 자신들 쪽을 향해 빠른 속도로 들어오고 있었다.

그저 광활한 끝도 보이지 않는 검은 늪이라 해도 틀리지 않을 것 같은 차디찬 바다. 갱 안에서 그렇게 기분 나쁘게 머리 위로 뿌려대던 염분 가득한 것들이 사타구니를 비롯해 온몸 구석구석을 파고드는 게 더 이상 살 가치도 없다는 듯 음흉한 소리를 철썩철썩 질러내며 평제와 응봉을 밑으로 밑으로 잡아당겼다.

가까워진 커다란 배 아래로 소용돌이치며 빨려 들어가는 평제와 응봉. 벌써 뭍에서는 여러 명의 미쓰비시 관리자들이 순사들을 대동해 그들이 아래로 휘말려 들어가 보이지 않을 때까지 거기에 그대로 서서 보고 있었다.

식겁했던 사무장도 거기에 있었다. 씩씩거리던 그는 입꼬리를 올리며 잘 됐다는 듯 비웃음을 지었다. 먼지가 묻은 바지와 상의를 털고 다가오는 배에 실려 온 조선인을 맞을 준비를 하는 사무장은 담배를 하나 꺼내어 물어 피웠다.

"미친 조센징 새끼가. 죽으려면 곱게 죽던가, 감히 덤벼대더니 꼴 좋다."

잘 들리지 않게 중얼거리는 혼잣말을 하는 사무장을 보고 노무계 직원 하나가 가만히 물었다.

"뭐라고 하셨습니까 고이치로 사무장님?"

"아무것도 아니다. 기타 군. 저 두 놈은 매몰 질식으로 사망자 명부에 올려라. 그리고 저 배에서 내리는 조선인들 정신 바짝 차리게 기강 좀 잡아라. 다시는 이런 같은 일로 골치가 아프게 되면 오래 버티기 힘들 거야."

9장

기약 없는 이별

 평제와 응봉이 바다에서 사라질 때, 언덕 위에서는 말도 안 되는 광경이 펼쳐졌다.
 "다가오지 마! 분명히 오지 말라고 했어! 한 발짝만 더 다가오면 바로 찌를 것이다."
 어수선한 분위기에 급박한 여자의 외침이 귓가를 찢어 놓는 것 같았다. 푸드덕거리며 도망가는 새들의 모습에서 그곳은 개미 새끼 한 마리라도 지나치지 말아야 하는 장소가 되어 버렸다.
 "내려놔요! 무슨 일인지 들어 줄 테니 말로 하는 게 좋지 않을까요? 괜히 살인자가 되는 것만큼 어리석은 것은 없소."
 어쩔 줄 몰라 엉거주춤 대치하며 서 있는 순사들 주위로 주변 집에 사는 주민들도 하나같이 뭐가 신기한지 구경을 나왔다. 순사들 사이로 마쓰모토 부장이 여자를 자극하지 않으려 애쓰며 타이르듯 부드럽고 낮은 음성으로 하지만 정확하고 빠르게 말했다.

일촉즉발의 상황이었다.

자지러질 듯 울음을 터뜨리고 멈출 생각이 없는 갓난아기를 산발의 여자가 왼팔에 꽉 잡아 껴안고 입술이 터져 피를 흘려가며 고래고래 소리를 질렀다.

"죽여버릴 거야! 이렇게는 못 살아! 어차피 여기서 멈춰도 죽을 거 알아. 그러니까 죽여버릴 거야!"

문제는 여자의 오른팔에 의해 목이 감겨서는 기다랗고 번쩍이는 깨진 유리병이 목에 닿아 있던 남자였다.

"이 미친년 좀 어떻게 해 봐!"

겁에 질렸으면서도 이 상황이 화가 나는지 악에 받친 목소리로 순사들과 주변 사람들에게 외쳤다.

"더 흥분시키지 말고 당신부터 진정하세요. 그러다 정말 큰일 납니다, 오다 중대장!"

마쓰모토 순사가 다급히 오다를 말렸다.

"귀신같은 새끼들……. 보란 듯이 이 아기는 잘 자라 너희들에게 복수할 것이다. 아이 먼저 던질 테니 잘 받아라. 만일 아이가 땅에 떨어지는 즉시 찌를 것이다."

여자는 눈물 콧물 그리고 피가 범벅이 된 얼굴로 왼손의 아기를 던졌다. 조금도 지체함이 없었다.

누구도 아이를 받을 거라고 기대를 하지 않는 것처럼 포기한 얼굴을 보니 전부 같이 죽어버리자는 심정으로 던진 것이 분명했다.

그러지 않고서는 허망한 눈빛으로 두 번의 언질도 없이 바로 높이 던져버릴 리가 없었다. 그런데 여자는 잠시의 망설임도 없었다.

"어...... 어! 어!"

가장 먼저 놀란 것은 순사들이었다. 이걸 받아야 하는지 말아야 하는지 명령을 받을 준비도 못 해서 어쩔 줄을 몰랐다.

아기가 땅바닥에 떨어져 대가리가 턱 하고 깨지는 소리가 나는 즉시 일은 벌어질 것이었다.

"꺄악!"

뒤쪽에서 들려온 또 다른 여자의 비명과 함께 주변 사람들은 탄성을 지르며 고개를 돌렸다.

순간 눈을 질끈 감아버린 순사들과 마쓰모토 부장은 아주 조금의 시간이 흘러도 둔탁한 소리가 나질 않는다는 것을 감지하고는 얼른 눈을 떴다.

"애를 왜? 죽을 뻔했네! 미친 여자야!"

몸을 던져 아기를 받아 낸 건 마침 구경하고 있던 유우코였다.

넘어지면서 받아낸 아기의 울음이 잠시 멈추자 오다를 인질로 잡고 있던 여자의 눈이 풀리기 시작했다.

몸에 힘이 빠지는 것을 순간 직감했는지 오다가 재빨리 손을 올려 여자의 팔을 꺾어 버렸다. 동시에 마쓰모토가 달려들어 여자를 밀쳐내고 눈이 돌아간 오다 역시 밀쳐내며 떨어뜨렸다.

"서 있지 말고 다들 들어가시오!"

마쓰모토의 외침에 그제야 긴장이 풀려버린 순사들은 주위의 사람들을 흩어 내보냈다.

"저 계집년을 잡아 죽여버려야지!"

불같이 성이 난 오다가 다시 달려들려는 순간 마쓰모토에 의해 벌러덩 자빠진 여자가 떨어진 날카로운 병 조각을 얼른 집어 들고는 고래고래 외쳤다.

"나는 일본에서 태어났지만 조선인이다. 저 악마 같은 놈은 나를 여기로 끌고 온 후부터 부인이랍시고 수없이 죽도록 때렸다. 위안소를 제집 드나들 듯 다니며 나로도 모자라 수를 헤아리기도 힘들만큼 많은 여자들을 겁탈하고 폭행하는 저놈이야말로 죽어 마땅한 놈 아니냐! 가까이 오지 마!"

마쓰모토가 진정시키려고 안심하라는 듯 고개를 끄덕이며 조금 더 다가오자 여자는 핏발이 서린 눈으로 쏘아보며 오다와 마쓰모토에게 말했다.

"나 아베 케이코! 조선이름 이은선! 저기 떨어져 죽은 여자도 조선인이다. 내 죽어서 반드시 이곳에 남아 귀신이 돼서라도 네놈들 쫓아다니겠다!"

말을 마친 케이코는 입고 있던 노란색 기모노를 풀어 벗어 던져버렸다.

하얀 맨살이 적나라하게 들어났지만, 그리 하얗다고 말할 수도 없을 지경이었다. 온몸은 멍과 빨간 상처투성이였다. 몸 여러 곳의 상처는 그 부위가 어디에 집중되지도 않을 만큼 사방으로 나 있었다.

째지고 아물고 째지고 다시 아물고. 굳어지거나 곪아진 상처는 보기에도 흉했다.

"뭐…… 뭐 하는 겁니까?"

마쓰모토 부장이 미쳐 말릴 틈도 없었다.

떨리는 손으로 날카로운 병 조각을 그대로 깊숙이 있는 힘껏 목에 찔러 넣었다. 케이코의 눈은 감기지 않은 채 똑바로 정면을 응시하고 있었고 들어간 병 조각 사이로 붉은 피가 분수처럼 뿜어져 나왔다.

"케이……코……."

케이코를 보고 오다와 마쓰모토 그리고 그 어떤 이보다 더 놀란 이가 있었다.

떨어진 아이를 품에 안고 충격에 눈물을 흘리며 한쪽 구석에 쪼그리고 앉아 급히 호흡을 가다듬고 있는 유우코를 달래던 모토노리. 기영이 머리가 하얘지면서 그대로 얼어붙었다.

케이코가 자신의 이름을 밝힐 때까지는 전혀 눈치채지 못했다. 그저 미친 여자가 난동을 피우는 것이라 생각했을 만큼 산발이 된 머리와 엉망진창의 얼굴. 설령 그렇지 않더라도 수 해가 지나 단 한 번도 만나보질 못해 멀쩡했더라도 모르고 지나쳐버릴 수 있었다.

어릴 적 일본 시모노세키에서 만난 그 말괄량이 소녀. 기영에게 먹을 것을 건네주고 함께 숨었던 그 작은 아이. 쿠보스케 아저씨와의 만남도 케이코 그녀의 도움에서부터였다. 예쁜 콧날과 눈을 가진 포근한 내음이 났던 케이코에게 언젠간 은혜를 갚아야지 생각했는데 어느 날 갑자기 보이지 않던 소녀의 행방을 알 길이 없었는데……, 운명의 장난처럼 이곳 외딴섬 그리고 눈앞에 어른이 된 그녀가 지친 모습으로 쓰러져 있는 것이 아닌가.

어릴 적 케이코는 당차고 용감했었다고 생각했는데…….

세월은 형태를 없애도 기억은 그만큼 더 진해진다.

해가 완전히 들어가버리기 일보 직전 음흉한 미소를 띤 다카시마의 밤은 다시 어김없이 찾아왔다.

"와 쟈들은 더 맞는 거 같다. 와…… 미친 거 아이가? 저러다 죽겠다."

"근데 저래 식당 앞에서 맞으믄 우덜은 밥을 어째 먹는데?"

작은 말소리도 용납하지 않는 삼엄한 분위기가 다카시마의 기운을 더욱 악독하게 만들어가고 있었다.

"고개 숙이고. 주둥이에 밥 처넣고 빨리 나온다. 알았나!"

노무계 직원들의 감시와 압박은 식사 시간에도 여지없었다.

식량은 더욱 열악해져 이제는 콩깻묵 반 덩어리에 정어리 국도 아닌 무 몇 조각 넣은 소금국 반 공기였다. 더 참혹한 것은 조금이라도 어기적거린다면 숙소 앞이든 식당 앞이든 그것이 심지어 탄광 근처 건 상관없이 가왓줄로 미친 듯이 처맞았다.

"눈치 보이고 겁나도 배고프니까 밥이 넘어간다. 그제?"

쥐소리만큼 작은 목소리로 속삭이던 용대와 필춘이 까까머리를 긁적이며 자기들 앞에 있는 밥공기에 눈살을 찌푸렸다.

저들만 그리 먹는 건 아닐 텐데 다른 녀석들의 밥공기는 다를까 봐 주위를 두리번거리며 염탐 아닌 염탐을 하다가 우연히 눈이 마주친 한 소년을 보았다. 필춘과 눈이 마주친 벌건 얼굴의 소년은 무슨 낯을 가릴 게 있는지 얼른 재빨리 고개를 푹 숙여 자신의 앞에 놓인 밥공기만 물끄러미 바라보았다.

"쟈는 와 저래 힘이 없는데?"

용대는 의아한 표정을 지으며 중얼거렸다.

"몰라. 저 뭐 어데 섬에서 왔다 카는 거 같은데. 선감리라꼬. 처음부터 절마 엄청 주눅 들어 있던데, 뭐가 있었는 갑다."

혹시라도 자신들의 뒷이야기가 벌건 얼굴의 소년에게까지 들릴까 봐 고개를 돌려 둘은 눈치를 살폈다.

"근데 니는 우짜다 왔노?"

한 살 형인 필춘이 용대에게 물었다.

"내? 내는 보국대에 드갔다가 끌려왔는데……."

"맞나? 내는 우리 형아가 도망 가가 대신 잡혀왔다."

그때 용대와 필춘의 머리를 콩 쥐어박던 수염이 거뭇하게 난 청년이 그들의 옆에 나란히 앉았다.

"조용히 해라 자식들아. 그러다 맞는다. 밥이나 먹어라."

아무렇지도 않게 밥을 씹었다. 그 모습을 벙쩌서 보던 필춘이 의아한 듯 물었다.

"근데 행님은 와 밥을 그래 잘 넘김니꺼? 맛있어예? 이걸 우째 며칠째 계속 묵으예?"

아직 솜털이 붙어있을 나이인 고작 열다섯 그리고 제법 조숙해질 법도 한 열여섯의 나이의 어린 용대와 필춘은 이 곳 다카시마에 들어온 지 고작 한 달도 되질 않았다.

두 녀석의 호기심 어린 눈을 쳐다보지도 않은 채 청년은 얼른 국을 한 번에 마셔버렸다.

"나도 니 나이 때 왔다. 있다 보면 어쩔 수 없이 익숙해진다."

"예? 뭐라꼬예?"

"나갈 마음만 굳게 먹고 있으면 익숙해진다고. 얼른 먹어라. 그러다 쓰러져 죽는다."

용대는 청년의 눈을 보았다. 그의 눈은 어딘가 모르게 슬퍼 보였고 더욱이 한에 서려 있는 듯 강렬하고도 날카로운 빛이 나는 것 같았다.

"근데 행님. 이름이 뭐예요? 순 번호만 적혀 있어가 여 사람들 이름을 잘 모르겠네."

조잘대는 소리가 들렸는지 감시하던 일본인이 고개를 홱 돌려 용대와 필춘이 앉아 있는 곳을 쳐다보았다.

"심순성."

1944년 전쟁이 더욱 급격하게 치열해지고 그만큼 많은 물자가 필요했던 일본은 부족해진 식량과 노동력을 점점 더 많은 조선인들로 꽉꽉 채워가기 시작했다.

떠다니는 비행기는 정신을 어지럽게 만들 정도로 빈번하게 보였다.

밥을 먹고 나온 순성은 꾸물대는 하늘을 올려다보며 아주아주 깊은 한숨을 내뱉었다. 세상 한숨 중에 그렇게 깊은 한숨이 있을까 싶을 만큼이었다.

"춘삼이 형. 거기 차가운 데 아직도 있나? 모토노리 아니 기영이

삼촌은 더운데 잘 지내고 있나? 히로시 형은 진짜 잘 간 거 맞지? 나는 언제 나갈런지 모르겠다. 살아남으면 한 번은 나갈 수 있지 않을까? 나 진짜 집에 가고 싶다. 이제는 꿈에도 고향이 잘 안 보인다……."

케이코의 사건 이후 얼이 빠진 기영은 갱 안에서의 작업에 집중할 수 없었다.

을씨년스러운 날씨에 3교대 작업의 일주일이 지날 무렵 평소와는 다른 모토노리의 목소리에 걱정을 가득 안고 들어간 춘삼은 구백오십 미터의 갱 안에서 모토노리의 풀려버린 눈을 보았다.

오전 작업을 마치고 점심을 먹기 위해 갱 안에 앉은 춘삼은 곁으로 다가온 모토노리를 보고 자리를 살짝 비켜 그나마 앉을 만한 곳을 만들어 주었다.

"있지……, 히로시는 나가사키 시내로 나갈 거다."

"네? 참말로예? 아…… 그래예?"

"응. 이대로 더 일하면 죽어."

"그게 근데 나가고 싶다고 나갈 수 있는 겁니까? 안심은 되지마는……."

탄가루가 묻은 손으로 흩어져 부서질 것 같은 콩깻묵밥을 조심스럽게 베어 물며 춘삼이 물었다. 멍하니 앉아 깜깜한 벽만 보고 있던 모토노리는 미동도 없이 중얼거렸다.

"약속된 시간이 며칠이나 지나가고 알았다. 나는 두 해간 더 여기 있어야 해. 처음 계약은 삼 년이었어. 그러다 또 갑자기 연장됐고 그렇게 이년 그리고…… 또 이년이다. 나갈 수가 없다. 숙련자라 더 그런가 보다……."

"그런 게 어딨어요? 내는 일 년인데 이제 곧 끝날 텐데……. 설마 내도…… 아니죠?"

"유우코도 나갈 거다. 히로시가 나가면 유우코를 보살펴줄 거야. 아버지가 데려간다더라."

"아버지예? 누구 아버지예?"

"유우코 아버지."

새어 나오는 가스에 숨 쉬다 말고 콜록대던 모토노리의 입술이 붉어졌다.

"히로시하고는 처음 시모노세키에서 만났다."

"아…… 압니다. 히로시가 저번에 방파제에서 말해줬어요……. 우연도 그런 우연이 없다고 생각했는데……."

"그래? 녀석……, 나 때문에 유우코도 여기로 왔고 히로시도 잃어버렸었는데……. 우연히 만나서 참 다행이라고 생각했다."

모토노리의 입술은 좀 더 붉어졌다. 하지만 춘삼은 까만 자신들의 모습에 미처 알아차리지 못했다. 모토노리는 몇 번을 더 쿨럭거렸다. 여기서 기침은 흔한 일이었다. 다른 조선인들 다 그랬다.

"우연히요? 히로시는 아니라카던데요. 뭐 우연히 만난 거는 맞는데 여기 들어온 거는 조장 찾으러 들어왔다카는데요?"

춘삼의 말에 모토노리는 깜짝 놀랐다. 정면만 보던 고개를 돌려 춘삼을 바라보았다.

"나를 찾으러 왔다고?"

"예. 조장님이 사세보라는 데서 일하러 간다카고 떠났는데 암만 기다려도 안 와서 가가 조장님 소개시켜준 곳에 찾아가 물어가 여들어 왔다고 카던데요? 그 형수님도 같이 가버려 가 혼자 일하다가 안 그래도 고아인데 또 고아돼서 슬펐다 카믄서요."

모토노리는 춘삼의 이야기에 고개를 떨궜다. 한참을 아무말 없이 고개를 떨구던 모토노리의 어깨가 갑자기 들썩이기 시작했다.

흑흑하는 소리가 작게 울렸다. 춘삼은 갑작스러운 모토노리의 행동에 당황해 어쩔 줄을 몰랐다.

"에? 저…… 조장님요? 아이고……, 갑자기…… 아이고. 내가 뭘 잘못 말했는가 보네……. 조장님요? 괜찮십니꺼?"

춘삼은 모토노리의 등을 살짝 두드렸다. 그러자 모토노리는 등을 심하게 움찔대더니 잠시 후 몸을 꿀렁이기 시작했다.

"에? 조장님요? 괜찮습니꺼?"

동시에 고개 숙인 모토노리의 입에서 바닥으로 한 바가지 검은 피가 쏟아져 나왔다.

"조장님!"

잠시 멈춘 구역질에 숨을 헐떡거리던 모토노리가 힘겹게 고개를 들어 춘삼을 보았다. 눈은 아까보다 더 풀려 있었다. 주변에서는 가스가 이상하게도 심하게 새어 나왔다. 가스가 심하게 새어 나오면 바닷물이 위에서 그에 맞춰 더욱 많이 쏟아지곤 했다. 어김없이 이번에도 그랬다.

"숨이 잘 안 쉬어진다······."

"아이고야! 왜 그라는데요? 무섭구로······. 얼른 나가야 되는 거 아입니까? 아이고······."

곧 죽을 것 같은 힘겨워하는 모습의 모토노리를 보고 춘삼은 울음이 터질 것 같았다. 두려웠다. 언제나 든든할 것만 같은 모토노리 마저 이런 꼴이 되니 춘삼은 눈앞이 깜깜해지기 시작했다.

"춘삼아······ 나······ 집에 가고 싶다······. 원래 고향은 전남 장성이다. 형님 만나러 오사카 간다고 말도 없이 나왔는데······, 한 번도 못 만났다······. 우리 누워계신 아버지, 자상하신 어머니······, 항상 나 쫓아다녀 귀찮게 굴던 막내······, 동네 아재들······. 성규 아재는 머리가 똑똑했다. 근데 이상하게······ 친구 이름은 기억이 잘 안 난다. 그······ 내가 일본 오는 거는······ 근태한테는 말했는데······."

"지금 무슨 말을 합니까? 정신 좀 차려 보이소?"

두서없이 내뱉는 말에 어리둥절한 춘삼의 머리 위로 이상한 소리가 들리기 시작하면서 후두둑 석탄 가루가 떨어지기 시작했다. 점점 물이 이상하게 빠른 속도로 차 들어오기 시작했다.

춘삼은 조급해졌다. 주위를 둘러봤다. 그와 동시에 일본 감독관의 외침이 들렸다.

"매몰된다 나와라! 빨리 나와!"

다른 실수나 기타 사고의 여파가 아니었다. 갱 안이 이전의 사고 때보다 더 심하게 흔들리기 시작했다.

"뭐······ 뭐고? 갑자기 와이라노? 아이고! 조장요? 정신 차리이소!"

점점 눈이 까 뒤집히기 시작한 모토노리의 얼굴이 숨을 쉬기 어려운지 꺼억대는 쇳소리만 뿜어댔다. 춘삼은 얼른 다른 조선인들처럼 나가고 싶었다. 하지만 사지를 떠는 모토노리를 놔두고 그냥 갈 수는 없었다.

안타까운 건 둘러업고 나올 힘이 없었다. 춘삼도 이미 가스를 많이 마신 상태였다.

그런데 그 와중에 모토노리의 작은 신음과 음성은 끊길 듯 끊기지 않고 흘러나왔다.

"수영이…… 형아. 집에 왔을지 궁금하네…… 그…… 쿠보스케 아저씨 생선…… 진짜 맛있었는데…… 케이……코도 여기서…… 이렇게 만날 줄은…… 몰랐다."

"제발요! 흑흑……. 말 고만하고 퍼뜩 일어나 보이소! 흑흑……."

춘삼은 더욱더 심하게 흔들리는 갱에 정신을 차릴 수 없을 만큼 머리가 어지러워지기 시작했다.

"야! 거기 빨리 나와라! 지진이다. 지진! 다 무너진다!"

조선인 무리 중 한 명이 춘삼과 비스듬히 누워 의식을 잃어가는 모토노리를 보고 소리치며 승강기 쪽으로 달렸다.

"모토노리 조장요! 죽어요! 눈 뜨이소!"

"내 이름은…… 모토노리 아니다. 기영이다……. 김기영……. 지금…… 유우코가…… 제일 보고 싶다. 히로시하고……."

한 번의 더 쿨럭임과 함께 폭포수 같은 검은 피와 이상한 덩어리가 기영의 입에서 뿜어져 나왔다.

춘삼은 안 되겠다 싶었는지 모토노리의 안전모를 힘껏 잡아당겨 넓은 통로 위로 끌어올렸다. 춘삼이 가지고 있던 모든 힘을 발휘해 비명에 가까운 고함을 지르며 마지막까지 기영을 달아나던 사람들의 시선에 보일 수 있는 곳까지 끌어올렸다.

마지막 기영의 다리까지 구겨 올림과 동시에 갱 안은 천둥보다 수십 배 큰 굉음을 내며 바닷물이 미친 듯이 차올랐다. 그리고 바로 암석과 탄 들이 우르르 떨어졌다.

"씨……, 고작 다…… 들었는데. 알릴 수가 없네……. 미안합니데이……."

이야기를 한 자가 있고 그 이야기를 들은 자가 있었다. 그런데 그 이야기는 세상 밖으로 전혀 나올 수 없었다. 비단 몇 명의 사연이 아니다. 묻혀있는 설움과 안타까운 하소연이 그리고 누군가의 인생이 아무 의미도 없이 고작 저 바다 밑, 갱 안 어딘가에서 소리 없이 떠돌아다니고 있다.

1943년 그 이후로도 끝나지 않을 것 같던 1944년 그리고 요란하게 찾아온 안도의 1945년 8월.

누군가의 욕심에서부터 시작된 상상조차 할 수 없는 욕망의 잔인한 대가. 그 밑에는 누구보다 가장 아래에서 목숨을 잃어 간 그 누군가 조선의 아들들이 있다.

가끔은 믿어야만 확인할 수 있는 것들이 있다.

기영과 춘삼이 안타깝게 붙잡고 있던 생을 떠나보내던 날 오후, 병원에서 히로시는 폐 질환을 앓고 있다는 진단을 받았다. 어지럼 증세와 겹쳐 며칠 전부터 심하게 기침을 해대던 히로시를 가만히 놔두었다간 쓰러져서 다시 일어날 수 없을지도 몰라 기영은 노무계 직원에게 부탁하여 허락을 받아 히로시를 의사에게 진찰 받을 수 있게 했다. 그리고 진단서를 끊어 마침 그날 들어오는 배편으로 뭍에 나갈 수 있게 도왔다.

폐 질환이 생겨버리면 더 이상 일을 하기엔 무리였다. 회사 측의 결정은 결코 건강을 위해서가 아니었다. 전염된다고 생각해 숙소의 모든 조선인 무리가 감염이라도 된다면 인력에 큰 낭비가 되지 않을 수 없었다.

오전 조가 작업을 마치고 복귀하면 기영과 춘삼에게 작별 인사를 하고 싶었지만, 병원에 갇혀 한 발짝도 쉽게 나갈 수 없는 신세였다.

또 다른 조선인들과 화물들을 싣고 온 낡고 커다란 배가 도착하고 얼마간의 정리를 마친 후, 뭍으로 가기 위해 올라탄 몇몇 주민들 그리고 환자들 틈에 끼어 떠밀리듯 올라간 히로시는 지친 몸으로 힘겹게 숨을 내쉬었다. 기침이 심해졌지만 참을 만했다. 그보다도 배에서 바라본 섬의 모습이 굉장히 낯설게 느껴졌다. 들어오기는 간단했지만 나가기는 죽을 만큼 힘든 곳일 줄은 상상도 하질 못했다.

일반 사람들과 격리가 되어 있던 히로시는 배에 승선하기 전 근로과 외근계 직원에게 받은 물 한 병을 조금씩 나눠 마셨다.

"아직 남아있는 사람이 많은데……, 나라도 살고 싶은 마음이 슬프기 그지없구나…….."

먼저 뭍에 나가 어떻게든 도망을 해 자리 잡고 잘 살고 있다면 꼭 찾아가겠노라고 실없는 소리를 하던 춘삼이, 야간 조라서 항상 먼저 한참을 곯아떨어져 있던 순성이, 다시 만났지만, 또 기약 없이 헤어져야 하는 기영은 나가사키에 자신의 조선인 친구의 주소를 잊지 말고 기억하라고 말해줬다. 계약이 끝나고 나갈 날엔 꼭 그곳으로 찾아가겠다고, 그러면 거기서 꼭 만나자고 말이다.

얼마간 멀미를 참아내며 도착한 항구에서 내린 히로시는 멀찌감치 아이를 품에 안고 서 있는 늘씬하고 키가 제법 큰 여자를 보았다.

손을 흔들어 보이는 여자는 유우코였다. 병원에 진료받으러 가기 전 기영이 부탁했던 말이 떠올랐다.

'어떻게든 조선인 친구의 집으로 가 유우코를 만나면 네가 꼭 나 대신 보살펴주고 있어라. 그래야 내가 힘을 내 일을 마칠 용기가 나겠다. 나는 꼭 나갈 테니 걱정 마라. 나는 경험이 많잖니.'

삼엄한 감시 속에서 유우코와 눈인사만 마친 히로시는 곧장 시내의 병원으로 끌려 갔다.

지저귀는 새소리는 섬에서 듣던 것과는 기분이 달랐다. 바람이 텁텁했지만, 창문 밖으로 보이는 많은 집과 건물들은 오랜만에 살아있음을 한껏 느끼게 해 주었다.

하지만 그만큼 안타깝고 먹먹한 가슴에 기분이 좋질 않았다. 왼편 저쪽에는 아직도 생사를 넘나들고 있는 수백 명이 배를 곯고 있다고 생각하니 가슴이 미어졌다.

며칠이나 병원에 누워있으니 한참 전 일이 떠올랐다.

오 년 전 낡은 낚싯배를 타고 깜깜한 밤바다를 달려 도착한 기타큐슈 고쿠라. 거기서 또 히젠야마구치로 그리고 사세보로.

유우코가 쥐여준 비단 주머니의 비상금으로 자그마한 생선가게를 차린 기영과 히로시. 그리고 기영에게 자신의 인생을 걸었으니 책임지고 갚으라는 유우코의 성질에 작은 집안에서 둘이 조촐하게 식을 올렸던, 부끄럽지만 잠시나마 웃을 수 있었던 일.

모든 것이 더 나쁜 쪽으로 빠질 일은 없을거라 생각했는데 하늘도 무심하게 가게를 얻었다고 생각했던 돈을 조합원에게 사기당하고 말았었다. 순식간에 거리에 나앉게 생겼지만, 기영은 주저앉아 가만히 지켜만 보지 않았었다.

직업소를 찾아가 우리들 먹여 살리겠다고 일자리를 주선해 달라는 기영에게 관리소장은 기영의 몸을 한 번 쭈욱 훑었다. 줄을 서 한 자리라도 차지해 보겠다는 여러 이들 가운데서도 기영은 체격이 가장 좋았었다. 일본어도 곧잘 하는 것이 꽤나 쓸모 있겠다고 생각한 소장은 코를 한번 쓱 만지다가 의미심장한 표정으로 기영에게 서랍 안에서 종이 한 장을 내밀었다.

[행선지: 다카시마, 탄광부.]

좋은 조건이며 2년이면 넉넉한 집 한 채는 지을 수 있다고 기영은 들었다고 했다. 하지만 후에 히로시가 건너 건너 들은 이야기로는 그날 그 직업소에 줄을 선 어느 누구도 탄광일을 부여받은 적이 없었다는 사실을 기영은 모르고 있었다. 기영을 제외한 모든 이들은 일본인이었기 때문인 걸까…….

그렇게 다카시마 광부로 들어가기로 한 전날 밤에 찍은 동네 마을 사진관에서의 어색한 사진. 아마 그날 밤 기영은 뭐라 심하게 잠꼬대했던 것 같았다. 누군지 모르는, 한 번도 들어 본 적이 없는 이름을 부르며 잠꼬대하던 기영과 물수건으로 그런 기영의 흐르는 땀을 닦아내던 유우코.

잠꼬대하며 부른 이름은 수영이라고 했다. 그리고 정순이라고도 했다.

아직도 그 이름들이 누군지 묻지 못했다. 먼저 말하지 않는다면 먼저 물어보는 것이 어쩌면 가슴에 상처를 내는 일일 수도 있었기 때문이다.

몇 주 후, 병원에서 경과가 좋아진 히로시는 기영이 일러줬던 조선인의 주소로 퇴원 후 찾아가려 했지만 그것 또한 자신의 의지 밖의 일이 되어버렸다. 하늘을 원망하고 또 원망해도 하늘은 눈을 감고 외면했다.

가늘게 내리던 비에 후덥지근한 여름 바람이 불던 날 아침, 히로시는 미쓰비시 근로과 직원들에게 이끌려 행선지도 알 수 없는 열차에 올라탔다. 그들은 히로시가 몸이 좋지 않으니 조금 더 편한 곳에서 일할 거라는 말만 남겼다.

그렇게 유우코를 만나지도 못하고 기영과의 약속도 지킬 수 없게 돼버린 채 다른 조선인 무리들과 섞여 몇 번의 열차를 갈아타고 내린 곳은 니가타에 위치한 이름 모를 광산이었다.

도저히 헤어 나올 수가 없었다. 마치 거대한 늪으로 점점 더 빠져들어 가는 모습이었다.

사방이 똑같았다. 탄광이나 광산이나 어딜 가도 조선인들의 노역은 그 형태가 바뀌지 않았다.

니가타에 도착한 날 밤, 히로시는 다카시마에서 받아 입은 오래된 셔츠와 닳고 닳은 작업복 바지 하나만을 걸친 채 그대로 산으로 뛰어올라 달아나 도쿄까지 걸었다. 하루도 쉬지 않고 낮이건 밤이건 무조건 걸었다.

기영을 기다리러, 그리고 유우코를 만나러 가기엔 나가사키는 너무 멀었다. 도쿄에서 어떻게든 자리 잡고 있으면 소식을 들을 수 있지 않을까 하는 바람만이 히로시가 할 수 있는 최선이었다.

1945년 여름, 라디오에서 들려온 일본의 항복 소식 며칠 전, 나가사키에 번쩍이는 섬광이 태양보다 빛났다. 누군가에게는 커다란 상처가 누군가에게는 새로운 시작을 알리는 순간이었다.

처음 소년을 만났을 때는 전쟁이 끝났다는 소식을 들은 지 오 년이 지났을 무렵이었다. 간간이 편지로 유우코에 대한 소식을 주고받았던 기영의 조선인 친구와 연락이 끊긴지도 그만큼의 세월이 흘렀다.

배운 기술이 없어 작고 허름한 골목에 위치한 아무도 쓰지 않는 낡은 가게를 빌려 생선을 나무꼬지에 꽂아 구워 팔고 있을 때, 꾀죄죄한 검은색 양복 차림의 중년 남자가 눈매가 날카로운 소년의 손을 잡고 나타났다. 아무렇게나 덧대여진 천 쪼가리 셔츠의 소매 길이가 맞지 않아 영락없는 거지꼴인 소년. 눈매만큼은 무섭도록 매서웠다.

"어서 오세……요."

"엔도 히로시? 씨가 맞습니까?"

"아……, 네……. 그렇습니다만……, 누구……?"

"어서 인사드려라."

매서운 눈빛의 소년은 경직된 얼굴로 그 나이대에 있을 법한 장난기 가득한 표정 하나 없이 재촉하는 중년 남자의 성화에 못 이겨 마지못해 고개를 숙였다.

"안녕하세요."

"어! 어……, 그래……. 그런데 정말 누구십니까?"

히로시는 중년의 남자를 물끄러미 바라보며 어리둥절한 표정으로 재차 물었다.

"소개가 늦었습니다. 가네야마 모토노리, 아니 김기영 씨의 친구 정병국입니다. 편지가 끊긴 지 오래라 주소가 그대로일지 걱정됐었는데……, 다행이군요."

"네……?!"

시내에 떨어진 폭탄. 쑥대밭이 되기 삼십 분 전 시내 산부인과에 들렀던 유우코는 그렇게 잠시 병국에게 맡겨 놓은 눈매가 매서운 소년과 영영 헤어져 버리게 되었다. 1945년 8월 9일 태양보다 강렬했고 천둥보다 시끄러웠던, 회색 버섯구름을 피우며 대지로부터 지옥불이 솟아올랐던 그날 이 후, 도무지 유우코의 소식을 알 수 없었던 병국과 소년.

병국 역시 좋지 않은 몸 상태로 소년을 고아로 만들 수 없기에 먼 서쪽에서부터 이 곳 동쪽의 히로시에게로 왔다.

"네 이름도 말해야지!"

무표정한 얼굴로 히로시의 가게 주변을 두리번 두리번거리던 소년을 향해 병국이 등을 슬쩍 쳤다.

마지못해 우물쭈물하며 다시 입을 연 소년.

"가네야마 에이지입니다."

유우코는 소년에게 한국식 이름을 붙여주고 싶지 않았다고 했다.

소년을 거두는 것은 유우코와 기영과의 마지막 끈이자 보답이었다. 마치 예전 쿠보스케가 그랬던 것처럼 말이다.

보고자 했던 한 장의 사진을 더 보진 못했다. 기억력이 좋지 않은 홍산이 사진을 어디에 놔뒀는지 한참을 찾다가 결국엔 지쳐버렸다.

그날 밤이 지나도록 철홍은 잠을 이룰 수 없었다. 나가사키로 돌아 간 후 철홍은 곧장 밀린 업무를 처리하느라 정신을 차릴 수가 없었다. 그래도 에이지 민박 할아버지의 부탁을 잊지 않고 기억했다. 그만큼 이상한 부탁이었다.

화창한 날씨의 어느 휴일, 철홍은 다카시마로 들어가는 배에 올라탔다. 선실 안 창가에 몸을 기대어 지나쳐가는 미쓰비시 조선소를 바라보았다.

빠르게 물살을 가르며 달리는 배가 마주쳐 오는 잔잔한 파도와 부딪혀 꿀렁댔다.

그리 짧지도 길지도 않았다. 한 시간도 안 되는 거리를 달려 도착한 다카시마 선착장에서 차례를 기다리며 내릴 준비를 하는 사람들이 꽤 많았다. 뭐가 그리 신났는지 방방 뛰는 아이부터 커다란 공구 가방을 어깨에 두 개씩 둘러맨 인부들 그리고 주민인 듯 편안한 차림으로 장바구니를 든 아주머니까지. 낚싯대를 묶어 등에 짊어진 한 무리의 중년 남성들이 기대에 찬 표정으로 배 밖으로 서서히 조금씩 이동하며 섬으로 들어가기 시작했다.

10장

엇갈리고 뒤틀려 안타까운 인연

 구름 한 점 없는 그리고 유난히 바람도 잠시 불지 않던 오후. 선착장 주변에서 걸어 나와 좁은 도로를 따라 걸어 몇몇 가게가 늘어서 있는 좀 더 넓은 대로변으로 나왔다. 그래봤자 시내의 도로나 다름없는 작은 길이었다.
 "여보세요?"
 공중전화기를 귀에 대고는 하릴없이 발을 땅에 문지르며 비벼대던 철홍이 딸깍거리며 전화를 받는 소리에 얼른 자세를 고쳐 잡았다.
 "여보세요? 아 안녕하세요. 저 박철홍입니다."
 "아! 안녕하세요. 반갑네요! 그런데 무슨 일로?"
 수화기 너머에서 며느리의 목소리가 반갑게 들려왔다.

"아! 그게…… 다른 건 아니고요 할아버님께서 부탁하신 것이 있어서 연락드렸습니다. 실례가 안 된다면 할아버님은 지금 집에 계시나요?"

"아버님이요? 아! 잠시만요."

크게 홍산을 부르는 외침이 철홍의 귀에 딱 붙은 수화기로도 크게 울려 들려왔다.

두 번을 채워 넣어야 할 만큼 떨어져 가는 금액에 비례한 시간이 걸려서야 전화를 받은 홍산이었다.

"여보세요?"

"아! 할아버님. 접니다. 저번에 민박집에 박철홍입니다. 나가사키요!"

"아! 아! 그래요 그래."

"여기 지금 다카시마에 들어왔습니다."

"……."

철홍의 말에 홍산은 아무 말도 하지 않았다. 전화를 끊거나 끊어진 것은 아니었다. 수화기에서는 홍산의 가쁜 숨소리가 조금 더 빠르게 들려왔다.

"여보세요? 할아버님?"

혹시 무슨 일이 있나 몰라 재차 다시 홍산을 불렀다.

"할아버님? 전화가 괜찮으세요?"

"괜찮아. 괜찮아."

"잠시만요."

홍산의 목소리는 많이 떨렸다.

철홍은 수화기를 귀에서 떼어 돌린 후 거리의 허공에 번쩍 들어 올렸다.
 갑자기 거세게 불어오는 바닷바람이 횡 하는 소리를 내며 철홍의 얇은 회색 재킷을 덮쳤다. 그러고는 수화기 안으로 빨려들어 이상한 소리를 질렀다.
 [우웅 우웅 우웅]

 수화기 너머까지 다 들리게 홍산은 한참을 꺼이꺼이 아이처럼 울었다.

 가네야마 에이지.
 홍산의 사망 소식을 듣고 시간을 어렵게 빼서 도쿄로 들어간 철홍은 처음 에이지를 만났다. 도쿄 중심가에서 조금 떨어진 신사에 안치된 홍산의 유골함 앞에서 만난 에이지는 제법 덩치가 있었다.
 검은 양복에 검은 넥타이. 어떻게 세월을 견뎌냈는지 얼굴에는 주름이 가득했고 생김새가 거칠었다.
 그는 건설업을 한다고 했다. 동행한 검은 양복의 큰 덩치들과 험상궂은 인상의 사람들이 에이지에게 고개를 숙여 인사하는 모습에서 그가 어떤 삶을 살고 있는지 대충은 짐작이 되었다.
 야쿠자. 그것밖에는 더 설명할 길이 없어 보였다.
 딱히 여러 말을 주고받진 않았다.

"아버님이 당신에게 신세를 졌다고 합니다. 그래서 연락을 드린 겁니다."

"아, 예······. 별말씀을요."

1987년 여름의 시작을 알리는 장마가 며칠 앞으로 다가온 그날, 장례도 벌써 끝나 조용한 신사에서 마주한 에이지와 철홍. 그 순간은 아주 짧았다.

며칠 후, 나가사키로 돌아온 철홍의 집으로 우편이 하나 날라왔다.

[띵동 띵동]

한가로이 담배를 태우며 좁은 골목에서 뛰놀던 아이들을 물끄러미 바라보던 철홍은 벼락같이 울리는 초인종 소리에 담배를 비벼끄고 현관문으로 향했다.

"누구세요?"

"우편입니다."

문을 열자 현관 앞에 땀을 뻘뻘 흘리고 있는 우체부가 서서 봉투 하나를 쥐고 있었다.

"박철홍 씨? 자 여기 우편입니다."

건넨 노란 봉투를 받아 들었다. 봉투는 일반 편지 봉투보다 조금 더 넓적했다.

가장 먼저 확인한 발신인의 주소는 도쿄였다. 발신인은 사토 메구미. 누군지 기억이 나질 않았다.

철홍은 소파에 털썩 몸을 기대어 앉아 봉투를 열었다. 봉투 안에는 편지와 오래되어 누런 사진 두 장이 나왔다.

[안녕하세요. 에이지 민박의 사토 메구미라고 합니다. 일전에 찾아와 주시고 아버님과 말동무를 해 주셔서 감사합니다. 한국분이고 나가사키에 사신다는 점 때문에 아버님이 참 기뻐하셨던 것 같아요. 아버님이 돌아가시기 전에 사진 두 장을 보내드리라고 하셨어요. 그때 한 장은 아쉽게도 보여드리지 못한 것 같다고 하시면서요. 그래서 같이 동봉해 보내드립니다. 아버님이 그 사진을 민단에 보관하는 것이 저희에게 물려주시는 것보다 더 좋을 거라고 하시더군요. 여러모로 감사드립니다. 이제 에이지 민박은 없어지지만, 나중에 또 뵐 일이 있었으면 좋겠습니다. 그리고…… 아버님의 고향은 한국 종로가 아닙니다. 종로는 아버님께서 잃어버린 어머님의 고향입니다. 한국에서의 기억이 없어 그렇게라도 본인의 정체성을 기억하고 싶었나 봅니다.]

철홍은 조심스럽게 낡은 사진 한 장을 천천히 꺼냈다. 홍산이 보여줬던 1938년의 홍산과 남자의 사진이었다.
또 한 장의 사진을 조심스럽게 꺼내 보니 일전에 홍산이 보여 준 1938년의 낡은 사진보다는 꽤 상태가 좋아 보였다.
사진에는 하얗고 이목구비가 뚜렷한 그리고 이국적인 얼굴을 한 여자가 단정한 블라우스 차림으로 서너 살쯤 되어 보이는 아이를 무릎에 앉혀놓고, 미소라곤 전혀 찾아볼 수 없는 모습으로 나무 의자에 앉아 있었다.
철홍은 사진에 찍힌 여자를 본 순간 집어 들었던 손가락에 힘이 빠져 사진을 떨어트리고 말았다. 힘없이 소파 아래 바닥으로 떨어진 사진 위로 철홍의 닭똥 같은 눈물이 미친 듯이 떨어졌다.
그렇게 크게 소리내어 울어 본 적은 없었다.

민단으로 찾아왔던 할아버지가 나가사키 병원에 입원했다는 소식을 접한 것은 철홍이 도쿄를 다녀온 후 얼마 되지 않아서였다.
"나는 고향에 더 이상 가족도 없는 것 같아요……. 여태껏 연락이 안 되네요. 그날 청소한다고 끌려 나갔다가……, 시내에 떨어진 폭탄 때문에…… 피폭이 돼서는 그 후로 제대로 돈도 벌 수 없고……, 몸만 아프고 생활이 힘들어 고향에 한 번도 가보질 못했어요. 이제는 가보고 싶은데……."
할아버지는 퀭한 눈빛으로 힘겹게 철홍을 보며 병실 침상에 누워 말했다.
"……."
묵묵히 할아버지의 이야기만 듣고 있는 철홍의 낯빛이 어두웠다.
"조선놈이라고 차별도 많았고……, 병원도 제대로 못 가고……."
"할아버지……."
"이제 신세 지는 건 그만하고 싶네요. 정말로…… 병원비도 많이 나올 텐데요."
"그건 걱정하지 마세요. 저희도 전부 부담할 수 없는데요 뭐. 일전에 밥값이라 생각해주세요."

"고마워요."

"혹시 그때…… 다카시마에 있을 때 이분들 보신적 있으세요?"

철홍은 가방 안에서 곱게 접은 봉투를 꺼냈다. 그리고 조심스럽게 펼쳐 연 후 사진 두 장을 할아버지에게 내밀었다. 메구미가 준 사진이다.

사진을 받아 든 할아버지는 유심히 두 사진을 번갈아 한참을 쳐다보았다. 사진을 바라보는 시간이 길어질수록 할아버지의 눈가에는 눈물이 서서히 맺혔고 굳게 다문 입술이 덜덜 떨리기 시작했다.

"할아버지……."

"이분들 지금 어디 있습니까? 특히 여기 수건 둘러맨 작은 사람하고 이 여자분! 어디 있습니까? 어디요?"

떨리는 목소리로 다급하게 철홍에게 질문을 한 할아버지의 얼굴에서 한 줄기 희망이 서렸다. 하지만 그 희망이 절망으로 바뀌는 데는 그리 오래 걸리지 않았다.

"전부 돌아가셨습니다."

"……."

"할아버지……?"

철홍의 낮은 부름에 할아버지는 그만 통곡하고 말았다. 병실이 떠나가라 울어댔다. 한국말을 모르는 옆자리의 다른 일본인 환자들은 어리둥절해 무슨 일인가 그저 놀란 토끼 눈으로 멍하니 할아버지와 철홍을 바라보았다. 어찌나 서럽게 울어댔는지 맞은편 중년의 일본 환자가 겁에 질려 간호사를 부르기 위해 비상벨을 눌렀다.

"아이고! 아이고! 히로시 형님! 기영 형님……, 형수님은 왜 웃질 못합니까! 아이고……, 그때도 나 혼자 남겨두고 전부 가 버리더구만……. 지금도 나 혼자잖아요! 아이고…….″

철홍이 할아버지의 통곡을 들으며 고개를 푹 숙였다.

그때, 간호사가 급하게 뛰어 들어왔다. 할아버지의 울음소리에 놀란 간호사가 철홍이 무슨 짓을 저질렀나 싶어 황급히 철홍의 몸을 흔들려는 순간, 철홍 역시 소리 없이 숙였던 고갤 들어 흐르는 눈물을 훔치며 할아버지를 보았다.

"그 사진의 여자는 제 어머니입니다……."

민단 사무실 철홍의 책상 위에 덩그러니 놓여 있는 종이 한 장.

[이름: 심순성. 생년월일: 1926년. 출생지: 강원도 강릉. 1942년부터 1945년: 다카시마 탄광 근무]

어색하게 웃는 사진 속 중년의 남자는 어느새 주름이 깊게 팬 할아버지가 되어 히로시와 기영 그리고 유우코를 기억하고 아이처럼 울어댔다.

에필로그

지금은 서울이나 부산에서 고작 두어 시간도 채 걸리지 않는 가까운 일본.

맛있는 것도 많고 볼 것도 많은 일본은 대표적인 관광지가 많다. 지역마다 다른 특색을 뽐내며 지금도 세계의 손님들을 맞을 준비에 열심이다.

도쿄, 오사카, 후쿠오카, 삿포로 등 대도시를 비롯해 작은 시골 마을까지 현재의 일본은 외관상 우리와도 별반 다르지 않은 분위기의 가까운 나라이다. 특히 자동차를 타고 고속도로나 국도를 달리다 보면 마주하는 풍경은 그렇게 한국과 비슷할 수가 없다.

하지만 그 안 어딘가에 묻혀 있는 아픈 역사를 나눠 짊어진 강제 동원된 조선인들의 피와 살점과 눈물 그리도 땀방울은 세월이 지나도 어딘가로 튀어나와 보일 길이 거의 없다. 그것은 비단 강제 노역 피해자들만이 아니다. 우리의 누군가의 할머니, 할아버지 또는 아버지와 어머니, 아니면 형제 친구들. 각자의 사연을 들고 낯선 이 국땅에 발을 들여놓고는 어렵게 살아야 했던 사람들 전부이다.

그들 중에는 본인의 이름도 잃어버려 어쩔 수 없이 일본인 이름으로 살아가야 했던 이도 있고 이름이 있어도 일본인 이름으로 불려야만 했던 나라 잃은 사람들도 있다.

마치 이홍산, 엔도 히로시, 김기영, 가네야마 모토노리같이 말이다.

각자의 사연과 맺힌 한은 사방으로 소리 없이 뿌려져 지금도 바람을 타고 누군가에게 말하고 싶어 할지 모른다. 그것은 너무 방대해 도통 감도 잡히지 않을 정도일 것이다.

그들의 마지막 이야기는 우리들이 사진으로 찍어 추억을 남기려던 어떤 곳의 바위일 수도, 어느 바닷가의 모래사장 아래일 수도, 기가 막히게 맛있는 덴푸라 가게 옆 어디가 될 수도 있다.

나가사키 다카시마.
-나가사키 오하토 여객터미널에서 40분 거리의 작은 섬-

1   다카시마 선착장 입구 방면.
2   선착장에서 내려 오른쪽으로 10분 정도 걸어가면 나오는 곳. 이 근처 조선인 숙소(함바)가 있었던 것으로 추정된다.

3	다카시마 산 언덕 중간(긴쇼지: '금송사'라는 작은 신사)에서 바라 본 선착장에서 서쪽 방향.
4	조선인 숙소 앞인 가키세 탄광 옆에서 바라본 바다 모습. 저 멀리 군함도가 보인다. 다카시마에서 노역을 하던 피해자 분들 중 멀리 보이는 군함도가 다카시마보다 크다고 생각했던 사람도 있다고 한다. 하지만 다카시마가 군함도보다 더 크다.

5, 6 | 금송사에서 도로를 따라 서쪽으로 내려가는 길 중간에 있는 다카시마 신사.

7, 8 미쓰비시에서 세운 위령비. '중국, 한반도에서 건너온 사람들을 포함, 다수의 노동자가 하나의 마음으로 탄광의 등불을 지키며 고락을 함께 했다.'라고만 기재되어 있다. 즉 조선인의 강제 동원에 대한 언급은 없이 그저 열심히 나라를 위해 노동하다 안타깝게 죽은 노동자의 넋을 기린다는 문구만 있다.

9, 10	언덕 아래로는 일본인 사택과 상점, 주점들이 있었다.
11	위안소와 술집이 있던 터. 작은 길이 나 있는 곳 기준으로 오른쪽에는 경찰서(주재소)가 있었다.

12 | 가키세 탄광(1901년에 착공). 선착장에서 동쪽으로 돌아 반대편 바다 쪽에 있다. 증언에 따르면 다카시마의 갱 노동이 가장 힘들었다고 한다. 금방 무너졌고, 3개월만 지나도 위아래, 양 옆에서 압력이 왔다고 한다. 그러면 굴이 다시 좁아지며 바닷물도 많이 나왔다고 한다.

13 | 오하마요코 갱. 1890년 폐갱. 선착장에서 가까운 곳에 바로 위치하고 있다.
14 | 난요세이코 갱. 1892년 폐갱. 오하마요코 갱 바로 근처에 위치하고 있다. 현재 바로 앞에는 작은 아파트가 자리하고 있다.

15, 16 | 탄을 실어 나르던 선로였다.

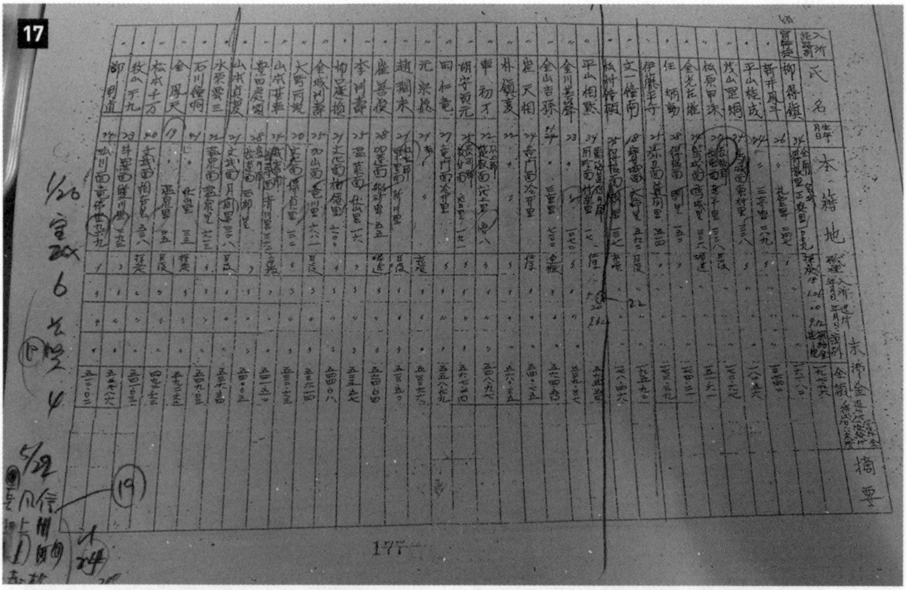

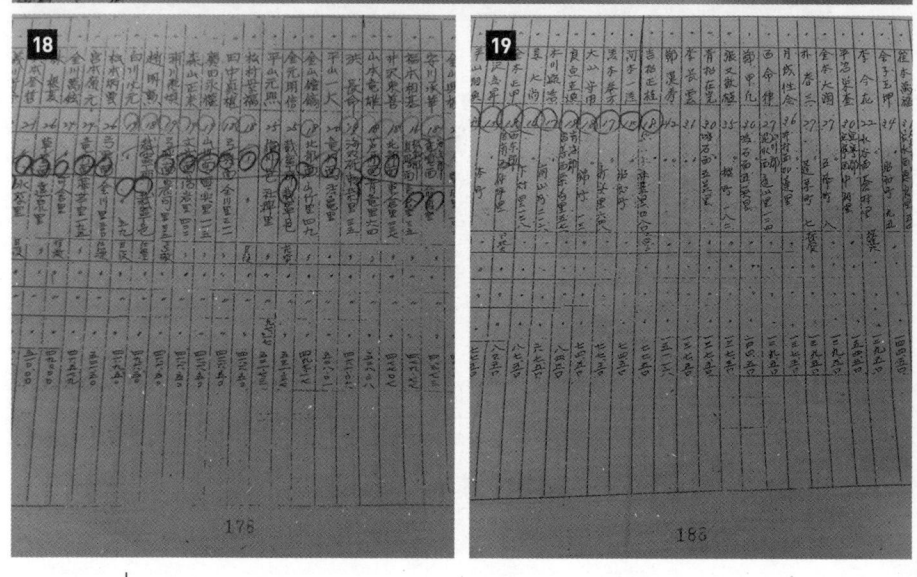

17-19 다카시마에 있던 조선인들의 명부. 이름은 거의 일본식 성명 강요에 의해 바뀌었고, 나이, 본적 주소, 부서(탄광부, 일역부 등), 입소일, 퇴소일 미지급금(급료)이 기재되어 있다.
출처: 오카 마사하루 기념 나가사키 평화자료관, 일본 후생성 근로국에서 나온 기록물.

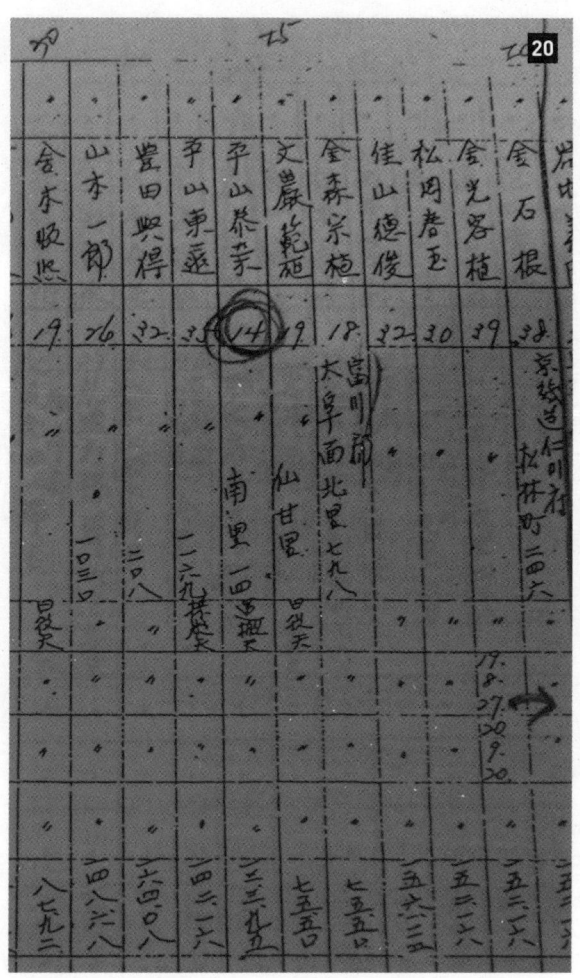

20 | 동그라미 쳐진 14세 소년 바로 오른쪽에 있는 19세 소년의 정보는 아래와 같다.

(관 알선) 문농범식(19세): 한국이름 문범식.
(본적지: 경기도 부천군 대부면 선감리)
(직종: 일역부)
(입소년월일: 쇼와19년(1944년) 8월 27일)
(퇴소년월일: 쇼와20년(1945년) 9월 20일)
(미지급금: 75엔50전)

문범식 씨의 주소 '선감리'는 '선감학원'으로, 일제강점기 때 선감학원에서 다카시마로 들어왔다는 사실을 보여 준다.

21 | 공양탑, 센닌즈카(千人塚, 무연고자 묘지)
공양탑에는 정말 안타까운 사연이 서려있다. 1974년 근처 하시마(군함도) 탄광이 폐광되면서 이곳 다카시마에 100여 구의 조선인 유골을 석비 아래에 묻었다.
하지만 1988년 다카시마 탄광이 폐광된 후 미쓰비시에서 지하 납골당에 묻혀있던 유골들을 멋대로 꺼내어 분류하고 근처의 금송사(긴쇼지)로 옮겼다.
유골의 명부는 일본 미쓰비시 측에서 전부 불태워 버렸으며 이름 모를 조선인들의 유골만 긴쇼지에 소형 컵 모양 뼈 단지에 들어가 안타까운 세월만 보내고 있다.
지금 지하 납골당은 흔적도 없이 파괴되어 평평한 땅이 되었고 공양탑은 누구의 손길도 받지 못한 채 수풀이 무성해진 상태로 거의 버려지다시피 해 우리가 찾지도 못할 곳에 덩그러니 남겨져있다.
1991년 나가사키 재일조선인의 인권을 지키는 모임은 미쓰비시 측에 조선인 노무자와 그 가족 122명의 유골의 존재와 처우에 관해 조사해주길 바란다는 문서를 보냈지만 거부당했다. 알고보니 유골은 하시마에서 옮겨온 것과 원래 있던 다카시마 탄광 관계자의 유골과 섞여 있는 것이었다.